Le Message
Les éléphants d'ivoire
Episode 3

Du même auteur

« **Le Prince félon**
Les éléphants d'ivoire – Episode 1 »
Autoédition (2018)
Cet ouvrage est précédemment paru en 2013 aux éditions
Publibook sous le titre
« Les éléphants d'ivoire –Tome 1
Le Prince félon » *et en 2016 au éditions Anjina sous le titre*
« Le prince félon
Les éléphants d'ivoire-Tome 1 »

« **Le Roi maudit**
Les éléphants d'ivoire – Episode 2 »
Autoédition (2018)
Cet ouvrage est précédemment paru en 2014 aux éditions
Publibook sous le titre
« Les éléphants d'ivoire –Tome 2
Le Roi maudit »

« **Nsona ou l'improbable destinée** »
Disponible sur Amazon (2017)

A. B. KOUBEMBA

Le Message

Les éléphants d'ivoire
Episode 3

A mamy Diana :
tu seras toujours avec nous.

1

— Que se passe-t-il ?

— Je ne sais pas.

— Va donc voir ! Qu'attends-tu ?

L'homme sembla hésiter. Puis il se dirigea lentement vers les fourrés desquels étaient parvenus comme des gémissements. Le reste de la petite troupe s'immobilisa sur le chemin.

— Vous deux, allez donc voir avec lui ! Il a peur d'y rencontrer le diable ! ricana le chef de l'escouade.

Deux autres hommes obéirent à l'ordre donné et se joignirent au premier.

Il commençait à faire sombre, mais le soleil n'avait pas complètement disparu de la plaine. Le petit bataillon de gardes revenait d'une tournée dans le royaume et avait hâte de retrouver la quiétude de leurs logements à Loughémo. D'ailleurs, tout au long de leur petit périple ils n'avaient connu que de la quiétude. Que pouvait-il donc y avoir d'autre que de la quiétude dans le royaume de Loughémo ?

Ils avaient marché le plus vite possible pour pouvoir traverser la gorge de Dieu avant la tombée de la nuit. Ils étaient à peine entrés dans les sous-bois lorsqu'un gémissement s'était fait entendre tout près, derrière la dense végétation.

Les trois hommes étaient à présent tout proche des taillis et commençaient nerveusement à les déplacer délicatement de part et d'autre avec leurs lances. Ils pénétrèrent un à un dans les sous-bois. Ils s'arrêtèrent tous les trois brusquement.

— Que se passe-t-il ? Que voyez-vous ? Qu'est- ce qu'il y a ?

— Tu devrais venir voir toi-même, chef ! répondit l'un des gardes.

— Oui, tu devrais venir voir toi-même ! renchérit l'un des deux autres.

Le chef se rapprocha, intrigué. Il arriva au niveau de ses hommes.

— Par les ancêtres ! s'exclama-t-il. Est-il vivant ?

Il entendit un grognement en guise de réponse.

L'homme était bien vivant. En effet, à moitié allongé sur le sol contre un arbre, il y avait un vieil homme à l'habillement complètement débraillé. Il semblait souffrir le martyre alors qu'il essayait de bouger la tête. Il semblait vouloir faire l'effort de parler, mais aucun son compréhensible ne sortait de sa bouche. Seuls des gémissements et des grognements s'en dégageaient.

— Mais qui es-tu ? D'où viens-tu ? demanda obstinément le chef de l'escouade sans vraiment attendre de réponse.

Il devait réfléchir vite. Le vieil homme ne pouvait pas rester ainsi dans la gorge de Dieu alors que la nuit tombait. Mais fallait-il ainsi ramener cet inconnu surgi de nulle part là-haut à Loughémo, aussi malheureux et mal en point fut-il ? S'il arrivait quoi que ce soit au royaume après cela, nul doute qu'il en serait tenu pour responsable. Ce vieil homme en serait à n'en pas douter la cause. Quand à lui, il aurait pris la responsabilité de l'introduire dans le village.

— Que faisons-nous, chef ? On l'emmène avec nous ? On ne peut tout de même pas le laisser mourir là ?

— Oui chef ! Il a l'air vraiment mal en point !

— Très bien, prenez le et allons-y !

Le jour s'était levé depuis longtemps sur Loughémo. Comme d'habitude, chacun avait vaqué à ses occupations. La rumeur avait déjà couru qu'un vieil homme était arrivé dans la nuit, mais peu en avaient la certitude. Tout simplement parce que peu l'avaient aperçu.

La reine avait été informée de la situation. Elle avait ordonné que le visiteur soit logé dans une bâtisse non loin du palais et qu'il soit traité avec tous les égards dus à un invité. Bien que prudente, elle n'était pas de ceux qui attribuent au premier venu des intentions néfastes ou des pouvoirs maléfiques. L'homme serait donc soigné et lorsqu'il retrouverait toutes ses capacités, il serait toujours temps d'en savoir plus sur lui en le lui demandant.

Mais en même temps, elle savait que le peuple finirait par se poser des questions tant que l'on ne saurait pas d'où il venait. Un homme que l'on retrouve à l'article de la mort, quasiment de nuit dans la gorge de Dieu ne pouvait être tout à fait ordinaire.

Mais dans l'immédiat, elle avait une obligation à remplir. Deux jours plus tôt, un messager avait été envoyé par son souverain. Ce dernier arrivait d'une contrée lointaine et était en route pour un très long périple. Il demandait l'autorisation de s'installer pendant quelques jours dans le royaume pour se reposer avant de continuer son chemin. Il ne demandait pas à être hébergé dans des logements royaux, mais simplement un coin discret sur le territoire pour lui et sa suite.

Cette situation était inédite. D'ordinaire, un souverain de passage dans un royaume demandait en effet à être hébergé. Il lui était alors attribué un logement digne de son rang. Mais ce souverain-ci s'était contenté d'un lopin de terre et s'y était installé avec les siens. Il venait d'une contrée dont personne n'avait jamais entendu parler. Il venait de Mâlassa. Une contrée tellement lointaine, avait-il dit, que peu de gens en connaissaient l'existence. En tous les cas cela était vrai pour les habitants de Loughémo, y compris pour les conseillers les plus anciens.

Depuis que ce souverain s'était installé dans le royaume, il avait été invité à partager un repas au palais. Il s'y était rendu avec enthousiasme. Le devoir de la jeune reine de Loughémo lui dictait maintenant qu'elle devait se rendre sur le lieu de résidence de son hôte en témoignage de son intérêt pour son confort et son bien-être.

Au début de l'après-midi, elle fit donc préparer une petite escorte, dont ses plus proches conseillers, et se mit en route.

Parmi les gardes, figurait le chef de la petite brigade qui avait découvert le vieil homme la veille. La reine avait fait savoir avant de quitter son palais qu'elle voulait voir le lieu où ce dernier avait été retrouvé.

— Voilà majesté, c'est ici. Plus précisément derrière ces bosquets.

— Tu veux bien me montrer où exactement ?

Le garde s'engagea dans les fourrés, suivit de la reine, des conseillers et de quelques autres hommes.

— Voilà majesté, c'est exactement ici. Il était assis par terre, ou plutôt à moitié allongé, contre cet arbre.

La jeune reine observa les lieux. Elle examina chacun des bosquets autour. De leur côté les conseillers en faisaient autant. La reine examina l'arbre. Elle regarda attentivement les branches les plus basses. Puis elle contourna les buissons autour de la place. Elle se tourna finalement vers ses conseillers.

— Qu'en pensez-vous ? demanda-t-elle.

— Il n'y a aucune trace de son arrivée par quelque côté que ce soit, répondit Gadji, le conseiller de Kiazi.

— Effectivement, on croirait qu'il a surgit de nulle part, renchérit Wamba, le conseiller de Séssé.

Quand à Buana, le Premier conseiller, il scrutait encore attentivement l'arbre.

— On pourrait plutôt même croire qu'il est descendu de cet arbre, majesté. Il y a bien des traces. Infimes certes, mais il y en a, bien que ce soit un arbre à l'écosse coriace.

— En effet, confirma la reine. La question est donc la suivante : pourquoi y serait-il monté ? Et je pense que s'il n'y a aucune trace de son passage nulle part, c'est tout simplement parce qu'il est très agile et ne froisse pas les plantes lors qu'il se déplace. Cet homme est un habitué de la nature. Je pense même que c'est un travailleur de la nature. Je veux dire par là que c'est quelqu'un qui doit certainement connaître les plantes et leurs secrets.

Elle leva à nouveau les yeux vers l'arbre.

— Et cet arbre n'est pas étranger à la raison pour laquelle il a été retrouvé à ses pieds. Mais nous le saurons sous peu, je pense.

Elle fit signe à sa petite escorte et ils reprirent leur chemin vers le campement du roi de Mâlassa.

*

Le campement était quasiment à mi-chemin entre Loughémo et Séssé. Il avait été placé à côté du cours d'eau qui descendait de Loughémo, à un endroit où il se retrouvait à l'air libre. Ainsi la petite communauté avait à disposition toute l'eau qui était si chère à la vie.

Ils virent arriver de loin le petit convoi de la reine de Loughémo. Ils avaient toutefois été prévenus de sa venue et étaient prêts en conséquence.

Le roi se tint debout devant sa tente et attendit que les visiteurs soient assez proches.

— Bonjour à toi, reine Elikya. Sois la bienvenue dans ma demeure, que tu m'as si généreusement permis d'installer sur tes terres.

— Bonjour à toi, roi Fila. Que n'as-tu donc accepté de loger parmi nous. Vous auriez été tellement plus confortable toi et les tiens.

Tout en lui faisant signe d'entrer dans la tente, il lui répondit.

— Chère sœur, ce que tu m'as accordé est largement suffisant, crois-moi. Par ailleurs, ce n'est que temporaire. Je ne voulais donc pas te déranger pour si peu.

— Comme tu voudras, cher frère. Mais sache que tu ne m'aurais pas du tout dérangé, tout comme tu ne me déranges pas en ce moment.

Elle entra dans la tente et s'assit sur un genre de tabouret large, qui était couvert avec un tissu doux rembourré. Son homologue s'assit sur un tabouret identique. Ils attendirent que tous autour d'eux soient installés. Elikya observait son hôte. Elle le trouvait bien plus âgé qu'elle, mais elle ne pouvait pas dire qu'il était vieux. Il était peut-être deux fois plus âgé qu'elle. Et donc certainement plus expérimenté dans l'exercice du pouvoir, se dit-elle. Il était de taille moyenne et avait un teint clair qui tendait vers le rouge, alors que ses cheveux étaient bien fournis et moins crépus qu'ils ne l'étaient d'ordinaire dans les régions qu'elle connaissait jusque-là. Elikya se dit que non seulement elle n'avait jamais entendu parler du royaume de Mâlassa, ni quiconque à Loughémo d'ailleurs, mais elle n'avait non plus jamais vu des personnes avec le teint que Fila et les siens avaient. Ils devaient donc venir de vraiment très loin. Elle fouilla dans sa mémoire, essayant de se remémorer les nombreux récits que son père lui avait fait de ses quelques périples à travers diverses contrées. Mais rien ne lui revenait en mémoire qui puisse se rapprocher des visiteurs qu'elle avait sous les yeux. Et pourtant, elle en avait entendu des récits sur des contrées et des royaumes.

Elle porta ensuite son regard sur la tente. Elle était faite d'un tissu bleu sombre qui semblait assez lourd. Elle était soutenue par de larges poutres en bois et était assez grande pour accueillir confortablement une bonne vingtaine d'hommes. La poutre centrale était sculptée. Ces sculptures semblaient représenter un ciel avec des étoiles diverses et variées, certaines étant bien plus grandes que d'autres.

— Nos sculpteurs ont essayé tant bien que mal de reproduire ce que nous voyons dans le ciel depuis chez nous. Mais ce n'est pas facile de reproduire les astres.

Elikya se tourna vers le roi Fila, qui venait de parler.

— Le travail qu'ils ont accompli est très remarquable, répondit-elle. On distingue très bien une constellation. Mais je ne la reconnais pas.

— Eh bien, comme je te l'ai dit, nous venons de très loin et il n'est pas surprenant que notre univers ne vous soit pas familier.

— Et comme il me semble l'avoir compris, votre voyage va vous mener encore plus loin de votre contrée que vous ne l'êtes actuellement, est-ce bien exact ?

— Oui, reine Elikya. Je dois avouer que nous sommes encore bien loin de notre destination. Cela justifie cette demande que je t'ai faite de nous accueillir un bref instant sur tes terres.

— Tout le plaisir est pour moi.

La question qui brûlait les lèvres d'Elikya n'eut pas besoin d'être posée. Le roi Fila anticipa la curiosité de la jeune reine.

— Je sais que depuis notre rencontre, tu veux me demander quelle est cette contrée dans laquelle nous nous rendons. Je pense que cela ne te renseignera en rien si je te le dis, mais je vais quand même le faire.

Il marqua une légère pause.

— Ton père et prédécesseur, je pense, en aurait certainement connu l'existence. Il s'agit de Garuna.

— Garuna ? s'interrogea Elikya, dubitative. Je dois en effet admettre que cela m'est totalement inconnu comme nom.

Elle se tourna vers chacun de ses conseillers. Ces derniers lui firent mine de la tête qu'ils n'en savaient pas plus qu'elle.

— Elle est bien, bien au-delà d'Abamé, reprit Fila. Mais qu'à cela ne tienne. Lors de mon retour, je te ramènerai des présents de là-bas, afin que tu puisses avoir une idée de ce qu'est cette contrée. C'est un royaume ; que dis-je un royaume ; c'est un empire vraiment remarquable. Par rapport à nous autres, ils ont une avancée dans certains domaines qui est plutôt remarquable. Si je prends l'exemple de l'agriculture, ils ont réussi à faire pousser des fruits et des légumes dans des zones quasiment désertiques. Ils ont réussi cela en créant un réseau de transport d'eau simplement basé sur la gravité de la terre.

— Cela doit vouloir dire, interrogea Elikya, que la source d'irrigation se trouve en amont par rapport aux zones à irriguer ?

— Oui et non, répondit Fila. En fait dans certains cas oui. Mais dans d'autres, ils ont réussi à créer un mécanisme qui transporte l'eau en hauteur afin qu'elle puisse être déversée où bon leur semble. Pour te dire toute la vérité, mon amie, je vais là-bas pour négocier quelques-uns de leurs secrets. J'ai moi-même besoin de ce genre de dispositif. Mâlassa est en effet très caillouteux et aurait grand besoin d'être aidé dans ce domaine. Je ne suis pas le genre de souverain qui va rester prostré dans son coin et regarder son royaume dépérir alors qu'il y a une solution qui existe. Je n'ai pas le temps d'attendre que mes penseurs réfléchissent à une solution. Alors je vais essayer de la trouver là où elle est. Ton royaume à toi est verdoyant, naturellement fourni en ressources vitales et tu peux donc prendre le temps de réfléchir à des évolutions pour les différentes difficultés qu'il peut rencontrer. Pour ma part je ne le peux pas.

— C'est tout à ton honneur, mon ami. Mais nul doute que j'agirais de même si j'étais confronté à une situation identique.

— Je n'en doute pas, répliqua Fila.

Il frappa alors trois fois dans ses mains. Presque aussitôt, une file de serveurs apparut, tenant des plateaux sur lesquels brillaient des victuailles. Celles-ci semblaient plus être des friandises que de véritables repas.

— Mes chers amis, s'exclama avec enthousiasme le roi Fila, je vous présente ici quelques spécialités culinaires venues de nos contrées. Je préfère vous mettre en garde. Si vous y goûtez, jamais plus vous ne pourrez vous en passer ! Alors réfléchissez bien avant de vous engager !

Il rit alors bruyamment.

— Dans ce cas, répondit tout aussi joyeusement Elikya, je ne pose qu'une seule et unique condition avant d'y goûter. Que tu nous permettes de savoir comment les préparer. Ainsi, s'il s'avérait vraiment que nous ne puissions plus nous en passer, nous saurions au moins les préparer nous-mêmes. Cela dit, sans prétendre que nous saurions les préparer aussi bien que dans vos contrées.

Toute l'assistance rit à ses propos.

— Alors affaire conclue ! répondit le roi Fila.

Puis il fit signe aux serveurs de présenter les plateaux aux différents hôtes présents. Mais ils ne commencèrent pas par la jeune reine. Il n'est pas de coutume de présenter des victuailles en commençant par le souverain. Ce dernier ne peut consommer des mets qu'après qu'ils aient été ingurgités par d'autres membres de sa suite. Une manière de les faire goûter et de s'assurer qu'ils ne présentaient aucun danger. Ainsi, au moment où Elikya put enfin en consommer, elle avait déjà entendu autour d'elle des manifestations de satisfaction et d'admiration quand aux friandises présentées. Elles étaient visiblement très appréciées des différents membres qui l'accompagnaient.

A son tour elle consomma une bouchée de la part qui lui avait été proposée. Elle prit le temps de laisser fondre la texture dans la bouche avant de l'avaler. Le roi Fila semblait attendre avec impatience le verdict de sa jeune homologue, avec un sourire non feint sur les lèvres.

— Délicieux en effet, dit Elikya. Très onctueux, très doux. Je reconnais le goût du miel, bien entendu, mais aussi de quelques fruits secs.

— En effet, c'est bien cela, cher amie. Toutes ces friandises sont à base de miel et de fruits secs ou séchés. Mais continue donc à y goûter. Il y en a tellement !

Les plateaux continuèrent à circuler, chacun se servant des différentes préparations qui étaient présentées.

— Mais je gage tout de même qu'il ne faille en abuser, dit Elikya, car la soif est la conséquence inévitable d'une telle consommation.

Le roi Fila laissa échapper un rire.

— Tu as tout à fait raison ! Il est en effet de coutume de ne point trop en consommer à moins d'avoir de quoi se désaltérer à portée de main.

— Mais alors, cela est plutôt paradoxal que d'avoir de tels mets dans ton pays, alors que tu sembles y manquer quelque peu d'eau.

Une ombre sembla couvrir le visage du roi Fila.

— Nous n'avons pas toujours été dans cette situation. Depuis quelques décennies, la zone désertique qui constituait une infime partie des terres de Mâlassa a gagné du terrain sur les zones verdoyantes. Et aujourd'hui il semble inéluctable que ces dernières disparaîtront. Mais je ne m'avoue pas vaincu et je vais lutter pour éviter cela. J'ai espoir que c'est possible. Sinon je ne me serais pas engagé dans un si long périple.

Ils discutèrent encore pendant de longs moments. Elikya en apprit un peu plus sur son homologue, mais il lui semblait que l'essentiel ne lui était pas dit. Elle sentait que cet homme avait quelque chose qu'il ne voulait pas lui dire malgré tout ce qu'il lui apprenait sur ses origines. Et également sur le lieu où il prétendait se rendre. Elikya avait en effet un doute quand à la destination véritable de son hôte.

Mais elle ne s'en formalisa pas et continua de jouer le jeu de son homologue.

Vint enfin l'heure de se séparer. Ils prirent congé l'un de l'autre et Elikya se remit en chemin pour rejoindre Loughémo.

*

Sur le chemin du retour, les conversations entre les conseillers ne manquèrent pas d'évoquer les friandises consommées ainsi que les difficultés du royaume de Mâlassa que le souverain avait évoquées.

— J'ai tout de même noté un fait curieux, dit Buana, le Premier conseiller.

— Qu'est-ce donc ? demanda Gadji.

— Serais-je le seul à avoir noté qu'il n'y avait aucune gente féminine parmi nos visiteurs ? Ou alors ai-je mal regardé ? Je n'en ai aperçu nulle part, ni en arrivant, ni en repartant.

2

— Eh bien, qu'y as-tu appris ?

Zola dévisageait son épouse avec une insistance chargée de curiosité et d'impatience. Il se trouvait avec elle dans leurs quartiers privés. Elle était revenue de son périple et en avait terminé avec la petite réunion qu'elle avait convoquée à leur retour.

— Beaucoup de choses, répondit-elle énigmatiquement.

Il était assis sur le massif lit en bois. Il la regardait toujours avec insistance. Elle décida de le faire languir. Elle s'approcha de lui et lui déposa un doux baiser sur le front.

— Ce n'est pas ce que j'ai demandé, fit-il avec une feinte exaspération.

— Je sais, mais c'est ce que je te donne...pour l'instant.

Il passa une main sous la large robe de lin qu'elle portait et caressa délicatement le ventre légèrement bombé de la jeune femme.

— Je sais très bien que ce sera un garçon, déclara-t-il. Je n'ai aucun doute là-dessus.

— Très bien, je le sais, tu me l'as assez répété.

— Et à part cela, qu'as-tu appris auprès du roi Fila ?

Elle s'assit à côté de lui. Elle lui narra la visite auprès du souverain de Mâlassa. Elle lui fit part des ambitions de son homologue et de ses inquiétudes quand à l'avenir de son lointain royaume. Elle lui parla des friandises et de leur goût délicieux.

— Lorsque nous sommes rentrés, tu sais que nous avons tenu une petite réunion, les conseillers et moi. Je leur ai demandé d'envoyer des investigateurs vers Mâlassa, mais aussi vers Garuna. Je veux en savoir plus sur ces deux contrées dont nous n'avons jamais entendu parler. J'ai fait envoyer trois binômes vers chaque royaume, indépendamment les uns des autres, afin qu'ils puissent enquêter chacun de leur côté. Et en espérant bien entendu qu'ils reviennent tous sains et saufs.

— Est-ce bien de l'inquiétude que je sens dans ta voix ou bien est-ce que je me trompe ? Dis-moi tout ce que tu as sur le cœur.

Elle s'allongea contre lui et soupira.

— Je ne sais pas. J'ai une étrange sensation. Une sensation qui me rappelle de mauvais souvenirs. Cet homme me faisait une étrange sensation. Comme si celui que je voyais n'était pas celui qu'il dit être.

Il lui prit la main.

— Mon cœur, il ne faut plus penser à ce genre de choses. Kana est mort et il ne peut plus y avoir quoi que ce soit pour menacer le royaume. Il est parti avec toute sa malédiction il y a longtemps. Pourquoi y penses-tu encore ?

— Il y a toujours comme une voix en moi qui me dit : « Attention, ce n'est pas fini ! Attention, ce n'est pas terminé ! ».

— Et alors au moindre petit évènement inhabituel ou que tu ne comprends pas, tu te mets à te méfier de tout. S'il te plaît détends-toi et dis-toi que tout va bien.

— Tu as certainement raison. Je vais essayer de dominer mon imagination.

Il se redressa, lui caressa la joue et sortit.

*

Le roi Fila était resté dubitatif après le départ de la reine Elikya. Cette femme lui semblait d'une intelligence supérieure à ce que l'on pouvait penser. Par-dessus tout, elle lui avait paru très posée et maîtresse d'elle-même. Qu'avait-elle retenu de ce qu'il lui avait dit ? Avait-elle cru à tout ce qu'il lui avait dit ? En tous les cas, le fait qu'elle envoie des messagers voulait certainement dire qu'elle voulait vérifier ses dires. Mais cela prendrait du temps. Et si jamais ces émissaires étaient plus efficaces que Fila ne le pensait, il lui faudrait faire en sorte que les informations ne parviennent pas trop vite aux oreilles d'Elikya.

Il sortit de la tente et se dirigea vers une autre placée plus loin dans le campement. Celle-ci était faite d'un tissu sombre et était bien plus petite que celle qu'il occupait. Il était le seul habilité à y pénétrer. Il souleva le lourd pan de tissu qui en obturait l'entrée et s'y engouffra.

*

Le vieil homme avait les yeux ouverts et semblait vouloir reconnaître l'environnement dans lequel il se trouvait.

— Où suis-je ? demanda-t-il.

— Tu es dans une demeure destinée aux visiteurs de ce royaume.

— Quel royaume ?

— Le royaume de Loughémo.

L'un des gardes qui veillaient sur lui se tourna vers son collègue.

— Je pense qu'il vaudrait mieux aller chercher quelqu'un.

— Tu as raison, j'y vais.

— Pourquoi toi ? C'est moi qui ai eu cette idée d'aller chercher quelqu'un.

— Il faut bien que quelqu'un reste avec lui !

— C'est ce que je veux dire, reste avec lui et moi je…

— Que se passe-t-il donc ici ?

L'homme qui venait d'entrer dans la demeure était grand. Il était même très grand. Sur les recommandations de son prédécesseur, il avait été nommé Premier conseiller à l'unanimité par les rescapés de la précédente équipe qui épaulait le roi Bidié. Gao était brusquement tombé malade et n'était plus en mesure d'assumer ses fonctions. Il était par ailleurs de coutume de ne pas avoir un membre de la famille du souverain parmi les conseillers. Son fils étant époux de la reine, il aurait de toute manière quitté ce rôle qu'il assumait depuis des décennies.

— Le visiteur semble reprendre ses esprits, doyen Buana.

Le Premier conseiller Buana observa les deux gardes. Ils semblaient soulagés de le voir arriver à ce moment précis. Aucun des deux n'aurait voulu rester en tête à tête avec ce vieillard venu nul ne savait d'où pendant que l'autre serait allé quérir une personne digne de lui parler. En apparaissant il avait résolu le problème qui se posait aux deux hommes.

— Très bien, dit-il. Veuillez faire venir Gadji et Wamba.

L'un des gardes sortit alors avec empressement. Il revint peu de temps après avec les deux autres conseillers. Ils étaient non loin de là car ils savaient qu'à tout moment ils pourraient avoir à discuter avec le vieil homme.

Ce dernier les dévisageait tous les trois avec un regard qui exprimait beaucoup de curiosité.

– Je viens d'apprendre que je suis dans le royaume de Loughémo ?

– En effet, répondit Buana.

– Ah, fit le vieil homme. Et comment va le roi Bidié ? Serait-il possible de le rencontrer ?

Buana et ses homologues échangèrent des regards intrigués. Puis il se tourna à nouveau vers le vieux convalescent.

– Il sera possible de rencontrer notre souverain, bien sûr. Mais pas le roi Bidié.

Qui était donc cet homme ? D'où venait-il ? Comment pouvait-il ne pas être informé des évènements passés ? Jusqu'à Abamé et au-delà, tout le monde savait ce qu'il en avait été des sombres desseins de Kana et des conséquences qui en avaient découlé. Même le roi Fila, qui venait d'une contrée dont on ne savait quasiment rien avant sa venue dans les environs, connaissait les évènements qui s'étaient déroulés il y avait de cela déjà bien des lunes. Et pourtant, il connaissait le royaume puisqu'il en connaissait le souverain.

– Que veux-tu dire, pas le roi Bidié ? Où donc est-il passé ?

– Tout cela te sera expliqué plus tard, déclara Buana.

Il se rapprocha et s'assit sur un tabouret que lui tendait un des gardes.

– Dans l'immédiat, nous avons besoin de savoir certaines choses te concernant.

– Mais j'ai besoin de voir le roi ! Il faut absolument que je voie le roi !

Le vieillard s'excitait sur sa couche.

– Du calme mon ami ! Chaque chose en son temps. Voir notre souverain te sera accordé sans conteste.

Il attendit que l'homme se soit à nouveau calmé.

— Dis-nous plutôt qui tu es et d'où tu viens.

Le visage du vieillard s'assombrit progressivement. Il sembla réfléchir un long moment. Puis il se tourna brusquement vers le Premier conseiller.

— Je ne sais pas !

*

Ce matin-là, Zola était au chevet de son père. Une femme était venue le quérir au palais car l'état de ce dernier n'allait pas en s'améliorant. Il s'était donc précipité à ses côtés dans la demeure familiale, celle où il avait grandi.

Il y avait beaucoup de monde devant l'entrée. Des voisins, ainsi que de la famille étaient présents. Mais il y avait également des personnes venues de bien plus loin, de Kiazi ou encore Séssé. Le bruit avait couru dans tout le royaume que l'ancien Premier conseiller Gao était à l'article de la mort. Dans ces moments là, une vague de compassion parcourait toujours les uns et les autres.

En arrivant, Zola eut un pincement au cœur. Il se dit que finalement l'homme est bien peu de choses. Il se remémora les évènements dramatiques qui s'étaient déroulés avant son union avec Elikya. Il se remémora tous ceux qui en avaient été victime directement ou indirectement. Il se remémora le roi Bidié en premier lieu, puis le responsable de tous ces malheurs, Kana. Il pensa aux conseillers Mokossi, Kalanda, Mombo. Il pensa à la mère d'Adia. Et bien entendu, il pensa à Wazaaba.

Ce n'était donc pas terminé, se disait-il. En effet, il était persuadé que la maladie qui avait envahi son père n'était autre que la conséquence de toutes ces pertes et plus particulièrement celle du roi. Gao était miné par des regrets infinis de n'avoir pas su protéger son souverain. Il se reprochait de n'avoir pas pris la décision qui s'imposait pendant qu'il en était encore temps : tuer Kana avant qu'il ne commette trop de dégâts. Zola avait bien essayé de le convaincre que sa responsabilité n'était pas engagée à ce point ; il n'avait rien voulu entendre. Si bien que le jeune homme considérait que son père se laissait quelque peu mourir. Il lui en voulait égoïstement pour cela. Il avait encore tellement besoin de lui. Qu'était-il donc, à part être l'époux d'une jeune reine inexpérimentée et qui avait grand besoin de soutien et de conseils pour espérer gouverner au mieux ? Et qui mieux que son père, qui connaissait parfaitement les arcanes du pouvoir, pouvait la guider dans cette situation ? Certes, sa jeune épouse était la fille du roi précédent, mais elle n'avait jamais vraiment participé à la gestion des affaires du royaume. Quand à la reine mère, elle avait été plutôt effacée pendant le règne de son époux.

Place avait été faite pour son arrivée. Il s'avança vers l'entrée de son ancienne demeure. Les têtes s'inclinèrent sur son passage. Il entra et se dirigea directement vers la petite chambre dans laquelle son père était allongé, non sans avoir remarqué ses sœurs ainsi que Nsuka qui étaient dans le salon.

— Comment va-t-il ?

Il y avait deux personnes aux côtés de Gao. L'un était un guérisseur qui avait bien essayé de soigner l'ancien Premier conseiller, mais n'arrivait pas à grand-chose. Il avait prétendu en savoir un peu sur les plantes grâce à Wazaaba, mais n'avait visiblement pas ses compétences. Il regarda le fils du malade et secoua la tête.

La deuxième personne était une femme qui secondait le guérisseur. En fait elle était son épouse.

— Pourquoi ne me demandes-tu pas directement comment je vais ? Sache que je peux encore parler.

Gao avait ouvert les yeux et tourné la tête vers son fils. Il lui souriait affectueusement, avec un regard empli d'une fierté évidente. Le mariage de son fils avec la fille du roi avait été pour lui comme l'aboutissement d'un cheminement prédestiné. Depuis le jour où il s'était rendu compte des sentiments d'Elikya pour Zola, il avait secrètement espéré un tel dénouement. Il avait commencé à y croire de plus en plus lorsqu'il avait vu que son fils s'impliquait dans les affaires du royaume et qu'il prenait son rôle de gardien d'honneur au sérieux. La suite avait été une satisfaction. Seules les circonstances lui laissaient de l'amertume. Il aurait préféré qu'il accède à cette place en douceur, progressivement, avec la bénédiction de son défunt beau-père. Mais il ne faisait aucun doute à ses yeux que d'où il se trouvait, Bidié bénissait son fils et qu'il appréciait qu'il soit aux côtés de sa fille.

— Bonjour papa, dit Zola avec un sourire empreint de tristesse, bien qu'il s'efforça de ne pas en montrer. Alors comment vas-tu ?

— Comme tu le vois, fils. Je suis un peu fatigué, c'est vrai, mais je ne suis pas à l'article de la mort comme tous semblent le penser.

— Mais non, papa, ne dis pas cela.

— Mais bien sûr que si. Sinon pourquoi y aurait-il tout ce monde, là dehors ? D'ailleurs, qui a fait courir ces bruits ? Est-ce toi, Kossa ?

— Non, certainement pas, s'empressa de répondre le guérisseur. Quel genre de guérisseur serai-je alors ?

— Alors ce ne peut-être que…

Il tourna la tête vers la femme. Elle baissa les yeux.

— Tu crois donc si peu au traitement que ton mari me fait prendre ?

— Non, doyen Gao, ce n'est pas cela. En faisant courir ce bruit, j'espère conjurer le sort.

— Ah ! C'est donc de bonne foi que tu fais courir des fausses rumeurs, ricana Gao. Eh bien, jusqu'ici on peut dire que cela a de l'effet. A vrai dire, je me sens fatigué, mais bien.

Il tenta de se redresser.

— Non, intervint Kossa. Il vaut mieux faire le moins d'efforts possible.

— Alors aide-moi et place donc une cale dans mon dos.

Kossa s'exécuta, avec l'aide de Zola. Gao se retrouva quasiment assis sur son lit.

Il y eut un petit remue-ménage venant de l'extérieur. Peu après, la reine Elikya apparut.

— Ah, toi aussi tu as eu vent de la rumeur, dit Gao en regardant d'un air ironique la femme de Kossa. Ne t'inquiète donc pas. Je suis encore parmi vous pour longtemps, crois-moi. Surtout dans ton état, tu n'aurais même pas dû te déplacer, ma fille.

— Papa Gao, tu sais bien que je ne pouvais ne pas venir et en outre je peux encore me déplacer sans aucun encombre.

— Oui, ma fille, je sais. Mais tu n'aurais tout de même pas dû venir.

Il soupira, se laissa retomber la tête en arrière et ferma les yeux.

— Tu n'aurais pas dû, répéta-t-il. Mais puisque vous êtes là tous les deux, je vais profiter de cette occasion pour vous parler un peu à toi et à ton époux.

Kossa fit alors un signe vers son épouse et ils se retirèrent, laissant le couple royal seul avec l'ancien Premier conseiller.

— Mes enfants, je voudrais vous dire que je suis sincèrement désolé de ne pouvoir être plus présent à vos côtés dans ces nouvelles responsabilités qui sont les vôtres.

Zola voulut réagir, mais son père lui fit signe de n'en rien faire.

— Je sais quelles sont les embûches qui vous attendent tout au long de ce parcours. Bien que je vous sache très intelligents l'un comme l'autre, je ne peux donc m'empêcher de me faire du souci.

Il marqua une pause. Il rouvrit les yeux et tourna la tête vers le jeune couple.

— Aussi, vais-je essayer de vous soumettre quelques règles que vous devrez observer dans l'exercice de vos fonctions. La première, c'est de toujours parler d'une même voix, tous les deux. Consultez-vous toujours l'un l'autre pour toute décision, aussi bénigne qu'elle vous paraisse. Ne laissez jamais personne s'immiscer entre vous. Car les grandes catastrophes surviennent souvent de petits détails, d'un oubli, d'une inattention, d'une négligence. A deux vous serez amenés à faire bien moins d'erreurs. Oui, je vous le dis dès maintenant : des erreurs, quoi que vous fassiez, vous en commettrez. C'est humain. Faites en sorte qu'elles n'aient pas de conséquences irréparables.

Il s'arrêta de parler et fixa le plafond. Il y avait deux cheminées d'aération qui laissaient filtrer un mince rayon de lumière. Ce dernier laissait deviner un soleil de plus en plus brillant qui s'élevait dans le ciel.

— C'est une bien belle journée qui nous est offerte en ce jour, dit-il.

— Oui, répondit la reine. Je pense que ce serait une bonne chose que tu en profites. Cela te ferait du bien de prendre de l'air, papa Gao.

— Tout à fait, renchérit Zola.

Gao les regarda en souriant.

— Vous avez raison. Mais plus tard. La deuxième règle : ne faire une confiance totale à personne. Je dis bien à personne. Je sais qu'il vous sera difficile de vous méfier de tout le monde tout le temps, mais si vous avez le moindre doute quand à l'attitude de qui que ce soit, alors il ne faudra pas hésiter à en savoir plus. Bien sûr, vous devrez vous appuyer sur vos conseillers, mais les évènements que nous avons vécus prouvent que vous ne pourrez vous fier totalement à personne. Même aux plus proches. Nous avons tous une face cachée. C'est triste, mais c'est ainsi. Quand à la troisième : rester à l'écoute. Rester à l'écoute, mais tout en restant vous-même. Je veux dire par là qu'il ne faudra pas vous laisser influencer lorsque le vent n'ira pas forcément dans votre sens. Vous me comprenez ? Pour bien gouverner, vous devrez voir bien plus loin dans le futur que ne peuvent le faire ceux que vous guidez. Vous devrez voir les conséquences de vos décisions bien avant qu'elles ne surviennent afin de les modifier avant qu'il ne soit trop tard quand cela sera nécessaire ; dans la mesure du possible, bien entendu.

— Cela me semble bien paradoxal, tout ça, protesta Zola. S'appuyer sans faire confiance, écouter sans entendre.

— Je vois que tu n'as pas encore saisi toutes les nuances du pouvoir, mon garçon. Mais je sais que cette jeune femme à tes côtés te guidera comme il faut. Sans le savoir, Elikya, tu en sais déjà beaucoup. Tout te reviendra en mémoire au fur et à mesure que les situations se présenteront.

— Vraiment ?! s'étonna Elikya.

— Oui, ma fille. Tu as grandi dans un palais. Bien malgré toi souvent, tu as vu et entendu beaucoup de choses qui sont aujourd'hui enfouies tout au fond de toi. Tu verras. Tu te surprendras toi-même, crois-moi.

*

Dans l'après-midi, Elikya avait réuni son conseil. Le sujet de ce rassemblement portait sur le vieil homme qui avait surgit comme par magie dans la gorge de Dieu.

— Il ne se rappelle plus qui il est. Il ne se rappelle plus d'où il vient, ni où il va. Mais il veut absolument te parler. Il veut absolument parler à la reine. Il dit avoir un message.

— Ah oui ? De la part de qui ? Se rappelle-t-il au moins cela ? demanda Elikya.

— Hélas non plus, répondit Buana en souriant. Mais par contre, il a cité le roi Bidié. Il pensait que le roi Bidié était encore le souverain.

Les regards d'Elikya et de ses conseillers se croisèrent successivement. Ils commencèrent tous par sourire, puis laissèrent éclater un léger rire. Mais c'était un rire nerveux, qui cachait une inquiétude palpable.

Le royaume et ses habitants, malgré le dénouement heureux, avaient été traumatisés par les évènements passés. C'est ainsi qu'ils étaient qualifiés : les évènements passés. Tout était arrivé de manière tellement insidieuse pour la plupart, qu'à chaque fait étrange -ou jugé comme tel- qui se produisait, ils se demandaient s'ils n'avaient pas affaire à un résidu des actes de Kana. Ils en étaient devenus paranoïaques. Et pourtant tout ne leur avait pas été dévoilé.

Elikya ne savait que penser de la situation. Elle avait beau retourner le problème dans tous les sens, elle n'y voyait pas le début d'une explication.

— A tout le moins, dit-elle, s'il ne sait pas où il va, nous pouvons penser qu'il venait chez nous puisqu'il affirme avoir un message pour moi. Quand à savoir d'où il vient…

Il regarda ses conseillers assis dans la grande salle du palais.

— L'un de vous a-t-il une idée quelconque qui pourrait nous fournir un début de compréhension ?

Gadji se leva.

— Majesté, je pense que nous pouvons imaginer les raisons les plus extravagantes de sa soudaine présence ici. En effet, le fait de savoir que Kana pouvait se transformer en bête sauvage ou encore qu'une créature visiblement maléfique aurait pu être libérée dans nos contrées peut nourrir notre imagination. Il est encore heureux que tu aies eu la présence d'esprit de masquer cet état de fait et de faire dire aux différents témoins qu'il n'y avait aucun rapport entre Kana et la panthère qu'ils avaient vue. Sinon je crois tout simplement que la panique aurait gagné les nôtres et la vie de cet homme —ou quoi qu'il soit- aurait à mon avis été en danger. Je pense donc qu'à défaut de pouvoir expliquer sa présence, nous devons au moins faire en sorte qu'aucune rumeur alarmiste ne commence à faire son chemin.

Il se rassit.

— Je suis tout à fait de cet avis, Majesté, renchérit Buana. Je pense même que s'il le faut, et tout me porte à croire qu'il va le falloir, nous devrons lui trouver une origine et un motif légitimes pour expliquer sa présence parmi nous.

— Cela ne pourra se faire sans sa complicité, affirma Elikya. Pensez-vous qu'il soit en mesure de comprendre cette situation et de nous conforter dans notre idée ?

Il y eut un silence avant que Buana ne réponde.

— Pour le savoir, il va falloir lui expliquer qu'il y va de son intérêt de faire comme nous le lui demandons. Sinon, il lui faudra nous quitter.

La jeune souveraine réfléchit un moment avant de conclure.

— Très bien. Nous allons partir de ce principe. La nuit porte conseil. Donc, d'ici à demain je vous laisse réfléchir à la meilleure stratégie pour résoudre ou plutôt camoufler cette énigme.

*

Il la regarda se retourner lentement vers lui. Dès la fin de la réunion, elle était allée s'allonger. Sa grossesse commençait quand même à l'affaiblir petit à petit et elle devait fournir un peu plus d'efforts à chaque fois pour remplir ses obligations. Mais elle était heureuse d'avoir été voir le père de Zola car cela faisait une journée entière qu'elle ne l'avait plus vu. A ses yeux cela était une éternité. Sur le chemin du retour, ils n'avaient pas vraiment parlé. Ils pensaient plutôt aux conseils que l'ancien Premier conseiller leur avait prodigués.

— Il me parait bien faible. Je ne suis pas vraiment rassurée. Pour être tout à fait honnête avec toi, je suis même très inquiète.

Zola ne dit rien. Il était lui aussi très inquiet mais ne voulait pas le laisser paraître devant son épouse.

— D'autant plus, continua-t-elle, que ce Kossa ne semble pas très efficace. Ah, comme je regrette Wazaaba.

Elle soupira de dépit.

— Ecoute, dit-il enfin, ne te mets pas dans tous ces états. Kossa fait de son mieux et je pense qu'avec un peu de temps il arrivera à le soigner. C'est vrai que papa m'a paru fatigué, mais il a toute sa tête. C'est déjà un bon signe.

— Sais-tu quelle est la prière que je ne cesse de faire jour après jour depuis la disparition du vieux Wazaaba ?

Il posa sur elle un regard interrogateur.

— Je ne cesse de prier son esprit pour qu'il nous envoie quelqu'un qui soit aussi doué que lui pour nous aider et qui pourrait soigner Papa Gao. Il avait tellement de pouvoirs, cet homme. Il pourrait au moins faire cela pour nous, tu ne penses pas ?

Zola vint s'assoir à ses côtés sur le lit.

— Elikya, il faut rester lucide et ne pas croire n'importe quoi. Le pouvoir du vieux Wazaaba était sa connaissance de la nature. Il savait l'exploiter mieux que quiconque à des fins de santé.

— Non, tu sais bien qu'il n'y avait pas que cela. Que fais-tu alors de ses prédictions qui ont toujours été exactes, mis à part la dernière. Et là encore, étant donné le dénouement qui a eu lieu, et au vu de tout ce que l'on sait qui s'est passé, je pense qu'il y a eu des forces bien plus puissantes encore que ses connaissances, qui ont tout fait pour l'induire en erreur. J'en suis persuadée. Il savait lire l'avenir et une entité quelconque s'est arrangée pour qu'il se trompe. Notamment cette....chose qui devait sortir de ces sphères !

Depuis qu'ils avaient échappé au pire, c'est-à-dire à l'accession de Loki dans leur monde, ils n'avaient jamais vraiment parlé de ce qui s'était déroulé. Ils avaient simplement été heureux que cela ne soit pas arrivé. Personne n'avait jamais osé évoquer les raisons qui avaient pu mener à cette situation, par superstition. Mais aujourd'hui, et suite aux propos de son épouse, Zola compris qu'il était nécessaire de les évoquer. Il avait senti l'angoisse dans la voix de sa bien-aimée. Lui-même avait de temps en temps un sentiment de panique à l'idée que tout puisse recommencer.

Soudain, il se rendit compte de sa situation et combien elle était vulnérable. Elle était en effet la reine. Rien n'empêchait qu'elle soit prise pour cible elle aussi par un nouveau complot occulte.

— Je t'en prie, dit-il en la prenant dans ses bras, calme-toi. Je pense que le meilleur moyen de ne plus avoir de doutes sur un éventuel recommencement de cette situation est d'analyser ce qui s'est passé et de faire en sorte que les failles exploitées par Kana n'en soient plus. Et pour cela, il va falloir que nous surmontions notre appréhension d'en parler.

Malgré la fatigue d'Elikya, ils discutèrent pendant une bonne partie de la nuit. Ils firent l'effort de se remémorer chacune des situations ainsi que les facteurs qui les avaient permises. Incertains des décisions auxquelles ils avaient abouti, ils décidèrent qu'ils se rendraient dès le lendemain auprès du père de Zola pour lui demander conseil.

3

Le jour ne s'était pas encore levé.

La voix de la fidèle dame de confiance d'Elikya résonna à nouveau.

– Majesté !

– Oui, qu'y a-t-il donc ? demanda la jeune reine.

Il y eut un silence pesant.

D'ordinaire, Fatou aurait répondu en disant le motif de son appel. Mais cette fois-ci, non seulement l'heure à laquelle elle venait déranger le couple royal était inhabituelle, mais le fait que ce soit Fatou l'intrigua. D'habitude c'était un garde qui se présentait.

Troublée, elle se tourna vers son époux. Dans la faible lueur des torches elle le vit ouvrir les yeux. Elle comprit alors qu'il ne dormait plus depuis un moment déjà. Mais il ne bougeait pas.

En fait Zola avait déjà compris. Cet appel de Fatou, doublé d'un imperceptible sanglot dans la voix, était la confirmation de ce à quoi il ne voulait pas croire.

En effet, peu de temps avant, pendant son sommeil, il avait senti une présence à ses côtés. Il s'était réveillé mais n'avait bien entendu vu personne. Il s'était redressé et s'était assis sur le rebord du lit. Intrigué, il avait parcouru scrupuleusement chaque recoin de la sombre pièce. En vain. Puis il avait soudain senti l'odeur caractéristique de son père flotter tout près de lui. Cette légère senteur qu'il connaissait depuis son enfance et qu'il aurait reconnue entre mille. Il s'était alors rappelé ce que disaient des gens à propos de certains défunts qui, avant de partir définitivement, faisaient la tournée de leurs proches pour un dernier adieu. Mais il n'y croyait pas. Quand on meurt, il n'y a plus rien. Il ne pouvait plus rien y avoir. Il n'allait pas se mettre à croire à ce genre de balivernes.

Il se leva et se vêtit machinalement.

— Je vais voir de quoi il retourne ; reste couchée.

Il se dirigea vers le lourd battant et le tira vers lui pour libérer l'entrée de la pièce.

Fatou était là, des larmes débordant des yeux. En le voyant, elle porta les mains à son visage, avant de s'incliner devant le jeune homme. Elle essaya de parler mais aucun son ne sortit de sa bouche. Elle retenait à peine les sanglots qui lui étouffaient la gorge.

Zola vit un peu plus loin dans le couloir deux gardes qui cessèrent aussitôt de chuchoter en le voyant.

— Que se passe-t-il donc ? Qu'y a-t-il de si urgent ? demanda-t-il, redoutant une réponse qu'il connaissait déjà.

Les deux gardes s'inclinèrent à leur tour.

Une silhouette apparut alors dans la pénombre derrière eux, à l'entrée du couloir. Zola la reconnut comme étant celle de Buana. Sachant qu'il ne viendrait pas plus près des appartements privés royaux, Zola s'avança jusqu'à se retrouver à sa hauteur. Le Premier conseiller inclina la tête et regarda Zola courageusement dans les yeux.

— Honorable Zola, ce n'est pas du tout une bonne nouvelle. Il va te falloir être très fort. Il va nous falloir tous être très forts. Mon prédécesseur, ton père le vieux Gao, s'est éteint brusquement.

Ayant fini de parler, il prit Zola par les avant-bras.

— Sois certain que nous sommes tous touchés par cette épreuve et que nous partageons tous avec toi la douleur de ces terribles instants.

— Merci, doyen Buana, répondit-il en lui rendant son étreinte. Merci sincèrement.

Il prit une profonde inspiration.

— Combien de temps s'est-il écoulé depuis sa mort ?

— Kossa m'a fait quérir dès qu'il a pensé que c'était utile. Je me suis alors rendu sur place pour constater le décès et peu après je me suis rendu ici pour te rendre compte. Je ne puis te dire combien de temps exactement, mais peu de temps.

Zola se dirigea machinalement vers la grande salle du palais. Buana lui emboîta le pas. Le jeune souverain alla s'assoir à l'imposante table qu'occupaient d'ordinaire les conseillers.

— Que s'est-il donc passé ? interrogea-t-il. Il semblait pourtant encore très solide lorsque nous l'avons quitté hier.

— Je ne puis le dire, Honorable. Nous devons nous rendre à l'évidence que le mal qui le rongeait était bien plus profond que ce que nous pouvions penser.

La reine avait appris la nouvelle par sa fidèle Fatou et avait rejoint son époux. Elle s'assit également à la table.

Les deux conseillers de Kiazi et de Séssé venaient d'arriver. Ils s'inclinèrent devant leur reine et son époux sans rien dire. Ils n'avaient pas besoin de dire quoi que ce soit. L'échange de regards suffisait à transmettre leur soutien au fils de défunt. Ils étaient restés à Loughémo cette nuit-là pour être au plus près de leur souverain si jamais ce cas de figure devait arriver.

Ils restèrent tous ainsi, prostrés pendant un moment dans un silence respectueux de la douleur palpable qui se dégageait des uns et des autres.

Elikya y mit fin.

— Il va nous falloir tous être très forts car ceci est une période de notre histoire qui s'achève. Papa Gao était non seulement la mémoire de notre royaume mais il en était également un protecteur et un guide hors pair. Prions Dieu et les esprits pour qu'ils l'accueillent parmi eux et que de là où ils sont, ils veillent tous sur nous.

— Ainsi soit-il, conclut Buana.

Puis un nouveau silence s'installa. Zola leva la tête et regarda les conseillers.

— Je vous retrouverai auprès de la dépouille de mon père.

Tous se levèrent et inclinèrent la tête. Il se dirigea vers ses appartements en compagnie de son épouse.

*

De nombreuses torches avaient été allumées pour sortir les lieux de la pénombre qui les recouvrait encore. Toutefois, le jour ne tarderait pas à se lever. Autour de la petite demeure dans laquelle se trouvait encore la dépouille, il y avait une grande partie des habitants de Loughémo. Ceux de Kiazi et de Séssé n'arriveraient qu'après le lever du jour. En effet, ils ne savaient pas encore que le décès avait eu lieu. Mais des messagers étaient déjà prêts à aller annoncer la mauvaise nouvelle dès que les ténèbres auraient disparu de la gorge de Dieu.

Zola arriva avec Elikya dans la demeure où il avait grandi en traversant une foule respecteusement silencieuse. Chacune des personnes présentes inclinait la tête sur leur passage.

Dans la pièce principale où il s'était quelques fois assis pour discuter avec son père, il y avait tous les membres de sa famille. De sa sœur aînée à Nsuka, en passant par quelques tantes. Zola n'avait pas d'oncle. Il n'en avait jamais eu. Nsuka courut vers son frère. Il le serra dans ses bras sans rien dire. Il échangea quelques regards entendus chargés de tristesse avec les autres membres de sa famille. Il se dirigea ensuite vers la dépouille de son père.

Dans la pièce, il n'y avait que Kossa et son épouse. Ils se levèrent à son entrée.

— Je suis sincèrement navré, Honorable, balbutia-t-il.

Zola leva la main comme pour lui signifier qu'il ne lui en tenait pas rigueur. Il s'avança vers le corps sans vie. Il regarda longuement le visage de son père. Etrangement, il eut l'impression que ce dernier s'était tout simplement endormi. Il ne donnait pas l'impression d'être le visage d'une personne qui avait été malade, qui aurait maigri ou subit une quelconque altération due à la souffrance. Les yeux se seraient ouverts qu'il n'en aurait pas été impressionné. Mais il savait que cette hypothèse n'était plus qu'un vœu pieux. Son père était bien mort et ne se réveillerait jamais. Le reste du corps avait déjà été enveloppé dans un linceul blanc, qui était la couleur du deuil dans Loughémo et les contrées environnantes.

Après s'être recueilli pendant un long moment, il revint vers les autres membres de sa famille. Il échangea avec eux quelques paroles qui concernaient le déroulement de la cérémonie mortuaire qui aurait lieu le jour même avant la fin de la journée. Il fit savoir que tous les préparatifs essentiels seraient gérés par le Premier conseiller. Il avait d'ailleurs déjà pris certaines dispositions urgentes comme par exemple la réalisation de la tombe ou encore l'envoi de messagers pour annoncer la nouvelle dans les royaumes aux alentours.

Alors qu'il allait quitter les lieux pour retourner à son palais, une absence lui fit poser une question.

– Où est Binta ?

– Elle n'a pas voulu venir. Répondit une de ses sœurs. Je n'ai pas compris pourquoi.

– C'est tout simplement qu'elle a un rapport à la mort qui est très difficile. Du fait de ce qu'elle a déjà vécu. Est-elle restée seule ?

Les sœurs échangèrent un regard entre elles.

– Oui, elle est seule.

Zola secoua énergiquement la tête.

– Il ne faut pas la laisser seule ! Surtout pas en ce moment. Que quelqu'un aille à ses côtés.

*

Les obsèques de l'ancien Premier Conseiller Gao eurent lieu dans l'après-midi du même jour dans un calme et un silence impressionnants. Pourtant, il y avait beaucoup de larmes sur les visages, aussi bien sur ceux des femmes que sur ceux des hommes. Mais les sanglots se libéraient en silence. Comme si chacun avait voulu rendre hommage au défunt de la manière dont il avait vécu : discrètement et humblement. Il n'y eut aucun chant pendant la procession qui emmena Gao à son dernier lieu de résidence, à la lisière de la concession familiale, dans une sorte d'enclave dans laquelle se trouvaient déjà ceux qui l'avaient précédé auprès des ancêtres.

Le visage de Zola restait impassible. Il faisait partie des rares qui ne versaient aucune larme et ne semblaient manifester aucune émotion. A ses côtés, la reine ne montrait pas plus de sentiments. Certains de ses sujets s'étonnèrent de cette réaction qu'elle avait et qu'ils jugèrent inappropriée. Dans leur esprit, il fallait que la reine pleure le père de son époux, comme le faisait son peuple. Il n'était pas normal qu'elle ne montre pas son chagrin. Mais un souverain se devait de ne montrer aucune faiblesse. Ni devant ses sujets, ni devant qui que ce soit. Il leur était difficile de se douter que de toutes les manières, leur souveraine était tellement abattue qu'elle en était incapable de pleurer. Ses organes étaient comme tétanisés. Zola avait laissé le soin à Buana de dire quelques mots en hommage à son père. Puis, l'homme le plus âgé du village avait également prononcé un hommage à celui dont il se rappelait les débuts aux côtés du roi Bidié. Il en avait été tellement émouvant que les larmes avaient redoublé dans l'assistance.

Enfin, une fois que le corps fut enfoui, la fille aînée du défunt entonna un chant. Elle fut suivie presque aussitôt dans sa performance par toutes les femmes de l'assistance. Puis les hommes prirent le relais. Toute l'assemblée ne fut plus ensuite qu'une longue, belle et impressionnante mélodie qui rappelait et vantait les mérites et les réalisations de celui que l'on venait d'inhumer. Plus tard, il y aurait la cérémonie des ancêtres. C'était un rituel durant lequel des effigies à l'image des dignitaires défunts étaient placés dans une construction appelée la « maison des ancêtres ». Même s'il était sceptique sur l'utilité d'une telle pratique, Zola devrait y souscrire.

Mais, consciemment ou inconsciemment, le peuple de Loughémo rendait hommage à une époque. Les plus anciens du royaume particulièrement se rendaient compte de ce qui se nouait.

Gao n'était plus là. Avant lui, il y avait eu le roi Bidié. Mokossi n'était plus. Mombo avait également quitté la scène.

Les garants d'une époque de quiétude et de faste pour tout le royaume avaient disparu. La fin d'une ère qui avait vu le royaume de Loughémo grandir et s'affirmer aux yeux de ses voisins par la grâce de ces hommes exceptionnels, même si la fin avait été plutôt inattendue et particulièrement tragique.

Aujourd'hui, il y avait un nouveau souverain. Une reine bien jeune. Et ses conseillers n'avaient pas l'expérience nécessaire pour prétendre exercer le pouvoir efficacement. Ils étaient intelligents, certes - voire très intelligents – mais inexpérimentés. Comment s'en sortiraient-ils ? D'autant que le puissant Wazaaba avait également disparu.

Wazaaba. Maintenant qu'il n'était plus là, beaucoup se rendaient compte de son absence et des conséquences de cette absence. Ils se disaient que s'il avait été présent, Gao ne serait certainement pas mort. Il aurait certainement réussi à le guérir.

Il leur faudrait maintenant compter sur une jeune femme dont l'époux les avait certes sauvés d'une catastrophe certaine, mais qui n'avait encore fait preuve d'aucune capacité pour ce qui était de l'exercice du pouvoir. Mais peut-être que son meilleur atout était d'avoir côtoyé son père depuis son enfance. Nul doute qu'elle saurait certainement guider les siens. Elle était leur nouvel espoir pour l'avenir. Plus encore que Zola, dont ils ignoraient finalement tout, à part ses coups d'éclat de la période des évènements.

Une nouvelle ère commençait pour le Royaume de Loughémo. Et elle était chargée d'incertitudes.

*

Zola et la reine Elikya étaient assis dans leurs appartements. Ils avaient congédié toutes les personnes qui les avaient assistés jusque-là. Ils avaient déclaré avoir besoin d'un moment d'intimité.

— Comment te sens-tu ? lui demanda-t-elle doucement.

— Je ne sais pas comment te l'expliquer.

— Essaie.

Il leva les yeux et fixa brièvement le faible rayon du soleil couchant qui filtrait encore par la cheminée d'aération.

— Je me suis senti tellement impuissant face à ce qu'il vivait et pourtant je me sens coupable de n'avoir peut-être pas tout essayé pour le sauver. Néanmoins je me dis que son état ne paraissait pas si alarmant. Alors pourquoi ce lourd sentiment de culpabilité ? Mais au-delà de cela, j'ai la sensation de n'avoir pas passé assez de temps avec mon père. Je pense à tous ces moments que j'ai passés avec les uns et les autres. Aujourd'hui je regrette de n'avoir pas plutôt été plus proche de lui, pour qu'il me parle de lui, pour qu'il me parle de ma mère. Elle non plus je n'ai pas passé assez de temps à ses côtés. J'aurais dû passer plus de temps avec lui pour qu'il me parle de notre famille. Pour qu'il me parle de son père, de sa mère. Tout simplement pour qu'il me dise de qui nous descendons exactement. Je me rends compte aujourd'hui que je n'en sais pas beaucoup sur mes grands-parents et sur ceux qui les ont engendré.

Il s'interrompit.

— Mon amour, tu es trop sévère avec toi-même. Qu'aurais-tu pu faire de plus ? Comme tu le dis, son état ne paraissait pas si alarmant. Personne d'ailleurs ne s'attendait à ce qui est arrivé. Qui aurait pu le prédire ? On ne pouvait en outre pas trop faire confiance aux guérisseurs dans les royaumes aux alentours après tout ce qui s'est passé. Je t'en prie, ressaisis-toi. J'ai besoin de toi. Nous avons besoin de toi. Ton peuple a besoin de toi. Il a besoin de nous.

— Je sais, je sais, chuchota-t-il.

Il la regarda dans les yeux.

— Peut-être que c'est ce qui m'effraye au fond de moi. Je me réfugie certainement dans ces interrogations pour ne pas m'avouer la crainte que j'ai devant cette tâche qui nous incombe alors que je comptais tellement sur lui pour nous guider. Te rends-tu compte que ses dernières paroles envers nous ont été des conseils sur la manière d'exercer le pouvoir ? Pourquoi le faire particulièrement à ce moment-là ? Il savait qu'il allait partir. J'en suis sûr, il le savait. Et je n'ai rien compris. Je n'ai rien décelé alors qu'il me transmettait un message. Son dernier message.

Il soupira et se prit le visage entre les mains.

Silencieusement, il laissa brusquement échapper tout le chagrin qu'il avait retenu depuis la triste annonce du décès de son père. Toute la colère qu'il avait emmagasinée lorsqu'il lui en voulait de se laisser mourir. Toute la crainte qu'il avait eue de ce qui était finalement arrivé. Tous les regrets qu'il avait de ne pas avoir été encore plus proche de lui. Tout ce qu'il avait ressenti et enfoui au fond de lui fut refoulé dans les sanglots et les larmes qui inondèrent son visage, se glissant entre ses doigts, comme expulsées par une force irrésistible qui l'envahissait soudain.

Elle le laissa se vider de cette forte émotion avant de l'enserrer dans ses bras. Au doux contact de son épouse, Zola se calma progressivement. A son tour, il l'enlaça. Ils restèrent ainsi quelques instants, communiant dans une même douleur causée par une raison unique : la perte de leurs pères respectifs.

— Pas trop fort quand même, s'il te plaît.

Elle avait parlé tout doucement, sans pourtant le relâcher, alors que sans s'en rendre compte il l'avait serrée de plus en plus fort contre lui, oubliant son état.

— Tu as raison, fit-il en desserrant son étreinte. Il ne faudrait pas que le petit subisse les conséquences de nos effusions.

Il lui sourit et déposa un baiser délicat sur son ventre arrondi avant de s'allonger à ses côtés. Il allait devoir se préparer à passer une nuit blanche pour la veillée mortuaire en hommage à son père. Quelques instants de repos ne seraient pas usurpés avant de se montrer en public. Par ailleurs, il fallait qu'il laisse le temps aux traces de chagrin encore visible sur son visage de s'estomper complètement. Il ne voulait pas montrer un visage tuméfié par la douleur, fut-ce à cause de la perte de son père.

4

— Je ne sais pas d'où je viens, mais je sais que je devais venir ici. J'ai un message pour le roi et j'ai une tâche à accomplir.

— Quelle est donc cette tâche ?

Buana était de plus en plus intrigué par ce vieil homme. Il semblait aller de mieux en mieux et parlait avec une lucidité qu'il n'avait pas encore lorsqu'il avait repris ses esprits. Tant et si bien qu'il considérait maintenant ses dires avec une attention toute autre qu'auparavant. Il ne négligeait pas un seul des mots qu'il prononçait.

— Je dois soigner quelqu'un de très important dans ce royaume. Sinon il mourra.

Il y eu un silence pesant pendant lequel Buana et ses confrères se regardèrent.

— Que veux-tu dire ? Qui dois-tu soigner ?

Gadji avait une voix rauque de surprise et d'angoisse, craignant la réponse.

— N'avez-vous pas en ce moment un dignitaire de votre royaume qui est malade ? Je suis venu le soigner.

Depuis le décès de Gao, Buana et les autres conseillers avaient totalement négligé le vieil homme. Les préparatifs pour les obsèques avaient pris toute leur attention. Ils n'avaient plus pensé à lui. Cela n'urgeait pas avaient-ils pensé. Il pouvait bien attendre, même s'il avait affirmé avoir un message pour le roi. Il fallait d'abord rendre hommage au défunt. Les quelques jours suivants avaient été passés à s'occuper des nombreux messagers envoyés par les souverains qui avaient eu vent du drame et avaient tenu à présenter leurs condoléances à la jeune reine pour la perte de ce personnage si important. Cela aussi avait occupé toute leur attention jour et nuit. De ce fait, ils n'avaient pas pris la peine de venir interroger le vieil homme. Mais il était déjà trop tard. De toutes les manières, auraient-ils pu se douter de quoi que ce soit ?

— Nous avions un dignitaire qui était malade.

Buana marqua une pause.

— Mais il est décédé, reprit-il. Il nous a quitté il y a déjà quelques jours.

Le vieil homme sembla réfléchir. Puis il demanda d'une voix troublante.

— Etait-il le premier dignitaire du royaume ?

— Mais pourquoi toutes ces questions ? demanda Buana, passablement irrité. Qu'essaies-tu de nous dire ? Aurais-tu pu soigner le Premier conseiller Gao ?

En guise de réponse le vieil homme le regarda sans rien dire. Tous ceux qui étaient à ses côtés étaient troublés.

— Alors pourquoi ne l'as-tu pas dis plus tôt ? s'excita Wamba.

Le vieil homme secoua la tête. Il eut l'air un peu confus.

— Je ne m'en rappelais pas.

*

La jeune reine était catastrophée. Si jamais cet homme disait vrai, ce serait vraiment un malheur et un drame qui retomberait forcément sur ses conseillers. Elle ne pouvait pas se permettre de prendre le risque qu'une telle information s'ébruite. Il fallait décider très vite.

— Qui a entendu ces propos ? demanda-t-elle.

– Nous sommes trois à les avoir entendus, lui répondit Buana. Wamba, Gadji et moi.

–Très bien. Alors sous aucun prétexte, nul ne doit apprendre une telle information. Imaginer que nous avions parmi nous quelqu'un qui pouvait sauver le père de Zola et que nous ne l'avons pas su. Quelle qu'en soit la raison, vous passeriez pour des incompétents. Nous passerions pour des incompétents.

Elle se tut en regardant le Premier conseiller. Puis elle l'interrogea sans conviction sachant que la réponse ne serait de toute manière pas satisfaisante.

– Quel crédit pouvons-nous apporter aux propos d'un vieillard que nous avons trouvé à demi conscient, à la tombée de la nuit, dans la gorge de Dieu ? Dis-le moi, Buana ?

– A priori aucun, Majesté. Mais si ses propos sont véridiques, alors cet homme est un don des esprits et de Dieu. Il ne se rappelle pas d'où il vient, mais des bribes de souvenirs lui reviennent petit à petit. Avec le temps certainement en saurons-nous plus. Nous pourrons alors nous définir par rapport à ses dires.

– Ceci est tout de même bien étrange, dit Elikya. Si l'on en croit ses propos, cet homme est un guérisseur. Ne trouvez-vous pas que cela tombe à point nommé, alors que nous avons perdu notre fidèle Wazaaba il n'y pas si longtemps de cela ?

– En effet, Majesté, répondit Gadji. C'est étrange. Mais peut-être devrions nous le considérer comme un envoyé de Dieu et des esprits ?

– Ou d'ailleurs ! Qui sait ?

Buana avait parlé d'un air dubitatif, confirmant ainsi le caractère mystérieux de la situation.

Quand à la jeune reine, elle ne dit rien aux dernières déclarations de ses conseillers. Elle ne voulait pas entrer dans ce débat d' « esprits » ou quoi que ce soit d'autre qui auraient envoyé le vieillard. Il fallait rester pragmatique. La situation était déjà assez complexe.

— Très bien. En tous les cas, il va bien falloir que j'écoute ce qu'il a à me dire. Il est encore heureux qu'il semble se rappeler du message qu'il a à me transmettre. Ne devrait-il pas déjà être là ?

— J'ai envoyé deux gardes le quérir, Majesté. Il ne devrait pas tarder.

*

Le vieil homme, encadré par deux gardes, marchait d'un pas lent et régulier. Comme s'il voulait prendre le temps d'arriver devant la reine pour se souvenir du plus d'éléments possibles de son existence antérieure à sa présence à Loughémo. Sur son passage, les habitants le regardaient avec une curiosité teintée d'une légère crainte. L'inconnu éveillait toujours une certaine appréhension. Tous se demandaient qui était cet homme, mais surtout d'où il venait. Tous savaient qu'il avait été retrouvé un jour dans la gorge de Dieu, juste avant la tombée de la nuit. Cela attisait encore plus les craintes. Ils le trouvaient bien étrange, avec son air hirsute et ses cheveux blancs clairsemés sur une tête au crâne dégarni sur sa partie supérieure. Sa tunique marron en raphia, usée, ainsi que ses sandales délabrées laissaient penser qu'il venait de loin et qu'il avait marché pendant longtemps. On lui avait bien proposé une nouvelle tenue, mais il avait décliné l'offre.

En arrivant devant le palais, il prit le temps d'examiner les lieux, jetant un regard circulaire qui s'attarda plus particulièrement au-delà de la falaise qui bordait la concession royale. Il semblait faire une reconnaissance des lieux. Il sentit les gardes s'impatienter. Il les regarda calmement. Ils ne réagirent pas. N'osaient-ils rien lui dire ? Ce n'était pas surprenant. Il n'était pas recommandé de dire des choses désagréables à un vieillard inconnu. Il pouvait vous jeter un sort ou vous maudire.

Flanqué de ses deux gardes, il s'introduisit dans le palais, pour aller à la grande salle du palais.

Il se retrouva devant la reine et son conseil. Il remarqua deux trônes, dont l'un était vide. L'autre était occupé par une jeune femme qu'il identifia comme étant la reine. Il ne manifesta pourtant aucune surprise.

— Salutations à toi, étranger.

— Salutations à toi, Majesté.

Il porta ensuite son regard vers les conseillers. Il reconnut les visages qu'il connaissait déjà.

— Et salutations à vous mes frères.

— Salutations à toi, lui répondirent les conseillers en chœur.

Puis il se tourna à nouveau vers la souveraine.

Cette dernière le regardait ou plutôt l'observait, sans ciller. Puis, pour ne pas mettre l'homme mal à l'aise, elle s'exprima.

— Soit le bienvenu parmi nous. Qui que tu sois, d'où que tu viennes, soit le bienvenu. Notre contrée a toujours été un havre pour les étrangers, pourvu qu'ils la respectent et lui fassent honneur.

Elle s'arrêta, attendant la réaction de son interlocuteur. Ce dernier inclina la tête en signe de remerciement et d'acquiescement.

— Mes conseillers m'ont affirmé que tu avais quelques difficultés à te remémorer d'où tu viens. Peux-tu toutefois nous dire comment tu te nommes ? Cela serait un bon commencement.

L'homme sembla hésiter.

— Autant que je me rappelle, il me semble que je me nomme Nganga.

— Ah, en voilà une bonne nouvelle, s'exclama Elikya en regardant ses conseillers.

Puis elle se tut, avant de s'adresser à nouveau au vieillard.

— Es-tu également capable de nous en dire plus sur toi et d'où tu nous arrives ?

— D'où je viens, je ne puis toujours pas vous en dire plus, Majesté. Mais s'il y a une chose dont je suis sûr, c'est que c'est bien ici que je dois me trouver. J'ai un message à transmettre et une mission à accomplir.

Pas un bruit ne résonnait dans la grande salle du palais. Tous les regards étaient posés sur le vieil homme, qui venait de parler avec une assurance qui avait capté l'attention de tous.

Elikya sa cala dans son trône, intriguée.

— Peux-tu nous en dire plus ?

— Oui, bien sûr. J'ai cru comprendre que pour ce qui est de ma mission, il est trop tard.

— Rappelle nous donc ce qu'elle devait être, intervint Buana.

Nganga se tourna brièvement vers celui qui venait de parler.

— Comme je te l'avais déjà dit, je devais soigner un haut dignitaire du royaume. Mais je crois savoir que c'est lui qui nous a récemment quittés.

Il se tourna à nouveau vers la reine.

— J'ai cru comprendre, Majesté, qu'il s'agissait d'un homme très important. Permets-moi de te présenter mes sincères condoléances et de te témoigner toute ma sympathie mais surtout mes regrets d'avoir échoué dans cette mission qui était la mienne.

— Je te remercie pour cette marque de sympathie, vieux Nganga. Mais une question me vient tout naturellement à l'esprit. Qui t'a confié cette mission, ou en d'autres termes, comment savais-tu qu'il y avait dans ce royaume un dignitaire qui avait besoin de soins ? Et pourquoi lui ?

Le vieux Nganga sourit légèrement. Puis il prit un air désolé.

— Je ne saurais répondre à toutes ces questions. Toujours est-il qu'une nuit, je me suis réveillé avec la sensation d'avoir entendu quelqu'un qui me parlait aussi nettement que je vous parle ici en ce moment. Un songe, en quelque sorte. Vous comprendrez que dans ma condition, je ne peux négliger ce genre de manifestation.

Les lourdes portes en bois de la salle s'ouvrirent lentement. Zola apparut. Il avança jusqu'au trône vide et prit place aux côtés de son épouse.

— Veuillez me pardonner pour cette arrivée tardive. Je n'envisageais pas d'assister à cette réunion compte tenu de mon état d'esprit, mais la vie doit bien continuer et par ailleurs la curiosité l'a emporté. Me voici donc parmi vous.

— Tu ne fais que rejoindre la place qui est la tienne, Honorable, déclara le Premier conseiller. Je pense que c'est une bonne chose.

Il vit Elikya qui lui faisait un signe de la tête. Il expliqua alors rapidement au jeune homme ce que le vieil étranger venait de leur dire. Puis il se tourna vers ce dernier pour lui laisser à nouveau la parole.

— Tout d'abord salutations à toi, vieux Nganga, dit Zola.

— Salutations à toi,.. Zola. C'est bien cela ? Tu es Zola, le fils du défunt ?

Zola ne répondit pas immédiatement. Il regarda son épouse, puis les conseillers. Puis il regarda à nouveau le vieillard.

— Comment sais-tu qui je suis ?

Le vieil homme sourit énigmatiquement, sans répondre. Puis il continua son récit.

— Alors où en étais-je ? Ah, oui...

— Quand tu dis ta condition, intervint Elikya, tu veux dire que tu es guérisseur et que tu fréquentes, si je puis dire, les esprits ?

Le vieil homme sourit à nouveau.

— Tu peux l'exprimer ainsi, Majesté. Tu peux l'exprimer ainsi. Mais « fréquenter » est tout de même un bien grand mot. Tout juste essaie-je de leur adresser des requêtes. Ils décident alors de ce qu'il convient de faire, avec l'accord de Dieu tout-puissant.

— S'ils existent vraiment.

Zola n'avait pu se retenir d'émettre ce doute. Il se rappelait les différentes conversations qu'il avait eues avec Wazaaba. Il se rappelait surtout qu'il n'avait jamais vraiment obtenu de réponse claire et nette de la part du vieux guérisseur. Il avait toujours été mystérieux, n'affirmant rien, n'infirmant rien. Même si Zola pensait qu'il lui recommandait plutôt d'y croire. Aujourd'hui, il voulait savoir ce que ce vieil homme avait à dire à ce sujet, au-delà des discours convenus que tout un chacun pouvait utiliser.

— S'ils existent vraiment ? reprit le guérisseur.

Il ricana, puis sembla réfléchir, avant de reprendre la parole.

— C'est une évidence qu'il ne m'appartient pas de vous convaincre de leur existence. Ce que vous devez vous dire, c'est que lorsque vous les invoquez, si jamais il vous arrive de les invoquer, est-ce que vous ressentez une présence, est-ce que vous constatez des résultats relatifs à vos demandes ? A partir de là, seul votre jugement prime sur l'explication que vous pouvez donner à ces différents phénomènes. Ne sont-ce que des sensations ? Sont-ce des manifestations bien réelles. Chacun seul peux juger.

Zola avait la sensation d'entendre parler le vieux Wazaaba. A nouveau, il n'avait pas de réponse. Ou plutôt la réponse était la même : y croire ne dépendait que de soi. Il avait décidé de ne pas y croire, malgré la sensation qu'il avait vécue dans sa chambre royale alors que son père décédait. S'il avait su à ce moment-là qui était vraiment le vieil homme, il se serait forgé une toute autre opinion.

Il sourit et demanda à ce dernier de continuer son récit.

— J'ai donc écouté les propos que j'avais entendus et j'ai décidé de me mettre en route vers votre royaume. Ce que je sais, c'est que ma marche a été longue. Elle m'a paru interminable, comme le témoigne l'état de mes habits. J'ai traversé bon nombre de contrées. J'ai croisé des personnages de toutes sortes. Des accueillants, des moins accueillants, des personnages hostiles aussi car malheureusement il y en a. J'ai échappé, je peux le dire, plusieurs fois à la mort en croisant certains animaux, mais à ceux-là je n'en veux pas. Quand aux hommes, comme ils peuvent être mauvais, parfois !

— Tu dis avoir traversé bon nombre de contrées, dit la jeune reine.

— C'est exact.

— Connais-tu des contrées qui se nomment Mâlassa ou encore Garuna ?

Nganga prit un bref instant de réflexion. Puis il secoua la tête.

— Non, ces noms ne me disent rien. Non, je ne me rappelle pas avoir traversé ni même avoir entendu parler de telles contrées.

— Très bien, continuons.

— J'ai donc marché longtemps. Par contre, c'est lorsque j'arrive à Abamé que mes souvenirs me font défaut. A partir du moment où j'ai mis le pied sur cette terre, je ne me rappelle plus de ce qui s'est passé depuis. Je me suis alors réveillé sur les lieux où vous m'avez trouvé. C'est pour cela qu'au départ j'ignorais totalement où je me trouvais. J'ai le sentiment d'avoir été transporté jusqu'ici.

Il se tut. Son regard resta posé sur le couple royal.

— Je pense que tu n'as pas terminé. Tu aurais déclaré avoir un message pour moi ?

— Oui, Majesté. Je me rappelle très bien quel est le message. Enfin, c'est plus sous la forme d'une pensée, qui est la suivante : ce n'est pas parce que l'on ne voit pas la fumée que la braise ne brûle pas.

Tous ceux qui étaient dans la pièce échangèrent des regards interrogatifs. Buana entreprit de répéter la phrase.

— Ce n'est pas parce que l'on ne voit pas la fumée que la braise ne brûle pas.

— Oui, répondit le vieil homme.

— Rien de plus ? interrogea la reine.

— Non, Majesté, rien de plus.

— Cela m'a plus l'air d'une énigme plutôt que d'un message, déclara Wamba.

— En effet, répondit Nganga. C'est une sorte de mise en garde.

Zola n'avait pas réagi suite à la déclaration du vieux Nganga. Il était resté silencieux et écoutait avec un détachement relatif la conversation qui se déroulait devant lui. Une sensation glaciale lui avait parcouru l'échine à l'énoncé du message. Il n'avait pas besoin de réfléchir à quoi que ce soit. Pour lui tout était très clair. Ses craintes se précisaient. Cette sensation dont il avait fait part à son épouse que tout lui semblait pouvoir recommencer se confirmait. Il devait s'attendre à tout, lui avait martelé Wazaaba. Cette fois, il ne fut pas surpris qu'un tel message leur parvienne. Comment ? Venant de qui ? Cela importait peu. Le plus important était que cette mise en garde soit parvenue.

Pourtant, autre chose le perturbait dans l'immédiat. Le vieil homme avait déclaré avoir entendu comme une voix dans son sommeil. S'il prenait ce message au sérieux, cela voudrait dire qu'il croirait la version selon laquelle une voix peut être entendue par un homme pour porter un message. Mais la voix de qui ? D'un esprit ? Allait-il se mettre lui aussi à croire à ce à quoi il n'avait jamais cru ou en tous cas jamais voulu croire ?

Il était pourtant à présent persuadé d'une chose : d'une manière ou d'une autre, Kana réapparaîtrait.

5

Le premier frère cadet de Kana, avait donc accédé au trône après son retour dans le royaume d'Abamé. Les deux frères avaient appris la mort de leur aîné depuis leur lieu d'exil. Ils n'avaient jamais vraiment cessé de garder un œil sur leur contrée d'origine. Ils avaient des hommes qui les informaient constamment de l'évolution de la situation, des faits et gestes de leur roi de frère. Ils espéraient pouvoir reprendre la place tôt ou tard, mais ils n'avaient jamais espéré le faire si vite et par-dessus tout aussi facilement.

Le premier objectif du roi Moni fut de rétablir la confiance de son peuple envers leur souverain. Mais il n'eut pas à s'employer car il avait toujours eu une image favorable auprès des siens, tout comme d'ailleurs son cadet Samburu, contrairement à leur frère défunt.

Les deux cadets de Kana ne lui ressemblaient pas vraiment. Cela avait aussi alimenté la croyance qui voulait que ce dernier n'avait pas le même géniteur qu'eux. Par contre, les deux cadets se ressemblaient, bien que Moni soit de petite taille et trapu, alors que Samburu était bien plus grand et plus mince. Ils avaient toutefois une chevelure aussi fournie que celle de leur aîné et, comme lui, aimaient à l'avoir tressée. Pour cela les coiffeurs ou coiffeuses ne manquaient pas à Abamé. Ils n'avaient par-dessus tout pas cet air exaspérant d'arrogance qu'affichait si aisément Kana.

Dans le palais, toute trace de l'existence même de Kana avait été retirée et détruite. Tout ce qui faisait allusion de près ou de loin à une panthère n'avait plus droit de cité dans le royaume. L'éléphant avait repris partout sa place d'emblème royal. Etant très fortement spirituels, des cérémonies de purification avaient été diligentées dans le palais afin de s'assurer qu'aucune onde maléfique ne traînait encore derrière celui qui avait fait un pacte avec un mauvais génie et qui en était mort. Pour cela, ils avaient fait appel aux meilleurs sorciers et guérisseurs, ou supposés comme tel, du royaume. Parmi eux, le vieux Mpassi.

Leur seule crainte émanait du refus du royaume de Loughémo de brûler le corps du frère malfaisant. Pour cette raison, ils étaient persuadés que ce dernier avait encore son pouvoir de nuisance intact. Ils le croyaient fermement car ils avaient également en eux la certitude qu'ils n'avaient pas le même père que lui. La légende voulait que son père soit un étranger de passage à Abamé, et qui avait été logé par pure hospitalité. En remerciement, il aurait séduit la reine le temps d'une étreinte et aurait ensuite disparu. Nul ne savait où il s'en était allé. D'ailleurs, nul ne savait d'où il était venu. Kana serait donc né de cette étreinte illégitime. Tous ces mystères alimentaient donc la méfiance des deux frères vis-à-vis de leur aîné.

Malgré cela, le roi Moni et son frère avaient décidé de gouverner comme si de rien n'était. Ils ne voulaient pas que le peuple ressente leur appréhension d'un retour éventuel de leur ancien souverain, alors même qu'il était mort. Cela ne serait pas compris. Les peuples croient à toutes sortes de manifestation occultes, mais il n'était pas certain qu'ils apprécient que leur souverain ait peur d'un éventuel revenant. Eux pouvaient se le permettre, mais pas lui. Un souverain d'un royaume ne doit jamais céder à la superstition.

Un inventaire avait été fait des trésors du royaume. Les deux frères savaient qu'une statuette avait été remise à Zola lors de la fameuse cérémonie en hommage à leur défunt frère. Ils n'avaient pas voulu venir cautionner l'hypocrisie manifeste à leurs yeux de leur frère. Ils s'attendaient donc à retrouver un socle ainsi qu'un éléphant au lieu d'un ensemble complet. Mais au lieu de cela, ils ne trouvèrent rien. Pas de socle, et pas une seule statuette quelconque d'un éléphant en ivoire. Une enquête fut diligentée, aboutissant à une impasse. Nul ne savait ce qu'étaient devenus le socle et la seconde statue. Ils savaient l'importance que cet ensemble avait eue pour leur père. Ils n'avaient d'ailleurs pas apprécié que Kana en offre une au jeune étranger, quelle qu'en soit la raison. C'était le patrimoine du royaume. Tout ce que leur père avait chéri ne devait pas et n'aurait jamais dû quitter le royaume. Il faudrait donc demander la restitution d'au moins cette statue. Pour le reste, il faudrait continuer à chercher. Ils finiraient bien par trouver une piste.

— C'est étrange, le vieux Mpassi n'avait pas l'air très impliqué lors des séances de purification du royaume. Je l'ai trouvé même effacé. Comme s'il ne pensait pas que ce soit nécessaire de faire tout ceci.

— Je t'en prie, Samburu ! Il faut toujours que tu imagines des situations qui n'en sont pas.

— Tu sais, grand-frère, il ne faut rien laisser au hasard. J'ai eu cette sensation et je t'en fais part. Nous sommes deux paires d'yeux, et c'est mieux qu'une seule. Tu peux voir ce que je ne vois pas, et je peux voir ce que tu ne vois pas. En l'occurrence, j'ai vu ce que tu n'as pas vu. Je pense que nous devrions discuter avec lui. Avec sa réputation il pourrait peut-être nous apprendre des choses. Tu imagines le pouvoir qu'il a dû déployer pour que Kana ne se rende compte de son existence que très tard ? Je pense qu'il est un atout que nous nous devons d'exploiter.

— Très bien. Nous organiserons une petite entrevue avec lui. Il faudra le faire venir un de ces jours.

Quelques temps s'étaient écoulés depuis que cette conversation avait eu lieu. Moni avait semblé l'avoir oubliée. Mais certainement pas Samburu. Aussi s'était-il fait fort de la rappeler à son aîné qui s'était alors empressé de faire convoquer le vieil aveugle.

Un garde se présenta à la porte de la salle principale du palais, où les deux frères se tenaient.

— Le vieux Mpassi est prêt à être reçu, Majesté !

— Fais-le entrer, déclara Samburu.

Il était debout, les bras dans le dos, à quelques pas du trône sur lequel était assis son frère. De sa grande taille, il dominait la pièce et semblait tout avoir sous son contrôle. Malgré son titre de roi, Moni paraissait effacé à ses côtés.

Le vieil homme apparut et fut introduit dans la pièce. Etant donné son âge avancé, le roi l'invita à s'assoir à une table au milieu de la pièce. Samburu l'y escorta.

— Merci, fils. Mes pauvres jambes n'ont plus leur force d'antan et j'ai bien plus besoin qu'à mon tour de me reposer.

— Tu n'as pas une de tes vieilles recettes qui pourraient te permettre de continuer à avoir toutes tes forces ? le taquina Samburu.

Le vieil homme rit.

— Ah je te reconnais bien là, Samburu ! Toujours aussi plaisantin. Tu sais bien que toute créature a son crépuscule.

Lorsque le temps vient, il vient. Et l'on n'y peut rien. Mon crépuscule est là. Ma nuit est en train de tomber.

Il s'ensuivit un silence.

— Bonjour à toi, vieux Mpassi. Merci d'être venu.

— Bonjour à toi. Fils, tu es roi et je n'avais pas le choix. Tu m'avais fait demander.

— Sache, dit le roi Moni, que si tu m'avais fait dire que tu étais dans un état d'une grande fatigue, je me serais déplacé.

— Jamais ! déclara le vieil homme doucement, mais fermement. Un roi ne doit se déplacer à la demande de personne d'autre qu'un autre roi ! N'oublie jamais cela ! Il y va de son autorité.

— Merci pour ce précieux conseil, vieux Mpassi. Pourquoi ai-je soudain l'impression que tu ferais un excellent conseiller ?

— Oh, je ne te serais pas utile bien longtemps, dit énigmatiquement le vieux devin.

— Est-ce pour cela que tu as semblé comme absent lors des cérémonies de purification du palais ? demanda Samburu.

— Ah, vous aviez remarqué cela ?

Il soupira, puis continua.

— Malheureusement, non. Si ce n'était que pour mon état de santé je ne m'en ferais pas outre mesure. C'est dans l'ordre des choses. Ce qui n'est pas dans l'ordre des choses, c'est ce qui guette cette contrée si vous n'y prenez pas garde. Vous aviez raison de refuser le corps de votre frère. Mais cela n'aura servi à rien car il n'a pas été brûlé comme vous l'aviez demandé. En fait, si mon avis m'avait été demandé à ce moment-là, et si j'avais su ce que je sais aujourd'hui, je vous aurais recommandé d'accepter le corps et de le brûler vous-même. Il n'était pas possible de demander à un autre peuple dont ce n'est pas non plus la coutume de le faire à votre place. Il est normal que cette demande ait été refusée. On ne contrevient pas facilement aux traditions. Quelle qu'en soit la raison.

Il se tut, comme pour reprendre son souffle. Il était visible que le vieil homme était fatigué. Sa santé s'était dégradée rapidement durant les dernières semaines. En fait, elle s'était dégradée depuis que Zola avait fait échec au roi maudit. C'était comme s'il en payait les conséquences. Tout comme le défunt Premier conseiller de Loughémo, Gao.

— Tu disais que nous avions eu raison de refuser ce corps ? demanda Samburu.

— Oui. Vous pensiez que même mort, Kana pourrait encore vous nuire. Vous aviez aussi raison. Une grave menace plane sur toutes les contrées de ce monde, y compris le nôtre. Tous ces artifices autour et dans le palais n'y pourront rien. La menace est bien plus puissante. Il faudra autre chose pour en venir à bout. Autre chose de tout aussi puissant. Et je ne vois pas ce que cela peut être. Voilà pourquoi j'étais comme absent lors de ces rituels : car ils ne sont tout simplement d'aucune utilité.

Un silence pesant envahit les lieux. Les deux frères étaient plongés dans une réflexion aussi désespérée qu'inutile.

— Nous pourrions alors demander le corps afin de le brûler, risqua Samburu. Au moins nous neutraliserions Kana. Ainsi…

— Il est déjà trop tard, fils. Bien trop tard. Cela ne changerait plus rien maintenant. Le mal est déjà en marche.

Il se tut à nouveau. Dans la pénombre de la pièce, ses cheveux blancs donnaient l'impression d'un halo de lumière bienveillant semblant protéger des sombres heures à venir qu'il avait évoquées. Ces yeux révulsés avaient par contre tout l'effet contraire. Rares étaient ceux qui supportaient de les regarder longtemps. Même quand une personne lui parlait, elle préférait avoir le regard détourné plutôt que d'affronter celui pourtant éteint du vieil homme. Il ne pouvait pas voir la beauté des objets qui se trouvaient autour de lui.

Les deux frères avaient complètement repensé l'intérieur du palais. Les murs étaient ornés de plusieurs tableaux sculptés en bois précieux représentant des scènes de la vie ou encore des animaux sauvages, principalement des éléphants. Il y avait aussi des petits masques sculptés dans de l'ivoire. Une rangée de bustes ornait une série de consoles. En y regardant de plus près, et pour ceux qui les avaient connu, il était possible de reconnaître certains visages qui avaient régné sur Abamé. Ces objets avaient été découverts dans les trésors du royaume lors de l'inventaire qu'ils avaient diligenté. Ils y avaient également découvert plusieurs pans de tissus brodés qu'ils avaient également savamment accrochés sur les murs. Ce mélange de tissus et de bois précieux donnait à la pièce un aspect de richesse qui en disait long sur les possibilités du royaume. Mais il y avait également des statues diverses en métal.

— Tout ceci n'est pas très rassurant, dit le roi.

— Alors que pouvons-nous donc faire ? s'emporta soudain Samburu. Rien ? Ce n'est pas possible ! Il y a forcément une solution ! Et d'ailleurs pourquoi es-tu le seul à savoir cela ? Qu'en pensent tes confrères ? En avez-vous discuté entre vous ?

Le vieil homme ricana. Il avait décelé la peur dans la voix du jeune homme.

— Ne cède pas à la panique, mon garçon, dit-il. Sache que les devins dans nos contrées n'échangent que très rarement avec les autres. Et si je n'ai pas parlé de ceci à qui que ce soit, c'est tout simplement du fait qu'aucun ne m'aurait pris au sérieux. Rendez-vous compte, un aveugle qui voit. Ils ne m'auraient pas pris au sérieux car j'aurais prédit quelque chose que les autres n'auraient pas décelé. Cela attise des jalousies dans notre profession. De ce fait des rumeurs auraient commencé à courir. Et rien n'est pire que de faire courir des rumeurs faisant passer pour fausse une situation bien réelle. Je n'ai pas voulu prendre ce risque. Je savais que vous me convoqueriez. Alors j'ai gardé cette information pour vous la transmettre et il vous incombe à présent de prendre vos responsabilités le moment venu. La solution, s'il y en a une, se présentera à un moment ou à un autre et il vous faudra alors faire le nécessaire. Mais pensez par-dessus tout à être humble et ne vous laissez pas dominer pas des sentiments futiles, vaniteux et des principes sans aucun intérêt qui mettraient tout le monde en péril. Faites passer l'intérêt des vôtres avant tout.

— Que des mots, tout ceci ! s'impatienta encore Samburu.

— Les mots permettent de préciser les pensées et de matérialiser ses actes avant même de les commettre, permettant ainsi d'éviter des erreurs. Toute impatience est néfaste à une réalisation, quelle qu'elle soit.

Le jeune homme sembla se calmer.

— Je te pris de me pardonner, vieux Mpassi. En fait, ce qui m'intéresse tellement et me rend si nerveux c'est de ne pas savoir comment éviter ce que tu nous as prédit.

Le vieil homme soupira, puis sembla réfléchir un moment. Il baissa la tête, puis la redressa vers le ciel comme à son habitude lorsqu'il allait parler.

— Il y a bien une personne qui pourra vous aider à vaincre cette menace. Il est...

Sa voix s'évanouit soudain, alors que ses lèvres continuaient à bouger. Il continuait à parler, mais aucun son ne sortait plus de sa bouche.

Les deux frères se regardèrent, stupéfaits. Superstitieux qu'ils étaient, ils estimèrent que le mal que le vieil homme avait évoqué plus tôt commençait son œuvre.

Ils n'avaient pas tort. Le vieil homme était soudain de venu muet.

*

Adia, qui se faisait appeler Rama depuis la séquestration et les abus sexuels dont elle avait été victime de la part de son frère Kana, avait décidé de revenir vivre dans son environnement d'origine. Elle estimait que d'avoir tué son bourreau effaçait quelque peu sa douleur et son ressentiment.

Lorsqu'elle avait quitté Abamé pour la seconde fois, elle ressentait une forte aversion pour la vie et les hommes. Qu'avait-elle donc fait pour mériter cela ? Etre jeune et belle, tout simplement ? Alors le monde était bien cruel !

Elle avait pendant un moment envisagé de se laisser mourir d'une manière ou d'une autre. Voire de se donner la mort. Mais elle avait pensé à sa petite sœur. Elle s'était dit que cette dernière aurait certainement eu besoin d'elle tôt ou tard dans un monde comme celui-ci. Elle avait également pensé à sa mère, qu'elle n'avait pas vue lorsque les gardes l'avaient ramenée chez elle. Comment aurait-elle réagi ? La suite lui avait appris qu'elle n'avait pas supporté la situation. Mais pourquoi au point de se donner la mort ainsi ? Aussi brutalement sous les yeux de celui qui était responsable de cette dramatique situation ? Le saurait-elle jamais un jour ?

Petit à petit, elle avait finalement repris le dessus. Grâce à sa forte volonté, mais aussi grâce à un homme. Ils n'étaient tous finalement pas si mauvais. Cet homme avait gagné sa confiance en l'aidant de manière tout à fait désintéressée à s'établir et à se créer une nouvelle vie. Il avait bien été curieux au départ et avait cherché à savoir d'où elle venait, mais devant sa réticence à lui répondre il n'avait pas insisté. Ils s'étaient ainsi habitués l'un à l'autre. Elle lui plaisait. Elle avait apprécié son attitude tout en retenue envers elle. Elle s'était jointe à son activité de commerçant et avait repris goût à la vie. Mais une sensation d'insatisfaction la rongeait, malgré elle. Une sensation incroyablement forte et tenace sommeillait au fond de ses entrailles.

Après avoir revu Zola par hasard sur son lieu de vente, elle avait cherché à avoir plus d'informations sur la situation de sa sœur cadette. Elle était alors venue plusieurs fois discrètement à Abamé et avait rencontré son oncle aveugle. Bien lui en avait pris car sinon jamais elle n'aurait à nouveau eu l'occasion de lui parler. Elle le connaissait, mais ne l'avait en fait pas beaucoup fréquenté avant la mort de sa mère. Pourtant, elle avait de l'affection pour lui. Visiblement il en avait aussi beaucoup pour elle et sa sœur. Ils avaient discuté de beaucoup de choses. De la mort de sa mère, bien sûr, mais aussi de Binta, à propos de laquelle il lui fit part de ses projets, lui expliquant que c'était la meilleure solution pour elle. Au départ, elle s'y opposa. Mais elle dut bien vite se rendre à l'évidence. Elle n'était pas en mesure de s'occuper d'elle correctement, et lui pas plus.

Son oncle lui parla de la situation qui menaçait de s'abattre sur le royaume de Loughémo et, par voie de conséquence, sur Abamé. Elle avait la possibilité d'y remédier et en même temps d'assouvir son désir de vengeance. Ce qu'elle apprit sur l'origine réelle de Kana la convainquit. Sachant son oncle doué pour certaines connaissances, elle ne douta pas un instant de la véracité de ses propos. Elle y crut d'autant plus facilement qu'il s'était totalement confié à elle. Ce qu'il n'aurait fait envers aucune autre personne de peur de passer pour un fou.

C'est ainsi que Adia-Rama s'était retrouvée au bon endroit au bon moment pour planter une flèche dans la poitrine d'une panthère. La suite, qu'elle avait observée discrètement avec son compagnon depuis un fourré non loin du lieu de son acte lui avait confirmé qu'elle avait bien mis fin aux jours de Kana.

Mais elle avait finalement décidé de quitter son chevalier servant. Quelque chose lui manquait. Elle ne savait pas s'expliquer ce que c'était, mais elle le sentait. Sa sœur lui manquait-elle ?   Sa mère ? Non c'était autre chose. Un sentiment indéfinissable.

Elle prit ses effets et sortit de la petite demeure dans laquelle elle vivait à présent seule. Elle passa la petite place à côté des orangers noirs, tête haute, alors qu'elle sentait des regards insistants sur elle. Depuis qu'elle était revenue à Abamé, elle était la curiosité du quartier pour ne pas dire du royaume. Tout le monde savait les circonstances dans lesquelles sa mère s'était donné la mort. Mais en fait ils ignoraient la vraie raison qui avait conduit la pauvre femme à agir ainsi. Ils se disaient qu'elle avait été bien excessive. D'autres jeunes femmes avaient déjà été victime des indélicatesses de Kana, mais aucun drame de la sorte ne s'en était jamais suivi. Alors qu'avait donc la fille de mère Maïssa de si particulier pour que cette dernière en arrive à un geste aussi désespéré ?

Elle arriva à la petite bâtisse commerciale qui lui appartenait maintenant que sa mère n'était plus. Elle commença à sortir ses articles pour les exposer. Comme toujours, douée comme sa mère, elle arrivait à se procurer des pièces rares par rapport à ses concurrents. Elle avait rétabli le réseau que sa génitrice avait créé et s'en servait comme si elle n'avait jamais fait que cela. Bien sûr, elle avait profité des leçons et conseils de sa mère, mais elle avait également un don pour ce métier. C'était indéniable. En outre, elle était jeune et belle. De quoi attirer une nombreuse clientèle masculine entretenant quelque désir caché.

Cette réussite d'une si jeune femme créa des jalousies, qui se transformèrent en soupçons de connivence avec un génie quelconque pour favoriser ses ventes. De fait, elle était entourée d'un mystère. A cause de la mort de sa mère et à cause de son insolente réussite commerciale. Heureusement que les étrangers n'en savaient rien. Sinon auraient-ils peut-être déserté son étal. Mais au lieu de cela, ils s'y pressaient, de plus en plus nombreux au fil du temps.

Sa sœur cadette Binta lui manquait. Il fallait d'une manière ou d'une autre qu'elle la revoie. Et pourquoi ne pas vivre à nouveau avec elle. Après tout, elle était sa seule famille et elle en avait le droit. Cela était inévitable en son for intérieur. Elle n'allait pas continuer ainsi à vivre comme si elle n'existait plus.

Que penserait-elle si elle venait à apprendre par hasard que sa sœur aînée était revenue alors qu'elle ne le lui aurait même pas fait savoir ?

6

Le vieux Nganga avait retrouvé la petite demeure dans laquelle il s'était rétabli. Elle lui avait été rendue confortable. Trop confortable à son goût. Il sentait que ce genre d'environnement n'était pas pour lui. Il ne se rappelait pas de tout son passé, mais instinctivement il savait distinguer ce qui n'était pas de son mode de vie.

Après avoir délivré son message à la reine Elikya, il avait demandé à prendre congé. Il se sentait à nouveau fatigué. Il s'était reposé pendant un moment, puis s'était levé pour s'assoir sur un large siège en bois. Il avait fermé les yeux et s'était laissé transporter par ses pensées, essayant encore une fois de se remémorer certains moments de son passé. Puis il avait repris ses esprits. Il était instinctivement attiré quelque part. Il ne savait pas où, mais il devait y aller.

Il prit son bâton et sortit de la demeure. Il regarda autour de lui pendant quelques instants. Il était presque au centre du village. Il observa la vie qu'il y avait aux alentours. Des enfants qui jouaient en courant et en criant. Des adultes qui vaquaient à leurs différentes occupations. L'ordinaire d'une journée dans un hameau quelconque. Tout lui paraissait tellement familier. Pourtant, certains regards se portèrent sur lui avec une interrogation bien visible, sinon une inquiétude.

Mais il savait qu'il devait aller à un endroit précis. Il se mit en route, n'obéissant qu'à son instinct. Il parcourut les quelques ruelles de Loughémo, en se dirigeant vers la gorge de Dieu. Il arriva aux abords des sous-bois et les longea sans se départir de son calme de vieillard. Il semblait savoir où il allait, mais il n'en était rien. Seule une force irrésistible lui indiquait son chemin. Pourtant, lorsqu'il arriva devant la petite construction, il sut qu'il était arrivé. Ce refuge, légèrement isolé du reste du village, entre les dernières habitations et les premiers buissons de la gorge de Dieu était plus conforme au mode de vie qu'il ressentait être le sien : sobriété, humilité, quiétude.

La petite bâtisse du vieux Wazaaba était toujours là, bien qu'elle sembla tout de même un peu abandonnée. Personne n'y avait plus remis les pieds depuis la disparition du vieux guérisseur. Qui aurait osé ? Seul Zola aurait pu, mais il s'était détaché de tout ce qui le ramenait vers son regretté ami et confident. Plus personne ne s'intéressait plus à ce qui avait appartenu à Wazaaba, celui qui avait ramené le roi Mako à la vie, mais en lui faisant perdre la raison. En effet, nombreux encore étaient ceux qui donnaient toujours du crédit aux affirmations de feu le roi Kana, malgré le dénouement des évènements.

Nganga avança lentement vers l'entrée puis s'arrêta. Il leva la tête vers le ciel et ferma les yeux. Puis il leva les bras en forme de croix et resta immobile pendant quelques instants. Avec son bâton dans la main, l'image était saisissante. Quiconque l'aurait vu dans cette posture aurait compris que le vieux Nganga savait communier avec les esprits, ou quoi que ce fut d'autre.

Il rouvrit les yeux, baissa les bras et s'avança vers la toile qui obturait l'entrée. Il tenta de la soulever pour entrer mais eu un mouvement de recul instinctif. Il recula encore un peu pour laisser se dissiper le nuage de poussière qui venait de s'en dégager. Puis il frappa sur la toile avec son bâton jusqu'à ce que la poussière soit quasiment éliminée et entra.

Tout lui semblait familier. Les fioles avec des liquides à l'intérieur aux calebasses contenant des herbes séchées, jusqu'aux portions diverses de petits animaux qui ornaient des cordelettes suspendues tout autour de la pièce. Il savait qu'il retrouvait là son univers. Après tout, n'était-il pas guérisseur, devin, sorcier ? Mais il se demandait toujours qui ou qu'est-ce qui l'avait emmené là et pourquoi ? Il se rappelait en effet le message qu'il avait délivré et également de la mission qu'il aurait dû accomplir en soignant l'ancien Premier conseiller. Mais il sentait qu'il était là pour une autre raison. Une raison encore plus importante que ce qu'il pouvait imaginer. Un lien avec le message qu'il avait délivré. Oui, c'était un avertissement, mais contre quoi ? Il avait besoin de se mettre à travailler pour voir de quoi il retournait. Il savait instinctivement qu'il aurait besoin de tout son savoir, de toute sa volonté et de toute sa conviction pour remplir la mission réelle pour laquelle il était là. Il en était persuadé. Et pour ce faire, il devait vivre ici, dans cette bâtisse abandonnée. Et cela même s'il n'y avait pas été invité.

*

— Pour moi c'est évident !

— Mais il est mort ! Comment cela peut-il se faire qu'il revienne, Majesté ? Ce n'est pas possible.

— Je ne sais pas comment, je ne sais encore moins quand, mais il va falloir nous attendre à affronter de nouveau ce personnage. Je n'ai jamais été convaincu de sa neutralisation définitive. Au fond de moi, quelque chose m'a toujours dit que ce n'était pas terminé. Certes, mon époux m'a bien raisonnée en me disant que je me faisais des idées et je l'ai écouté volontiers. Cela aurait été bien beau, mais ce message, venant de quelqu'un dont nous ne savons d'où il vient et qui, lui-même, ne sait pas qui le lui a confié, vient nous dire en substance : attention, tout est calme mais cela ne veut rien dire, méfiez-vous !

Tous les conseillers se regardèrent. Ils ne voulaient pas y croire, mais la jeune femme avait certainement raison. Tout cela semblait invraisemblable, mais tout avait été invraisemblable dans cette histoire. Les évènements passés le prouvaient. Il valait mieux prendre la situation au sérieux. Mais le plus difficile restait à venir. Comment faire pour affronter cette menace ? Comment savoir à quel moment elle frapperait ?

— Comment allons-nous faire, Majesté, s'inquiéta Buana. Nous savons tous que nous ne sommes pas de taille à affronter cet être.

La reine Elikya ne prit même pas le temps de réfléchir avant de prendre la parole. Il y avait déjà un élément dont elle était certaine.

— En tous les cas c'est vrai, nous ne sommes pas de taille à l'affronter seuls. Il nous faut nous allier à tous nos voisins et au-delà. Car tous sont concernés. Si nous sommes vaincus, alors tous seront vaincus. Mais il va falloir convaincre nos probables futurs alliés du bienfondé de cette démarche. Cela ne sera pas facile. Nous pouvons même nous attendre à des refus, voire à des quolibets. La première étape devra consister à alerter ceux qui ont vu et savent ce que nous savons sur la fin de Kana. Ceux-là seront certainement les moins difficiles à convaincre. Puis, avec leur appui nous irons vers les autres.

Cela donnera un peu plus de crédibilité à notre démarche. Ne perdons pas de temps.

Elle se tut quelques instants.

— Mais nous aurons besoin de bien autre chose, dit pensivement la reine en regardant son époux. Celui qui pouvait nous l'apporter n'est hélas plus là.

— Je n'en suis pas si sûr, dit énigmatiquement Zola en se levant. Repose-toi donc. J'ai une petite visite à rendre à quelqu'un. Je pense que nous ne sommes pas au bout de nos surprises avec ce vieux Nganga. J'ai le sentiment qu'il n'est pas parmi nous par hasard. Pas vous ?

*

—Il est parti vers la gorge de Dieu !

Les enfants pointaient du doigt vers la grande crevasse naturelle. Où était donc passé ce vieux messager ? Zola envoya quelques jeunes garçons lui courir après dans la gorge de Dieu, leur demandant de le rattraper avant qu'il ne la traverse complètement. Mais les enfants revinrent bredouilles peu après. A peine s'engagèrent-ils dans le chemin qui parcourait la crevasse qu'ils tombèrent nez à nez avec quelques personnes qui faisaient le sens inverse et qui leur déclarèrent n'avoir aperçu personne. Zola regarda ses conseillers en se demandant si le vieillard n'avait pas entreprit de visiter les sous-bois, mais il n'en fut pas convaincu. Il envoya alors les enfants faire le tour du village. Il n'attendit pas longtemps avant d'en voir revenir avec des yeux effarés.

— Nous avons entendu le fantôme du vieux Wazaaba dans sa demeure ! Il est revenu !

Zola éclata d'un rire qui se répercuta sur les conseillers. Ils avaient tous finalement emboîté le pas de Zola lorsqu'il avait quitté le palais

— Mais non, dit-il après s'être un peu calmé. C'est certainement le vieux Nganga.

Zola était déjà en route pour aller retrouver le vieil homme. Un sentiment étrange l'envahit. Pourquoi être ainsi allé dans la demeure du vieux Wazaaba, sans même prévenir qui que ce soit ? C'était là une attitude condamnable. Un étranger ne pouvait pas se permettre un tel acte. Il devait dans un premier temps avoir une crainte de ces lieux. Ensuite, l'hospitalité qui lui était accordée n'était pas sans limite et il se devait de faire montre d'un minimum de respect. Alors que lui avait-il donc pris ?

Ils arrivèrent en vue de la petite bâtisse. Quelques enfants étaient encore devant, semblant monter la garde pour empêcher le vieillard de s'enfuir. Buana s'avança jusqu'à presque toucher le rideau de toile.

— Vieux Nganga ! appela-t-il une première fois.

Aucun son n'émana de derrière le rideau.

— Vieux Nganga ! insista-t-il.

Encore une fois, il n'y eut aucune réponse. Il se tourna vers Zola. Celui-ci se tourna vers les enfants. Ces derniers réagirent avant même que la question ne leur soit posée.

— Si, si, il est là ! s'écria l'un d'eux. Nous sommes restés ici depuis que l'on a entendu du bruit à l'intérieur.

— Même si nous ne nous sommes pas trop approchés.

— Et vous êtes bien sûrs de n'avoir vu sortir qui que ce soit ? demanda Wamba.

— Nous en sommes sûrs ! Nous avons eu les yeux tout le temps vers l'entrée ! s'excita un des enfants.

Zola fit un signe à son Premier conseiller afin qu'il vérifie si la bâtisse était bien vide. Buana y entra prudemment, puis ressortit en secouant la tête.

— Elle est bien vide, Majesté.

Alors qu'ils commençaient tous à douter de la crédibilité du témoignage des enfants, le vieillard surgit des fourrés de la gorge de Dieu.

— Est-ce moi que vous cherchez ?

Tous se retournèrent vers lui, surpris. Certains même intrigués. Quand aux enfants, ils étaient plutôt incrédules.

— Ces enfants affirment t'avoir entendu dans la bâtisse, dit Zola, et ils affirment ne t'avoir pas vu sortir. D'après leurs dires, ils ont été là tout le temps.

Le vieux Nganga inclina la tête vers le jeune époux de la reine, puis un sourire énigmatique s'esquissa encore une fois sur son visage.

— Alors si l'on considère qu'ils m'ont bien entendu, dit-il, cela ne peut signifier que deux choses. Soit ce n'est pas moi qu'ils ont entendu, soit ils ne m'ont pas vu sortir.

Il fit une légère pause.

— Mais je peux également ajouter que les oreilles n'entendent pas toujours ce qu'elles croient entendre, tandis que les yeux ne voient pas toujours ce qu'ils croient voir.

Zola sentit un frisson lui parcourir désagréablement l'échine. Encore une fois il lui semblait avoir entendu le vieux Wazaaba.

— Pardonne-moi cette intrusion dans ces lieux, honorable Zola, continua le vieillard. Je sais que tu étais très lié à celui qui a occupé ces lieux pendant si longtemps. Et je comprendrais que tu sois offusqué de mon attitude, en me permettant ainsi d'occuper ces lieux. Mais une force irrésistible m'a poussé vers ce refuge. Je n'ai pu m'empêcher d'y venir, d'y entrer et de faire comme si j'y suis chez moi. Cet environnement est tout à fait celui auquel je suis habitué. Sache que je m'efforcerai de lui faire honneur en toutes circonstances et je suis prêt à continuer son œuvre pour toi et ton peuple.

Ce monologue prit Zola de court. Il était venu vers cet homme dans le but de lui poser certaines questions, mais devant cette déclaration il décida de n'en rien faire. Il était circonspect. Comment ce vieillard pouvait-il savoir les liens privilégiés qu'il avait eus avec Wazaaba ? Il devait s'attendre à tout lui avait souvent répété le vieux guérisseur.

— Une force irrésistible en effet, dit-il, dubitatif. Sinon comment aurais-tu su qu'il y avait un tel lieu ?

Il inspira profondément et demanda aux enfants de retourner à leurs occupations et d'aller jouer plus loin. Puis il se tourna vers le vieil étranger.

— Vieux Nganga, dois-je comprendre que tu as décidé de t'installer en ces lieux, ici à Loughémo ?

— Mon enfant, je ne sais pas d'où je viens. Donc je n'ai nulle part où aller, nulle part où rentrer. Par ailleurs, je sens que je peux vous être utile. Permets-moi de succéder à celui qui occupait ces lieux, et qui, je le sais, vous manque sous plusieurs aspects.

Zola réfléchissait vite. Il se remémora les prières d'Elikya qui demandait à l'esprit de Wazaaba un envoyé exactement comme cet homme semblait l'être. Il pensa à la manière dont cet homme, qui qu'il soit, venait de mystifier les enfants qui étaient pourtant, selon leurs dires, restés postés devant la bâtisse dans laquelle il était supposé se trouver. Il pensa à toutes ses déclarations et aussi à la manière dont il était apparu dans le royaume. Et si le résultat des prières d'Elikya était justement là, sous ses yeux ?

— Je vais prendre le temps de la réflexion. Ce n'est tout de même pas une mince décision. Elle ne dépend pas que de moi.

— Zola, dit l'homme, il ne fait nul doute pour moi que la décision qui sera prise, quelle qu'elle soit, sera la bonne.

*

A son retour au palais, Zola s'était rendu directement auprès de son épouse, à qui il avait recommandé de se reposer car elle ressentait de la fatigue. Cette fatigue semblait devenir chronique. A chaque fois qu'elle se levait, il lui semblait devoir faire des efforts de plus en plus intenses pour se mouvoir. Et pourtant elle ne faisait rien qui soit physiquement éprouvant.

— J'en ai déjà discuté avec les conseillers. C'était un peu difficile, mais nous en sommes tous arrivés à penser que ce ne serait pas une mauvaise idée de tenter de l'intégrer parmi nous. Il faudra simplement l'expliquer aux nôtres. Qu'en penses-tu ? La décision finale te revient, bien entendu.

— Comme tu l'as dit, il faudra « simplement » l'expliquer aux nôtres. Pour ce qui est de mon avis, je veux croire que c'est un signe qui nous est envoyé après toutes mes prières. A plus forte raison s'il est un guérisseur. Une personne qui apporte un message de prudence ne peut pas être le mal. J'espère toutefois que nous faisons le bon choix.

— Seul l'avenir nous le dira.

Il se tut un instant, pensif, la tête baissée.

— Qu'y a-t-il ? lui demanda Elikya.

Il leva les yeux vers elle.

— Je ne sais pas, dit-il. J'ai une sensation étrange quand j'entends cet homme parler. Particulièrement lorsque je suis allé le voir tout à l'heure. Je ne suis pas loin de penser que…. Non, écoute ce ne serait pas sensé. Et en outre ce serait contre toute conception que j'ai de l'existence. Ne fais pas attention et ne pense plus à ce que je viens de te dire.

*

Le roi Fila ressorti de la tente sombre seulement le lendemain des obsèques du beau-père de son hôte. Marquer de sa présence cet évènement était la moindre des reconnaissances qu'il pouvait avoir envers ce royaume. Il se dirigea vers celle dans laquelle il avait accueilli son homologue deux jours plus tôt. Il s'installa sur un banc recouvert d'un tissu rembourré couvert de broderies d'animaux divers. Il frappa deux fois dans ses mains.

Un homme apparut silencieusement, suivit d'un deuxième puis d'un troisième.

— Alors ? dit-il en les regardant sévèrement. Qu'avez-vous à m'annoncer ?

Le premier homme prit la parole.

— Grand Maître, les messagers de Loughémo sont encore dans les dernières contrées qu'ils connaissent. Il y a donc encore du temps avant qu'ils ne commencent à se poser des questions sur l'existence réelle de Mâlassa ou encore de

Garuna. Mais j'ai envoyé des hommes qui les suivent pour intervenir afin de retarder ce moment le plus possible.

— Très bien, répondit Fila. Veille à ce que tout soit sous notre contrôle. Est-ce bien clair ?

Il tourna alors son regard vers le deuxième homme.

— Grand Maître, rien n'a évolué de mon côté, même si une certaine activité se fait sentir. Nous ne sommes plus très loin du moment où il faudra se dresser et agir. Je pense donc qu'il va falloir prendre les dispositions nécessaires.

— Cela va donc dans le sens prévu. Il faut rester très vigilant et n'avoir aucune défaillance.

Voyant son tour arriver, le troisième homme se rapprocha légèrement.

— Grand Maître, le vieil homme prétend toujours ne pas savoir d'où il vient ni qui il est. Mais il est clair aujourd'hui que c'est un homme de l'occulte. Il s'est installé dans la demeure qu'a laissée le vieux Wazaaba. Je ne suis donc pas loin de penser qu'il est notre homme.

— En es-tu bien sûr ? demanda Fila.

— Grand Maître, j'en suis presque sûr. Encore un peu de temps et je pourrai le confirmer.

Le roi Fila se leva.

— Très bien. Il y a encore beaucoup de travail. Alors ne relâchez pas vos efforts. Retournez à vos activités et ne vous laissez dominer en aucune manière par quoi que ce soit. Vous savez que certaines forces que nous avons à affronter dans ce monde sont au moins l'égal des nôtres. C'est pour cela que je vous veux forts, intraitables. Allez !

Les trois hommes s'inclinèrent puis sortirent de la tente, aussi silencieusement qu'ils étaient apparus.

Le Grand Maître resta quelques instants debout au beau milieu de la tente. Il n'était pas vraiment ce qu'il avait prétendu être. Dans sa contrée d'origine, il était quelqu'un d'une importance considérable. Il avait un pouvoir immense. Mais selon les circonstances, il devait s'abstenir de l'exercer, sous peine d'en perdre le contrôle.

Il sortit de la tente. Il lança un regard circulaire sur son environnement. Les trois hommes qui venaient de le quitter avaient disparu, comme s'ils n'avaient jamais été là. Il observa quelques instants ceux qui s'affairaient autour des autres tentes du campement. Un œil avisé aurait noté le même phénomène que les siens. Même s'il était vrai que lui-même en était conscient puisqu'il s'agissait de son œuvre. Mais il aurait fallu regarder la scène assez attentivement et assez longtemps pour s'en rendre compte. Ces hommes semblaient se mouvoir machinalement, comme mus par une volonté autre que la leur propre. Il les observa encore pendant un moment. Ce faisant, il pensa à la raison pour laquelle il se trouvait à Loughémo. Car c'était bien à Loughémo qu'était le but de son périple. Garuna n'était qu'une invention pour essayer d'amadouer la souveraine de ce royaume étant donné qu'il ne connaissait pas de contrée assez lointaine inconnue d'elle pour justifier son arrêt en ces lieux. Les raisons pour lesquelles il était là ne pouvaient s'exposer simplement. Il était d'ailleurs plus exact de dire qu'elles ne pouvaient être exposées, quelles que soient les circonstances. Il savait aussi qu'il était primordial de réussir ce pourquoi il était là. Une mission bien difficile qu'il avait initiée en connaissance de cause. Mais il ne le regrettait pas. En tous les cas, pas encore.

Il se dirigea enfin vers la tente sombre, dans laquelle il ne tarda pas à disparaitre à nouveau.

7

Ce fut sous une pluie diluvienne que deux envoyés arrivèrent à Loughémo. Ils arrivèrent sur la plaine alors qu'il faisait presque nuit. Ils eurent la chance de traverser la gorge de Dieu dans les tous derniers instants du jour avec les derniers cultivateurs qui revenaient des champs.

Ils furent reçus par le Premier conseiller qui les traita avec tous les honneurs dus à leur fonction d'envoyés d'un roi. Ils furent logés confortablement et nourris copieusement. Buana leur pria de bien vouloir attendre le lendemain afin d'être reçu par la reine. Cette dernière était en effet déjà en audience et celle-ci semblait prendre du temps. Les deux envoyés ne s'en offusquèrent pas, arguant que de toutes les manières, il n'y avait aucun caractère d'urgence. Buana les remercia de leur compréhension et prit congé pour se rendre auprès de sa souveraine.

Il arriva dans la grande salle alors que la reine n'y était pas encore. Le vieux Nganga attendait silencieusement qu'elle apparaisse. Elikya avait fait appeler son époux auprès d'elle. Elle avait ressenti un malaise soudain. Mais tout semblait être rentré dans l'ordre. Ce n'était que passager.

Enfin, ils apparurent ensemble dans la salle.

— Tout va bien, Majesté ? demanda Buana.

— Oui, merci. J'ai eu un malaise, mais cela n'est pas étonnant compte tenu de mon état. Mais avec du repos cela devrait bien aller.

Elle s'assit sur le trône et regarda son audience.

— Tout le monde est donc là. Vieux Nganga, tu peux à présent nous exposer les raisons de ta venue si tardive et soudaine.

Le vieil homme s'avança vers le souverain.

— Avant de vous faire part de ce pourquoi je suis venu, si tu le permets, Majesté, j'aimerais dire un mot à propos de ta situation.

Il baissa la tête un moment puis, prenant un air très grave il continua en fixant la jeune souveraine droit dans les yeux.

— Une grossesse n'est jamais à négliger. Quelle qu'elle soit. Aussi, je voudrais avec ta permission, être informé de tout malaise ou de toute autre situation de santé qui pourrait t'affecter. Logiquement, il est vrai que plus le terme va approcher, plus tu auras de difficultés. Je veux donc pouvoir intervenir en cas de nécessité. Il s'agit tout de même de la naissance d'un jeune prince, ou d'une jeune princesse, qu'il s'agit.

Elikya soutint le regard du vieil homme. Puis elle se tourna vers Buana et les autres conseillers. Elle semblait leur demander leur avis. Elle vit quelques hochements de tête. Elle ramena alors son regard vers le vieux Nganga.

— En fait tu ne me demandes pas vraiment ma permission, n'est-ce pas ? Très bien, je prends note de ton dévouement. Tu seras informé de chacune des situations inquiétantes me concernant.

— Majesté, j'insiste ! dit Nganga. Il ne s'agit pas seulement des situations inquiétantes, mais de toutes les situations. Même celles qui te sembleront les plus anodines. Rien n'est à négliger dans ta situation.

Puis il sembla hésiter.

— Je ne voudrais pas t'effrayer, mais c'est ton enfant, et compte tenu des évènements qui se sont déjà déroulés dans ce royaume, il faut faire attention à tout. Tu es la reine de cette contrée. Certes il n'y a plus de sphères qui pourraient agir sur toi comme cela a été le cas pour ton prédécesseur, mais nous avons affaire à des forces que nous ne connaissons pas. J'insiste donc : je dois savoir tout ce qui concerne l'état physique de ta personne. Et par la même occasion celui de ton époux également.

Un silence pesant envahit la salle. Chacun semblait prendre conscience des mots qui venaient d'être prononcés. Le message que le vieux Nganga était venu leur délivrer résonna alors à nouveau dans la tête de chacun de ceux qui constituaient l'auditoire : tout n'était pas terminé.

Qu'est-ce que cela voulait dire ? Pourquoi ces forces dont parlait le vieux Nganga en voulaient-elle à ces lieux ? Y avait-il une quelconque raison cachée qui les faisaient agir ainsi. D'où venaient-elles ? Qui étaient-elles ? Tous ici présent savaient l'existence de Loki. Mais était-il seul ? S'il ne l'était pas, était-ce à dire qu'il faudrait affronter plusieurs de ses semblables ? Ce serait impossible. Ils n'avaient aucune chance face à de tels êtres. Ils ne savaient vraiment pas d'où ils pouvaient provenir, même si la légende parlait d'un monde au-delà, dans le ciel. Mais contre les êtres habituels qui faisaient partie de leur univers, ils avaient tout de même quelques arguments à faire valoir. Et pour cela il leur fallait s'en remettre à leurs prières et à leur nouveau guérisseur. Ainsi, personne ne trouva quoi que ce soit à redire à la déclaration du vieil homme. Car c'était bien une déclaration à ne pas discuter. Et Zola l'avait bien compris.

— Il sera fait selon ta volonté, vieux Nganga, lui dit-il. Il est évident que nous devrons dorénavant te considérer comme le guérisseur et devin officiel du royaume. D'autant plus si ce que tu as à nous annoncer va dans le sens que je pense. C'est-à-dire de nous informer sur les évènements qui vont ou pourraient se produire dans notre contrée.

Il se tut et attendit que le vieil homme prenne la parole.

— Pas uniquement dans notre contrée. Ce que j'ai à dire concerne bien d'autres royaumes au-delà de celui-ci. Vous avez d'ailleurs observé que le premier responsable de ce qui a déjà eu lieu venait d'une autre contrée. Il en sera de même à nouveau cette fois-ci. Voilà ce que je peux vous dire pour les temps plus lointains. Mais dans l'immédiat, Majesté, je dois te faire part dès à présent de ce que les astres m'ont dit pour les jours qui viennent.

Aucun bruit ne résonnait dans la grande salle du palais. Zola avait la sensation de revivre les moments d'antan lorsque Wazaaba se présentait devant le roi Bidié. Mais à l'époque, il n'était qu'une sorte d'observateur. Alors qu'à présent, il était l'époux de la reine. Tout ce qui allait être dit s'adresserait à elle en premier lieu. Il lui reviendrait la responsabilité d'endosser ce qui pourrait découler de ces révélations. Mais il savait qu'elle le consulterait avant de décider. Il n'était plus vraiment dans l'ombre. Il était exposé comme jamais il n'avait pensé l'être un jour.

Pourtant, il avait discuté avec sa jeune reine d'épouse pendant de longues soirées de son statut et de la possibilité qu'il avait d'être roi. Il n'avait pas voulu sauter le pas. Il lui avait affirmé vouloir garder sa liberté de simple sujet du royaume. Mais il ne savait pas encore à l'époque que la jeune femme serait si vite porteuse de leur enfant et que sa présence serait bien utile à ses côtés. De plus en plus au fil des lunes.

— J'ai consulté les astres, Majesté. Ce que j'y ai vu dit qu'il va y avoir sous peu une demande qui va être faite auprès de toi. La réponse à cette demande dépend directement de toi.

— Quelle sera donc cette demande ? s'impatienta Elikya.

— Je ne puis te dire quelle sera cette demande. Mais elle sera très simple d'apparence. De la réponse que tu feras découleront des évènements à travers les contrées. Malheureusement, je n'ai pas pu découvrir quelle serait la meilleure : y accéder ou la refouler. Tout ce que je peux vous dire c'est qu'une demande ne vient pas forcément d'où l'on pense qu'elle arrive. Ainsi ai-je annoncé.

Sur ces derniers mots, le vieil homme prit congé.

La reine et ses conseillers étaient dubitatifs. Ils se regardaient, ne sachant que penser des propos du vieux Nganga. C'était la première fois que ce dernier convoquait ainsi le conseil du royaume et bien entendu, ils doutaient de sa crédibilité. Après tout, qui était-il ? Ils l'ignoraient. D'où venait-il ? Il ne le savait même pas lui-même. Une réponse à une demande ? De laquelle découleraient des évènements ? Quels évènements ? Et comment savoir si la réponse donnée serait la bonne ? Et comment savoir que ces dits évènements découleraient bien de la réponse faite ? Et comment...

Le groupe se perdait en spéculations, chacun y allant de son hypothèse quand aux présumées conséquences pouvant découler de la fameuse réponse.

— De toutes les façons, conclut la reine, quelle que soit la réponse, je crois bien que des évènements se dérouleront. Nous le savons déjà. Alors qu'est-ce que cela peut bien changer ? Chers amis, je pense qu'il est temps d'aller s'offrir une bonne nuit d'un repos bien mérité.

Elle se leva.

— Il sera toujours temps de recevoir ces envoyés demain, continua-t-elle. A la réflexion, d'où nous arrivent-ils ?

Buana répondit.

— Ce sont des envoyés du roi Moni, Majesté. Ils nous arrivent d'Abamé.

*

Cette nuit-là, Zola et Elikya échangèrent sur les propos du vieux devin. Ils parlèrent de son insistance à vouloir tout savoir de la santé de la reine. Ils parlèrent des propos selon lesquels une demande viendrait prochainement à être faite. Ils parlèrent des éventuelles conséquences que la réponse faite pourrait avoir. De toutes les façons, ils s'attendaient déjà à des évènements. Peut-être pires.

— Et quelle réponse faudra-t-il apporter à cette demande ? Il ne nous l'a même pas dit ?

— Oh, peu importe, dit-il. Ce n'est qu'une demande anodine.

— En apparence, mon cher, insista-t-elle. C'est bien ce qu'il a dit. Sinon pourquoi convoquer le conseil si tard ? Tu sais, dans la situation qui est la nôtre tout peut mener à la catastrophe.

Elle se tut un instant et le regarda dans les yeux.

— Alors que se passera-t-il si nous n'apportons pas la bonne réponse à cette demande?

Il se leva et lui posa un baiser sur le front.

— Rien de pire que ce qui nous attend déjà.

— Eh bien, voilà qui est rassurant.

Puis brusquement, elle sentit comme si le souffle lui était brièvement coupé. Mais ce fût tellement imperceptible que Zola ne remarqua rien. Elle ne jugea pas utile de lui en faire part, oubliant les recommandations du vieux Nganga. Pourtant, cela lui était déjà arrivé auparavant.

*

Le jour se leva comme la plupart des autres jours sur Loughémo, ensoleillé et doux le matin, avant que la température ne devienne un peu plus élevée à mesure que le soleil montait dans le ciel. Mais toutefois, sans aucune commune mesure avec la période de sècheresse que la région avait connue. A observer la population, tout le monde semblait être redevenu insouciant, chacun vacant jour après jour à ses occupations et prenant goût à la vie. Les va et vient entre Loughémo, Séssé et Kiazi étaient incessants, pourvu que l'on ne traîne pas le soir pour traverser la gorge de Dieu.

Chacun avait semblé accepter avec bienveillance la nouvelle reine et attendait d'elle autant de talent et d'efficacité que son prédécesseur, le roi Bidié, malgré la fin de règne difficile de ce dernier. Elle était l'héritière d'une longue lignée qui avait fait le bonheur du royaume de Loughémo. Il n'y avait donc pas de raison que cela s'arrête à son père. Elle perpétuerait la tradition. Tous en étaient persuadés. D'ailleurs il allait y avoir le jour même une des premières étapes importantes de son jeune règne : recevoir des émissaires d'un autre souverain. C'était toujours un moment agréable que d'avoir l'honneur de recevoir les représentants d'un homologue, mais en même temps, il fallait faire preuve de considération envers eux, une manière de rendre honneur et respect à leur mandataire.

Il y avait une petite affluence aux alentours du palais comme à chaque fois qu'un évènement ou petit évènement avait lieu dans le royaume. Et aujourd'hui, la reine allait recevoir les envoyés du roi Moni d'Abamé, celui qui avait remplacé le roi Kana, son défunt frère. Pourquoi venaient-ils ? Que voulaient-ils ? Quel serait le message du roi Moni ? Toutes ces questions résonnaient dans la tête des habitants du royaume qui attendaient devant le palais. La plupart étaient partis vaquer à leurs occupations dans les champs ou ailleurs en quête de gibier ou pour d'autres activités. Mais ces interrogations resteraient sans réponse tant que l'entrevue entre les émissaires et la reine ne serait pas terminée.

*

Elikya avait été, tout comme Zola et les conseillers, surprise par la demande que venait de transmettre l'un des émissaires d'Abamé. Un silence avait envahi la salle alors que les regards se croisaient et se recroisaient.

— Je vais avoir besoin d'un délai de réflexion, dit enfin la jeune reine. Nous vous ferons parvenir un messager pour signifier notre réponse.

— Nous pouvons attendre le temps qu'il faudra, Majesté. Nous ne sommes pas tenus par le temps.

L'homme s'inclina devant la souveraine et recula pour se placer au niveau de son compagnon de route. La reine fit un signe à son Premier conseiller.

— Vous pouvez disposer, dit ce dernier. Nous allons examiner la requête de votre roi.

Les deux hommes se retirèrent. Les lourdes portes de bois se refermèrent derrière eux. Une effervescence envahit le groupe.

— C'est incroyable ! déclara Zola. Ont-ils seulement pensé à l'enfant ?

— D'autant que sa présence ici est le résultat d'un accord avec le précédent souverain validé par l'aval du seul membre de sa famille qui lui restait ! renchérit Gadji.

— A sa demande ! C'était à sa demande ! reprit Zola. Le vieux Mpassi était persuadé que c'était la meilleure solution pour elle. La petite était ravie quand elle a appris la nouvelle !

— Ils sont donc prêts à défaire ce que leur frère a fait ! dit Buana.

Puis un silence se fit. L'ombre du vieux Nganga se mit à planer dans l'air. Etait-ce cette demande qu'il avait évoquée ? Quelle pouvaient être les conséquences d'une réponse, quelle qu'elle soit ? En cas d'acceptation, il n'y aurait aucune frustration provoquée chez le requérant, mais la petite fille serait malheureuse. Elle s'était parfaitement adaptée à sa nouvelle famille et à sa nouvelle vie. Elle semblait avoir toujours vécu à Loughémo. A l'inverse, si Elikya ne donnait pas suite à la demande, le roi Moni pouvait en prendre ombrage et les relations entre les deux royaumes pourraient s'en retrouver ternies. Que fallait-il donc décider ? Sacrifier la petite fille ou bien risquer de se mettre le roi Moni à dos ?

Il y avait deux points de vue possibles. Le point de vue humain qui voulait que l'on ne fasse pas de la petite Binta une malheureuse, et le point de vue diplomatique, qui voulait que l'on ne froisse pas le roi Moni. Elikya avait déjà fait cette analyse et elle savait très bien quelle était la solution adéquate. C'était pour cette raison qu'elle était déchirée au fond d'elle. Mais elle avait l'âme d'une grande souveraine et était prête à assumer. Sa décision était déjà prise. Mais elle voulait tout de même entendre ce que ses conseillers avaient à dire et surtout ce qu'ils en pensaient.

— Mes amis, je vous écoute. Que me proposez-vous ?

Les conseillers se regardèrent, semblant se concerter du regard. Buana prit finalement la parole.

— Je pense que nous sommes tous d'accord pour dire que nous ne pouvons nous permettre de nous mettre un roi aussi puissant à dos. La décision à prendre semble couler de source. Toutefois, Majesté, je pense que quelques dispositions seront à prendre. Il n'est pas possible de changer ainsi brusquement le cours de la vie de cette enfant. Ce serait vraiment trop difficile à supporter pour elle.

— Je suis d'accord, continua Wamba. Je pense que nous pouvons demander un délai avant d'appliquer effectivement la décision. Le temps de laisser la petite se faire à l'idée de devoir nous quitter.

Gadji intervint à son tour.

— Nous pourrions aussi demander à mettre en place une sorte de résidence alternée pendant une certaine période pour ne pas que la rupture soit trop brutale ?

Sa déclaration était plus une question qu'une affirmation.

Zola n'intervint pas. Il n'en ressentit pas la nécessité. Comme tous, la première réaction avait été humainement défendable. Mais bien vite il s'était rendu à l'évidence. La demande ne pouvait pas être refusée. Le roi Moni devait certainement compter sur cette évidence. C'était un rusé, pensa Zola. Etait-il aussi fourbe que son frère ? Si c'était le cas, que leur réserverait-il encore à l'avenir ? Dans ces conditions, fallait-il lui céder dès sa première exigence ? Qu'est-ce qui prouvait par ailleurs que cette décision, si elle semblait évidente au point de faire l'unanimité, était bien la bonne ? Il repensa aux arguments avancés pour cette demande. Binta était une fille d'Abamé et devait à ce titre vivre sa jeunesse au milieu de ses semblables, dont son oncle maternel, afin d'y recevoir tout l'héritage de ses aïeuls. C'était un argument légitime, mais les coutumes d'Abamé n'étaient dans l'ensemble pas si éloignées de celles de Loughémo. Alors pourquoi une telle diligence, sans même avoir évoqué la situation en tête à tête entre souverains ? Il fit finalement part de ses réflexions au reste de l'assistance. En cela, il ne simplifiait certainement pas la situation. Ce que son épouse ne manqua pas de lui faire remarquer.

— Tes réflexions sont très intéressantes, Zola. Tes interrogations également. Le seul inconvénient, c'est qu'elles ne nous apportent aucune réponse.

— Je sais bien. Mais il fallait bien que nous nous les posions.

— Tu as raison, rajouta Buana. La valeur d'un acte est non pas dans l'acte lui-même, mais dans le pourquoi de l'acte.

Elikya enveloppa alors l'assistance d'un regard qui attira l'attention de tous.

— Je ne pense pas que la résidence alternée soit une solution très adéquate pour la situation. Nous donnerions l'impression de nous disputer l'enfant. Par contre, lui laisser le temps de digérer la décision en restant ici un petit moment de plus me paraît négociable. Nous proposerons donc cette solution à mon homologue.

Elle fit alors signe de faire revenir les deux émissaires pour leur faire part de sa décision. Ils prirent connaissance de la proposition. Ils affirmèrent qu'en tout état de cause d'autres émissaires, ou bien eux-mêmes, reviendraient pour la suite que leur souverain donnerait à cette proposition. Puis ils prirent congé pour s'en retourner dans leur contrée.

La jeune reine conclut la réunion en déclarant :

— J'espère que cette décision est la bonne. Que Dieu et les ancêtres nous protègent.

8

Le vieux Nganga intriguait toujours autant les enfants du village. Certains osaient se poster non loin de sa demeure pour l'épier à son insu. Croyaient-ils. Le vieil homme savait très bien qui était là et quand. Mais il n'en prenait pas ombrage. Deux ou trois fois il avait même fait une frayeur à quelques audacieux garnements en se retrouvant debout à leurs côtés alors qu'ils le croyaient à un lieu différent. Il s'en était suivi une débandade générale, chaque enfant prenant ses jambes à son coup pour détaler dans la première direction venue. Mais malgré cela, ils revenaient. Finalement, il les aimait bien et malgré leurs craintes, les enfants le lui retournaient.

Ce matin-là, le lendemain de celui au cours duquel les émissaires du roi Moni étaient repartis, il reçut la visite de Zola. Le jeune homme regardait les lieux comme s'il recherchait des objets familiers.

— Tu es souvent venu ici, n'est-ce pas ?

Zola se tourna vers lui.

— Souvent, peut-être pas. Mais assez toutefois pour y avoir quelques repères.

— Tu étais plutôt proche du vieux Wazaaba. Que t'a-t-il appris de ses connaissances à part quelques potions utiles dans certaines circonstances ?

Zola le regarda et sourit.

— Vieux Nganga, quelque chose me dit que cette question que tu me poses, tu en connais déjà la réponse.

Le vieil homme le regardait du coin de l'œil d'un air amusé. Il lui fit un clin d'œil.

— Tu es très perspicace, mon garçon. Tu ne t'en laisses pas conter. Tu as raison. Je le sais déjà. Et tu te demandes ce que je peux bien savoir d'autre, n'est-ce pas ? Eh bien, au-delà de ce que je peux savoir sur toi, figure-toi que je voudrais bien en savoir plus que ce que je sais aujourd'hui sur notre avenir à tous. Je sais, je me répète, mais des jours bien sombres planent sur nous.

Il s'assit sur une portion de tronc d'arbre qui faisait office de tabouret. Il fit signe à Zola pour qu'il en fasse autant face à lui. Il soupira et se pencha vers le fils de Gao.

— Sais-tu exactement pourquoi Abamé a refusé de recueillir la dépouille de son souverain ?

— A en croire leurs dires, ils le considèrent plus maléfique mort que vivant.

— Et c'est exact ! s'exclama Nganga. Il est plus dangereux mort que vivant. Et à ce stade, il faut que tu saches certains éléments qui t'échappent encore car il n'y a pas de temps à perdre.

— Honorable Zola !

La voix arrivait de l'extérieur de la petite cahute. Le jeune homme s'excusa auprès de son interlocuteur et sortit pour voir ce qui se passait. Il y avait un garde devant les lieux, visiblement essoufflé.

— Qu'y a-t-il donc ? lui demanda-t-il.

— Tu es demandé au palais. Il y a des émissaires royaux qui viennent d'arriver.

— Encore ? Et d'où nous viennent-ils donc ceux-là ?

— Ils nous viennent d'Abamé. Le roi Moni nous les envoie.

*

Encore une situation imprévue, mais par-dessus tout intrigante. Deux délégations d'un même souverain envoyées en l'espace de deux jours pour la même destination, c'était peu banal. Cette délégation-ci était un peu plus fournie que la précédente. Elle était constituée d'une bonne douzaine d'hommes. Ce qui augurait de l'importance que l'on accordait au message porté et à celui qui devait le recevoir. Elle ne pouvait pas être une réaction à la proposition faite à la demande formulée précédemment. Il était encore trop tôt. Que s'était-il donc passé pour en arriver là ?

Le conseil avait été réuni au plus vite. Cela avait mis un peu de temps malgré tout, car la reine avait tenu à ce que tous soient présents pour ce moment peu commun. On avait donc fait patienter les émissaires dans les meilleures conditions, en leur offrant repos et victuailles. Avant de les recevoir, la reine s'entretint avec ses conseillers pour essayer d'envisager toutes les hypothèses possibles qui auraient pu conduire à ce que le roi Moni leur envoie ainsi deux délégations successives. Mais aucun d'entre eux ne put proposer une explication plausible. Ils étaient tous très loin de la surprise qui était encore à venir.

Enfin, la délégation fut introduite dans le palais et la grande salle. Elikya et ses hommes étaient assis côte à côte. D'habitude, lors de la tenue du conseil du royaume, elle était face aux conseillers qui s'installaient à la table de l'autre côté de la salle. Pour la réception de délégations, la grande table de bois était laissée à l'usage des visiteurs. Ces derniers s'installèrent respectueusement en parcourant d'un regard teinté d'admiration les décorations sur les murs. Le dernier d'entre eux s'assit.

Buana se leva alors.

— Bienvenue à vous, visiteurs venus d'Abamé. Je suis Buana, Premier conseiller de Loughémo. Que Dieu et l'esprit de nos ancêtres vous accueillent avec bienveillance parmi nous. Nous sommes honorés par votre présence et sa majesté la reine Elikya est prête à vous entendre.

L'homme qui était visiblement le plus âgé de tous se leva. Il était de petite taille et avait les cheveux grisonnant.

— Nous sommes encore plus honorés d'être reçu par sa majesté, dit-il en inclinant la tête. Je suis Duku. Je suis le responsable de cette délégation. Tout d'abord, j'aimerais vous présenter les salutations de notre souverain, le roi Moni. Il vous prie d'accepter les humbles présents qu'il vous a fait parvenir.

Il inclina de nouveau la tête et se tut.

— Sache, vieux Duku, que les présents de ton roi sont acceptés avec plaisir. Quelle affaire vous amène donc dans nos contrées ?

La reine s'était exprimée avec un sourire bienveillant, mais d'une voix ferme.

— Majesté Elikya, nous sommes porteurs d'une triste annonce et d'une demande quelque peu gênante.

Il marqua une pause.

— La triste annonce est que le vieux Mpassi, oncle de la petite Binta, est décédé il y a de cela quelques jours.

Zola ne put s'empêcher de laisser échapper une légère exclamation de surprise. Il avait gardé un souvenir tellement marquant et sympathique du vieil homme qu'il en fut immédiatement affecté.

— J'en suis navré, honorable Zola, je sais que tu l'as connu.

— Sois certain que nous compatissons à cette perte pour votre royaume, dit la reine. Transmets ce message à ton roi.

— Merci à toi, Majesté. Cela sera fait. Nous en sommes très touchés.

Il sembla alors hésiter. Il parcouru ses compagnons du regard, comme s'il leur demandait un encouragement.

— Quand à la demande que nous venons formuler, il s'agit en fait d'une demande de restitution. Notre roi voudrait que soit restituée la statuette qui avait été remise à l'honorable Zola lors de son séjour à Abamé. Voyez-vous, cette statuette fait partie d'un ensemble qui a une signification particulière pour notre royaume. Malheureusement, le prédécesseur de notre roi n'avait pas les mêmes scrupules que lui et il semble qu'il n'en ait pas respecté la vraie valeur. Mon souverain est prêt à discuter d'une compensation éventuelle. Ainsi ai-je humblement parlé.

Il inclina à nouveau la tête et s'assit.

Tous les regards étaient posés sur la jeune reine. Cette dernière ne laissait rien paraître de ses sentiments ni de son émotion. Mais il était clair qu'elle réfléchissait. Elle avait encaissé l'annonce de la mort du vieux Mpassi avec une tristesse certaine. La mort d'un être, quel qu'il soit, est toujours un malheur. Mais la demande qui avait suivi lui posait problème. Comment le roi Moni pouvait-il faire une telle demande ? En outre, il demandait une statuette, mais l'ensemble était bel et bien en la possession de Zola. L'ignorait-il ?

— Dis-moi, vieux Duku, le décès du vieux Mpassi change-t-il la situation pour la petite Binta ? Cette requête-là est-elle maintenue ?

Une nette surprise apparut sur le visage de Duku et de ses compagnons. Ils échangèrent des regards interrogateurs.

— Je ne comprends pas, reine Elikya, répliqua enfin le porte-parole de la délégation. De quelle requête parles-tu ?

Ce fut cette fois au tour des conseillers et leur reine d'échanger des regards entre eux. Ce fut Buana qui prit alors la parole.

— Votre roi a bien envoyé deux des vôtres pour venir demander que la petite Binta leur soit remise afin qu'elle retourne dans sa contrée de naissance ? Ils sont repartis hier.

Duku fut catégorique.

— Ce n'est pas possible, répondit-il en secouant la tête. Pour chaque délégation qui quitte le royaume, il leur est annoncé combien d'autres ont déjà été envoyés et où ils sont allés. Or, nous sommes la seule et unique délégation qui ait quitté Abamé depuis l'accession au trône du roi Moni. Je ne sais donc pas à qui vous faites allusion. Il n'y a aucune autre délégation que nous qui ait été envoyée ici.

*

Elikya avait fait donner congé aux émissaires de son homologue d'Abamé. C'était un véritable conseil de crise qui s'était alors déroulé, mais dans un calme qui avait permis à tout le monde d'émettre son point de vue sur les deux sujets traités. La première interrogation avait été de chercher à comprendre qui s'était permis de se faire passer pour une délégation du roi d'Abamé afin de récupérer Binta et pourquoi. Puis, bien entendu, quelle attitude adopter vis-à-vis de la requête de restitution de la sculpture d'ivoire.

Le premier point ne pouvait mener qu'à des hypothèses diverses. Mais Kana n'avait pas fait part de celle qui lui était venue en tête tellement elle lui semblait impensable et osée. Quand aux statuettes, l'avis des uns et des autres tendait plutôt à penser qu'il ne fallait pas restituer un présent offert par un souverain. Mais Zola avait pensé que les circonstances de cette affaire étaient bien particulières. Il avait rappelé la personnalité de Kana, son attitude criminelle ainsi que les conséquences néfastes qui en avaient découlé. Dans ces conditions, il était également possible qu'il soit passé outre des impératifs qu'il n'aurait pas dû ignorer compte tenu de son rang. Peut-être ces objets étaient-ils liés à un passé, à des évènements particuliers propres au royaume d'Abamé. Il fallait prendre tous ces éléments en compte et considérer cette demande, bien que gênante comme l'avait jugée le vieux Duku, tout à fait légitime et donc digne d'être satisfaite. Toutefois, se posait alors un problème et de taille. Fallait-il dans la foulée restituer tout l'ensemble ? Fallait-il également restituer le socle et le fruit de baobab en or ? Fallait-il également restituer la seconde sculpture d'ivoire que Kana, dans sa débandade, avait abandonnée derrière lui ? Le roi Moni savait-il que le vieux Mpassi et Adia lui avaient remis ces objets ? Tout ceci avait été fait tellement discrètement que Zola en doutait. Mais savait-il seulement qu'il y avait également des pièces en or ? Kana ne semblait pas l'avoir su.

Elikya ajouta un élément en faveur de la restitution de l'objet. Montrer de bonnes dispositions à l'égard du royaume d'Abamé s'avérait être un acte diplomatique qui pourrait servir pour l'avenir. Mais seuls les deux éléphants d'ivoire seraient restitués. Les éléments en or seraient conservés étant donné qu'ils ne faisaient plus partie du patrimoine royal depuis bien longtemps. La suite des évènements dicteraient sans doute la conduite à tenir à l'avenir. La décision fut ainsi rendue à la délégation d'Abamé. Il fut conclu que les statuettes seraient ramenées dans un futur proche à Abamé par une délégation de Loughémo. Les émissaires prirent congé, satisfaits du succès de leur périple.

*

— C'est tout de même étrange, ces faux émissaires d'Abamé. Qui peut bien en être à l'origine ?

Allongé sur le dos dans le lit, Zola ne répondit pas immédiatement. Il caressait le ventre tout en rondeur de sa bien-aimée.

— Je pense avoir une idée de qui cela peut être. Ce n'est qu'une supposition, mais je n'en serais pas surpris si elle s'avérait fondée.

Il se redressa et s'assit sur le rebord du lit.

— Te rappelles-tu le soir ou plutôt la nuit de la mort de Kana, un couple avait déposé le support en or à mon intention ?

— Bien entendu que je m'en rappelle. Je me rappelle de tout ce qui s'est passé cette nuit-là comme si c'était hier.

Elle le regardait, intriguée.

— Alors tu te rappelles également que je t'avais dit que j'aurais une longue histoire à te raconter ?

— Je me demande tous les jours quand tu le feras.

Il sourit, riant presque, en la regardant.

— Eh bien disons que le moment est venu.

Il commença par son premier séjour à Abamé, lorsqu'il avait rencontré Adia en faisant quelques emplettes. Il omit de mentionner son altercation avec des gardes lorsqu'il avait cherché à la revoir. Il narra son séjour clandestin et sa rencontre fortuite avec Binta. Il parla de ses échanges avec le vieux Mpassi. Il évoqua les rumeurs sur la mort de la mère des deux filles dans des circonstances dramatiques dans le palais ainsi que celles sur la présence de la jeune femme dans ce même palais peu avant. Cette présence avait été, semblait-il, contre son gré. Il expliqua ensuite sa rencontre surprenante avec la jeune femme après son expédition nocturne à Abamé.

— Elle a délibérément nié être la fille que tu avais rencontrée ?

— Oui, mais malgré son changement d'aspect manifestement voulu, je l'avais tout de même bien reconnue.

— Cela me semble plus avoir été une manière de tourner la page d'un épisode dramatique et vraiment insupportable de sa vie.

— En tous les cas, je n'avais pas insisté. D'autant qu'elle était accompagnée d'un homme qui m'avait semblé partager sa vie.

Elikya regarda alors Zola malicieusement.

— Dis-moi, n'as-tu jamais cherché à la revoir ? Même avant de quitter Abamé la première fois ?

Il baissa la tête, puis la regarda.

— Evidemment que j'avais essayé de la revoir. J'étais libre comme l'air et elle était une belle jeune femme. Mais c'était sans trop de conviction et de toutes les façons, avec l'animosité que j'avais suscitée auprès des gardes du royaume, je ne pouvais plus vraiment me déplacer discrètement.

Elle le regardait, amusée.

— J'ai le sentiment que tu as du mal à m'en parler. Tu n'y es vraiment pas obligé, tu sais.

— Je me dois tout de même de répondre aux questions de ma reine, Majesté.

Elle rit bruyamment, découvrant une dentition parfaite. Ses gencives et sa langue légèrement orangées trahissaient son utilisation de cette racine dont les femmes de ces contrées étaient friandes pour prendre soin de leurs dents. Curieusement, ce végétal était non pas appelé la plante des dents mais plutôt la plante de la langue.

— En tous les cas, elle a dû se rendre compte que sa sœur était tout ce qui lui restait et elle aura voulu la récupérer de cette façon. Elle s'est certainement imaginé qu'elle n'avait pas d'autre manière de la récupérer. Mais quelle aurait été la suite à un tel acte ?

Il se tourna vers Elikya.

— S'est-elle imaginé qu'aucun de nos deux royaumes ne se rendrait compte de cette fourberie ?

— Quelle triste vie tout de même, soupira la jeune femme. Mais quel genre d'homme pouvait donc être Kana ?

— Ah bon ? Tu penses encore que c'était un homme ?

9

Le roi Mako avait gagné en crédibilité après les évènements auxquels il avait pris part pour le bonheur de tous. Son implication dans la guerre contre Kana avec son armée et sa volonté à fédérer ses homologues avaient été appréciés à leur juste valeur à la lumière du déroulement des faits. Tous avaient compris la manipulation de Kana et sa tentative de le discréditer aux yeux de tous. Mais le vieux roi n'avait pas baissé les bras et avait persévéré dans son opposition au roi maudit. Mais peut-être n'avait-il pas effectivement toute sa tête à l'époque ? Et cela lui avait peut-être permis de croire en ce qu'il n'avait vu que dans un rêve ? S'il n'avait pas eu son grave problème de santé auparavant aurait-il réagi de la même manière ? Ne se serait-il pas posé quelques questions au préalable ? Des questions qui l'auraient certainement mené à penser qu'il aurait été pris pour un fou, s'il tirait des conclusions sur la réalité à partir de ses rêves. Et pourtant la suite lui avait donné raison. Et de quelle manière !

Mais les circonstances avaient été bien particulières à cette époque. Ce n'était plus le cas. Devait-il profiter de l'aura dont il bénéficiait encore ? La question le taraudait. Elle le taraudait depuis qu'il avait fait un nouveau rêve. Un rêve qui l'intriguait tellement qu'il en était obsédé. Pourtant, il n'avait encore osé en parler à personne. Toutefois, il arrive un moment où un homme ne peut porter le poids d'une interrogation tout seul. Il devait le partager. Mais pas avec n'importe qui. Il devait le partager avec une personne qui ne le jugerait pas par rapport à ses déboires d'antan.

– Que voulais-tu me dire, mon fils ?

— Mère, je suis hanté par une situation qui me pèse de plus en plus. Je pense que tu peux m'aider à m'en défaire.

— C'est le lot d'un roi d'être hanté par des situations pesantes. Mais je t'écoute.

Le vieux roi regarda sa bien vieille mère avant de baisser les yeux et de commencer à lui conter son rêve.

— Il commence toujours de la même manière.

— Tu l'as donc fait plusieurs fois ?

— Oui. Je ne saurais même pas te dire combien de fois. D'abord je suis au milieu de nulle part, puis je me retrouve dans une forêt très luxuriante. Excessivement luxuriante. Je ne pense même pas qu'une telle forêt puisse exister. Puis une brume épaisse vient tout couvrir. Je ne vois alors plus rien. Lorsque la brume se lève enfin, il n'y a plus de forêt. Mais en face de moi, il y a des éléphants. Ces éléphants me font face, sans aucune agressivité, bien au contraire.

— Combien d'éléphants ?

Le roi soupira.

— Justement, mère. La première fois, il y en avait un seul. Jusqu'au cinquième rêve il y en a eu un de plus à chaque fois. Et depuis, leur nombre n'a pas changé. Toujours cinq éléphants….

— Oui…?

— Des éléphants blancs, mère ! Les éléphants blancs n'existent pas ! Alors qu'est-ce que cela veut dire ? Pourquoi sont-ils blancs ?

— Tu m'as bien dit qu'ils n'ont aucune agressivité.

— Oui mais en matière de rêve tu sais bien qu'une situation peut vouloir dire l'inverse.

— Ce ne sont certainement que des symboles qui veulent t'être rappelés.

— Alors il faudrait que Dieu et nos ancêtres nous parlent plus clairement, dit le roi.

— Voyons, mon fils, ce serait trop simple. Ce serait comme si nous étions du même monde. Or nous ne le sommes pas. C'est à nous de décrypter puis d'interpréter leurs messages. Soit par nous-mêmes, soit avec l'aide d'autrui.

Un bref silence s'ensuivi puis la reine mère continua.

— Le temps permet souvent de comprendre un rêve. Mais c'est surtout à ce qui va se passer que tu devras faire attention. Sois observateur et viens me parler de tout ce qui te paraîtrait avoir une corrélation avec ce rêve.

Le roi Mako continua alors.

— Ce n'est pas tout. Au milieu de ces éléphants, il y a la silhouette d'un homme qui est assis au sol.

— Ah bon ?

— Oui, mère. Il semble être protégé par les éléphants ou alors ils l'empêchent de s'échapper, je ne sais pas bien le dire.

— Mais tu ne peux distinguer de qui il s'agit ?

Le roi hésita.

— Il me semble parfois distinguer la silhouette de Kana.

*

Gouverner peut réserver bien des émotions et des surprises. On peut être amené à faire face à des situations inconfortables et insolubles en apparence, puis se retrouver en position de force. A l'issue de ces moments, on analyse alors ce que l'on a vécu, on essaie de comprendre pourquoi l'on en est arrivé à un tel point. On se remémore l'attitude des uns et des autres lors de ce passage difficile. On en tire des conclusions, puis l'on prend des décisions pour rectifier les choses et faire en sorte que cela ne se reproduise plus. En tous les cas réduire les raisons qui ont fait que cela ait déjà pu se produire.

Le roi Ewomé avait eu la démarche d'un souverain responsable, qui se remet en cause et essaie de comprendre où il a pu fauter. Et ainsi ne pas renouveler les mêmes erreurs. Mais encore faut-il bien faire son autocritique. Ewomé estimait qu'il avait été abusé. Par Kana et son allié occulte. Il oubliait qu'il avait lui-même tendu le flanc à cette machination pour d'inavouables raisons d'ego mal placé. De fait, lorsque l'on se trompe dans son analyse, l'on ne peut être amené qu'à prendre de mauvaises décisions par la suite.

Kana avait essayé de le manipuler ? Alors il ne se laisserait plus embarquer dans une quelconque machination ou campagne dont il ne serait pas à l'origine. Ses cousins avaient essayé de profiter de sa vulnérabilité temporaire pour le renverser ? Alors, oubliant qu'il avait lui-même procédé de manière similaire pour arriver à la tête du royaume, il les fit incarcérer dans un lieu auquel il interdit tout accès. Seuls ses gardes savaient où se trouvait leur geôle. La population avait voulu se révolter quand elle avait eu faim ? Il engagerait plus d'hommes pour protéger son pouvoir en cas de nouvelles difficultés.

Ewomé n'avait pas de conseillers dignes de ce nom. Il avait plutôt des courtisans qui lui disaient ce qu'il voulait entendre. Simplement du fait qu'il était plutôt désagréable lorsqu'un avis s'opposait au sien. Après avoir pris toutes ces mauvaises décisions, il se dit qu'il avait un grand avenir de quiétude devant lui. Il se dit qu'il n'avait finalement besoin de personne pour gouverner. Tout de même, se dit-il encore, il valait mieux garder autour de soi quelques personnes sur lesquelles compter en cas de besoin. Pour ce faire, il avait notamment très généreusement récompensé les hommes qui avaient participé aux combats à Loughémo. Il devenait paranoïaque. Il n'avait personne à qui se confier. Même pas à une épouse. Il en avait pourtant une demi-douzaine, mais n'avait de lien de complicité avec aucune d'entre elles. Pensant en épouser une septième, il les avait d'ailleurs toutes négligées. Sa vieille mère n'était plus. Son père avait été tué lors des affrontements pour son accession au trône par les cousins qu'il avait trahis. Ses frères ne le fréquentaient plus car ils le tenaient pour responsable de sa mort. Eux-mêmes y avaient d'ailleurs échappé de justesse. Ce trône lui coûtait vraiment très cher !

Ce jour-là, il était plutôt préoccupé. Une interrogation le perturbait. Il avait fait un rêve. Ce rêve lui inspirait une crainte diffuse. Il s'y trouvait à chaque fois dans une épaisse et sombre forêt, qui était ensuite envahie par une brume tout aussi dense. De cette dernière émergeaient alors cinq éléphants qui l'observaient d'un œil réprobateur. Au milieu des pachydermes un homme lui faisait signe d'avancer vers lui et de le rejoindre. Alors il avançait d'une démarche hésitante, jusqu'à pouvoir distinguer plus précisément la silhouette de l'homme. Alors il s'arrêtait brusquement et essayait de reculer sans y parvenir. Presque aussitôt les éléphants disparaissaient ainsi que la silhouette humaine, en même temps que la brume. La forêt réapparaissait alors, encore plus dense. Puis les arbres se mettaient soudainement à se balancer en se rapprochant de lui. Il s'apprêtait alors à s'enfuir mais n'en avait jamais le temps : les arbres se rabattaient avec violence sur lui et commençaient à l'absorber. Il se réveillait alors avec un cri étouffé dans la gorge et le front en sueur.

Ewomé avait trahi Kana au tout dernier moment. Il était maintenant persuadé que ce dernier le savait et qu'il voulait le lui faire payer. Du moins, son esprit voulait le lui faire payer. C'était pour cela qu'à chaque fois qu'il le reconnaissait dans son rêve, il voulait rebrousser chemin. Il était en effet persuadé que la silhouette qu'il apercevait dans ce rêve récurrent était celle du roi maudit. En fait il n'accordait aucune attention réelle aux éléphants. Ces derniers étaient pourtant blancs. Ce détail aurait dû attirer son attention. Mais hanté qu'il était par le souvenir de Kana, il l'omettait totalement.

*

A Abamé, le roi Moni était satisfait. Ses émissaires étaient revenus de leur périple et avaient fait leur rapport. Il avait tenté, en accord avec son frère, cette demande sans vraiment y croire. En cas de refus il n'aurait pas su comment réagir. Il avait tenté et cela avait réussi. Tant mieux, se disait-il.

Pourtant, il y avait un point qui le préoccupait au sujet de ces sculptures. Les anciens du royaume lui avaient affirmé qu'elles n'étaient que des éléments d'un ensemble. Les pièces manquantes étaient en or et elles avaient disparu du palais depuis longtemps dans des circonstances plutôt incertaines. Personne ne savait vraiment comment elles avaient quitté la résidence royale. Leur père le roi Bangou avait semblait-il bien gardé son secret...

La deuxième interrogation était bien sûr au sujet de cette fausse délégation qui s'était prétendue avoir été son envoyée afin de récupérer la fille de la sœur du vieux Mpassi. Qui avait intérêt à vouloir la reprendre ? Et de surcroît en se faisant passer pour une délégation royale, sachant que tôt ou tard la supercherie serait découverte ? On avait bien vu réapparaître la sœur aînée de cette petite fille. Mais elle semblait plus préoccupée par son commerce que par une envie de récupérer sa seule famille. Le voulait-elle seulement ? Oui, voulait-elle que sa petite sœur revienne dans un lieu où s'étaient déroulés des faits si dramatiques ? Ne pensait-elle pas qu'elle était mieux loin d'ici ? Peu importe, il fallait en avoir le cœur net. Il fit mettre une surveillance discrète sur la jeune femme. Mais il fallait également essayer de retrouver les deux hommes qui s'étaient frauduleusement présentés à Loughémo en son nom. Ses émissaires avaient eu des indications assez précises de la part de ceux qui les avaient vus à Loughémo. Mais les recherches n'avaient à ce jour pas abouti. Elles continueraient le temps qu'il faudrait. Cet acte était inadmissible et se devait d'être puni avec la plus extrême sévérité.

Alors qu'il se trouvait dans la salle principale du palais, son frère arriva.

— Bonjour à toi, grand frère.

— Bonjour, cadet. Comment vas-tu ? Je ne t'ai pas vu de la matinée.

Le plus jeune des deux frères s'assit face à son aîné. Il avait l'air fatigué, mais son attitude ne le reflétait pas. Samburu était quelqu'un de dynamique, qui ne cédait pas facilement au découragement ou aux obstacles. Il fallait même souvent le calmer. Ce que son aîné se chargeait assez facilement de faire.

Heureusement, il l'écoutait et le respectait comme un cadet respecte son aîné.

— Je te sens préoccupé. Qu'as-tu donc ?

— Mon cher aîné, je dois te faire un aveu. Depuis quelques temps je fais un rêve étrange. Toujours le même.

Il s'interrompit avant de reprendre, alors que son frère restait attentif.

— J'aurais dû t'en parler plus tôt, mais j'ai cru que ce ne serait que passager. J'ai pensé que ce rêve me laisserait tranquille à un moment ou à un autre. En cela, je me suis trompé.

— Que dit-il donc, ce rêve ? demanda patiemment le roi.

— Eh bien,… D'abord je marche dans la savane, puis j'entre dans un sous-bois. Quand je sors de l'autre côté, des éléphants semblent m'attendre. Il y en a cinq en tout. Puis je cligne des yeux, tout naturellement, et quand mes yeux s'ouvrent, les animaux ont disparu. Alors je me dis que j'ai mal dû voir. Je reprends donc ma route dans ce qui est redevenu une savane. Mais, instinctivement je me retourne vers les sous-bois. Je vois alors les éléphants qui s'apprêtent à me charger. Et ils me chargent. Je me mets alors à courir aussi vite que je peux, bien entendu, mais ils se rapprochent. Ce qui n'est pas étonnant étant donné la vélocité d'un éléphant. Pourtant, je ne les sens pas agressifs. Alors je m'arrête pour leur faire face. Etonnamment, ils s'arrêtent également et une épaisse brume les enveloppe. C'est alors que je vois un homme au milieu d'eux. Celui-ci semble faire signe aux éléphants de continuer à marcher sur moi. Mais ils ne bougent pas. L'homme s'énerve contre eux et pousse un cri de colère. Puis je me réveille.

— Qui est l'homme ?

— Je ne sais pas, je n'arrive pas à le distinguer.

— Un rêve bien étrange.

— Bien étrange, en effet. D'autant que ces éléphants sont blancs.

— Des éléphants blancs ? ricana le roi.

— Oui, des éléphants blancs, répondit Samburu en hochant la tête. Des éléphants blancs !

Il rit à son tour. Un rire qui était plus nerveux qu'amusé.

— Je n'aime pas ça, grand frère. Cela fait plusieurs fois que je fais ce rêve et il se passe toujours la même chose, sans aucune variation. C'est certainement un message. Il nous faut savoir ce qu'il veut dire.

Le roi soupira.

— Le vieux Mpassi aurait pu nous aider.

— N'y a-t-il personne d'autre ?

— Digne de confiance ? Non !

*

Elikya avait eu cette idée. Etant donné les circonstances, elle avait jugé plus prudent que la jeune Binta emménage au palais. Cela était plus pour y passer les nuits dans un souci de sécurité. Dans la journée, elle pouvait se rendre où elle le désirait. Mais Zola avait quand à lui rajouté une discrète surveillance diurne. Celle ou celui qui avait voulu récupérer la petite fille pourrait bien user d'un autre moyen moins frontal que celui utilisé auparavant.

— J'espère que cela ne va pas trop durer, Zola.

— Cela durera le temps d'élucider ce mystère. Si d'ici quelques temps ces deux hommes ne sont pas retrouvés, il faudra en parler directement avec le roi Moni. Je lui ferai la proposition d'interroger directement la grande sœur pour en avoir le cœur net. Mais je crois qu'il y aura pensé lui-même. La remise des statuettes serait une bonne occasion pour le faire.

Il se leva et se dirigea vers un meuble au fond de la pièce sur lequel trônait une sorte de grande cloche en bois. Il la souleva, découvrant l'ensemble d'or et d'ivoire. Il retira délicatement le fruit de baobab et le posa sur le côté. Il alla prendre une étoffe de soie et revint vers les sculptures. Il les prit une à une et les enroula délicatement dans le tissu, en prenant soin de placer une couche de l'étoffe entre les deux objets.

— Je préfère les ranger dès maintenant. Ainsi ce sera fait, et je n'aurai pas à hésiter au moment de partir pour les restituer.

Elikya sentit que son époux était ému. Elle se leva doucement du lit et alla l'enlacer.

— Tu les aimes ces statues, n'est-ce pas ?

Le jeune homme soupira.

— Après tout ce que j'ai vécu pour et avec elles, je pensais bien que l'on ne se séparerait plus. Effectivement, je ressens quelque chose pour ces objets. J'ai fini par les aimer, oui. Elles exercent une sorte de fascination sur moi. J'ai l'impression certaines fois qu'elles couvrent un mystère ou qu'elles veulent me parler.

— Ecoute, tu t'en remettras certainement. J'en suis sûr.

— Bien entendu, que je m'en remettrai. Mais d'ici là…

Il posa le paquet sur le meuble. Ils retournèrent s'assoir sur le lit.

— Quand penses-tu que ce serait le mieux d'y aller ?

— Le plus tôt sera le mieux. Je pense qu'il faudrait envoyer des annonceurs et leur laisser le temps de préparer notre venue. Je pense qu'une dizaine de jours serait une bonne chose.

— C'est très bien. Je pense que d'ici là Buana aura déjà finalisé la préparation de la cérémonie des ancêtres.

— Ah oui c'est vrai, dit Zola doucement.

Il sembla réfléchir un instant.

— Est-ce que tu te rends compte que même disparu Kana continue à influer sur notre vie ?

Il ne se doutait pas à quel point ils n'en avaient pas encore terminé avec leur meilleur ennemi.

10

Le roi Moni avait effectivement pensé à interroger la sœur de la petite Binta. Ce matin-là, elle fut donc escortée par des gardes jusqu'au palais. Elle y entra quasiment à reculons. Le souvenir de ce qu'elle y avait subi était encore vivace dans son esprit. Les gardes durent la convaincre fermement d'avancer dans l'enceinte du palais, puis dans le palais lui-même. Lorsqu'elle y arriva, elle ne reconnut pas les lieux. La décoration de la salle principale avait été entièrement refaite. Il y avait maintenant une table ovale devant un grand trône massif. L'assise de ce trône était creusée dans un roc rougeâtre, lui-même sculpté de manière à représenter la tête d'un éléphant. Sur l'assise, il y avait des coussins de couleur rouge sombre dans lesquels le roi devait certainement se caler confortablement. Elle distingua les broderies qu'ils représentaient et reconnut alors certains des articles qu'elle avait elle-même vendus il y avait quelques temps. Sur sa gauche, elle devinait le couloir qui menait vers les appartements privés. Elle n'osa pas tourner la tête pour le regarder.

— Bonjour à toi, sœur Adia.

Elle fut surprise par la présence de l'homme à ses côtés. Absorbée qu'elle était par l'observation des lieux et l'effort qu'elle faisait pour les supporter, elle ne l'avait pas entendu arriver.

— Bonjour à toi, prince Samburu, dit-elle en inclinant la tête.

Le prince la regarda intensément. Elle ressentit la désagréable sensation d'être jaugée, voire jugée. Mais le prince la rassura aussitôt. C'était comme s'il s'était rendu compte qu'il l'avait mise mal à l'aise.

— J'espère que tu n'es pas inquiète d'être ainsi convoquée ici, cadette. Enfin, si tu n'as rien à te reprocher, tu n'as pas à t'inquiéter. Et je pense que tu n'as rien à te reprocher.

Il l'invita à s'assoir sur un des sièges qui entouraient la table ovale. Il s'assit à son tour non pas face à elle, mais à côté, deux sièges plus loin. Mais deux autres hommes apparurent alors et vinrent s'assoir face à elle, sans rien dire. L'un d'eux échangea un regard avec le prince puis prit la parole, tandis que le second ne la quittait pas des yeux.

— Comment vas-tu, sœur Adia ? Sais-tu pourquoi tu es dans ce palais aujourd'hui ?

— Non, je ne le sais pas.

— Ton commerce se porte bien, de ce que l'on sait. Tu te débrouilles bien, même s'il est vrai que tu as de très beaux articles à proposer, ce qui facilite le commerce.

Dès lors, Adia se mit sur ses gardes. Elle trouvait étrange que l'on évoque ainsi son commerce.

— J'ai de qui tenir. Ma mère m'a appris beaucoup de choses.

L'homme sembla se radoucir.

— Je suis navré de sa disparition. Elle était une des figures de notre royaume.

La jeune fille ne répondit pas. Le prince s'adressa alors à elle.

— Est-ce que ta cadette te manque ?

— Bien sûr qu'elle me manque ! répondit-elle spontanément.

— Est-ce que tu aimerais à nouveau qu'elle vive avec toi ? Te sentirais-tu capable de t'occuper d'elle ?

Le regard de la jeune femme s'illumina. Elle regardait les trois hommes l'un après l'autre. Elle se demandait où ils voulaient en venir. Se trompait-elle ? Allaient-ils faire allusion à ce qu'elle souhaitait de plus en plus au fil des jours ?

— As-tu tenté de la récupérer d'une quelconque manière que ce soit ?

— Comment cela ? s'exclama-t-elle. Qu'est-il arrivé à ma cadette ? Pourquoi cette question ? A-t-elle disparu ?

— Rien de tout cela. Elle va bien. Elle est entre de bonnes mains. Elle est heureuse.

Encore une fois, ce fut le prince Samburu qui la rassura.

— Veux-tu bien répondre à la question qui t'a été posée ? enchaîna l'un des hommes assis face à elle.

Elle reprit son souffle.

— Non, je n'ai pas tenté un tel acte.

— Tu sais donc où elle se trouve ?

— Oui, je le sais. Elle se trouve à Loughémo.

— Comment le sais-tu ? demanda l'homme.

— Mon oncle maternel, le vieux Mpassi, me l'avait dit.

— Ah oui ? Et quand donc ? Il n'était déjà plus des nôtres lorsque tu es revenue te réinstaller chez toi.

Adia se mordit la lèvre. Elle décida de dire la vérité.

— J'étais venue le voir discrètement plusieurs fois avant qu'il ne nous quitte. Nous avions longuement parlé. C'est ainsi qu'il m'a expliqué où était ma cadette et pourquoi.

Il y eut un silence pendant lequel les trois hommes se regardèrent. L'effet de surprise passé l'homme qui s'adressait à elle reprit son interrogatoire.

— Ainsi, tu as été capable de venir plusieurs fois dans la cité voir ton oncle sans te faire remarquer ? C'est digne d'un espion.

Ils éclatèrent de rire. Mais elle sentait bien que quelque chose les gênait depuis qu'elle leur avait avoué ses visites clandestines.

— Sais-tu qu'une délégation est allée à Loughémo pour demander que ta cadette soit rendue à son royaume ? Ces hommes ont prétexté avoir été envoyés par le roi Moni. Te rends-tu compte des conséquences que peut avoir une telle manigance ?

— Mais je ne sais rien de tout cela ! dit-elle vigoureusement.

— Nous voulons bien te croire, répliqua l'homme en se penchant vers elle. Mais tu viens de nous dire que tu es venue plusieurs fois voir ton oncle sans te faire remarquer. Alors pourquoi ne serais-tu pas capable d'une telle manipulation ?

— Je vous dis que je ne sais rien de tout cela, sanglota la jeune femme en se prenant la tête dans les mains. Pourquoi aurais-je fait cela ? Quel intérêt aurais-je eu à agir de la sorte ?

— A toi de nous le dire, sœur Adia. Car en effet c'est un acte insensé ! Ceux qui l'ont commis paieront pour leur forfaiture !

La jeune femme se savait en mauvaise posture. Si elle était reconnue comme étant impliquée dans cette affaire, elle risquait de perdre beaucoup, à commencer par son commerce. Sans parler du fait qu'elle pourrait perdre toute chance d'avoir sa sœur avec elle.

— Je n'en sais rien, je ne sais pas qui a pu mener une telle conspiration, sanglota-t-elle à nouveau. Je ne connais pas ces hommes.

Les trois hommes la laissèrent quelques instants à son émotion. Elle leva les yeux vers eux.

— Que faut-il que je fasse pour que vous me croyiez ? Que dois-je faire ? Dites-le moi !

Les trois hommes ne réagissaient pas. Elle était déstabilisée, ils le voyaient bien.

— Nous voulons simplement que tu nous dises la vérité, lui répondit calmement le troisième homme. La stricte vérité.

— Allons, allons, je pense que nous pouvons en rester là.

Le roi Moni venait d'apparaître soudainement. En fait il n'avait pas été très loin et avait suivi discrètement mais avec attention toute la scène.

— Il est inutile de malmener plus que cela cette jeune femme, continua-t-il. Elle n'a malheureusement rien à nous apprendre. Autrement ce serait déjà fait. Est-ce que je me trompe, Adia fille de la vieille Maïssa ?

La jeune fille se leva et inclina la tête envers son souverain.

— Bonjour à toi, Majesté. Non tu ne te trompes pas. Je te l'assure ! Ma mère, mon oncle et tous mes ancêtres m'entendent !

— N'oublie pas que tes ancêtres sont aussi les nôtres.

— Je le sais, Majesté. Je ne le sais que trop bien.

Ils avaient en effet les mêmes ancêtres, car étant d'un même peuple. Mais ils ignoraient à quel point leurs liens étaient proches. Adia, le roi Moni et le prince Samburu avaient le même père. Adia était donc une princesse. Mais ils l'ignoraient. Ils l'ignoraient tous les trois. C'était une information que le vieux Mpassi n'avait pas donnée à la fille de sa sœur. Il n'en avait pas eu la force. Il s'était dit que cela aurait eu un effet dévastateur sur elle. Et elle avait déjà été passablement choquée par ce qu'elle avait vécu. Mais il était mort et plus personne ne pourrait le lui apprendre. Le secret était donc à présent inaccessible. En tous cas il l'était à Abamé.

— Alors nous n'avons aucune raison de ne pas te croire, conclut le souverain

Après le départ de la jeune femme, les deux frères discutèrent un instant avec les deux autres hommes pour échanger leurs impressions sur l'interrogatoire qui venait de se dérouler. Ils en conclurent que la jeune femme soit ne savait rien de cette affaire, soit jouait très bien la comédie. Il était évident que si elle était responsable de la tentative d'enlèvement de la petite fille, elle nierait tant qu'il n'y aurait pas de preuve pouvant la compromettre. Et pour cela il fallait retrouver les deux faux émissaires. Il fallait absolument les retrouver. Le réseau d'agents d'Abamé était déjà au travail dans ce sens.

*

Dans le même temps Buana, en tant que Premier conseiller du royaume, avait également la charge de s'occuper de l'enquête qui avait pour but de retrouver les imposteurs. Il avait envoyé des limiers dès le lendemain du passage de ces derniers, après avoir appris la supercherie. Il aurait aimé partir lui-même pour conduire la poursuite mais son nouveau statut ne le lui permettait pas. Il devait rester sur place pour seconder sa souveraine en cas de besoin. Il avait appris à pister toutes sortes d'animaux et il savait comment appliquer ces méthodes à la poursuite d'humains. Il avait appris ces techniques de son oncle maternel. Ce dernier l'avait recueilli alors qu'il s'était retrouvé orphelin de ses parents. Ils avaient tout simplement disparu lors d'un voyage dans une lointaine contrée. Ils n'étaient jamais revenus. Avaient-ils été victimes de pillards ou encore d'animaux sauvages ? Personne ne le savait, ni ne le saurait jamais. Quand à lui, il avait abandonné tout espoir de les revoir depuis bien longtemps. Tellement de temps s'était écoulé depuis qu'ils l'avaient quitté que c'était à peine s'il se souvenait de leurs visages. Il avait à peine trois ou quatre saisons de pluies à l'époque. La présence de son oncle l'avait beaucoup aidé. C'était un homme bon, mais qui ne s'était pas privé d'être dur avec lui, tout comme avec ses propres enfants. Il les avait tous élevés de la même manière, sans aucune discrimination entre eux. Buana avait donc finalement ce qu'il considérait comme trois sœurs et quatre frères. Il était le cadet de ses quatre frères, mais l'aîné de ses sœurs.

Son père adoptif était un chasseur émérite. Il était capable de repérer les traces d'un animal sur n'importe quel type de terrain. Il avait su transmettre ce don à tous ses garçons et à une de ses filles. Les autres ne s'y étaient jamais intéressées. Ce don leur avait fait vivre des campagnes très enrichissantes et instructives lors de la traque de gibiers divers. Buana était celui qui faisait alors preuve du plus grand talent. A chaque fois qu'il y avait ce qui semblait être une impasse lors d'une poursuite, il suffisait de le laisser faire pour remédier à la situation. Personne d'autre ne pouvait réussir là où il avait échoué. Il n'avait aucune honte à le dire lorsque c'était le cas. « Celui-là a échappé à nos casseroles » aimait-il dire dans ces moments-là. Une vague de déception parcourait alors le visage de ses compagnons.

Tout au long de sa jeunesse et de sa vie, il avait fait preuve de beaucoup de qualités humaines et d'intelligence. Il s'était marié assez jeune et avait trois enfants. Son épouse était une femme discrète, sympathique et sans histoire. Elle était à nouveau porteuse d'une vie à venir. Son comportement exemplaire avait attiré l'attention des anciens qui étaient chargés de repérer dans la population ceux qui étaient dignes d'occuper les plus hautes fonctions dans la communauté. C'est ainsi qu'après plusieurs entrevues et discussions avec ses derniers, il avait été proposé puis désigné Premier conseiller à la succession de Gao. Il en avait été de même pour ses homologues conseillers de Séssé et de Kiazi.

Les hommes qu'il avait envoyés sur les traces des imposteurs avaient été formés par ses soins. Il avait une totale confiance en eux. Alors, lorsque ceux-ci revinrent il fut surpris de leur propos.

— Doyen Buana, les traces s'arrêtent net en plein chemin à un peu plus d'une journée d'ici. C'était comme s'ils avaient été enlevés dans les airs. Nous avons examiné les alentours, nous sommes revenus sur nos pas, puis avons à nouveau suivi les traces à plusieurs reprises mais rien n'y a fait. C'est comme s'ils s'étaient volatilisés. D'autant qu'il n'y a rien dans les parages. Pas un village, pas un plan d'eau ou quoi que ce soit, rien du tout.

— Qu'est-ce que vous me dites là ? Ils n'ont pas pu simplement disparaître ainsi, ce n'est pas possible.

C'était plus une réflexion pour lui-même plutôt qu'une contestation de ce que les pisteurs venaient de lui rendre compte. Il n'avait aucune raison de ne pas les croire. Par ailleurs, il ne voulait pas les désavouer dès leur première grande mission. Il aurait perdu leur confiance. Et une confiance réciproque est la base d'une relation saine. Il s'en remit donc à leur jugement.

— Très bien, vous pouvez disposer. Je vous dirai s'il y a une suite à donner à cette situation. Merci à vous en tous cas et félicitations pour votre travail.

Buana se mit à réfléchir à la situation qui se présentait, en se remémorant tous les évènements qui avaient eu lieu jusqu'à la mort de Kana. Certes il y avait eu des situations sortant de l'ordinaire. Certes il lui avait été narré la manière dont Kana reprenait sa forme humaine alors qu'il était mortellement blessé. Certes il lui avait été narré la forme inquiétante qui avait manqué de s'échapper de la combinaison des sphères dans la grotte. Mais quel crédit donner à tout ceci ? Toutes ces personnes qui disaient avoir vu ces évènements avaient-ils pu être victimes d'hallucinations collectives ?

Du point de vue des croyances en l'irrationnel, Buana était plutôt proche de Zola. A la différence que Zola avait eu ses convictions ébranlées par ce qu'il avait vécu. Même si malgré cela il opposait encore une forme de résistance à ces phénomènes. Bien malgré lui, il en arrivait petit à petit à y croire. Les croyances ancestrales ont forcément un fondement, finissait-il par se dire. Buana aussi était sceptique quant à ces croyances sur les esprits qui étaient capables de se manifester d'une manière ou une autre. Il l'avait en tout cas été très fortement jusqu'aux évènements qui avaient ébranlé la région. Il se remémora les paroles du vieux Nganga disant que tout n'était pas encore terminé avec Kana. Il se dit alors qu'il serait préférable de prendre tout cela au sérieux et fit donc lui aussi son compte rendu à la reine.

Zola avait rechigné à quitter Elikya. En allant à Abamé il en aurait pour de longues journées loin d'elle et cela ne l'enchantait guère. Ce qu'il s'imaginait était une conséquence de ce qu'avait subi le roi Bidié. Il craignait qu'elle ne soit également mise sous influence d'une manière ou d'une autre et aurait préféré être à ses côtés en cas de besoin. Mais il ne pouvait pas ne pas aller remettre lui-même les statuettes. Cela aurait été compris comme étant une manière de montrer sa désapprobation de rendre les objets. D'un autre côté, Elikya n'aurait pas pu faire le voyage. D'abord parce que cet acte ne nécessitait pas sa présence royale, mais surtout du fait de son état physique. Elle n'aurait pas supporté un tel périple sans risque pour sa santé et pour celle de l'enfant qu'elle portait.

Après avoir envoyé six hommes, autant que ceux envoyés par le roi Moni, pour annoncer sa venue prochaine, il s'était mis en route. Il était accompagné des deux conseillers de Séssé et de Kiazi. Cela donnerait un aspect encore plus officiel à son convoi. Une quinzaine de gardes formaient le reste de ses compagnons de route. Ces hommes avaient été choisis pour leur capacité à protéger des dignitaires. Pourtant, à les voir, ils n'avaient pas l'aspect qu'auraient pu présenter des hommes faits pour l'affrontement. Ils en étaient certes, mais ils avaient d'autres dons qui avaient fait qu'ils avaient été choisis. Le choix avait été fait avec l'accord mais surtout sur les indications du vieux Nganga.

Ils arrivèrent à Abamé vers la fin d'une journée qui avait été rythmée par une alternance entre la pluie et le beau temps.

Une escorte vint à leur rencontre. Cela leur fit comprendre qu'ils avaient été repérés bien avant leur arrivée dans Abamé.

— Bonjour à toi, honorable Zola, l'accueillit le chef de l'escouade. Sois le bienvenu, ainsi que tes compagnons dans le royaume du roi Moni, le royaume d'Abamé. Nous sommes très honorés de votre présence.

— Merci à toi. Nous sommes encore plus honoré d'être les hôtes du roi Moni.

Ils leur emboîtèrent le pas et les suivirent jusqu'aux demeures qui leur était réservées pour l'occasion. Elles parurent familières à Zola. Et pour cause, c'était les mêmes que celles dans lesquelles ils avaient séjourné quelques lunes plus tôt. Ce n'était pas un hasard. Le roi Moni s'était renseigné et il voulait que son hôte se sente en terrain connu. Leur réception devant avoir lieu le lendemain, Zola et son escorte se restaurèrent puis ne tardèrent pas à se préparer pour passer une nuit de sommeil longue et bien méritée. Ils avaient également l'intention de repartir dès le lendemain. Il valait donc mieux se reposer le plus possible.

Le fils de Gao s'allongea sur sa couche et pensa à son épouse et à l'enfant qu'elle portait. Il ressentit une brusque douleur passagère dans la poitrine, comme un pincement. Mais il n'y prêta pas attention. Penser aux siens le rendait heureux.

*

Le même jour, Fatou avait passé beaucoup de temps auprès de la jeune souveraine. Il était devenu rare qu'elle passe autant de temps dans la chambre car elle n'y était jamais lorsque Zola y était présent. Et ces dernières semaines il y avait été très souvent. A la nuit tombée elle avait quitté la chambre. Elle s'était assurée que la reine n'avait plus besoin de rien puis s'était retirée. Mais elle n'était jamais bien loin. Un appel suffisait à la faire réapparaître. Elikya était fatiguée et n'avait pas tardé à s'assoupir sur le grand lit.

La jeune reine se réveilla brusquement et s'immobilisa sur le lit, gardant la position qu'elle avait en ouvrant les yeux. Elle n'osait pas bouger. Intriguée, elle se redressa lentement dans l'obscurité et laissa ses yeux s'y habituer.

— Fatou ! appela-t-elle fébrilement.

Elle était persuadée d'avoir senti un corps se lover contre elle. Plus précisément sur son ventre. Elle continua à scruter la pénombre. Mais il n'y avait bien entendu personne. La lourde porte de bois s'ouvrit, laissant passer un filet de lumière venant des torches dans le couloir. La silhouette de Fatou se dessina.

— Oui, Majesté ?

— Dis-moi, les gardes n'ont laissé entrer personne ?

— Eh bien…non. Mais je peux leur demander confirmation…

— Non, ce n'est pas la peine !

Fatou alluma alors deux torches parmi celles qui équipaient la pièce. Elle vint ensuite se mettre debout devant la jeune reine.

— Que t'arrive-t-il ?

— Je ne sais pas. Mais il s'est passé quelque chose.

— Dis-moi, ce que tu as vu dans ton rêve.

— Justement, je dormais sans rêver. J'ai malgré tout senti quelque chose contre mon ventre. J'en suis de plus en plus persuadée. Il s'est passé quelque chose.

— C'est-à-dire ? demanda la voix d'une personne qui venait de les rejoindre.

— Maman, j'ai ressenti comme quelqu'un...ou quelque chose qui se collait contre mon ventre. C'était une sensation vraiment étrange. Je n'aime pas ça du tout.

La reine mère n'hésita pas une seule seconde.

— Fatou, fais appeler le vieux Nganga tout de suite. Mais fais le discrètement, il n'est pas utile d'ébruiter ceci. Fais-le venir directement ici.

Quelques instants plus tard, le vieil homme était sur les lieux. Il interrogea la jeune femme jusqu'au moindre détail. Il la fit revenir en arrière dans ses souvenirs pour essayer de retrouver le moindre élément qui lui aurait paru étrange.

— Des spasmes dans la respiration ? Comme si le souffle était brièvement coupé ?

La jeune fille se figea et regarda sa mère. Des larmes lui emplirent les yeux et se mirent à couler lentement sur ses joues.

— Oui, j'ai ressenti cela plus d'une fois, dit-elle en portant la main à la bouche. J'ai pensé que ce n'était rien.

— Doucement, ma fille, ne panique pas, dit-le vieil homme en se rapprochant d'elle. Cela peut effectivement ne rien vouloir dire. Mais c'est la combinaison de plusieurs phénomènes, dont celui de cette nuit et aussi ces arrêts dans la respiration qui peuvent augurer d'une situation néfaste. Mais je te rappelle tout de même, Majesté, que j'avais bien insisté de me prévenir au moindre détail qui ne serait pas ordinaire.

La reine mère intervint.

— Qu'est-ce que cela peut bien être, vieux Nganga ?

Le vieil homme prit son temps avant de répondre. Il la regarda intensément.

— Je dois réfléchir avant de répondre à une telle question. Il faut que je sache exactement ce qui se passe. Pour cela j'ai quelques interrogations à dissiper afin de n'effrayer personne.

La vieille dame avait compris. Il ne voulait pas parler devant sa fille.

— Ce que je sais, continua-t-il, c'est que je ne vais rien trouver ici. En tous cas pas ce soir, en considérant qu'il y ait quelque chose à découvrir, bien entendu.

Lorsqu'il prit congé, la reine mère le raccompagna jusqu'au seuil du palais. Son regard insistant sur lui suffit à lui faire comprendre ce qu'elle attendait. Il s'exprima d'une voix basse, en la regardant fixement. Son affirmation était sans équivoque.

— La guerre est déclarée, Majesté mère. La guerre est déclarée. Lors du premier affrontement, il s'était attaqué au roi. Mais il ne peut visiblement pas s'attaquer à une reine. Alors il s'attaque au prochain roi. Il fait en quelque sorte un investissement sur l'avenir.

— Comment cela ? s'inquiéta la veuve du regretté roi Bidié.

— Il veut déjà prendre possession de l'esprit de cet enfant dès maintenant et le façonner à sa convenance. Plus tard il n'opposera aucune résistance à ses exigences. Il sera à sa botte. Il sera même prêt à agir contre lui-même.

— Cela veut dire que cet enfant sera un garçon ?

— Oui, en effet. Nous savons désormais que c'est un garçon.

Elle sembla réfléchir un instant.

— Si Zola est fait roi, est-ce que cela peut protéger son fils ?

Nganga prit un air dubitatif.

— Zola est informé de cette possibilité d'être envoûté et je pense qu'il opposera une forte résistance. Etant au fait de cette probable situation, il sera très critique vis-à-vis de lui-même, même si ce sera très difficile de résister. Par ailleurs, je sais qu'il prendra les précautions nécessaires afin que ce qui s'est déjà passé ne se reproduise plus. Cela va donc dépendre de notre ennemi. S'il est impatient, il tentera d'agir par le biais de Zola. S'il est patient, il attendra que le petit grandisse. Cela vaut la peine d'essayer de protéger l'enfant, mais je doute que cela soit efficace. Nous avons affaire à un redoutable adversaire. Il est dangereux, retors, déterminé et puissant.

— Oui, nous en avons eu un petit aperçu il y a peu.

— En effet, ce n'était qu'un petit aperçu…

— Mais pourquoi Kana ne nous laisse-t-il donc pas tranquille ? pesta la reine mère.

Le vieux devin guérisseur la regarda à nouveau intensément, l'air grave.

— Majesté mère, ce n'est pas du tout de Kana qu'il s'agit. Kana n'est qu'un pion. Nous avons affaire à une entité qui a besoin d'entrer dans notre monde pour arriver à ses fins. Pour cela, et pour une raison que j'ignore, elle a eu besoin d'utiliser Kana. Mais cela a échoué. Alors il recommencera d'une autre manière. Avec ou sans Kana. Mais je pense tout de même que ce dernier lui sera très utile.

La mère d'Elikya s'était prise la tête entre les mains et la secouait lentement.

— Mais qu'allons-nous donc devenir, Dieu tout-puissant ? répétait-elle.

— Dieu tout-puissant viendra à notre secours, mais il faudra que nous soyons forts. Très forts.

Sur ces dernières paroles, il inclina la tête et s'évanouit dans l'obscurité.

*

Arrivé dans sa petite demeure, Nganga s'assit sur un tabouret. Il était dans l'obscurité mais il ne prit pas la peine d'allumer une torche. Il était perturbé à un tel point qu'il devait se ressaisir. Il devait absolument se ressaisir.

La jeune reine n'avait pas affabulé. En entrant dans cette chambre, il avait senti qu'une présence s'y était manifestée. Une présence néfaste. Il avait éprouvé un sentiment, non pas de peur – il ne pouvait ressentir la peur – mais d'inquiétude profonde. Il s'était un instant demandé s'il serait à la hauteur de ce qui l'attendait. Il avait accepté une mission et il se devait de trouver le moyen de la réussir absolument. Si par malheur il échouait, alors ce serait trahir celui qui avait fait appel à lui et, encore plus grave, laisser des peuples entiers à la merci d'un être, ou d'êtres, d'une cruauté inqualifiable. Il lui fallait échafauder une stratégie. Une stratégie infaillible.

Il se leva et alluma enfin une torche. La lumière envahit le petit espace. Il observa tout ce qu'il y avait autour de lui. Tous les objets laissés par son prédécesseur. Il avait entrepris de tout renouveler afin que l'on s'imagine qu'il était lui aussi devin et guérisseur, comme Wazaaba. Mais le fait était qu'il ne l'était plus. A bien y réfléchir, il l'était tout de même quand même encore un peu. C'était pour cette raison que Wazaaba avait fait appel à lui. Sentant son impuissance face à l'adversité qui allait se dresser contre lui, le prévoyant ancien devin de Loughémo avait décidé de solliciter son aide.

Quelle surprise lorsque ce dernier l'avait contacté. Il ne pensait pas qu'il en serait capable, mais il l'avait tenté et réussi. C'était un procédé rare et il était risqué d'en user non seulement pour le demandeur, mais aussi pour le sollicité. Il ne fallait l'utiliser qu'en cas de nécessité absolue. Mais la situation que Nganga venait de vivre justifiait les risques pris par son prédécesseur. Il le félicitait pour cela. La menace était sérieuse. En effet, A quoi est-ce que cela aurait servi que eux aient vécu, pour voir à terme leurs descendants souffrir puis disparaître alors qu'ils avaient la possibilité de les aider ?

11

Zola était prêt très tôt ce matin-là. Il était nerveux. Il n'avait pas bien dormi. Il s'était donc levé très tôt et s'était préparé tout doucement. Il avait du temps devant lui. Sa délégation et lui-même ne seraient reçus qu'en fin de matinée. Un à un, ses compagnons de route s'étaient également levés et préparés. Ils avaient consommé avec plaisir la copieuse collation du matin qui leur avait été servie par des représentants officiels d'Abamé. Ces derniers reviendraient plus tard afin de les escorter jusqu'au palais.

La nouvelle de la venue du héros de Loughémo avait déjà fait le tour de la petite cité le soir même de leur arrivée. Il y avait donc une petite foule à l'extérieur de la concession qu'ils occupaient. Visiblement, elle n'attendait que son apparition pour manifester sa joie de le voir ou le revoir. D'autant qu'il était maintenant l'époux de la reine de Loughémo, un royaume réputé riche et prospère. Mais aussi le royaume qui avait vu la mort de Kana, l'ancien roi si peu apprécié d'Abamé. Même s'il circulait une rumeur affirmant qu'il ne serait pas vraiment mort...

— Honorable Zola, il y a une visite pour toi.

Zola était assis dans le petit salon qu'avait occupé le roi Bidié lors de sa dernière venue à Abamé. Il était plongé dans ses pensées, mais il réagit presque aussitôt.

— Je suis disponible, vieux Wamba. Fais-le entrer.

Le jeune homme était quelque peu surpris.

— En fait, je vais la faire entrer, dit le conseiller de Séssé.

Il s'écarta en invitant la visiteuse à entrer dans la pièce. Elle entra dans la pièce en souriant. Deux jeunes enfants d'une dizaine de saisons l'accompagnaient.

— Bonjour à toi, honorable Zola, dit-elle avant même d'avoir franchi entièrement le seuil d'entrée.

Zola fit signe discrètement à Wamba de rester pour assister à l'entrevue. Il avait déjà les réflexes d'un homme prudent. Il ne pouvait se permettre de recevoir ainsi une femme sans aucun témoin.

— Bonjour à toi, aînée, répondit-il.

Elle était aussi grande que lui. Il ne la trouva pas très jolie, mais paradoxalement il émanait d'elle un charme indéniable qui devait séduire plus d'un homme. Ses tresses plaquées sur la tête vers l'arrière étaient du plus bel effet. Une coiffure qui seyait parfaitement à son visage régulier. Elle était dans la force de l'âge. Ses cheveux grisonnants l'indiquaient, malgré un visage jeune et frais.

— Je suis Mina. J'ai été une voisine de mère Maïssa et d'Adia pendant longtemps. En fait je l'étais jusqu'à... Voilà ! Ces enfants ici présents sont des amies d'enfance de Binta. Ils ont insisté pour que je vienne demander de ses nouvelles. Ils veulent savoir comment elle va.

Zola sourit et regarda les enfants. Il se pencha vers eux.

— Binta va très bien. C'est gentil à vous de vouloir prendre de ses nouvelles. Elle sera contente d'apprendre qu'il y a encore des gens ici qui pensent à elle.

— Quand est-ce qu'elle va revenir ? demanda un des enfants.

Mais le second ne laissa pas le temps à Zola de répondre.

— Est-ce qu'elle va revenir vivre avec la grande sœur Adia ?

Zola ne laissa paraître aucune émotion. Mais une question lui vint aussitôt à l'esprit. Il la posa à la femme.

— Je pensais que sa sœur avait disparu d'Abamé, quand est-elle réapparue ?

— Il y a de cela quelques lunes, répondit la jeune femme Elle a repris le commerce de sa mère. Il est plutôt florissant.

— C'est très intéressant, lâcha Zola en se tournant vers Wamba.

— Ce n'est quand même pas elle qui vous envoie ? demanda le conseiller.

La femme sembla hésiter.

— Non. Enfin...oui, mais pas directement. Elle a dit vouloir avoir des nouvelles de sa sœur. Je lui ai alors dis de venir se renseigner, mais elle a dit qu'elle ne pouvait pas se le permettre. Je ne sais pas pourquoi. Alors j'ai pensé lui rendre ce service, avec l'insistance des enfants. Elle ne sait pas que je suis venue ici.

— Très bien. Je pense qu'elle sera également heureuse d'avoir des nouvelles de sa cadette.

L'entrevue prit fin, la femme et les enfants repartirent. Wamba les accompagna puis revint vers Zola.

— J'ai cru déceler une réflexion dans tes yeux, honorable.

— Oui, doyen Wamba. Je pensais que les imposteurs qui avaient tenté de récupérer la petite avaient été envoyés par sa sœur. Ce qui voulait dire qu'elle avait certainement déjà eu des nouvelles de sa cadette d'une manière ou d'une autre. Or, il semble qu'il n'en est rien. Ou alors c'est vraiment une véritable manipulatrice.

*

Toute une troupe de curieux et d'admirateurs suivirent Zola et son cortège depuis leur lieu de résidence jusqu'au palais. Elle grossissait au fur et à mesure qu'ils avançaient. Pour Zola, qui aimait la discrétion, ce n'était pas une situation très plaisante mais il fit contre mauvaise fortune bon cœur. Il répondait de la main aux saluts qui lui étaient lancés de temps à autre sans se départir d'un léger sourire. Au moment d'arriver au palais, des gardes avaient dû être appelés en renfort pour que le cortège puisse continuer à avancer sans encombre.

Enfin, ils arrivèrent au palais et furent conduits à la grande salle où trônait la table ovale. Le roi était assis sur le trône. Il sa leva avec un sourire à leur entrée. A ses côtés se trouvait un homme que Zola estima être le frère du roi, par sa tenue et par la ressemblance indéniable, même si elle n'était qu'infime. Plus loin sur le côté, il y avait des notables du royaume ; indifféremment des femmes et des hommes. Tout ce monde était en tenue d'apparat, signe de l'importance que revêtait pour eux cet instant, mais également de la considération qu'ils avaient pour leurs visiteurs.

Zola se remémora alors l'humiliation que lui avait faite subir le roi Ewomé lors de sa visite chez lui. Quelle différence ! Etait-ce son nouveau statut qui jouait en sa faveur ? Il pensa tout simplement que ceux qui le recevaient aujourd'hui le respectaient. Ce qui n'avait pas été le cas quelques lunes auparavant chez Ewomé. Mais le respectaient-ils lui ou bien simplement les objets qu'il ramenait ? Il n'allait pas tarder à le savoir.

— Quel honneur nous avons aujourd'hui ! Quel honneur de recevoir un homme qui est un héros par son courage et sa volonté ! Il a sauvé un homme des mâchoires d'un saurien grâce à sa vigilance et ainsi préservé l'honneur de notre royaume ! Mais par-dessus tout, par sa perspicacité et sa persévérance, il a entraîné avec lui d'autres hommes courageux pour empêcher une catastrophe de s'abattre sur nous tous !

L'homme qui venait de parler se trouvait sur le côté, au milieu des notables. C'était un maître de cérémonie. Il portait un superbe pantalon court d'un orange sombre avec des sandales de cuir tressé qui montaient jusqu'aux mollets. Un pagne d'un bleu turquoise brodé de jaune faisait le tour de sa taille puis passait négligemment par-dessus son épaule pour retomber dans son dos. Il avança vers Zola puis se tourna vers le roi Moni en désignant Zola de la main.

— Majesté, voici l'honorable Zola, fils de Gao, époux de la reine Elikya et enfant de Loughémo, dit-il avant de se retirer sur le côté.

Le roi avança vers Zola. Une nouvelle marque de respect qui allait être confirmée par les propos du jeune roi. Il ne s'agissait pas que des éléphants d'ivoire.

— Honorable Zola, fils de Gao, c'est avec un immense plaisir que je te rencontre enfin. C'est un honneur pour notre royaume de te recevoir. Et il te reçoit comme un de ses dignes fils ! Ainsi, je te reçois comme un frère. Nous te recevons comme un frère !

Le roi Moni était bien plus petit que Zola. C'était à peine si sa coiffe dépassait ses yeux. Cette coiffe royale était faite d'os d'éléphants taillés en pointe et plantés verticalement dans une sorte de gros anneau de bois qui épousait la tête du souverain. L'ensemble était relié par des lianes de tissus de soie rouge vif et de cuivre noir et marron. Il tendit la main à son visiteur.

— Bienvenue, mon frère. Que la paix de Dieu et des esprits soit sur toi.

— Qu'elle soit encore plus sur toi et les tiens, répondit Zola en acceptant l'étreinte de sa main et en inclinant la tête.

— Non, lui dit Moni. Non ! Je n'accepterai pas que tu inclines la tête devant moi. Je te considère comme mon égal.

— Tes propos me touchent profondément, roi Moni. Sache que c'est tout le royaume de Loughémo, à commencer par ma reine, que tu honores ainsi.

Zola se tourna alors vers ses compagnons et il leur enjoignit de battre des mains avec lui en signe de respect. Lorsqu'ils eurent cessé, le maître de cérémonie s'avança à nouveau. Il entreprit de présenter le reste de l'assistance.

— Le prince Samburu, frère cadet du roi Moni.

Il continua ainsi, présentant différents membres proches ou moins proches de la famille royale. A chaque fois qu'une personne était présentée, elle saluait Zola et sa troupe. Quand il eut terminé de présenter toute l'assistance, ce fut au tour de Wamba de présenter les voyageurs. Lorsque ceci fut fait, Zola fit signe à un des gardes qui portait un paquet de s'approcher.

— Sans plus attendre, dit-il, nous allons procéder à la restitution de ce pourquoi nous sommes ici.

Il récupéra le paquet et le découvrit du tissu de lin qui le recouvrait. Une boîte en osier apparut. Le garde récupéra le tissu. Zola souleva le couvercle de la boîte et pencha la boîte en avant vers le roi Moni. Les deux statuettes étaient couchées sur un fond de velours. Un tissu prisé et d'une très grande valeur.

— Roi Moni, il est vrai que l'un de ces objets m'avait été offert par qui vous savez et pour la raison que vous savez. Je l'ai beaucoup apprécié, mais j'apprendrai à m'en passer. Pour le second, il est celui qui a été laissé derrière lui par celui qui m'avait offert le premier. C'est avec un cœur léger que je te les rends afin qu'ils retrouvent leur place à Abamé.

Il tendit le colis vers le roi. Le maître de cérémonie fit mine de venir le prendre mais son souverain lui fit signe de renoncer. Il s'avança lui-même et prit la boîte des mains de Zola. Il observa les objets avec une sorte de soulagement, puis tendit la boîte à son frère. Il se tourna à nouveau vers Zola.

— Du fond du cœur, honorable Zola, merci. Les raisons pour lesquelles nous avons été amenés à faire cette demande de restitution sont liées à l'histoire de notre royaume. Tu auras sans aucun doute remarqué que notre emblème est l'éléphant. Alors tu comprendras l'importance que nous attachons à tout ce qui représente cet animal, et par-dessus tout qui est lié à notre histoire. Merci encore au nom de tous les sujets de ce royaume.

— Comme je l'ai dit, c'est avec le cœur léger que je rends ces objets. Je suis heureux de le faire car cela revêt visiblement une grande importance pour vous. Je l'ai compris tout de suite car autrement une telle demande n'aurait jamais été faite. J'espère, cher frère, que tu n'estimes pas me devoir quoi que ce soit pour ce geste, car de mon côté j'estime que tu ne me dois rien.

Le jeune roi sourit, puis sans rien dire invita Zola à le suivre hors du palais. Il y avait eu quelques changements dans l'enceinte que le fils de Gao avait connu des lunes plus tôt. Un large passage avait été créé sur un côté pour donner accès à une seconde cour. Lorsqu'ils y arrivèrent, Zola put constater qu'une table y avait été aménagée pour les recevoir autour d'un repas. Il n'en fut pas surpris. C'était le traitement usuel dû à un visiteur royal ou considéré comme tel. La petite procession fut invitée à s'installer. Très vite, des plats divers furent servis. Il y avait le choix pour chacun. Du poisson frais ou séché, du gibier ou de la viande domestique.

Zola s'était retrouvé non loin du roi et discutait assez régulièrement avec lui, même s'il était tenté d'échanger avec tout le monde. Mais cela n'était pas possible. Il était le représentant d'un royaume et devait donc tenir ce rang en ne parlant qu'avec ceux qui lui avaient été présentés comme membre de la famille royale. C'était l'usage lorsque l'on était en visite dans une contrée étrangère. Il discutait donc avec le roi, le frère du roi et quelques autres personnes.

La conversation porta aux premiers abords sur le repas. Elle évoqua ensuite le voyage des visiteurs. Bien entendu, Loughémo ne pouvait y échapper. De nombreuses questions furent posées sur le royaume de feu roi Bidié et sur le formidable héritage qu'il avait laissé à sa fille. Pour terminer, les convives se mirent à parler d'Abamé. Mais la cérémonie organisée par Kana en l'honneur de son défunt père ne fut pas évoquée. D'une certaine manière cela soulagea Zola car il ne voulait en aucun cas à nouveau paraître comme un héros. Cela l'aurait mis mal à l'aise. Aussi bien pour ce que cela évoquait que pour celui qui aurait été évoqué. Un accord tacite non-dit semblait s'être appliqué à propos de l'aîné de l'actuel roi d'Abamé. Personne ne parla de lui.

Zola avait finalement fait une croix sur sa volonté de reprendre le chemin du retour le jour même. Cela ne serait tout bonnement pas possible. Il ne pouvait pas se permettre de repartir aussi vite. Ils devraient passer au moins une nuit de plus à Abamé. Lorsque le repas fut terminé, le roi invita Zola et le conseiller Wamba à fumer une pipe à l'ombre d'un magnifique flamboyant dans la cour du palais. Le jeune homme déclina poliment la proposition mais Wamba l'accepta avec beaucoup de plaisir. Ils s'assirent sur des chaises longues en bois, garnies de coussins en cuir rembourré. Alors que les deux fumeurs tiraient avec délectation de longues bouffées, Zola dégustait de délicieux fruits de baobab qui lui avaient été proposé. Le prince Samburu s'était joint à eux. Après tout, se disait Zola, pourquoi ne pas profiter de cette belle hospitalité ?

— La perte du vieux Mpassi a été un petit choc pour moi, dit-il. J'avais eu l'occasion de le rencontrer la dernière fois que je suis venu ici. La petite Binta a été très difficile à consoler, mais elle semble aller mieux maintenant. Même si on ne peut pas toujours déceler des émotions cachées.

Le prince lui répondit.

— C'est une bonne chose qu'elle s'en remette. C'était sa seule famille. En tous cas, telle était la situation lorsqu'elle est allée à Loughémo. Mais aujourd'hui les choses ont changé. Etes-vous informés à Loughémo que sa sœur s'était simplement éloignée et qu'elle est de retour depuis quelques temps ?

— Nous ne l'avons appris qu'hier. Une voisine a prétendu prendre des nouvelles de Binta. Il s'est avéré qu'elle a été manipulée par l'aînée de Binta.

Le roi intervint alors.

— Ceci pousse à penser qu'elle est à l'origine, par ce comportement, de l'imposture qui visait à récupérer la petite.

— Oui, mais cela n'a pas de sens, raisonna Zola. Tôt ou tard nous aurions appris la supercherie. Ou alors il aurait fallu qu'elle aille s'installer ailleurs avec elle.

— C'est impensable, rétorqua Samburu. Elle a repris avec succès les activités de sa défunte mère. Cela n'aurait vraiment pas eu de sens de tout abandonner à nouveau.

— En effet, souffla Zola. Quand je pense que je l'ai soupçonnée. Ces soupçons ne tiennent pas à la lumière de nos réflexions. Et cela entraîne donc l'inévitable question : qui donc ?

— Oui, dit le roi en se redressant sur sa chaise. Qui ?

*

Le soir de ce même jour, Elikya avait hésité à dormir dans la chambre. Elle avait encore en mémoire ce qu'elle avait vécu la nuit précédente. Elle ne voulait pas le revivre. Par ailleurs, elle avait appris que sa mère et le vieux guérisseur avaient conversé pendant un long moment une fois qu'ils avaient quitté la pièce. Sa mère lui avait fait un bref compte rendu de leur échange. Ses tentatives de la rassurer n'avaient pas porté leurs fruits. Bien au contraire. Mais la jeune femme ne voulait pas non plus battre en retraite dès la première menace venue. Si elle devait livrer un combat, s'il avait déjà commencé, quelles que soient ses chances, elle ne montrerait jamais le visage de la peur. Elle n'abandonnerait certainement pas son territoire.

Sur l'insistance de sa mère, elle avait toutefois accepté la présence de sa fidèle confidente, Fatou. Elle ne dormirait donc pas seule. Une couche avait été préparée pour elle non loin de la porte. Elle ne pouvait en aucun cas occuper une place dans le lit conjugal. Il était encore moins question que la reine mère dorme dans la chambre de mariée de sa fille. Cela ne se faisait pas, par respect pour le beau-fils.

La jeune reine allait donc devoir passer une nouvelle nuit sans son époux alors que la situation exigeait qu'il soit là. Elle lui en voulut un bref instant de ne pas être à ses côtés. Mais elle se ressaisit. Il ne faisait que son devoir et certainement que sa présence n'aurait rien changé, si ce n'était de la rassurer un peu plus. Qu'aurait-il bien pu faire ? Il aurait été lui aussi un simple spectateur. Au plus profond de ses réflexions, elle repensa à l'alternative pour essayer de protéger le garçon qu'elle portait : faire de son père le roi. Pour cela elle était prête à faire une croix sur son règne si cela suffisait à ce que son fils soit épargné. Son père serait certainement plus à même d'affronter l'adversaire. Mais ce qui la perturbait encore plus était la perspective de ce que voulait mettre en place l'entité. Le vieux Nganga avait en effet dit qu'en s'attaquant au bébé, les conséquences ne se feraient sentir que bien plus tard, lorsque celui-ci monterait sur le trône. En quelque sorte il serait un autre que celui qu'il aurait été destiné à être. Il œuvrerait non pas pour les siens, mais pour son commanditaire. Qu'est-ce qu'il pourrait alors lui demander de faire ? Jusqu'où une telle trahison, quand bien même elle serait malgré lui, le mènerait-elle ? Elle préférait ne pas le savoir. Elle savait ce qu'elle aurait à faire dès que Zola serait de retour. Il ne s'agissait pas seulement de protéger l'enfant, mais de préserver tout le royaume d'une prise de contrôle par un être qui, visiblement, n'était pas porteur des meilleures intentions envers eux. Le passé l'avait démontré.

D'ailleurs, par rapport au passé, pourquoi n'avait-elle jamais entendu parler d'une présence occulte auprès de son père avant qu'il ne soit sous emprise ? La présence des sphères à l'époque était-elle le seul et unique procédé pour l'atteindre ? Après cet échec l'adversaire avait-il décidé de changer de stratégie ? La disparition de Kana avait-elle une conséquence ? Autant de questions qui s'entrechoquaient dans sa tête sans qu'elle puisse y apporter la moindre réponse. Avec la venue du vieux Nganga, le vieux Wazaaba semblait avoir exaucé ses prières, mais serait-il à la hauteur de ce nouveau défi ? Il fallait en tous les cas qu'il soit très vigilant et surtout efficace. Il avait d'ailleurs commencé son travail. Il avait fourni à la jeune reine quatre statues qui avaient été placées aux quatre coins de la chambre. Elles étaient faites de bois sculpté incrusté de fer. Elles représentaient un homme légèrement accroupi qui avait les mains jointes au niveau de la poitrine en signe de prière. Le visage était tourné vers le haut et les yeux étaient révulsés. Une révulsion qui était matérialisée par des morceaux d'os d'une blancheur impressionnante. Cela voulait dire que la statue regardait dans l'au-delà et qu'elle s'adressait aux ancêtres. Ces statues demandaient aux ancêtres de protéger les occupants de la pièce de toute mauvaise présence. Aussi efficaces que soient ces figurines, peut-être était-il déjà trop tard ?

*

En allant se coucher ce soir-là, Zola avait à nouveau ressenti la même douleur à la poitrine. Comme si quelque chose lui était arraché. Il eut une pensée pour son épouse enceinte et se rappela la croyance. Celle-ci disait que lorsque l'on ressentait ce genre de sensation, cela voulait dire qu'une personne très proche, la plus proche en fait, subissait ou souffrait de quelque chose. Il n'en avait bien entendu aucune certitude, mais un doute l'envahit. Que se passait-il à Loughémo ? Il avait soudain hâte de s'en retourner chez lui.

Le reste du séjour ce jour-là avait pourtant été plutôt bénéfique. Zola, ainsi que Wamba, avaient longuement échangé avec les deux frères tout au long de l'après-midi. Ils s'étaient projetés dans le futur sur les plans commercial et culturel, mais aussi militaire car ils étaient conscients de la menace qui planait encore sur eux. Les deux frères le savaient par les propos du vieux Mpassi et le vieux Nganga avait fait le nécessaire à Loughémo. La relation entre les deux royaumes s'annonçait donc sous les meilleurs hospices et Zola en était très heureux. Il valait mieux avoir les forces d'Abamé avec soi plutôt que contre soi comme cela avait été le cas auparavant. Ce serait un allié de poids lorsque les hostilités commenceraient. Il se dit que ce serait aussi une bonne idée de contacter le roi Mako ainsi que le roi Ewomé qui avaient déjà été du précédent affrontement. Il fallait garder ces alliances qui s'étaient créées, voire les fortifier avant de peut-être aller en nouer d'autres. Cela pourrait être utile.

Il n'imaginait pas à quel point sa réflexion était fondée.

*

Le lendemain matin, après la collation, le petit cortège avait de nouveau été reçu au palais et le roi Moni avait remis un présent à Zola. Un superbe éléphant en bois précieux sculpté. Il avait des défenses et des yeux en or tout comme ceux qu'il avait ramenés. Visiblement, il l'avait fait réaliser particulièrement pour cette occasion. C'était une belle réussite.

— J'ose espérer que ce présent viendra combler le vide qu'aura créé la restitution des éléphants d'ivoire.

L'effet n'avait pas été le même, mais Zola avait tout de même été honoré de recevoir le présent. Cela restait tout de même appréciable. Toutefois, ce qui le marqua le plus fut le second présent. Ce dernier fut offert au royaume en l'honneur de leur coopération future. Il représentait cinq silhouettes humaines dont il était impossible de déterminer le sexe, se tenant par la main et formant un cercle. L'ensemble était lié à un socle fait du même matériau que le reste : de l'or. Cette pièce était un symbole de la puissance et de la richesse du royaume d'Abamé, mais elle était aussi un véritable appel à l'unité. Zola avait déjà compris depuis longtemps que ce royaume recelait des richesses, mais cette fois il en avait une preuve irréfutable. C'était en effet une marque de confiance et de considération incontestable. Ce présent lui fut remis discrètement et en comité restreint pour des raisons de sécurité évidentes.

— Ce geste est inestimable, roi Moni, avait-il déclaré. Reçois toute la gratitude et la reconnaissance de mon royaume. Veuille croire que le message que tu nous adresses est bien perçu.

Ils avaient encore discuté pendant un cours moment de choses et d'autres en attendant de se mettre définitivement en route. Il fut entendu qu'Adia pourrait à tout moment se rendre à Loughémo pour voir sa sœur. Puis ils prirent enfin la direction du retour. La route serait longue et il valait mieux partir avant qu'il ne fasse trop chaud. Il serait toujours temps de se reposer une fois arrivés à bon port.

*

Dès son arrivée, Zola sut qu'il s'était passé quelque chose. Un évènement assez grave pour que son épouse perde du poids de manière bien visible en l'espace des quelques jours pendant lesquels il s'était absenté. Très vite, il fut informé de la situation. Très vite il prit une décision.

— J'ai besoin de toi, vieux Nganga. J'ai besoin de ta présence pour ce que je vais faire. Avant toute chose, je veux en avoir le cœur net.

Il se tourna alors vers les conseillers qui étaient tous présents.

— Nous irons tous ensemble pour voir de quoi il retourne.

Quelques instants plus tard, ils se mirent en route. Zola se comportait déjà comme un roi. De par son engagement passé et son statut d'époux de la reine, il en imposait. C'était en fait un meneur naturel, qui se révélait le mieux dans l'adversité. Mais c'était plus vraisemblablement pour son engagement passé pour les siens qu'il avait accumulé un capital respect qui n'était pas près de s'estomper. Aussi, si son épouse devait solliciter sa montée sur le trône, il n'y aurait aucune objection. Surtout dans les circonstances présentes.

*

Après une assez longue marche, ils arrivèrent en vue de la lisière du royaume. Une région qui n'était pas très fréquentée par les natifs des environs. C'était pourtant un lieu très agréable à regarder, avec des zones boisées, un cours d'eau pure et de la verdure à n'en plus finir. Mais des rumeurs inquiétantes circulaient sur ces lieux. Fondées ou non. Souvent infondées. Il y aurait dans ce petit cours d'eau un serpent d'une longueur infinie qui serait capable d'envoûter ceux qui avaient le malheur de croiser son regard et de les emporter avec lui. Y avait-il déjà eu des victimes ? Nul ne pouvait le dire, bien entendu. En tous les cas, ce fut pour cet isolement que le corps de Kana y fut enseveli dans un caveau naturel qui fut obstrué après qu'il y ait été déposé. Cela n'avait bien évidemment pas amélioré la réputation des lieux.

Persuadé qu'il n'avait pas eu affaire à un homme ordinaire, Zola avait voulu exhumer le corps du roi maudit pour en avoir le cœur net. Il voulait s'assurer que ce qui avait « visité » son épouse n'avait rien à voir avec Kana. Mais au fond de lui, il savait qu'il y avait un lien. Cette… chose ne s'était manifestée qu'une fois. Les statuettes fournies par Nganga avaient-elles agi en conséquence ? Il en doutait. Il avait toujours douté des forces de l'au-delà. Même lorsque le vieux Wazaaba l'avait envoyé chercher des racines pour soigner le roi Mako, son esprit était resté hermétique au phénomène. Il avait commencé à se poser des questions sérieuses lorsqu'il avait vu le corps d'une panthère mourante reprendre forme humaine pour redevenir Kana. Puis il s'était dit qu'il y avait forcément une autre explication. Mais il n'en avait jamais trouvé. Il ne voulait simplement pas croire à l'impossible : il existait bel et bien des forces surnaturelles. Et si ce qu'il imaginait s'avérait être vrai, alors il serait définitivement convaincu d'une chose : il aurait également besoin de ces mêmes forces surnaturelles pour vaincre cette menace.

Le vieux Nganga s'avança vers la roche qui se dressait devant eux au milieu de la végétation. Il n'y avait plus aucune trace de présence humaine. Depuis que le corps y avait été enfoui, personne n'y était plus jamais venu. En l'espace de quelques lunes, la nature avait tout doucement mais spectaculairement repris ses droits. C'était comme si elle avait voulu à tout prix camoufler toute trace de la sinistre présence. Le devin leva les bras au ciel et invoqua les esprits pour leur demander pardon de ce qui allait se produire. En effet, une exhumation pouvait provoquer des réactions de colère de l'au-delà et des représailles pouvaient être entreprises si des précautions n'étaient pas prises. Il invoqua aussi directement les ancêtres puis fit signe aux gardes de faire leur travail. Ces derniers commencèrent, non sans appréhension, par retirer toute la végétation qui couvrait les lieux. Les roches apparurent. Il y en avait plusieurs qui obstruaient l'entrée et ils durent s'employer pour les retirer. Enfin la dernière roula tout doucement vers l'extérieur sous la poussée du pieu qui faisait office de levier.

— Attention ! Ecartez-vous ! cria l'un des gardes.

L'ouverture était sombre et intimidante. Les gardes reculèrent prudemment, laissant l'initiative à d'autres. Ce fut Zola qui s'avança avec une torche à la main. Il attendit que la poussière se dissipe puis porta la torche devant lui à hauteur de tête et s'avança. Nganga lui emboîta le pas, suivi lentement par les conseillers, eux-mêmes équipés de torches. Tout doucement, l'obscurité fit place à la lumière, ne laissant derrière elle que des ombres dansant au gré des mouvements des torches. Le corps avait été enseveli à une quinzaine de pas de l'entrée du caveau.

Un élément avait surpris Zola depuis qu'il avait commencé à avancer dans la grotte. Aucune senteur quelconque n'en émanait. Il aurait dû y avoir à tout le moins des effluves causées par le renfermement, mais il n'y avait rien de cela. Très rapidement, il obtint la réponse à la question qui l'avait poussé à se rendre en ce lieu.

Il n'y avait plus qu'une fosse vide. Le corps avait tout simplement disparu. Les traces semblaient indiquer qu'il s'était extirpé du sol dans lequel il se trouvait. Tout portait à croire que quelques jours à peine s'étaient écoulés depuis que cela s'était produit. Instinctivement, chacun dirigea sa torche vers les recoins encore sombres de la crypte. Ce fut en vain. Le lieu était visiblement vide de toute présence.

— Mais comment est-ce possible ? demanda Gadji.

— Oui, comment a-t-il pu s'échapper d'ici ? renchérit Wamba. Les roches étaient en place et la végétation montre que rien n'a pu entrer ou sortir d'ici !

Le vieux Nganga se tourna alors vers eux.

— Mes amis, quand vous avez vu le bec et les plumes, ne perdez plus de temps à demander si vous avez à faire à un oiseau.

*

Ils avaient quitté les lieux après avoir tout remis en place et avec une sensation étrange. Ils ressentaient tous comme une forme de désespoir, mais surtout d'impuissance. En effet, il n'y avait pas de quoi pavoiser suite à ce qu'ils avaient constaté. Ils marchaient tous tête basse, sans prononcer un seul mot. Ils se séparèrent progressivement sur le chemin du retour. Wamba s'en retournant à Séssé, puis Gadji à Kiazi. Zola et Nganga quittèrent Buana et les gardes à la lisière de Loughémo et se rendirent à la demeure du devin guérisseur. Lorsqu'ils y arrivèrent, Nganga prit l'option de ne rien dire et de laisser le jeune homme s'exprimer le premier. Il le sentait en ébullition et en proie à des sentiments contradictoires. Etait-il temps de lui dire qui il était vraiment et comment il était arrivé à Loughémo ? Non, pas encore. Le jeune homme en avait assez subi pour une seule journée.

— Vieux Nganga, dis-moi, dis-nous. Que devons-nous faire ? Nous avons face à nous une menace que nous ne pouvons vaincre ni même simplement combattre sans une aide de…de…

— Tu peux le dire Zola, je sais que cela a toujours été difficile pour toi d'admettre certaines choses, mais aujourd'hui tu es au pied du mur et tu dois te rendre à l'évidence. Alors dis-le ! Rien que de le dire mettra les forces nécessaires en marche. Elles sont toujours à l'écoute. Il faut simplement leur demander leur aide.

Zola vivait un moment clé de son existence. Lui qui avait fréquenté le vieux Wazaaba pendant tellement longtemps sans pourtant croire à ces esprits que ce dernier avait si souvent invoqués. Aujourd'hui il devait se rendre à l'évidence. Certains phénomènes le dépassaient et il n'avait pas le moyen d'y faire face. Visiblement les nier n'arrangerait pas la situation. Il valait mieux les intégrer, les accepter comme une partie de son univers et apprendre à vivre avec. Rien ne servait de nier l'existence de Loki : il l'avait aperçu la nuit de l'affrontement alors qu'il avait été en position d'investir son monde. Rien ne servait de nier le caractère surnaturel de Kana : il l'avait vu redevenir humain lors de sa « mort ». Rien ne servait de nier les pouvoirs cachés de Wazaaba : ses prévisions infaillibles et surtout cette paroi qui s'était ouverte à Abamé plaidaient en sa faveur. Fallait-il aussi qu'il croie dorénavant aux esprits ? Son père était-il passé lui faire un dernier adieu la nuit de sa mort avant de s'en aller définitivement ? Mais par-dessus tout, était-ce Kana –ou quoi qu'il fut- qui avait osé venir au contact de son épouse il y avait de cela quelques nuits ? Ses certitudes vacillaient. Il ne savait pas trop que penser, mais son instinct lui disait qu'il valait mieux dans ces conditions se rapprocher des siens. Il valait mieux se rapprocher de ce que les siens croyaient. Qu'ils aient tort ou non, c'était le seul moyen de se rapprocher d'eux et de fédérer tout le monde. Il savait qu'ils allaient avoir besoin de s'unir pour lutter pour leur survie. Et pour s'unir aux siens, ce qu'il avait à faire était d'adopter leur manière de penser. Il se demanda furtivement pourquoi il n'avait pas ces croyances ancrées en lui comme les autres. Son père ne lui en avait peut-être pas assez parlé ? Etait-il trop occupé par ses fonctions au point de négliger de transmettre ses croyances et donc un héritage culturel à son fils ? Il se rappela son cadet Nsuka qui, de son côté, était plutôt plus enclin, quoique jeune, à croire aux phénomènes surnaturels. Mais il était vrai également que Nsuka avait passé beaucoup de temps auprès de leurs sœurs. Et leurs sœurs étaient très ancrées dans la culture ancestrale. En fait, c'était tout simplement parce que Zola n'avait pas pris la peine de se rapprocher plus souvent des siens. Il avait été là sans vraiment être présent. Il avait pourtant toujours été présent aux côtés des siens quand ils en avaient eu besoin mais ne les avait jamais vraiment écoutés. Mais aujourd'hui la réalité le rattrapait, et de quelle manière !

— ...une aide des ancêtres... Nous n'y arriverons pas s'ils ne nous aident pas.

Le vieux devin sourit et lui mit une main sur l'épaule.

— Fils, tu viens de faire là un grand pas vers la victoire. Oh non, elle n'est certes pas acquise, mais tu viens de comprendre quelles doivent être les bases de ton combat, ce sur quoi tu dois t'appuyer. Cela est essentiel. Tu dois t'appuyer sur les tiens et leurs connaissances, même si je suis au regret de te dire que cela ne sera peut-être pas suffisant.

Il s'arrêta de parler et se leva pour se mettre face à Zola qui restait assis.

— Tu as voulu en avoir le cœur net et tu as eu raison. Maintenant tu sais. Je vais te dire également que votre royaume n'est pas le seul menacé, mais cela tu le sais déjà. Ce que tu as vu aujourd'hui, j'ai voulu t'en faire part la dernière fois que tu t'es rendu ici. Si tu te rappelles, je te demandais si tu savais pourquoi à Abamé ils avaient refusé le corps de Kana. Bien sûr, c'est d'abord à cause de la crainte du personnage et de la sensation maléfique qu'il dégageait. Une personne mauvaise de son vivant ne peut forcément qu'être mauvaise dans l'au-delà ; voilà la croyance.

— Est-ce que cela est vrai ? demanda Zola.

Le vieil homme le regarda d'un air amusé.

— Tu sembles persuadé que je connais la réponse ?

— N'es-tu pas en contact avec les esprits de nos ancêtres ? Tu as donc la possibilité de savoir qui parmi eux est bon ou mauvais ; qui a changé ou pas ; qui a décidé de se racheter, peut-être, du mal qu'il aurait fait de son vivant.

— Les esprits ont des motivations qui nous échapperont toujours. Les idées que nous nous faisons d'eux ne sont que très rarement fondées.

Zola soupira.

— Alors, quelle est la vraie raison de leur refus ?

Le vieil homme revint s'assoir aux côtés de Zola.

— Connais-tu la légende des deux frères du monde d'au-delà les nuages ?

— Oui, mon père m'en a parlé.

— Comme tu le sais certainement, toute légende se base sur un évènement réel. Celle dont nous parlons n'échappe pas à cette règle. Il y a très longtemps de cela, des étrangers sont venus dans nos contrées. Ils y ont découvert des substances qui n'avaient pour nous qu'une importance spirituelle. Mais pour eux, l'intérêt qu'elles suscitaient était tout autre. Alors ils ont voulu se les accaparer. Ils ont demandé à en prendre. Nos souverains de l'époque se sont bien à propos posé la question de savoir pourquoi ces visiteurs ne se gênaient pas de demander quelque chose dont ils savaient qu'elle avait une importance pour nous. La question resta sans réponse. Mais il fut décidé de ne rien céder qui concernait nos croyances. Les visiteurs furent furieux de ce refus mais repartirent non sans avoir déclaré qu'ils reviendraient. Leur objectif serait alors de nous asservir et de s'emparer de nos biens. Mais à l'époque, nous étions en mesure de leur tenir tête en tous points. Avec le temps, cet épisode de notre passé se transforma en légende et plus personne n'y prêta une grande attention. Je parle d'une époque révolue, une époque qui concerne les arrière parents des arrière parents de nos arrière parents et bien plus loin encore.

Il s'interrompit un instant.

— Tiens, sers-moi donc un peu d'eau, tu veux ?

Il testait Zola. Sachant son statut, il était osé de lui demander ainsi un tel service. Mais ce dernier n'en fit pas cas. Ils étaient dans l'intimité de la petite demeure et sans témoin cela n'avait aucune importance. Zola avait en lui cette humilité qui lui permettait de garder le respect envers les anciens. Et puis c'était bien peu de choses que de servir à boire à un vieil homme.

Pas aux yeux d'un homme comme Nganga, qui avait encore besoin de se voir confirmer tout ce que Wazaaba avait su à propos de Zola. Les petits détails font parfois les grandes différences.

— Quel est donc le rapport avec ce qui se passe aujourd'hui ? demanda le jeune homme en tendant la coupe qu'il venait de remplir.

Nganga but quelques gorgées pour se rafraîchir la gorge. Il attendit que Zola se soit à nouveau assis.

— Le rapport est que ce qu'ils convoitaient est toujours là et qu'ils le convoitent plus que jamais. Alors pour cela ils vont revenir en force. Ils ont utilisé la ruse et ont bien failli réussir. Grâce à ton intervention ils ont échoué. Kana était leur instrument pour y arriver. Visiblement il l'est toujours. Ils ont essayé par deux fois. Et ils ont échoué par deux fois. Et à chaque fois, tu as été à l'origine de leur échec.

— Par deux fois ? Je ne comprends pas !

— Il est encore trop tôt pour que tu comprennes, fils. Mais heureusement que tu as agi. De notre côté, nous pensons que rien ne se passe. Nous vivons tranquillement, mais nos ancêtres ne nous oublient pas. Ils combattent pour nous et nous protègent. Il arrive qu'ils faiblissent.

— Mais comment peuvent-ils faiblir ? Ils ne sont pas faits de chair et d'os, pourtant. Ne sont-ils pas qu'esprit ?

— Justement, tu viens de prononcer le mot juste. L'esprit ! C'est celui-là même qui capte les ondes qui se meuvent dans l'atmosphère. Ces ondes grâce auxquelles vous pouvez communiquer avec eux. Vois-tu, lorsque vous les honorez, cela leur donne une force que tu ne peux même pas imaginer. Alors plus vous les honorez, plus ils vous protègent. Ces derniers temps, vous les avez un peu négligés, c'est ce qui, entre autres, a failli causer votre perte n'eusse été ta détermination.

— Attends un peu, vieux Nganga ! fit Zola en levant les mains. Pardonne-moi de t'interrompre ainsi.

Il se tourna vers le devin et lui demanda doucement.

— Qui combat qui, précisément ?

— Nos ancêtres combattent ces êtres, mais ils combattent aussi les ancêtres de ces êtres.

— Pourquoi ont-ils choisi Kana comme instrument de manipulation ?

— Kana n'a pas été choisi par hasard. Il a été, comment dire…conditionné bien avant sa naissance.

Zola leva les yeux lentement vers le vieil homme et le regardait, horrifié.

— Tu as bien compris. Mais la différence fondamentale, c'est que ce garçon que porte la reine est ton fils. Or, Kana n'a jamais été le fils du roi Bangou.

— Mais de qui est-il donc le fils ? s'exclama Zola.

— Un roi de passage qui a séduit la reine. Une affaire inimaginable. C'était en fait un de ces êtres. Il n'y a plus jamais eu de nouvelles de ce soit disant souverain depuis. Mais Kana ne l'a lui-même jamais su. Et le roi Bangou n'en a jamais été certain non plus.

— Cette histoire est donc vraie ? Ce n'était pas une rumeur ! Ces êtres peuvent donc se fondre parmi nous sans que l'on sache qu'ils sont là, ni qui ils sont !

Il lâcha un rire chargé de nervosité. Puis se leva.

— Vieux Nganga, j'en ai assez entendu pour aujourd'hui. Je crois que j'ai besoin d'aller reprendre mes esprits.

— Alors assure-toi que ce sont bien les tiens ! le taquina le vieil homme.

Zola sourit et sortit de la petite cahute.

— Bonne nuit à toi.

La nuit commençait déjà à couvrir Loughémo et la gorge de Dieu. Une légère brise lui caressa le visage. Il leva les yeux et vit au loin des nuages noirs qui approchaient. Un orage se préparait. La nuit allait être longue et difficile.

12

Les êtres humains ont leurs forces et leurs faiblesses. Lorsqu'ils subissent un préjudice, ils peuvent réagir de plusieurs manières. Mais rares sont ceux qui relèguent les faits aux oubliettes. Surtout lorsque le préjudice s'est soldé par des pertes humaines. La plupart des personnes lésées aspirent à la vengeance. Même si cela ne ramène pas les défunts – c'est impossible - ils cherchent à faire subir le même sort aux responsables de leur souffrance. Mais les représailles entraînant les représailles, un conflit peut devenir sans fin et perdurer pendant des générations et provoquer alors des souffrances infinies. Certains peuvent entendre raison et accepter une sanction consensuelle pour le coupable. Ils peuvent alors espérer reprendre le cours de leur vie normalement – même s'il subsistera toujours une trace des faits – et aspirer à un meilleur avenir tout en œuvrant pour que la même chose ne se reproduise pas. C'était ce qu'avait essayé de faire le royaume de Sunda. En tous cas, ce que sa reine avait essayé de faire. Mais tout le monde dans son entourage ne pensait pas comme elle.

Bien des saisons avant, leur voisin le plus proche, le roi Ewomé du royaume de Saboua avait tenté de leur ravir une partie de leur territoire. Cette tentative était déjà de la part de ce roi un acte de représailles car le royaume voisin avait « osé » condamner la manière dont il était arrivé sur le trône ; par la traîtrise, le mensonge et la violence. En fait ce n'était qu'un prétexte car il convoitait déjà ces terres par ailleurs. Des terres très riches. Son adversaire avait alors voulu à son tour se faire justice. Il y avait eu des morts des deux côtés, bien plus du côté de Saboua. L'initiateur de ce conflit étant le roi Ewomé, il en fut tenu pour responsable. Plusieurs souverains voisins, dont le roi Mako, mirent tout leur poids dans les négociations pour réfréner les ardeurs meurtrières des uns et des autres. Ce n'était vraiment pas dans l'ordre des choses. Heureusement, la reine Dienaba était une femme sage et n'oubliait pas que les victimes du côté de Saboua – pas plus que les bourreaux - n'étaient pas responsables des actes de leur souverain. Ils ne devaient pas payer de leur sang pour lui alors même que ses actes n'étaient pas approuvés par eux.

Décision fut prise pour réparation de céder au royaume de Sunda une partie du territoire du roi Ewomé. Ce dernier se retrouvait donc perdant dans l'affaire. Il n'eut pas le choix car tous les autres souverains s'étaient engagés à combattre aux côtés de la reine Dienaba s'il s'entêtait dans son entreprise de destruction. Toutefois, la reine ne fut pas complètement satisfaite. Elle demanda à ce qu'un jour le roi Ewomé paye personnellement pour ses actes. Il paiera, lui avaient assuré ses homologues. On ne cause pas tant de morts sans attirer les mauvais esprits. Il paiera. Sois patient. Si ce n'est nous les hommes qui exécuteront cette sentence, le sort s'en chargera. Mais d'autres dans l'entourage de la reine n'admirent que difficilement ce dénouement. A vrai dire ils ne l'acceptèrent pas vraiment. Mais elle en avait décidé ainsi et avait engagé sa parole disant que l'affaire était close. Il n'était pas difficile d'imaginer que si un autre souverain venait à régner, le problème serait ramené au-devant de la scène pour peu qu'il soit influençable.

Ce jour-là, la reine Dienaba et ses conseillers recevaient ses deux plus grands devins. Il y en avait plusieurs car Sunda était un grand royaume, bien plus grand que Loughémo ou encore Abamé. Pour y arriver en venant de Loughémo, il fallait traverser tout le territoire de Saboua. Ou alors il fallait faire un détour interminable. C'était ainsi qu'au fil de l'existence du royaume, les souverains successifs avaient voulu que tout soit en proportion de la taille du royaume et de sa population. Plusieurs devins, plusieurs guérisseurs. Au fil du temps, les deux fonctions avaient été distinctement établies, même si souvent les concernés étaient capable d'exercer les deux. Mais aujourd'hui, la reine avait besoin de compétences d'interprète. Plus précisément d'interprète de rêves. En effet, les cinq conseillers principaux avaient tous fait le même rêve. Ce dernier différait toutefois pour chacun sur ce qui semblait n'être qu'un détail.

Cinq éléphants qui avançaient avec détermination, mais vers une destination non définie. Ils passaient devant chacun d'eux en le regardant intensément comme s'ils voulaient leur signifier une responsabilité. Puis, alors que les éléphants étaient passés, une statue suivait. Une statue qui avait des jambes humaines, mais dont le tronc, les bras et la tête étaient en bois. Dans chacun des rêves le haut de la statue avait une posture différente.

La première statue montrait ses mains ouvertes devant elle, comme si elle voulait que l'on voie qu'elles étaient vides.

La deuxième statue avait les mains écartées devant elle avec un coq tenant debout dans chacune d'elle, comme pour les soupeser.

La troisième avait une seule main tendue devant elle, comme si elle donnait ce qu'elle y tenait.

La quatrième avait clairement un corps de femme et elle tenait dans ses bras un bébé qu'elle serrait contre elle.

La dernière statue représentait visiblement un vieillard. Ce dernier souriait au moment de passer devant le rêveur avant de détourner brusquement la tête en continuant son chemin.

Puis tout s'estompait dans les méandres de leur sommeil.

— Alors, s'exclama la reine, avez-vous pu trouver des explications aux rêves qui vous ont été communiqués ?

Les deux hommes étaient debout devant leur souveraine et les conseillers qui étaient eux aussi assis à ses côtés. Ils étaient impatients d'entendre ce que les deux hommes avaient à leur dire. Ces rêves, ils les avaient faits tellement de fois qu'ils en étaient obsédés. Une angoisse diffuse les avait par ailleurs envahis lorsqu'ils avaient appris que chacun de leurs homologues avait fait un rêve similaire. Ils s'étaient sentis contraints d'en parler à leur reine.

— Oui, Majesté, répondit le plus âgé. Nous avons des réponses.

— Très bien. Alors nous sommes prêts à vous entendre.

L'homme regarda son homologue avant de s'avancer légèrement vers les hommes qui étaient face à lui. Il avait une sorte de bonnet d'osier conique sur la tête, surmontée d'un amas de plumes de hibou. Il portait à bout de bras un lourd bâton qu'il frappa sur le sol trois fois de suite avant de s'exprimer.

— Les rêves que vous avez faits, chers doyens, sont une représentation. Nous savons tous ici que les éléphants représentent la puissance et la sagesse. Leur couleur blanche inhabituelle n'est que le reflet de la pureté des….vertus qui sont mises en avant.

Il se tut et recula pour laisser son homologue s'avancer à son tour. Ce dernier entreprit le même rituel que son prédécesseur en frappant le sol trois fois de son bâton.

— La vertu représentée par la première statue est la vérité, dit-il en regardant le conseiller concerné par le rêve. Puis nous avons la justice, ensuite la bonté. La statue suivante matérialise l'amour. Pour finir, nous avons la sagesse.

A chaque révélation, il regardait le conseiller qui avait affirmé avoir fait le rêve.

— Ainsi avons-nous parlé.

Il recula au niveau de son homologue.

— Alors, tout cela n'annonce rien de mauvais ? demanda l'un des conseillers.

— Si l'on s'en tient aux simples représentations des symboles il n'y a effectivement pas de quoi s'inquiéter. Mais...

— Mais quoi ? s'impatienta l'un des conseillers.

— Si l'on considère tous les rêves ensemble, cela peut être une mise en garde contre un évènement à venir. Cela peut-être une manière de nous orienter vers une attitude, un mode de vie que nous devrions suivre. En effet, ce sont des conseillers qui ont fait ces rêves. Ce serait plutôt donc une manière de nous orienter puisque c'est leur mission : conseiller et orienter dans les bonnes directions. Dieu se sert des hommes pour agir. Il agit sur eux à travers les ancêtres.

— Tu restes dans le conditionnel, réagit un autre conseiller. L'un de vous deux n'a-t-il rien de plus précis à nous annoncer ?

— Effectivement, nous avons une annonce, mais elle n'est malheureusement pas très encourageante. Nous avons appris que vous n'êtes pas les seuls à avoir rêvé d'éléphants blancs. D'autres dans d'autres contrées ont également reçu un message. Par contre, ce message, s'il utilise les mêmes artifices, est complètement différent.

— Qui sont donc ceux qui ont fait ce genre de rêve, s'impatienta la reine.

— Il y a le roi Mako qui a vu ces éléphants durant son sommeil, mais il y a aussi le roi Ewomé.

A l'évocation de ce nom, un murmure de protestation envahit la salle. Visiblement l'animosité que suscitait le souverain de Saboua était encore vive.

— Cette hyène ! Il paiera pour les nôtres !

— Il ne paiera jamais assez !

Il fallut que la reine intervienne afin de faire revenir le calme.

— Je vous en prie, mes amis, restons concentrés sur ce que nos frères ici présents ont à dire. Et surtout gardons nos nerfs. Veuille continuer.

— Il y a aussi le prince Samburu, le cadet du roi Moni, qui a rêvé d'éléphants. Tous ont rêvé d'éléphants blancs. Toutefois, une différence vient ponctuer chacun d'eux. En vérité, le plus torturé de tous ceux qui ont fait ce rêve est le roi Ewomé. Il reconnaît visiblement Kana à chaque fois. Le roi Mako y reconnaît également Kana. Ce que nous savons, c'est que ces deux-là ont eu un conflit personnel avec lui. Cet aspect entre bien entendu en considération.

Il marqua une pause avant de reprendre.

— Ce qui est intéressant ici, mais je suis certain que vous l'aurez tous noté, c'est la présence de ces mêmes animaux dans chacun de ces rêves faits par tant de personnes différentes à des endroits pourtant éloignés. Cela veut dire que l'avenir leur réserve un évènement commun. D'une manière ou d'une autre, pour une raison ou une autre, toutes ces personnes seront appelées à entrer en contact. Alors, les raisons de ces rêves se révèleront d'elles-mêmes. D'ici là, nous devrons attendre.

Le second devin prit alors la parole.

— Il y a toutefois un fait que nous devons préciser. Ces cinq vertus que nous venons d'évoquer sont celles selon lesquelles un petit royaume a vécu depuis des générations. Celles-ci ont été quelque peu ébranlées par les évènements dont nous avons tous entendu parler, mais c'est bien grâce à ces vertus que ce royaume perdure depuis si longtemps.

Il marqua une pause.

— Majesté, je suis persuadé que ces rêves ont un lien avec ce royaume, qui n'est autre que celui de Loughémo. Mais mon homologue ici présent ne partage pas le même avis. Le temps nous le dira.

— Et quel est donc ton avis à toi ? demanda la reine au second devin.

— Il est vrai, Majesté, que le royaume de Loughémo a toujours vécu au plus près de ces préceptes que nous venons de citer. Mais en y regardant de plus près, il n'est pas le seul. Ces vertus sont universelles. Tous les royaumes vivent plus ou moins selon ces principes. Je pense donc que ces rêves peuvent avoir un lien avec n'importe lequel des autres royaumes.

— En tous cas ce ne sera certainement pas celui d'Ewomé ! s'exclama un conseiller.

Le devin ne se départit pas et le regarda.

— Qui sait ce que réserve l'avenir ? Le peu que nous arrivons à savoir n'est jamais écrit définitivement.

Le roi Moni et son frère avaient appris que les traces suivies par les hommes de Buana pour retrouver les imposteurs qui avaient voulu récupérer Binta s'évanouissaient dans la nature. De leur côté ils avaient essayé, à partir des indications qui leur avait été données, de retrouver leur trace à Abamé. En vain. Personne ne correspondait aux descriptions données. Ils avaient également mis Adia sous surveillance, mais sans effet. Elle disait certainement la vérité.

Ils apprirent également, cela fut un grand choc pour eux, que le corps de leur frère avait disparu du caveau où il avait été enseveli. Ils ne furent pas vraiment surpris, mais ils eurent du mal à digérer la nouvelle. Les paroles du vieux Mpassi leur revenaient constamment en tête. Le moment était donc arrivé de faire face. Ils étaient persuadés qu'à un moment ou à un autre ils se retrouveraient face à leur frère. Mais dans quelles conditions est-ce que ce serait ? Leur apparaîtrait-il comme un être ordinaire de chair et d'os ? Leur apparaîtrait-il comme un esprit flottant dans les airs ? Ou bien une toute autre forme de manifestation dont ils n'avaient pas le moindre soupçon ? D'ailleurs, voulaient-ils vraiment le savoir ?

Le plus urgent pour eux était d'essayer de savoir ce que l'avenir immédiat leur réservait. Il leur fallait absolument trouver un remplaçant au vieux Mpassi. Ce dernier était capable de leur prédire l'avenir assez précisément et il leur manquait beaucoup. Qui pouvait tenir le même rôle au sein du royaume ?

*

Adia était bouleversée. Elle avait bien entendu appris la venue de Zola à Abamé. Elle avait secrètement espéré le revoir et lui expliquer son comportement le jour où ils s'étaient vus fortuitement dans un marché d'une petite bourgade isolée. Elle aurait voulu lui dire qu'elle avait énormément pris sur elle de se comporter ainsi et qu'elle souffrait beaucoup à ce moment-là de ce qu'elle avait subi. Elle se détestait et ne voulait rencontrer personne qui puisse lui rappeler son passé. Elle voulait...aussi tout simplement le revoir. Mais le statut qu'avait désormais le jeune homme l'empêcha de rêver plus avant. Elle avait compris ce sentiment diffus qui l'envahissait parfois. Elle avait saisi le sens de ce manque que son compagnon d'un temps n'avait pas pu combler. En deux rencontres sa vie avait basculé. La première lui avait progressivement fait espérer une romance. Une romance qui s'avérait aujourd'hui être une chimère. La deuxième l'avait entraînée dans un cauchemar. Celui-ci avait abouti à la destruction de sa petite famille et à l'éloignement de sa sœur bien-aimée. Mais pour ce dernier point, il n'était pas irréversible.

Elle se demandait qui avait ainsi voulu récupérer sa sœur et surtout pourquoi. Elle se retrouvait au centre des soupçons alors qu'elle n'y était pour rien. Etait-il normal qu'elle soit suspectée ? Oui, dans un premier temps cela n'était pas surprenant. Mais un rapide examen de la situation rendait cette hypothèse peut viable. Elle avait toute légitimité pour demander à récupérer sa sœur. Elle était sa seule famille et la situation qui avait conduit à son adoption à Loughémo n'était plus la même. Elle pouvait donc faire valoir son droit à la reprendre. Elle y avait déjà pensé. Et avec le temps qui passait, elle en était de plus en plus convaincue. D'ailleurs, son oncle lui avait bien dit que ce serait tout de même mieux pour elle qu'elle soit avec son aînée. Celle qui l'avait vue grandir et qui la connaissait le mieux. Celle qui savait qui était vraiment Binta.

*

Régner. Un joli mot ? Oui et non. Tout dépend des conséquences qui en découlent. Il est des personnes qui en rêvent. Il en est qui règnent au prix de nombreux sacrifices divers, qu'ils en aient le don ou non. D'autres règnent tout naturellement, selon l'évolution d'une dynastie, qu'ils en aient les capacités ou non. Certains font tout ce qui est possible et imaginable, voire inimaginable pour régner, quelles que soient les conséquences, vous le savez déjà. Mais régner pourquoi ? Pour son plaisir personnel ou pour rendre la vie de son peuple meilleure ? Régner par vocation ou par soif du pouvoir ?

Il arrive dans la vie d'un souverain un moment où il fait son bilan. Au moins une fois. Il fait l'analyse de ce qu'il a fait ou pas fait. Il essaie de se projeter dans l'avenir pour combler des lacunes et tenter de réparer des injustices. Seulement quand c'est possible. Car il est des actes que l'on ne peut effacer tellement ils ont de conséquences. Des actes qui sont gravés à jamais dans l'esprit des victimes et de leurs descendants. Mais ces actes qu'un souverain est amené à commettre sont-ils toujours légitimes ? Sont-ils justifiés par son action pour son peuple ? Agit-il vraiment pour son peuple ? Tôt un tard, les faits parlent d'eux-mêmes car il n'est pas possible de malmener des êtres – qu'ils soient humains ou non - sans qu'à un moment ou à un autre ils ne réagissent, crient leur souffrance et leur révolte. Il faut alors être lucide et faire la part des choses. C'est à ce moment-là que l'on reconnaît les vrais souverains, ceux qui ont l'amour de leur peuple et pas simplement l'amour du pouvoir. Ceux qui savent dire « je ne fais plus l'affaire » et passent la main au lieu d'aggraver la situation. C'est d'ailleurs dans ces moments-là que l'on sait sur qui l'on peut vraiment compter.

Le roi Ewomé ne savait pas à qui se confier. Il se rendait soudain compte qu'il était bien seul. Il y avait beaucoup de monde autour de lui, mais il ne pouvait parler à personne de ses problèmes. Ceux qui étaient atour de lui ne l'étaient pour la plupart que pour leur intérêt propre. A force de vouloir dominer tout le monde, il avait créé des antipathies contre lui. Il se disait maintenant que si jamais il montrait une quelconque faiblesse, cette brèche serait immédiatement exploitée par ses adversaires. Et des adversaires, pour ne pas dire des ennemis, il en avait beaucoup. A commencer par des membres de sa propre famille, qui n'avaient pas apprécié la manière dont il était arrivé sur le trône. Ce côté de sa famille qui aurait dû voir un des leurs régner si Ewomé n'avait pas manigancé, en faisant couler le sang. Ceux-là attendaient le premier signe de faiblesse.

Le rêve qu'il faisait depuis des nuits maintenant rendait Ewomé nerveux et insomniaque. Il était de plus en plus effrayé par la présence de Kana. Il était persuadé que ce dernier allait d'une manière ou d'une autre venir lui demander des explications. Il s'attendait à le voir surgir en pleine nuit. Les esprits se manifestent toujours la nuit. C'était la croyance.

Mais il ne voulait pas être pris par surprise. Alors il ne fermait plus l'œil. Petit à petit, pour rattraper ses nuits de sommeil perdues, il se mit à dormir le jour. Au début, il ne dormit qu'un peu. Puis il se mit à allonger ses périodes de récupération. Cela suscita la curiosité de quelques-uns de ses proches, qui n'osèrent pourtant pas s'en entretenir avec lui. Puis il en vint à passer des journées entières à dormir. Comme il fallait tout de même que les affaires du royaume continuent à être traitées, il finit par décider l'impensable. Toute audience nécessitant sa présence aurait désormais lieu durant la nuit. Personne ne lui fit de remarque. Il en avait décidé ainsi, alors ce serait ainsi. Il ne se rendait même pas compte que la folie le rongeait tout doucement. Mais un souverain qui perd la raison est-il au fait de son état ? N'a-t-il pas plutôt besoin que quelqu'un lui vienne en aide afin de réduire les risques de dérive ?

Cette situation allait bien sûr servir de déclencheur pour une déstabilisation du règne du roi Ewomé. Il fut peu à peu accusé par ses adversaires de collusion avec les forces de la nuit. C'était indéniable puisqu'il traitait les affaires du royaume de nuit, au moment où les forces nocturnes déambulent et agissent. Il leur donnait donc toute latitude pour intervenir directement quand ils le voulaient et sur qui ils le voulaient. Il travaillait pour eux ! La rumeur se répandit comme un feu de savane, amplifiée par les ennemis du roi. Ce dernier ne pouvait même pas se défendre. Qu'aurait-il pu dire ? Qu'il restait éveillé la nuit pour éviter d'être surpris dans son sommeil par un mauvais esprit ? Cet aveu de faiblesse aurait été catastrophique. Mais la catastrophe n'était-elle pas inéluctable ? A très court terme, plus personne ne demanda une quelconque audience au souverain. Mais les habitants ne pouvaient pas non plus s'en remettre à son entourage. En effet, Ewomé avait exigé que ses conseillers vivent au même rythme que lui. On ne les voyait donc plus dans la journée, mais la nuit aux côtés de leur souverain. Enfin, pas exactement tous. Lorsque l'on se lie par intérêt et que celui-ci est la seule motivation, il vaut mieux savoir à quel moment le vent va tourner.

Les habitants s'en remirent progressivement aux membres de la famille qui avaient été lésés par l'accession au trône d'Ewomé. Ceux qui avaient été enfermés furent libérés de leur geôle avec la complicité de gardes qui craignaient pour leur vie s'ils restaient fidèles à un roi qui devenait fou. Même les affaires les plus significatives leur furent confiées. Ils n'eurent pas à en rajouter sur le comportement du roi. Aux yeux des habitants, la situation était très claire et parlait d'elle-même. De fait le pouvoir changea petit à petit de main. Ewomé ne se formalisa même pas de ne plus avoir d'audience à tenir. Au contraire, il pensait plutôt que cela lui permettait de mieux se concentrer sur une éventuelle attaque des forces de la nuit. Le royaume se mit à vivre sans lui. Il n'y eut aucun besoin de le destituer ou de le chasser du trône. Il n'avait plus de roi que le nom. En cela ses détracteurs étaient plutôt sages car l'attaquer de front aurait entraîné une vive réaction qui aurait pu mener à un nouvel affrontement, semblable à celui qui avait porté Ewomé sur le trône. La patience était la meilleure option. Le temps faisait son œuvre. Mieux, ce serait la population qui déciderait de son sort. La spéculation alla bon train sur le comportement du souverain. Les esprits auraient enfin décidé de faire payer au roi Ewomé ses forfaitures et le rendaient insensé. Il ne fallait plus qu'il soit souverain. Il ne le méritait pas. D'ailleurs il ne l'avait jamais mérité. La pression se fit donc de plus en plus forte pour que ceux qui en avaient la légitimité récupèrent le trône. Mais ces derniers savaient que cela n'était pas si simple. Ils se doutaient également qu'il y avait toujours des résistances cachées et ils ne voulaient surtout pas que le sang coule à nouveau. Même avec l'appui du peuple, il fallait attendre le bon moment pour rétablir l'ordre des choses.

*

Dans le royaume de Lwémo, depuis la conversation qu'il avait eue avec sa mère, le roi Mako avait décidé de surveiller discrètement toute situation, tout évènement qui viendrait perturber la vie habituelle de son territoire. Les gardes et espions étaient donc discrètement mais sûrement mis à contribution. Ils devaient rendre compte de toutes leurs observations en suivant la hiérarchie habituelle. Les informations arrivaient donc au roi par ses plus proches collaborateurs. Son intendant était l'interlocuteur final.

Mako s'était finalement remis de la mort de sa fille. Cela avait été une épreuve difficile, mais il avait réussi à la surmonter avec l'aide de sa mère. Sa mère était une femme très vieille mais encore avec un caractère très fort. Il en avait hérité. Il en avait d'ailleurs fait preuve dans sa volonté de combattre Kana. Une autre facette de la personnalité du roi Mako était la confiance. Il accordait assez facilement sa confiance car il croyait en la bonté des hommes. Cela ne l'empêchait pas d'être prudent. Lorsqu'il avait émergé de son long sommeil forcé, sa mère lui avait fait part de la quasi défaillance de l'intendant qui s'était presque laissé influencer par Kana ainsi que par le grand guérisseur. Il avait alors eu une longue conversation avec son collaborateur. Il n'oubliait pas les circonstances. Son souverain était à l'article de la mort et il était désespéré. Il n'oubliait pas non plus qu'il lui avait toujours été fidèle depuis de longues années et n'avait jamais rien eu à lui reprocher. Cela aurait été cruel de ne pas lui donner une seconde chance.

La matinée était belle. Il faisait à peine trop chaud. Une chaleur que l'on ne ressentait pratiquement plus lorsqu'on s'asseyait sous un arbre assez feuillu pour barrer les rayons du soleil et préserver de la fraîcheur au niveau du sol. Cet arbre était dans la cour du palais et le roi Mako était assis dessous. C'était un superbe manguier en fleurs. Le souverain venait de clore une séance d'audiences et se prélassait un peu avant de passer à d'autres occupations. Il vit alors son intendant s'approcher de lui et s'assoir sur un siège non loin de lui.

— Alors quelles sont les nouvelles ? lui demanda-t-il avec un léger sourire.

L'homme souffla en hochant la tête.

— Aujourd'hui il y a quelques éléments nouveaux, dit-il.

Il se rapprocha du roi.

— Pour commencer, il s'est passé une affaire intrigante du côté de Loughémo. Quelqu'un a essayé de récupérer la petite qui y avait été adoptée. Deux hommes se sont fait passer pour des envoyés de ton homologue d'Abamé, mais ce dernier n'y avait dépêché personne. Depuis, les deux hommes sont recherchés mais jusqu'à présent il n'y a aucune trace d'eux nulle part.

— Intriguant, en effet... Qui a pu tenter un acte pareil ? C'est vraiment étrange.

— Oui, c'est bien étrange.

Puis il reprit.

— Encore à Loughémo, il y a une présence étrangère. Un certain roi Fila y séjourne depuis maintenant plus d'une lune. Il séjourne en dehors de Loughémo. Il a refusé de séjourner dans les murs de la petite cité.

— De quel royaume vient-il donc ?

— Mâlassa. Je n'en ai personnellement jamais entendu parler. Et toi ?

Le roi réfléchit un moment, cherchant dans ses souvenirs.

— Non, cela ne me dit rien. Cette contrée doit être bien éloignée pour que nous ne la connaissions point. Je n'ai non plus jamais entendu parler d'un roi Fila. Qu'y a-t-il d'autre ?

— Le roi Moni, le jeune roi d'Abamé, a demandé à Zola de lui restituer la statuette d'ivoire que feu Kana lui avait offerte. Cela en raison de sa signification dans l'histoire du royaume.

— Il l'a rendue sans rechigner ?

— Effectivement, il n'y a eu aucun problème quelconque entre les deux royaumes. Au contraire, cela a été l'occasion d'affirmer des liens solides et une promesse d'entraide. D'autant que la statuette qu'avait laissée l'immonde Kana dans sa fuite a également été restituée.

— Donc, une seule statuette a été réclamée et deux ont été rendues ? Voilà une bien belle affaire. Mais je suis tout de même surpris qu'une telle requête ait pu être formulée. Ce n'est vraiment pas usuel. Je me demande si cela ne cache pas autre chose.

— Les devins m'ont aussi fait part d'un autre phénomène étrange. Une véritable épidémie de rêves avec des éléphants blancs.

Il ricana doucement.

— C'est-à-dire ? demanda le roi, soudain en alerte.

— Eh bien, du côté de Sunda, tous les conseillers ont fait un rêve qui met en scène des éléphants blancs. Il y a des variantes dans chacun des rêves, mais la constante ce sont les éléphants blancs.

— Le roi n'en a pas rêvé ?

L'intendant avait noté l'intérêt soudain de Mako pour les rêves.

— A Sunda, non. Mais à Abamé c'est le prince Samburu qui en a rêvé.

Le roi laissa errer son regard dans le vide pendant un instant.

— Je crois que nous avons des raisons de discuter avec toutes ces personnes, lâcha-t-il.

— Je ne comprends pas…

Le souverain se tourna vers son interlocuteur.

— J'ai également rêvé d'éléphants blancs !

13

Il y avait du monde devant la bâtisse. Celle-ci avait été rénovée pour l'occasion. Il avait été décidé collégialement que ce serait dorénavant fait régulièrement. Ce lieu serait traité avec plus de respect que cela ne l'avait été fait depuis longtemps. Une longue discussion avait eu lieu quelques jours plus tôt entre le couple royal, les conseillers, les anciens du royaume et Nganga. Il était en fait celui qui avait mené les débats. Sa relation privilégiée avec les esprits l'y prédestinait naturellement pour un tel sujet. Il avait magistralement orienté les débats vers la relation que le royaume et ses habitants voulaient avoir avec leurs ancêtres. Il avait pour cela fait parler les plus âgés du royaume qui avaient tous été conviés pour l'occasion. Ces derniers ne s'étaient pas gênés pour dire le fond de leur pensée. La conclusion à ces échanges avait été un besoin de se rapprocher des ancêtres par des hommages qui permettraient de se rappeler d'eux, de leurs œuvres, ainsi que de leurs conseils et enseignements. Les débats avaient eu lieu dans la cour du palais, aux yeux et au su de tous, sous l'immense flamboyant qui y trônait. Si bien que le message fut très bien perçu par la population.

Mais ce qui fit que le message soit bien perçu était aussi la manière par laquelle Nganga fut présenté par le Premier conseiller Buana à l'assemblée avant le début des discussions. Il fut annoncé qu'il était à Loughémo suite à la demande du défunt Wazaaba juste avant sa mort. Il lui avait demandé de venir l'épauler pour faire face à la situation car il craignait de ne pas être suffisamment de taille à affronter le danger de l'époque. Mais ses efforts avaient quand même permis de vaincre. Etant arrivé trop tard, Nganga n'avait pu aider le royaume dans le passé, mais à présent il se sentait le devoir de rester et poursuivre l'œuvre de son homologue. De savoir que cet homme était venu dans le royaume à la demande du vieux Wazaaba lui donnait d'emblée une crédibilité. Wazaaba ne l'aurait certainement pas sollicité s'il n'avait pas été un homme aussi efficace que lui-même. Peu importe d'où il venait, il était maintenant là pour les aider. Ils l'acceptaient.

Aujourd'hui était donc le grand jour où allaient être mises en œuvre pour la première fois les décisions prises des jours plus tôt. Une cérémonie d'hommage allait être tenue en souvenir des ancêtres du royaume. Tous voulaient être présents pour assister à cet évènement. Il y en aurait bien d'autres, mais cette cérémonie, celle de la renaissance en quelque sorte, attirait le plus grand monde. D'autant que ce serait lors de cet hommage que des statuettes supplémentaires seraient introduites auprès des précédentes. En effet, dans cette bâtisse se trouvaient des bustes à l'effigie de tous les souverains et dignitaires importants qui avaient servi le royaume à travers les âges. Ces représentations n'y étaient d'ordinaires rajoutées qu'une fois par saison, lors de la nouvelle saison. Mais cela n'avait plus été fait depuis des saisons entières. Aujourd'hui il y avait ceux du roi Bidié, du Premier conseiller Gao et des autres conseillers à rajouter à la série déjà existante. Une page se tournerait définitivement sur l'ère du roi Bidié.

La bâtisse était faite du matériau communément répandu dans la région. De la roche taillée pour être superposée de manière à former des murs solides renforcés par un alliant à base de sable et d'argile. Le toit, soutenu par des poutres de bois imputrescible, était fait de différents branchages et feuillages. Ils étaient traités et mélangés pour être imperméables aux intenses pluies qui frappaient si régulièrement la contrée. Le sol était surélevé, ainsi aucune inondation ne pouvait venir souiller le sanctuaire. Il n'y avait aucune ouverture en dehors de la porte d'entrée. Une lourde porte en bois sculpté très épais. La sculpture sur les deux battants représentait ni plus ni moins que le paysage que l'on voyait depuis le palais sur la vallée. Cela représentait un travail de patience et de précision considérable.

Comme souvent lors de tels évènements ce furent les enfants, par leurs cris de joie et d'excitation qui firent comprendre à tous que la procession arrivait. Puis, comme conscients de l'importance et de la solennité du moment, ils se turent pour eux aussi se recueillir au passage du cortège. Ensuite, comme tout le monde, ils se mettaient à le suivre en silence.

Le vieux Nganga était non pas en tête du cortège, mais juste derrière la demi-douzaine de gardes qui portaient les effigies des honorés du jour. Celles-ci étaient couvertes d'un lourd tissu de velours blanc bordé de pourpre sauf celle du roi, bordée d'or. Il ne serait pas possible de les voir avant qu'elles ne soient exposées dans le sanctuaire. Derrière le vieux guérisseur, il y avait le couple royal, puis la reine mère et enfin les conseillers par rangées de deux. La procession étaient complétée ensuite par tous ceux qui avaient décidé de s'y joindre tout au long du trajet. A l'arrivée du cortège, deux gardes qui étaient en faction devant la porte écartèrent solennellement les deux battants vers l'extérieur puis se postèrent devant chacune d'elles. Le devin passa alors devant les gardes qui le précédaient et se rapprocha de l'entrée. Il s'arrêta à environ un pas de l'ouverture qui semblait vouloir le happer. Il sortit une fiole de sa large tunique et en versa quelques gouttes devant lui avec un respect manifeste. Puis il leva les bras et s'exprima, le regard tourné vers l'intérieur de la bâtisse.

— A vous les ancêtres depuis les origines, à vous nos parents bien-aimés qui nous avez précédé dans la seconde vie, au nom de notre Dieu tout-puissant je demande votre pardon pour le dérangement que nous allons vous causer !

Il versa à nouveau quelques gouttes de la fiole devant lui en avançant vers l'entrée.

— A vous les ancêtres, depuis les origines, à vous nos parents bien-aimés, au nom de notre Dieu tout-puissant, nous venons afin que ceux qui nous ont quitté récemment puissent par cette cérémonie vous rejoindre ! Nous savons qu'ils sont déjà avec vous, mais nous venons leur faire honneur par ces effigies qui leur rendent hommage, comme il l'a déjà été fait pour vous il y a déjà bien des saisons et des lunes !

En effet, la dernière fois qu'un tel hommage avait été rendu remontait aux alentours du début de règne du roi Bidié. Le décès d'un roi ou d'un membre éminent du royaume n'était pas si fréquent.

— Nous vous demandons de les accueillir avec bienveillance à vos côtés, afin qu'ils unissent leurs forces aux vôtres pour protéger nos descendants et l'avenir de notre peuple ! Nous serons toujours vos obligés, car sans vous nous n'existerions pas ! Ainsi soit-il !

A ces mots, il franchit l'entrée. Il avait en main une sorte de sceptre qui se terminait par un amas de plumes. Il parcourut toute la pièce circulaire d'un point à l'autre en le secouant à bout de bras. Il chassait ainsi les éventuels intrus occultes qui auraient investi les lieux. Un lieu qui était bien particulier et paraissait plus grand de l'intérieur. Il ne manquait jamais de place pour les nouveaux arrivants. On prêtait au mur la capacité à s'adapter aux nombres de stèles qui y étaient construites. Mais de l'extérieur, il ne changeait jamais de dimensions. On l'appelait aussi la maison vivante. Il y avait à l'entrée un autel. Face à cet autel, contre la paroi du fond, il y avait la zone des rois et reines. De part et d'autre étaient présentées les effigies des conseillers et autres serviteurs notables du royaume. Contre les parties du mur qui étaient de chaque côté de l'entrée, il y avait des stèles qui représentaient symboliquement les autres membres de la population de Loughémo. Tous y étaient donc représentés. Chaque individu avait sa place dans le sanctuaire des ancêtres. Même si ce n'était que symboliquement. Chacun était donc concerné par ce lieu car il savait qu'il y serait accueilli un jour. Ce lieu avait un rôle fédérateur. Il avait été négligé et cela avait été une erreur. Mais à l'avenir, il aurait toute sa place dans la vie du royaume. Le couple royal, les conseillers ainsi que le guérisseur s'étaient engagés à ce qu'il en soit ainsi. Beaucoup de spectateurs ayant assisté à la réunion, le message avait ainsi été diffusé et adopté par la population.

Une fois que Nganga eu terminé son rituel, les gardes s'avancèrent dans les lieux et se placèrent devant l'autel mais de part et d'autre, face aux effigies royales. Des torches placées sur les murs tout autour de la pièce sur trois niveaux brûlaient encore. Elles ne s'éteignaient jamais. Leur lumière donnait une atmosphère ensorcelée aux lieux. La reine se plaça alors à l'autel et s'adressa aux ancêtres.

— A vous nos ancêtres, depuis les origines ! A vous nos parents bien-aimés qui nous manquez tant ! Je m'adresse à vous au nom de notre Dieu tout-puissant. Je viens humblement en ces lieux pour des raisons que vous savez certainement bien avant moi-même. Alors merci de m'accueillir ! Merci de nous accueillir, nous vos enfant, nous vos descendants !...

Elle s'exprimait assez fort pour être aussi entendue de l'extérieur. Il y avait un silence impressionnant dans l'assistance. Seuls les cris des oiseaux et les bourdonnements des insectes étaient audibles en cette douce matinée. Les vieux et les moins vieux, les jeunes et les moins jeunes, ainsi que les enfants, tous étaient attentifs aux propos de leur souveraine. Tous ceux qui avaient pu se déplacer étaient présents.

— Ainsi, pour éviter que cela ne se reproduise, nous avons pris des décisions pour changer la manière dont le royaume était dirigé jusqu'ici. Ne nous en voulez pas de changer quelque peu ce que vous nous avez laissé, mais les circonstances nous y poussent. Nous avons réfléchi à la meilleure manière d'avancer vers notre destinée tout en respectant les préceptes issus de vos réflexions à vous et dont nous avons hérité. Je m'engage, en tant que reine de Loughémo et au nom de tous les miens ici présents et qui m'entendent, à défendre et à perpétuer les bases de vos enseignements. Je m'engage...

En l'écoutant, Zola avait le sentiment que sa jeune épouse prêtait à nouveau serment. Peu après les évènements, elle s'était également engagée à être une reine digne et honorable. Cela s'était passé dans la cour du palais. Mais cette fois c'était devant l'autel. Cela n'était pas anodin de prêter serment à l'autel devant les ancêtres. On ne trahit pas les ancêtres. Ils vous châtieraient. Ils vous demanderaient des comptes tôt ou tard, d'une manière ou d'une autre. C'est pour cela que chaque nouveau souverain devait se présenter devant les ancêtres pour témoigner de son engagement à servir les siens. Car c'était cela, être roi à Loughémo ou même ailleurs : servir les siens.

Zola était encore dans ses réflexions, mais la cérémonie suivait son cours. Elikya s'était retirée de l'autel et les gardes procédaient à la pose des effigies sur les stèles prévues à cet effet. Le sol était constitué de dalles de pierre qui le couvraient totalement, à l'exception de l'avant de chaque stèle, qui présentait sur toute la longueur une bande de terre d'un pied de large environ. Le premier buste fut posé délicatement. C'était celui du roi Bidié. Un moulage magnifique en or pur. Il était très ressemblant. Elikya en était remuée. Toutes les effigies des anciens rois et reines de Loughémo brillaient de l'éclat du même métal. Il y en avait une bonne trentaine. Ce lieu renfermait une véritable fortune, mais tous n'en étaient pas conscients. Ce n'était jamais que du métal incorruptible servant à honorer les anciens.

Les effigies des conseillers étaient quant à elles en cuivre avec de petites billes d'or symbolisant les yeux. Leur éclat était censé symboliser leur rôle qui consistait à guider le roi et son peuple et donc à avoir une vision éclairée. Cela leur donnait un tel aspect qu'il fallait être plutôt courageux ou désespéré pour soutenir leur regard. Il y en avait bien plus qu'il n'y avait d'effigies de souverains. Les stèles placées pour le reste de la population étaient couvertes de pétales d'or, chacune représentant l'esprit d'un défunt. Il y en avait des milliers.

Plusieurs femmes et hommes apportèrent alors des coupes de bois qui furent remises au couple royal ainsi qu'à ceux des autres qui le souhaitaient. Ces coupes contenaient du vin de palme. Elikya fut la première à procéder. Elle se dirigea vers les stèles collectives et commença à verser des rasades du liquide dans la zone en terre. En même temps elle s'adressait à l'esprit des défunts. Elle leur disait qu'elle ne les oubliait pas, qu'elle avait besoin d'eux et qu'il ne fallait pas non plus qu'ils l'oublient. Zola lui emboîta le pas tandis qu'elle se dirigeait vers les bustes des conseillers. La procédure se terminerait par les souverains. On s'adressait toujours à eux en dernier. Après un moment, une file se forma derrière le couple royal. Le sanctuaire ne fut plus alors qu'une litanie respectueuse et quasi inaudible d'hommages et de doléances émise par les nombreux habitants qui entrèrent dans la bâtisse. Le déroulement se faisait dans un sens précis pour éviter la confusion. Chacun avait quelque chose à demander ou tout simplement à dire à un ou plusieurs disparus. Le sol absorbait le liquide versé sans sembler devoir saturer à un moment ou à un autre. Bien au contraire, tout était absorbé comme si la terre était animée d'une soif insatiable.

Tout le monde était en communion qui avec Dieu, qui avec un ancêtre. Personne ne faisait attention à personne. Les quelques gardes qui étaient présents pour assurer un minimum de discipline furent un peu dépassés par les évènements. Mais heureusement que c'était une manifestation qui tendait à rendre hommage. Cela exigeait donc que chacun se comporte avec sérieux et dignité, facilitant ainsi toute tâche de surveillance. Mais le nombre de personnes était plutôt important. Parmi les personnes qui entraient et sortaient du sanctuaire, il n'y avait que des adultes. Pourtant, personne ne sembla s'étonner d'une fillette qui y entra également. Elle semblait être guidée. Personne ne remarqua non plus qu'elle avançait les yeux fermés. Elle n'avait pas non plus de coupe à la main, alors que tous ceux qui entraient dans ces murs en étaient munis. Elle avança jusqu'à se retrouver devant les effigies des rois et reines. Elle s'immobilisa. Ses yeux s'ouvrirent alors que son regard restait fixé droit devant elle.

Zola était déjà ressorti du sanctuaire, mais il s'était arrêté non loin pour discuter. Il était encore avec Elikya et la plupart des conseillers. Soudain un fait attira son attention.

— Que se passe-t-il demanda-t-il à un garde, pourquoi est-ce que la file n'avance plus ?

— Je ne sais pas. Je vais voir.

Le garde entra dans le sanctuaire pour essayer d'en savoir plus. Quelques instants plus tard, alors qu'un murmure d'étonnement résonnait dans la bâtisse, il revint vers Zola, les yeux exorbités.

— Honorable Zola, je pense que tu devrais aller voir par toi-même !

Zola se dirigea à son tour vers la bâtisse, suivi de tous ceux qui discutaient avec lui. Lorsqu'il entra dans le sanctuaire, il comprit la raison de la réaction des gens qui s'y trouvaient. Binta était toujours devant les effigies des souverains. Elle semblait leur tendre les mains et était en transe. Elle tremblait de la tête aux pieds. Il voulut s'approcher d'elle. Une main le retint fermement par le bras. C'était celle du vieux Nganga.

— Non ! lui dit-il. Il ne faut surtout pas la toucher ou la bousculer dans un tel moment. Elle est en communion avec les ancêtres. Il ne faut pas risquer de rompre la relation. Pour son bien, mais aussi pour le nôtre, car elle reçoit en ce moment même un message.

Puis il se tut tandis qu'il regardait la petite fille avec fascination.

— C'est incroyable, murmura-t-il. Je pensais ne jamais vivre assez vieux pour voir cela.

Zola le regarda. Leurs regards se croisèrent. C'est alors que Zola compris.

A ce moment précis, Binta cessa de trembler et s'écroula doucement au sol. Elikya fut la plus prompte à se retrouver aux côtés de la fillette. Elle la prit dans ses bras et se mit à lui caresser le front.

— Binta, ma petite cadette ! Binta !

— Il n'y a pas à s'inquiéter, intervint le vieux Nganga, elle dort. Elle a simplement besoin de se reposer.

Zola la prit alors dans ses bras et entreprit de la ramener au palais. Sur son passage, la rumeur courait déjà. Binta avait parlé avec les ancêtres. Binta avait vu les ancêtres. Binta était allée voir les ancêtres. Binta était revenue d'un périple astral avec les ancêtres. Binta avait le pouvoir d'aller voir les ancêtres. Mais qu'y avait-il d'étonnant à cela ? Elle était une enfant d'Abamé. Tout comme Kana l'était. Et on savait bien que Kana avait eu, toujours selon la rumeur car aucune preuve ne venait corroborer ces dires, des pouvoirs surnaturels. Alors Binta aussi en avait. D'ailleurs elle était certainement une sorcière. Oui, c'était bien ça. Elle était une sorcière. Une jeune sorcière. Ces bruits totalement infondés arrivèrent bien entendu aux oreilles des conseillers, qui les relayèrent à la reine et enfin à Zola. Alors qu'il installait la fillette dans un lit au palais, ce dernier imaginait la suite de la situation. Il sourit ironiquement. Il n'était toujours pas établi qui avait fait la fausse demande pour récupérer Binta, mais les faits qui commençaient à se dessiner, s'ils persistaient, finiraient par provoquer le retour de la petite fille dans son royaume d'origine. Ce serait la seule solution pour calmer les esprits spéculateurs et échauffés. Mais pour l'heure, il fallait laisser la petite se reposer le temps nécessaire. D'après le vieux Nganga, cela pourrait lui prendre la moitié de la journée pour récupérer d'une telle épreuve. Il avait assuré que cela était tout à fait normal.

Au sanctuaire des ancêtres, la procession d'hommages avait repris. Tout à la fin, lorsque tout le monde eut fini de présenter ses respects aux défunts, les gardes repoussèrent délicatement les portes. Peu avant que les portes ne se referment sur l'inestimable trésor que contenait la bâtisse, un léger filet de vent s'en échappa, soulevant une légère poussière vers le ciel. Personne n'y prêta attention. Les ancêtres aussi, semblait-il, quittaient les lieux.

14

A la même période, le roi Mako avait figé son idée de parler à tous ceux dont il savait qu'ils avaient fait un rêve similaire au sien. Il lui fallait tirer ces faits au clair. Il était persuadé qu'il était question d'un message commun. Il ne pouvait en être autrement. Il envoya donc des messagers à Ewomé ainsi qu'à chacun des souverains des concernés, à Abamé, à Sunda, ainsi qu'à Saboua. Il leur demandait une entrevue qui se déroulerait sur ses terres car il était le demandeur. Mais quelle motivation donner à cette requête ? Il ne pouvait décemment parler du rêve. Cela n'aurait pas été pris très au sérieux. Surtout avec ses antécédents, qui restaient obstinément dans les esprits malgré l'issue des faits qui plaidaient en sa faveur. La raison de sa demande serait donc quelque peu évasive : une affaire de la plus haute importance qui concernait leurs royaumes respectifs. Il espérait que ce serait accepté sans trop de difficultés. Il n'imaginait pas à quel point il avait en fait suscité l'intérêt de ses homologues. En vérité ils se demandaient pour la plupart si cette invitation n'avait justement pas un lien avec ces fameux rêves. Mais il est toujours des forces contraires qui se dressent contre les évidences.

*

Ce ne pouvait pas être cela. Il n'en avait fait part à personne, donc nul ne pouvait en être informé. Cette demande concernait certainement un autre sujet. Ewomé se posait sans cesse des questions. Mais jamais il ne trouvait de réponses. Et cela le rendait de plus en plus irritable. Ajouté à la folie qui avait commencé à le ronger, il était devenu un personnage difficile à approcher. Mais dans sa folie, un déséquilibré a toujours quelques moments de lucidité. Ewomé aussi avait les siens. Il accepta la demande et fit savoir au roi Mako qu'il serait présent le moment venu. Ce serait avec un grand plaisir qu'il se rendrait dans son royaume.

Il entreprit donc de préparer son voyage du mieux possible.

*

A Sunda, la demande fut accueillie avec perplexité. De quelle affaire pouvait-il bien s'agir au point de demander ainsi la présence de tous ces souverains ? Ils réfléchirent à plusieurs possibilités et arrivèrent à trouver le point commun à tous les royaumes concernés. Tous avaient au moins une personne qui avait fait un rêve avec des éléphants blancs. En effet, à Sunda également il y avait de puissants devins. En conjuguant leurs efforts avec un efficace service d'espions, ils arrivaient à apprendre beaucoup de choses, même si ce n'était pas toujours facile. Mais rien d'intéressant n'est facile. Cela dit, si eux savaient que d'autres avaient fait ces rêves, alors les autres aussi devaient savoir qu'ils les avaient aussi faits. Cette demande qui ne concernait que des souverains ayant ce point commun en était une preuve. Ainsi, tout le monde espionnait tout le monde. Et donc tout le monde savait-il tout sur tout le monde ? Rien n'était moins sûr. La reine Dienaba accepta l'invitation, mais elle assortit son accord d'une condition.

*

– Qu'en penses-tu ?

– Je pense que cela ne nous engage à rien d'aller voir de quoi il retourne. Peut-être aurons-nous enfin une réponse satisfaisante à nos interrogations.

Samburu était d'une certaine manière soulagé. De savoir que d'autres avaient peut-être les mêmes interrogations dues à des rêves similaires le réconfortait un peu, sans toutefois le rassurer. Il sentait que cela n'augurait rien de bon. C'était tout de même une situation peu banale.

– Je te sens pessimiste, petit frère.

Samburu regarda son aîné.

– Je me demande simplement ce que tout cela veut dire.

Il hésita.

– Et il est vrai que j'ai un mauvais pressentiment sur toute cette situation. Cette sensation de ne rien pouvoir maîtriser est des plus désagréable. Combien de fois as-tu déjà entendu parler de personnes qui sont dans des lieux différents et qui font un rêve similaire à la même période ?

Le roi répondit sans hésiter.

– Jamais ! Je n'en ai jamais entendu parler. Et je doute que cela ne puisse à nouveau se reproduire un jour.

*

– Grand Maître, il se prépare une situation qui risque de nous compliquer la tâche.

L'homme venait d'entrer sous la tente du roi Fila.

– C'est-à-dire ? Que se passe-t-il exactement ?

— Il va y avoir une réunion entre plusieurs royaumes pour discuter des rêves. Le roi Mako en est à l'origine. Grand Maître, s'ils arrivent à s'entendre…

— Le royaume de Loughémo y est-il convié ?

— Non, Grand maître, il n'y est pas convié.

— Ah, donc ils ne savent pas encore. D'ailleurs comment le pourraient-ils ? C'est encore tout récent.

— Pardon, Grand Maître ?

Le roi Fila avait murmuré ses propos. Il regarda l'homme.

— Peu importe. Rien n'est encore joué. Mais tu as fait du bon travail. Tu peux disposer.

Il le regarda s'en aller. Contrairement à ce qu'il avait laissé paraître devant l'homme qui venait de le quitter, la situation deviendrait plus difficile si jamais les royaumes se mettaient à discuter entre eux. Même s'ils ne savaient pas encore ce qui s'était passé à Loughémo. D'ailleurs, c'était bien parce qu'ils ne savaient pas encore ce qui s'y était passé que cela était inquiétant. Il sortit à son tour et se dirigea vers la petite tente sombre. Il avait un rapport à faire. Il avait du monde à convaincre. Mais il se demandait déjà s'il serait encore utile qu'il reste dans les parages. La mission principale pour laquelle il était venu n'avait pu être menée à bien. L'alternative pour laquelle il avait opté, outre qu'elle prendrait du temps, pouvait être déjouée. Et il savait qu'elle le serait.

*

— Mais pourquoi avez-vous tous l'air si inquiets ?

Avec son sourire innocent, elle regardait les uns après les autres tous ceux qui étaient avec elle dans la grande salle du palais. Le couple royal et les conseillers, bien sûr, mais également le vieux Nganga. Binta s'était effectivement reposée une bonne partie de la journée. Après s'être réveillée, elle avait pris un copieux repas qui l'avait grandement requinquée. Elle ne semblait pas se rendre compte de ce qui s'était passé. La reine lui sourit et lui demanda doucement.

— Binta, tu n'es pas impressionnée par tout ce monde ?

— Non, pourquoi le serais-je ?

— Eh bien ce sont toutes de grandes personnes, et tu es la seule enfant, ici.

—Oui, mais je vous connais tous, dit-elle en lançant un regard circulaire. Je n'ai pas à avoir peur ou à être impressionnée.

Une vague de sourires parcourut l'assistance. La reine continua.

— Sais-tu ce qui s'est passé aujourd'hui ?

La petite fille se tourna vers elle.

— Bien sûr que je sais.

Elikya ne se départit pas de son sourire.

— Tu peux nous dire ce qui t'est arrivé ?

La petite fille répondit naturellement, comme si tout cela était normal.

—Eh bien, j'ai parlé avec les ancêtres. J'ai vu ma mère, j'ai vu mon oncle, j'ai vu le roi Bangou, j'ai vu aussi le roi Bidié et papa Gao. Mais il y avait aussi d'autres ancêtres que je ne connais pas. Je pense qu'ils étaient d'autres contrées. Ils semblaient tous se connaître et s'entendre.

Elle se tut. Tous la regardaient d'un air interloqué. Seul Nganga avait un léger sourire en coin. Il fut le plus prompt à réagir.

— Tu peux nous dire dans quelle sorte de lieu cela s'est passé ?

— C'était ici, à Loughémo ! Nous étions en plein milieu ! Mais il y avait moins d'habitations. Et les limites en étaient comme des murs brumeux que l'on pouvait traverser.

— Et où te tenais-tu ? demanda le devin.

— J'étais au milieu de tout le monde. Mais je pouvais tous les voir sans avoir à me retourner. Ils étaient tout autour de moi et en même temps tous en face de moi. C'était étrange comme sensation.

Elle avait prononcé cette dernière phrase avec un sourire franc. C'était presque un rire. Tous autour d'elle, mis à part le vieux Nganga, étaient médusés de la voir ainsi. Elle était décontractée et bien lucide. Elle donnait l'impression de narrer un banal voyage. Zola lui posa la question qui lui brûlait les lèvres.

— Dis-moi, ma grande, tu n'as l'air ni surprise, ni impressionnée, ni effrayée parce que tu viens de vivre. Comment cela se fait-il ?

Elle continua tout aussi tranquillement qu'auparavant.

— Oncle Mpassi m'avait dit que cela m'arriverait un jour. Mais il ne savait pas quand. Il m'avait dit que lorsque cela arriverait, il ne faudrait pas avoir peur et que c'était dans l'ordre des choses. C'est dans la famille. Cela a toujours été comme cela dans la famille.

C'était une véritable découverte pour tous. Mais Zola comprenait mieux à présent l'attitude de son défunt oncle, le vieux Mpassi. Il aurait voulu l'éloigner de Kana qu'il ne s'y serait pas pris autrement. Si ce dernier avait eu vent des dons de cette enfant, qu'en serait-il advenu d'elle ? Ne se serait-il pas imaginé – à tort ou à raison – qu'elle représentait un obstacle supplémentaire à ses funestes projets ? Cela le ramena tout naturellement à la situation qu'ils vivaient encore. Binta ne serait-elle pas également une cible comme l'avait été le vieux Wazaaba ? Tout comme pouvait l'être tôt ou tard le vieux Nganga ? Mais comment savoir qui affronter ? L'ennemi était devenu invisible. Comment la protéger d'une menace qu'il ne pouvait affronter ? D'autant qu'à présent elle s'était pleinement révélée et était donc exposée. Mais aussitôt, il se dit que peut-être que ses dons étaient déjà connus par d'autres : qui donc avait tenté de l'enlever ?

Le vieux Nganga reprit doucement.

— Que t'ont-ils dit ? T'en souviens-tu ?

Il était un peu angoissé. Il avait déjà eu vent de situations semblables. Dans certains cas, le message que les ancêtres avaient fait passer s'estompait tout simplement de la mémoire du receveur. Tout était alors perdu. Mais Binta continua à narrer son récit.

— Ils m'ont fait remarquer qu'ils étaient tous ensemble et passaient beaucoup de temps à discuter et à essayer de répondre à nos demandes. Mais ensemble ils y arrivent, même quand c'est difficile.

Elle se tut, alors qu'ils étaient tous suspendus à ses lèvres. Mais elle ne dit plus rien.

— Et quoi d'autre ? demanda alors la reine.

— Eh bien, c'est tout. Il n'y a rien d'autre.

— Tu n'as rien oublié ? demanda Nganga.

Elle parut réfléchir un instant.

— Non, je n'ai rien oublié.

Les regards des uns et des autres se croisèrent. Une sorte de déception y était détectable. Mais il n'y avait visiblement rien d'autre à attendre de la petite fille. Certains s'étaient attendus à une annonce d'un type inhabituel, voire fracassante. Un message qui venait de l'au-delà devait forcément sortir de l'ordinaire. Mais ils devaient bien se rendre à l'évidence car ce message qu'avait délivré Binta était des plus simples. Seul le vieux Nganga savait de quoi exactement il s'agissait. Mais il ne dit rien car il savait que même s'il insistait sur l'importance de ce message aujourd'hui, il ne serait pas compris.

*

— Majesté, il va falloir négocier la présence de Dienaba et Ewomé au rassemblement. Elle est d'accord pour venir, mais elle ne veut pas s'assoir sous le même arbre qu'Ewomé.

Le roi Mako poussa un soupir d'agacement. La nouvelle que venait de lui annoncer son intendant ravivait de vieux souvenirs. De mauvais souvenirs. Le contentieux qui avait opposé ces deux royaumes reposait sur un fragile compromis et les cicatrices qu'il avait provoquées ne s'étaient visiblement pas refermées.

— Cela me surprend tout de même de la voir avancer une telle exigence, dit-il.

— Je pense qu'elle est mise sous pression par ses proches. Ses conseillers, par exemple.

— Non, répondit dubitativement le roi. Dienaba est une femme forte et très volontaire. Je ne pense pas qu'elle puisse céder à une quelconque pression. Elle doit avoir une idée derrière la tête.

Il se tut un moment avant de s'adresser de nouveau à l'intendant.

— Comment va Ewomé ? A-t-il toujours ce comportement inexplicable ?

— En effet, Majesté. Il dort toujours en journée pour être éveillé toute la nuit durant. Seul un noyau dur se comporte comme lui. Tous les autres ont été écartés des affaires.

— Des affaires qu'il ne contrôle plus vraiment puisque ses proches ont plus ou moins pris le contrôle du royaume et il ne s'en est même pas rendu compte.

Il se tut de nouveau et resta dubitatif avant de déclarer dans un léger sourire.

— Je crois savoir où veut en venir la reine Dienaba. Elle est en pleine manigance. Mais cela dit, ses proches sont certainement dans la confidence. Car si c'est bien ce que je pense qu'elle a en tête, alors les détracteurs d'Ewomé vont fortement apprécier. J'espère que nous n'allons pas nous retrouver pris entre deux feux.

— Dois-je apprêter des messagers pour des négociations ?

— Bien sûr, nous devons au moins essayer de les rapprocher l'un de l'autre. Je veux absolument que tous soient présents à cette réunion. C'est d'une importance capitale.

*

Loughémo allait changer de souverain. Il y avait eu longues discussions entre Zola et son épouse, puis entre ces derniers et les conseillers et enfin avec le vieux Nganga. Il fallait protéger l'enfant à venir et ramener le danger qui rôdait – en tous cas essayer – sur son père, qui serait plus à même de se défendre. Mais le changement se ferait discrètement. Pas besoin de célébration pompeuse, ni de cérémonie grandiose. La montée de Zola sur le trône se ferait dans un quasi anonymat. Après le traditionnel accord du conseil, il irait prêter serment au sanctuaire des ancêtres.

Des dispositions avaient aussi été prises afin que ce qui était survenu au père de son épouse ne se reproduise plus. Le droit de décision suprême avait été abolit. Le passé avait montré qu'un pouvoir absolu pouvait s'avérer catastrophique pour le royaume. Le roi perdait donc une bonne partie de sa toute puissance. Il avait également été décidé que le roi pourrait être destitué si d'aventure son attitude devenait incohérente ou inappropriée. Elle ne devait en aucun cas menacer les intérêts du peuple. Mais cette dernière décision revenait au conseil du royaume, après consultation des anciens. Logiquement, cette dernière situation ne devait être qu'exceptionnelle.

Par anticipation de sa situation future, Zola avait décidé d'aller rendre visite au souverain qui séjournait dans la vallée. Son nouveau statut lui valait d'être affublé d'une vingtaine de gardes dans ses déplacements hors de la petite agglomération de Loughémo. Il voyait déjà son indépendance s'estomper petit à petit. Il la regrettait déjà. Ils arrivèrent en vue de l'emplacement où était situé le campement du roi Fila. Ils marchèrent jusqu'à ce qu'ils ressentent le sentiment d'avoir dépassé le dit campement. Ils revinrent sur leurs pas. Ils s'arrêtèrent et observèrent les alentours. Ils refirent le chemin dans un sens puis dans l'autre. Ils devaient se rendre à l'évidence. Le roi Fila et son escorte n'étaient plus là. Les repères sur lesquels ils s'appuyaient pour se situer étaient bien présents, mais il n'y avait plus personne dans les parages. Par ailleurs, les gardes étaient formels : l'emplacement était bien le bon. Ils y étaient déjà venus avec la reine.

Zola s'avança vers l'emplacement. Il n'y avait aucune trace d'une quelconque présence présente ou passée. Il n'y avait pas un seul déchet, pas un bout de bois usagé ou un bout de tissu qui traînait comme cela pouvait arriver après le passage d'une délégation. Même la végétation ne paraissait pas avoir souffert d'une quelconque présence. Zola sentit les gardes qui commençaient à s'agiter.

— Peut-être faudrait-il rentrer ? lança timidement l'un d'eux.

Le futur roi le regarda. Il avait peur. Il regarda les autres gardes et vit qu'il y avait une inquiétude dans leurs regards. Il fit mine de l'ignorer. S'il se mettait à tenir compte de la tendance qui voulait que dès qu'il y avait une situation inexpliquée on se mette à croire tout et n'importe quoi il ne maîtriserait plus rien.

— Que crains-tu donc, dis-moi ? lui demanda-t-il d'un ton grave.

— Je ne sais pas.

— Alors tu as peur mais tu ne sais pas de quoi ? Cela ne nous avance pas à grand-chose. Tu ne trouves pas cela ridicule ? Est-ce ainsi que tu protègeras le royaume ? Alors ressaisis-toi. Ressaisissez-vous tous !

Il examina encore les lieux un instant alors que les gardes se calmaient. Il savait qui il devait aller voir dans l'immédiat.

— Eh bien rentrons donc, lança-t-il aux gardes qui parurent enfin soulagés.

*

— Alors il n'était pas vraiment humain ?

— Non, je ne pense pas qu'il le soit. Nous avons vraiment à faire à un être tout autre que ce que nous connaissons. Même nous autres guérisseurs, féticheurs ou devins n'avons que très rarement à affronter ce genre d'entité.

— Mais qu'est-il exactement ? En outre ils étaient nombreux !

— Pas si nombreux que cela, en fait. Cet être a la capacité de reproduire son image et d'en faire des êtres apparemment normaux. Cela explique la remarque qu'avait faite Buana. En effet, il ne peut reproduire que des êtres à son image. Et par conséquent, pas de femmes. Cela explique également que nous ne sachions où se trouvent Mâlassa ou Garuna pour la simple raison qu'ils n'existent pas.

— Mais pourquoi précisément était-il là ? Je ne comprends pas.

— Tu as raison de te poser la question. S'il y a une chose qui est sûre, c'est que tous ceux qui passaient par là-bas auront également remarqué son départ sans bruit, pour ne pas dire sa disparition. S'ils vont y voir de plus près comme tu l'as fait, ils remarqueront la même chose que toi.

Il y eut un silence pendant lequel les deux hommes paraissaient réfléchir chacun de son côté. Le vieux Nganga repris la parole.

— Cette situation risque d'entraîner une vague d'angoisse. Et si elle n'est pas dissipée, elle pourrait se transformer en une crainte incontrôlable. Je pense que c'était le but de Fila ou qui qu'il soit. Distiller la peur et décrédibiliser la reine si elle n'arrivait pas à rassurer son peuple et ainsi perdre son emprise sur lui. Et partant de là, le manipuler à souhait.

Il se tut puis se tourna vers Zola.

— Dorénavant ce sera ton rôle de les rassurer. Ce sera ton rôle de trouver les mots pour expliquer l'inexplicable car il y aura certainement d'autres évènements qui surviendront. Il ne va pas en rester là. En tous cas je ne pense pas. Si j'étais lui, c'est ce que je ferais. Les gens sont très sensibles à ce genre de manifestation inexpliquée. On peut leur faire croire ce que l'on veut. Ou plutôt ce qu'ils veulent. Ils veulent croire que c'est un parent qui revient les importuner ? Alors ce sera un parent. Un esprit mauvais ? Alors ce sera un esprit mauvais. Et ainsi de suite.

— Mais comment s'y prend-t-il pour faire ainsi croire une chose ou une autre ?

Le vieil homme sourit en regardant Zola.

— Tu veux vraiment le savoir ? Je ne pense pas. Cela est mon domaine, Zola. Crois-moi, tu auras bien assez à faire en tant que roi. Par contre, de ton côté, si tu es surpris par quoi que ce soit, tu ne devras en aucun cas le montrer. Quel que soit le phénomène dont tu seras témoin, surtout si cela se produit en public, tu ne devras jamais montrer une quelconque frayeur. Tu seras le baromètre des tiens. Si tu perds tes nerfs, alors tu perdras bien plus. Un souverain ne doit jamais céder à la panique.

— Je te remercie pour tes précieux conseils, vieux Nganga. Je n'ai pas été préparé à cette situation et je ne sais pas ce que cela va donner. Je ne suis normalement pas destiné à un tel rôle.

Le vieil homme ricana.

— Je sais que tu n'as pas été préparé à cette situation, mais crois-moi mon garçon, tu as toujours été destiné à ce rôle. Et ton détachement vis-à-vis du pouvoir fait que tu seras un bon roi. Tu n'es pas obsédé par les avantages qu'il peut procurer et c'est une très bonne chose.

Un silence s'installa alors que le vieux guérisseur s'était remis à manipuler ses fioles. Zola lui posa alors une question qui lui brûlait les lèvres.

— Depuis que nos regards se sont croisés au sanctuaire des ancêtres, peux-tu me dire pourquoi j'ai cette sensation de te connaître depuis toujours ?

Un nouveau ricanement s'échappa de la gorge du vieillard, qui lui répondit avec un sourire en coin.

— Si penser me connaître depuis longtemps peut t'aider à te sentir mieux, alors qu'il en soit ainsi. Mais sache que personne ne meurt vraiment, ce n'est qu'un long repos qui nous attend de l'autre côté.

15

Peu de temps après le départ – ou la disparition – du roi Fila et son escorte, se tint la cérémonie d'intronisation de Zola. En préambule, son épouse de reine devait abdiquer et le désigner comme successeur. Les deux évènements auraient lieu successivement. Encore une fois, cela se passa sous les yeux de tous, dans la cour du palais. Il y avait un maître de cérémonie comme dans tous les grands évènements. Mais cette fois, il n'enthousiasmait pas l'assistance avec des invectives pour la faire réagir bruyamment. De toutes les manières, il y avait quelque chose d'important, voire de grave, qui se tramait et cela, instinctivement, tout le monde le savait. La succession des derniers évènements qui s'étaient déroulés avait poussé la plupart des habitants à se poser des questions. D'abord l'arrivée de nulle part du vieux guérisseur, Nganga. Puis il y avait eu la fausse délégation qui était venue pour Binta. La demande de restitution de l'éléphant d'ivoire avait ensuite suivi. La volonté de rétablir l'importance du sanctuaire des ancêtres avait été perçu comme un retour aux sources, une consolidation des racines du peuple. Le moment de transe de la petite Binta n'était pas passé inaperçu. Le bouquet avait été la volatilisation du roi Fila et son escorte sans aucune forme d'adieu. Cela était impensable ! Se faire accueillir, puis héberger et disparaître sans rien dire ! Non, cela n'était pas digne d'un être humain. Cela cachait forcément quelque chose d'anormal. Maintenant, il y avait cette transmission de pouvoir alors que la reine avait tout à fait les capacités de guider le royaume. Qu'est-ce que cela cachait donc ?

Zola suivait attentivement l'évolution de la première partie de la cérémonie, mais il avait en même temps capté cette atmosphère étrange qui enveloppait l'évènement. Il avait senti, non pas une défiance, mais une interrogation inquiète dans les regards, dans l'attitude de l'assistance. La disparition du roi Fila et le manque de traces de son passage avait créé des rumeurs des plus improbables. On disait que c'était un esprit roi. Un esprit très puissant qui pouvait créer les pires dégâts dans le royaume. D'autres disaient qu'il n'était rien d'autre qu'un parent de Kana qui revenait pour réclamer justice pour l'ancien roi. Il ferait payer les responsables dès qu'il aurait établi les responsabilités. L'entrée en transe de Binta aussi avait eu des effets sur la population. Qui était vraiment cette fillette qui pouvait dialoguer avec les défunts ? N'allait-elle pas apporter le malheur ? Et pourquoi était-elle à Loughémo ? Pourquoi n'était-elle pas chez elle à Abamé ? Qui avait voulu l'enlever ? Pourquoi n'avait-on retrouvé ces hommes nulle part ? Et s'ils n'étaient que des esprits qui voulaient la prendre parce qu'elle n'est pas une fille ordinaire ? Et si elle était la cause de tous ces phénomènes étranges ?

Elikya se tournait à ce moment-là vers lui. C'était l'instant précis où elle allait lui transmettre le sceptre royal. Même s'il n'était que rarement utilisé, cet œuvre en bois sculpté incrusté d'or et d'ivoire était le symbole de la royauté de Loughémo. Il représentait bien entendu une tête de gazelle dont les yeux en or semblaient transpercer les regards qui les croisaient. Elle lui tendit l'objet en le tenant entre les deux mains et en le fixant droit dans les yeux.

— Honorable Zola, je te transmets ce sceptre, témoignage de la bienveillance de nos prédécesseurs sur les nôtres et sur nous-mêmes. Par ce geste, je te confie notre destinée à tous. Je le fais le cœur léger car tu es digne de cette responsabilité...

Quelle évolution dans l'attitude d'Elikya. Zola se rappelait en même temps le moment où elle lui avait remis le poignard lors de sa nomination comme gardien d'honneur. Il n'y avait plus ce sentiment d'ironie et de défiance qu'elle avait eu à l'époque. Aujourd'hui elle savait beaucoup mieux qui était Zola et ses propos étaient sincères.

— ...que les ancêtres, avec l'aide de notre Dieu créateur, te guident et t'assistent dans la tâche qui sera la tienne.

Il tendit les bras à son tour et referma ses mains sur le superbe bâton. Elle ne lui donnait pas l'objet, elle le lui transmettait et c'était à lui de s'en emparer comme signe de son acceptation de sa nouvelle responsabilité. Le sceptre représentait le pouvoir et de ce fait il n'appartenait à personne, sinon à la communauté. En refermant ainsi ses mains sur lui, Zola acceptait donc son rôle et était prêt à en assumer toutes les responsabilités et les conséquences qui en découlaient.

— C'est avec gravité et en conscience que je reçois ce sceptre. Je sais ce qu'il représente pour toi qui me le transmets. Je sais ce qu'il représente pour les nôtres. Je sais enfin ce qu'il représente pour les ancêtres. Je n'aurais d'ailleurs de cesse de leur demander de m'assister et de me guider, au nom de notre Dieu créateur.

Ayant laissé le sceptre dans les mains de son époux, Elikya, qui garderait bien entendu son statut de reine, alla s'assoir sur le siège à côté du trône qu'elle avait quitté quelques instants plus tôt. Zola se retrouvait tout seul. Il se tourna vers l'assistance en levant le bâton royal devant lui.

— Peuple de Loughémo, c'est un grand honneur qui m'est fait en ce jour. Prendre la tête du royaume n'est pas une banale affaire. Aussi je voudrais, avant de le faire devant les ancêtres, m'engager devant vous à œuvrer pour que ce royaume, notre royaume vive toujours dans la quiétude et le bien-être. Je m'engage et vous invite tous à respecter les vertus, les piliers par lesquels nos anciens, saison après saison, génération après génération, ont vécu et ont bâti notre destinée : la bonté, l'amour, la sagesse, la vérité et la justice.

Il se tourna alors vers les anciens, qui étaient rassemblés sur un côté de la place. Le tenant toujours à deux mains, il plaqua le bâton contre sa poitrine puis s'immobilisa. Un des anciens se leva. En fait c'était une des anciennes, car la plus âgée. Elle représentait toutes les personnes les plus âgées du royaume : la mémoire vivante du peuple de Loughémo. Elle se rapprocha du jeune homme. Un silence palpable enveloppait l'assemblée. Tous étaient conscients de l'importance du moment et attendaient la suite. Nombreux étaient ceux qui assistaient à un tel évènement pour la première fois. Il était extrêmement rare d'assister à une transmission de pouvoir. D'autant qu'il s'agissait d'une reine qui abdiquait au profit de son époux.

— Zola, fils de Gao et de Sisila, te voici devant nous tous afin d'embrasser la responsabilité suprême… !

A l'évocation du nom de son père et de sa mère, Zola frissonna et dû réprimer une forte envie de sanglots. Nul doute qu'ils auraient été très fier de lui. Il en était persuadé. Comme il regrettait qu'ils ne soient pas présents !

—…comme le disaient nos aînés : la forêt n'a pas de porte d'entrée, mais l'on y pénètre pas n'importe comment. C'est donc en connaissance de cause que tu acceptes d'être notre guide et serviteur. Nous te connaissons tous ici pour la plupart. Nous t'avons vu grandir. Nous t'avons vu vivre parmi nous. Nous sommes persuadés que tu sauras honorer la mémoire de ceux dont tu descends. Je pense plus particulièrement à ton père qui était un des plus illustres conseillers de ce royaume. A partir d'aujourd'hui, tu seras l'arbre de la communauté. Que la grâce des ancêtres soit sur toi au nom de notre Dieu tout-puissant. Tu as maintenant notre bénédiction pour aller te présenter à eux et leur demander la leur. Ainsi soit-il.

*

Le sanctuaire des ancêtres avait à nouveau été ouvert pour cette occasion exceptionnelle. Tous étaient à l'extérieur. Seul Zola était entré dans les lieux. Il venait de s'installer à l'autel et s'apprêtait à s'adresser aux défunts. C'était un grand engagement que de s'adresser ainsi aux ancêtres. On ne leur parlait pas pour rien. Quand on leur demandait d'aider à accomplir quelque chose, il fallait le faire. On ne mentait pas aux ancêtres. Il valait mieux que celui qui n'était pas sincère s'abstienne de leur adresser la parole. Aussi, même s'il n'y avait pas de témoins pour être écouté, il n'était pas question d'y tenir des propos irréfléchis.

— A vous mes ancêtres depuis les origines, au nom de notre Dieu tout-puissant, notre Dieu créateur, je vous prie de m'entendre car j'ai besoin de vous.

Il se tut. Il recula de l'autel d'un pas. Il s'agenouilla.

— Si je me retrouve ici devant vous, c'est certainement parce que vous l'avez voulu. Aussi, je vous demande, je vous conjure d'être à mes côtés jour et nuit à partir de cet instant.

Ne me laissez jamais seul. Donnez-moi la force, le courage, l'intelligence, la sagesse et alors, et alors je m'efforcerai de vous faire honneur en œuvrant pour vos enfants, dont je suis ! Je sais que la tâche ne sera pas facile, nul doute que vous savez déjà la menace qui pèse sur nous. Mais je sais qu'avec votre aide, avec l'aide de notre Dieu tout-puissant, nous y arriverons !...

Zola parlait de plus en plus fort. Au fur et à mesure qu'il s'exprimait, il émanait de lui une passion perceptible et irrépressible. De l'extérieur des murs, ceux qui étaient les mieux placés pouvaient l'apercevoir. Etrangement, personne n'entendait ce qu'il disait. Malgré sa gestuelle qui paraissait plutôt vigoureuse, il leur semblait qu'il s'exprimait doucement.

— ...et je sais que je n'ai pas toujours cru en votre existence. Mais aujourd'hui je suis plus conscient de votre présence et de votre responsabilité directe dans ce que je suis. Je comprends aujourd'hui beaucoup de choses. Je ne suis rien sans vous ! Je ne suis rien si vous ne vous penchez pas sur mes besoins ! Je ne suis rien si vous ne me montrez pas le chemin...

Hésitant au début de son intervention, Zola était devenu bien plus volubile. Les paroles sortaient comme s'il avait préparé un discours. Mais il parlait tout simplement du fond du cœur. Et son cœur avait beaucoup de choses à dire, car malgré tout, il appréhendait ce à quoi il aurait à faire face.

— ...même malgré moi, vous avez été à mes côtés pendant tout ce que nous avons vécu, je le sais ! Autrement, jamais nous n'aurions réussi. Je ne sais pas pourquoi j'ai été choisi, je ne sais pas pourquoi cette charge m'incombe, mais sachez que je relève le défi ! Sachez que même si j'ai de la peur au fond de moi, je ferai face ! Je le ferai pour les nôtres, pour nos enfants, pour nos descendants ! J'ai bien reçu le message que vous avez transmis par Binta. Je sais qu'il va falloir que je réunisse toutes les contrées pour combattre la menace. Vous êtes tous unis dans l'au-delà, alors nous devons l'être ici aussi ! J'ai saisi le message : c'est ensemble que les tisons brûlent, séparés ils s'éteignent ! Ce ne sera pas facile, je le sais, mais je le ferai !

Il s'interrompit pour reprendre son souffle. Il reprit alors plus lentement, presque en chuchotant.

— J'ai beaucoup de choses à dire et à vous demander également, mais j'aurai l'occasion de m'adresser à vous de nouveau.

Il se releva et se dirigea devant les représentations des habitants. Il posa un genou à terre et inclina la tête. Il se recueilli pendant quelques instants, puis se releva. Il répéta le même rituel devant les effigies des conseillers. Il se releva et alla enfin devant les effigies royales. Ayant fini de se recueillir, il sortit du sanctuaire non sans s'être incliné une dernière fois devant l'autel. A chaque fois qu'il s'était relevé après avoir posé un genou à terre, il avait prononcé une seule et même phrase :

— Au nom de notre Dieu tout-puissant, je remets notre sort entre vos mains et faites que votre énergie rayonne en moi.

*

Après l'intronisation, malgré la relative effervescence que l'évènement avait suscitée, la vie avait repris son cours normal. Mais ce n'était qu'une apparence car les premières inquiétudes ne tardèrent pas s'intensifier. Quelques jours plus tard à peine, sous la forme d'apparitions inexpliquées, la sérénité du royaume fut mise à rude épreuve.

Il y eut dans un premier temps deux chasseurs qui rentraient de leur journée qui arrivèrent en courant à Loughémo en affirmant avoir croisé dans la gorge de Dieu les deux hommes qui étaient recherchés depuis qu'ils s'étaient présentés comme des envoyés du roi d'Abamé. Ces derniers les avaient salués poliment et avaient passé leur chemin en les félicitant pour leur bonne chasse. Une escouade de gardes avait alors été envoyée à leur poursuite. Mais les poursuivants traversèrent l'immense crevasse naturelle en croisant d'autres habitants qui rentraient. Mais personne n'avait vu les hommes recherchés. Encore une fois, il n'y avait aucune trace de leur passage où que ce soit. En outre, il commençait à faire nuit. Il fallait vite rentrer avant qu'il fasse trop sombre et d'être surpris en plein dans la gorge de Dieu. Cela ne permit pas, bien entendu, de mener des recherches très poussées. Mais peut-être que ces hommes – ou quoi qu'ils fussent – comptaient-ils justement là-dessus ? Mais pourquoi ne se montrer qu'à deux hommes ? D'ailleurs, ces deux hommes avaient-ils vraiment vu quoi que ce soit ? N'avaient-ils pas eu une hallucination ? Ils consommaient une herbe euphorisante qui pouvait avoir ces effets si l'on en abusait. Mais ils avaient bien paru maîtres d'eux-mêmes. Et leur attitude, ainsi que la description qu'ils avaient faite des hommes était très fidèle et ils déclaraient tous les deux la même chose. Il n'y eut aucune suite à cette apparition.

Le deuxième phénomène survint peu après le premier. Cette fois-ci, ce fut un groupe de femmes rentrant des champs peu avant la nuit qui entendirent un son derrière elles. Se retournant pratiquement toutes en même temps, elles aperçurent furtivement ce qui leur parut comme un félin qui disparaissait dans les sous-bois. Elles échangèrent un regard et accélérèrent le pas sans chercher à en savoir plus. Il n'y avait d'ordinaire pas de félin dans les environs. Sous le feu des questions, certaines en arrivèrent à décrire un animal de couleur noire et plutôt grand. D'autres affirmèrent qu'il était sombre, mais pas noir et pas si grand. D'autres le décrivirent comme étant blanc. Ce à quoi il ne fut accordé aucun crédit. Qui avait jamais vu un félin blanc ?

Quelques temps plus tard, un groupe de quelques hommes déclara avoir aperçu au loin, sur le chemin retour de Kiazi, une silhouette ressemblant étrangement au défunt roi Kana. Un autre groupe l'aurait vu disparaissant dans la végétation non loin de Loughémo. Ils le décrivirent tel qu'ils l'avaient vu de son vivant. Avec une tenue royale comme il en portait souvent. Puis ce furent encore les deux hommes recherchés qui furent aperçu du côté de Séssé, puis à nouveau la panthère, car finalement le félin fut décrit comme étant une panthère par de nombreux témoins. Mais Kana ne fut plus aperçu nulle part. Ni à Loughémo, ni à Kiazi, ni à Séssé. Ce qui laissa croire que ceux qui l'avaient soit disant aperçu avaient dû avoir des visions.

Mais que ce soit vrai ou non, Zola avait compris le danger que représentait ces « apparitions ». Il l'avait non seulement compris, mais il commençait à le déceler dans la population. Les gens commençaient à avoir peur de se déplacer seul dans la vallée. Ils formaient des groupes pour aller pêcher, pour aller aux champs ou encore pour aller à la chasse. Plus personne ne se risquait à se déplacer seul de crainte de croiser une « apparition ». Zola convoqua le conseil afin de discuter d'une manière de rétablir la situation. Il ne pouvait se permettre de la laisser évoluer sans réagir. Le vieux Nganga était également présent. Il serait d'un précieux conseil car il s'agissait visiblement de manifestations occultes. En outre, il avait prédit ce qui se passait.

Zola était face à son vrai premier défi en tant que souverain de Loughémo.

— La situation risque de vite devenir incontrôlable si jamais ces apparitions continuent et s'intensifient. J'ai donc convoqué cette réunion afin de voir de quelle manière il serait possible d'y mettre fin ou en tous cas, de faire en sorte que le peuple ne réagisse pas par de la crainte. Je pense, vieux Nganga, que tu es celui qui est le plus à même de nous éclairer. Que devons-nous, que pouvons-nous faire ?

Le vieil homme s'avança vers le centre de la pièce, se plaçant entre les conseillers et le couple royal.

— La situation est très complexe car nous ne savons pas exactement à qui ou à quoi nous avons à faire, quand bien même que nous savons déjà que Kana, ou son esprit, est impliqué. S'il ne s'agit que de l'esprit de Kana, alors il a besoin de paix et cela peut se régler en invoquant les ancêtres d'abord, puis en s'adressant à lui afin de lui demander ce qu'il lui faudrait précisément. Dans la situation dans laquelle il se trouve, sachant ce que nous savons de lui, alors je pense qu'il sera réceptif à notre demande. Il est dans le besoin. Alors il nous écoutera.

Il fit une pause, comme s'il pesait ses mots avant de continuer. Il parlait en se tournant tour à tour vers les conseillers puis vers le couple royal.

— Or, nous savons que ce n'est pas si simple. L'expérience nous a appris que Kana était manipulé par un être que nous ne connaissons pas. Un être dont nous ignorons l'origine. Ce qui serait intéressant et, je pense, salutaire à savoir, c'est la relation réelle entre Kana et cet être. Pourquoi et comment contrôle-t-il Kana ? Peut-être pouvons-nous aider Kana. Peut-être pouvons-nous le libérer ? Kana est la clé. Tout semble devoir se faire par lui. Il faudrait donc soit en faire un allié, soit le neutraliser. Dans les deux cas, nous sommes encore très loin d'un quelconque résultat.

— Vieux Nganga, l'interpella Buana, je saisis le cheminement de ta pensée, mais une chose m'interroge. Comment allons-nous nous y prendre pour, dans un premier temps contacter Kana, puis le convaincre de quoi que ce soit ?

Nganga ricana.

— Nous ne contacterons pas Kana. C'est lui qui nous viendra à nous. A un moment ou à un autre il se manifestera. Je pense qu'il se manifestera auprès de toi, Majesté. Tu es son adversaire privilégié. Il restera toujours très près de toi. Mais il peut tout aussi bien aller harceler ses frères ou encore Ewomé, qui l'a trahi.

Zola soupira.

— Qu'est-ce qui nous prouve que Kana sera sincère avec nous ? Le fait de venir vers nous ne sera-t-il pas pour lui une manière de servir celui qui l'utilise ?

— Peut-être, répondit Nganga. Mais nous n'avons pas le choix.

Elikya était assise aux côté de son époux. Son air fatigué ne trahissait néanmoins pas la concentration qui était la sienne pendant les débats. Elle avait de plus en plus de mal à se déplacer mais elle avait tenu à être présente. Sa grossesse semblait toutefois se dérouler sous les meilleurs auspices bien que la fatiguant énormément.

— Vieux Nganga, quelle serait la solution pour rassurer les nôtres ? demanda-t-elle doucement.

Il y eut un silence que Zola rompit.

— Il faudra tout simplement leur dire la vérité.

— Cela est risqué ! lança Gadji. Ils risqueront d'être encore plus effrayés !

— Admettons que nous leur présentions une histoire très rassurante… et que la catastrophe arrive derrière, de quoi aurions-nous l'air ? Quelle crédibilité nous donneraient-ils dans le futur ? N'est-ce pas tout aussi risqué ?

— Dans tous les cas, intervint Buana, ils auront peur. Alors faut-il qu'ils aient peur en sachant la vérité ou alors en ayant de faux espoirs ? Voilà la question.

Il y eut un nouveau silence.

— Je crois que vous n'avez plus besoin de moi, déclara le vieux Nganga. Mais avant de partir, je vais vous dire une seule chose : suivez la voie de la sagesse pour décider de ce que vous allez faire. Ainsi soit-il.

Sur ces derniers mots, il se retira. Zola aurait voulu lui demander comment savoir que l'on suivait la voie de la sagesse. Mais il savait qu'il n'aurait récolté qu'une nouvelle réponse énigmatique qui lui aurait peut-être encore plus perturbé sa réflexion. Il continua donc.

— Dans ce combat qui nous attend, nous aurons besoin de tout le monde. Je pense donc qu'il serait plus judicieux d'impliquer tout le monde. Je pense que chacun est assez intelligent pour comprendre la situation. Nous ne devons pas sous-estimer les nôtres. Et je suis persuadé que si nous leur présentons la situation telle qu'elle est, ils s'impliqueront et nous serons alors plus forts. Chacun de nous doit être le gardien du royaume.

— Majesté, lança Wamba, je pense que tu n'es là pas très loin du discours qu'il va falloir tenir aux nôtres. Je suis aussi d'avis de leur faire confiance et de leur dire la vérité. Faisons le pari de la confiance. Si nous n'en avons pas envers eux, un jour c'est celle qu'ils ont envers nous qui s'étiolera.

Chacun intervint pour exposer son point de vue. Les différents conseillers et leurs adjoints étaient pour la grande majorité en faveur de dire la vérité aux habitants du royaume. Zola et Elikya partageaient quand à eux la même réflexion. Seul Gadji, le conseiller de Kiazi, émit quelques réserves, avant de se ranger à l'avis du plus grand nombre. Il fut décidé qu'une assemblée serait convoquée pour informer la population de la situation et les rassurer que tout serait mis en œuvre pour rétablir l'équilibre naturel de la vie dans le royaume et par la même occasion au-delà de ses limites.

*

En quittant la réunion du conseil, le vieux Nganga était rassuré et inquiet à la fois. Zola avait semble-t-il décidé de parler franchement aux siens. C'était une sage décision. Ce n'était pas la voie la plus facile, elle était même la plus risquée mais elle était courageuse et donnait un crédit inestimable à celui qui la choisissait s'il atteignait ses objectifs. Ce serait au moins cela de moins à gérer du côté du couple royal : ils sauraient se débrouiller pour trouver les solutions utiles. En outre ils avaient une plutôt bonne équipe autour d'eux. Buana était un bon premier conseiller qui savait garder son calme. Wamba intervenait toujours à bon escient. Seul Gadji pouvait être imprévisible dans ses réactions, alors qu'il était par ailleurs plutôt réfléchi. Raison pour laquelle, entre autres, il était conseiller. Un peu de non conformisme était parfois nécessaire.

Il avait donc rejoint son domicile tranquillement, la tête à ses réflexions. Il y avait un autre combat qu'il devait mener de son côté. Pour celui-là il ne pouvait compter sur personne d'autre que lui-même. Peut-être pourrait-il compter sur ses homologues des autres royaumes. Mais ce serait une prouesse que de réussir à les réunir tous pour une cause commune. Il savait que ces praticiens rechignaient à travailler avec leurs semblables de peur de devoir révéler quelque secret. Révéler un savoir équivalait, à leurs yeux, à perdre un peu de leur puissance. Pour arriver à les fédérer, il faudrait en quelque sorte qu'il leur fasse prendre conscience à quel point la situation pourrait devenir critique. Et par-dessus tout à quel point eux-mêmes pourraient être impactés. En espérant qu'ils ne se décident pas trop tard à être réceptif.

Il arriva en vue de la petite bâtisse qui lui servait désormais de logis. Il souleva le rideau de raphia qui obstruait l'entrée et la franchit d'un pas léger. Il alla vers sa couche et s'assit un instant avant de se relever lentement, sentant une présence dans les lieux. Il se retourna tout aussi lentement qu'il s'était levé et vit l'ombre qui se dessinait contre le mur près de l'entrée. Il était passé à côté sans s'en rendre compte. La silhouette avança vers lui et s'arrêta. Il la reconnu alors qu'elle le saluait.

— Bonjour à toi, vieux Wazaaba.

— Bonjour à toi, Kana.

— Ton nouveau visage a bien quelques traits qui permettent tout de même de penser que c'est bien toi que j'ai en face de moi. Du moins spirituellement.

— C'est le visage de mon père.

— Je sais, répondit Kana avec un sourire en coin.

— Ne me dis pas que tu ne t'es pas encore débarrassé de ton arrogance, Kana. Elle t'a pourtant joué de biens vilains tours il n'y a pas si longtemps.

Kana eu comme un début de malaise. Il s'approcha d'un tabouret et s'assit péniblement. La place à laquelle il s'était mis donna une meilleure visibilité au vieux Nganga. Il vit alors combien l'ancien roi maudit était amaigri. Il comprit pourquoi il n'avait pas ressenti sa présence tout de suite lorsqu'il était rentré. Il comprit aussi pourquoi Kana s'était permis d'entrer dans sa demeure sans aucune crainte. Il n'y risquait rien. Pourtant, cet homme avait des capacités surnaturelles et il aurait tout de même dû ressentir sa présence.

— Nous avons toujours cru que ce serait un esprit qui se présenterait à nous. Je constate que tu n'es pas mort. Voilà qui explique certaines apparitions.

Kana ricana.

— Oui, certaines. Mais certaines seulement. Pour les autres, je n'y suis pour rien.

— Tu n'y es pour rien, mais tu sais qui en est à l'origine.

Kana ne répondit pas. Il se contenta d'un léger sourire.

— Que veux-tu, Kana ? Pourquoi es-tu là ?

— Tu devrais le savoir, Wazaaba. Toi qui est de ce monde de l'occulte. Je ne suis pas mort, mais l'on ne peut pas dire que je sois vraiment vivant non plus. Alors je voudrais sortir de cet état. J'en suis fatigué et je ne peux compter sur personne d'autre que quelqu'un qui soit plus ou moins dans ma situation, comme toi. De surcroit, tu es un connaisseur des pratiques occultes et ce n'est pas du tout mon cas, malgré mes capacités…inhumaines.

— Tu veux que je t'aide ? Après tout ce que tu nous as fait subir ? Après tous ces malheurs que tu as causés à notre peuple ? Qu'est-ce qui te fait croire que je le ferai ? Pourquoi celui qui t'utilises ne te vient-il pas en aide ?

Kana leva les mains, comme pour arrêter le débit verbal du vieil homme.

— Cela fait beaucoup de questions, dit-il. Celui qui m'utilise ? Justement, j'aurais préféré que ce dernier me laisse partir en paix. Si j'en suis arrivé là, c'est à cause de ses ambitions qu'il ne veut pas abandonner. J'ai eu l'occasion de me retrouver face à lui, dans son véritable aspect et ce que j'ai vu ne m'a pas plu. Ce que j'y ai appris non plus.

Il avait prononcé la dernière phrase les dents serrées, masquant à peine une colère qui l'avait soudain envahi. Son interlocuteur ne dit pas un mot. Il le laissa continuer.

— Oui, j'aurais préféré qu'il laisse cette flèche faire son œuvre. En fait, cette jeune femme n'avait fait qu'appliquer la solution à mes problèmes.

— Ta sœur,.. chuchota Nganga.

La colère qui avait envahi Kana s'estompa soudain.

— Ma sœur ?!

Il ricana.

— J'avais fini par le croire moi-même. Mais il n'en est rien.

Le vieux Nganga était soudain intrigué.

— Que veux-tu dire ? demanda-t-il.

— Je veux dire que cette pauvre femme s'est donné la mort pour rien sous mes yeux dans mon palais.

— Mais alors, si le roi Bangou n'a jamais été ton père, alors... Dieu tout-puissant !

Le vieux Nganga venait de se rendre compte qu'il avait en face de lui quelqu'un qui avait été considéré comme le prince héritier d'Abamé et surtout, qui s'était tellement comporté comme tel qu'il avait entraîné des catastrophes sur son passage. Tout ce qu'il avait fait et entreprit l'avait été au nom de sa légitimité sur le trône. Mais visiblement les rumeurs qui couraient sur lui étaient fondées. Ainsi, toute rumeur n'est pas toujours fausse.

— Comment sais-tu donc que cette fille n'est pas ta sœur ?

— De la même manière que j'ai appris que je n'avais aucun droit sur Abamé. Je ne suis pas plus héritier d'Abamé que ne l'était Zola de Loughémo. Ma mère était pourtant une reine.

Un sourire amer se dessina sur ses lèvres.

— Et aujourd'hui, c'est lui qui est roi. Et il a pour reine celle que je convoitais. Quelle ironie.

Le vieux Nganga restait coi. Il sentait que Kana avait besoin de parler, de se confier. Il le laissa continuer son monologue.

— J'ai été arraché à la mort par la volonté d'un seul être, qui ne cherche qu'à assouvir ses ambitions. Ce qu'il a toujours voulu faire d'ailleurs. De mon côté, je n'ai toujours voulu qu'accomplir ce que je croyais être ma destinée. Je ne voyais donc que cela. J'avais tort. J'aurai dû prendre en compte les conséquences aussi bien pour les autres que pour moi-même. J'en aurai moi-même subi les conséquences car les ambitions de mon père sont insatiables. Il aurait également fini par avoir pour ambition de conquérir aussi mon monde.

— Quelle importance ? N'en aurais-tu pas hérité ?

Un rire franc s'échappa de la gorge de Kana.

— Hériter d'un immortel, en tous cas à notre échelle ? Je ne le suis même pas. Cela aurait pu me permettre d'espérer, mais je ne le suis même pas ! Je n'ai même pas hérité de cette capacité de lui. Au lieu de cela, j'ai la vulnérabilité de ma mère. Lui et les siens peuvent se permettre d'aller et venir dans le temps et les mondes, moi non. Je les ai vus faire. Il m'a montré tout ce qu'il pensait devoir me montrer pour me séduire, mais je ne puis supporter être parmi eux et subir cette différence qu'ils se seraient fait un plaisir de me rappeler à la moindre occasion. Je le sais. Je l'ai vu dans leurs yeux. Je n'existe que parce qu'il avait besoin d'une aide pour entrer dans ce monde. Ils le font partout où ils vont. Ils utilisent la ruse la plupart du temps en montant leurs victimes les unes contre les autres.

Il secoua la tête puis se tut.

— Quelles sont donc leurs motivations, pourquoi cette attitude ? demanda Nganga.

Kana Soupira.

— Eh bien, non seulement c'est en eux, je le sens en moi, j'ai aussi ce besoin parfois irrépressible de violence, mais leur monde devient trop petit. Il devient insuffisant pour eux. Ils l'ont exploité à outrance et ne suffit plus pour tous. Alors ils en asservissent d'autres.

Nganga l'observa avec curiosité. Il était intrigué. Cet homme qu'il avait en face de lui semblait bien éloigné de celui qu'il avait connu lorsqu'il était encore Wazaaba, même s'il ne l'avait que peu côtoyé. Ce visage était un autre visage que celui du roi

Kana. L'expérience qu'il disait avoir vécue avait-elle été si dure ou instructive au point de lui faire voir les choses autrement ? Le fait d'apprendre qu'il n'était l'héritier d'aucun trône lui avait-il complètement fait perdre ses moyens, ses ambitions ? Etait-ce tout simplement son côté humain qui prenait le dessus ? Etait-ce une ruse pour mieux aider son géniteur et les siens ? C'était pour le moins une situation imprévisible. Comment présenter une telle situation au peuple ? Tout le monde croyait Kana mort. Le seul point positif serait que ses apparitions auraient une explication rationnelle.

— La légende dit que deux frères se sont affrontés pour un trône et l'un d'eux est arrivé ici, chassé par l'autre. Mais tu me parles d'êtres qui semblent coopérer ?

— S'il s'agit bien de votre légende, alors dis-toi que les deux frères se sont réconciliés. Ils savent très bien mettre leurs différends de côté quand il s'agit de leur survie. Ne te fie pas à la légende. Fie-toi à la réalité dont je te fais part.

Il y eut un nouveau silence pendant lequel les deux hommes semblèrent se jauger.

— Je vois ce que tu as à gagner en me demandant de l'aide. Tu espères trouver la paix. Mais que nous offres-tu en échange ? Car nous aussi sommes menacés.

Kana regarda le vieil homme droit dans les yeux.

— Les sphères ont disparu, mais ils ont un autre vecteur d'entrée dans ce monde. Il est bien plus imprévisible et il s'alimentera de vos bons sentiments. J'ai d'ailleurs failli contribuer malgré moi à sa remise en place. Je vous apporte mon aide. Je vous aiderai à les vaincre.

16

— Majesté, elle refuse et va même jusqu'à exiger qu'Ewomé soit destitué de son trône afin que quelqu'un de plus légitime puisse assister à cette réunion. Elle ne veut personne de sa suite qui soit assis avec elle sous le même arbre.

Mako réfléchit un instant.

— Très bien, dit-il. Je crois bien que les blessures dues à cette tentative malheureuse d'Ewomé de s'accaparer une partie de leur royaume ne se sont pas encore refermées. Même le fait de leur donner une partie du territoire de Saboua n'y change rien. Le sang de leurs morts réclame encore justice. Il est vrai qu'une terre ne remplace pas des vies. Par ailleurs, avec l'instabilité dont fait preuve Ewomé en ce moment par son attitude, elle cherche à l'achever en faisant comprendre à ses proches plus légitimes qu'ils doivent prendre leurs responsabilités et récupérer leur dû.

Il s'arrêta encore avant de conclure.

— Nous n'avons pas le temps de régler ce problème dans l'immédiat. D'ailleurs il n'est pas de notre ressort. En tous cas pour le moment. Je vais donc annuler l'invitation d'Ewomé pour cette fois-ci. La réunion se tiendra sans lui. Je le verrai en tête à tête plus tard.

— Il faudra que ce soit dans les plus brefs délais, dit l'intendant. Dois-je déjà prévoir cette entrevue ?

— En y réfléchissant, je pense que ce ne sera pas nécessaire pour ce sujet. Mais pour essayer de le convaincre de quitter le trône car il a de moins en moins le contrôle des siens. Et lorsque l'on a de moins en moins le contrôle des siens, alors on est prêt à tout pour perdurer. Je ne le vois pas prendre en compte et mettre en œuvre les propositions que je veux faire à mes homologues. Il n'en aura pas le pouvoir. J'ai bien la sensation que son règne touche à sa fin. Si ce n'est déjà fait.

Le roi Mako n'imaginait pas à quel point il était proche de la vérité. Mais il était loin de se douter de quelle manière cette vérité se manifesterait.

*

La reine Dienaba n'était pas le genre de souverain qui s'engageait dans une action sans en avoir évalué les conséquences. Par sa demande de ne pas avoir Ewomé assise avec elle sous l'arbre des discussions, elle visait deux objectifs. Le premier était interne, elle voulait montrer aux siens qu'elle aussi avait à cœur de voir Ewomé payer pour ses méfaits. Elle calmait ainsi les velléités de ceux qui cherchaient un affrontement direct avec lui ou voulaient l'y pousser et montrait ainsi qu'elle n'avait aucune faiblesse sur ce sujet. Le second objectif consistait à mettre Ewomé en difficulté flagrante vis-à-vis des siens. Elle savait quelle était la situation du souverain de Saboua. Elle pensait que c'était l'occasion de montrer à ses opposants que s'ils prenaient leurs responsabilités, il y aurait un soutien, une approbation de sa part. Cela pourrait atténuer le différend qu'il y avait entre les deux royaumes, un différend dû essentiellement au souverain actuel. Mais elle voulait envoyer ce signal sans qu'elle puisse être impliquée ouvertement. Si elle arrivait à ses fins, elle réussirait à satisfaire la volonté de ceux qui, de son côté, n'oubliaient pas : qu'Ewomé quitte le trône. Ce serait la plus grande satisfaction. Les vies perdues dont il était responsable ne reviendraient jamais. Mais mettre fin à sa plus grande ambition, être sur le trône, serait la meilleure sanction contre lui. Les conditions se mettaient enfin en place pour un tel dénouement. Elle réussirait à régler cette situation en obtenant justice sans qu'une autre goutte de sang ne soit versé. En outre, si cela se faisait un peu grâce à elle, alors le nouveau souverain lui serait redevable. Ce ne serait pas négligeable d'avoir un homologue redevable. Auprès des siens, son pouvoir n'en serait que renforcé.

*

— A quoi veut donc aboutir la reine Dienaba ?

— Petit frère, nous sommes ici en plein dans des manœuvres entre souverains pour arriver à résoudre un ancien conflit qui a laissé des traces indélébiles. Nous pourrions d'ailleurs en être victimes car notre frère aîné « bien-aimé » a causé de sérieux dégâts dans son entreprise de folie. Il a tout de même entraîné en outre du notre, trois autres royaumes dans une bataille. Dieu merci elle a été brève, mais il y a tout de même eu des vies enlevées. De tous les côtés il y a eu des vies enlevées. De ce que nous savons il a quand même, de ses propres mains, mis fins aux jours du roi Bidié. Que ferons-nous si Loughémo nous demande réparation ? C'est leur droit de le faire. Nous aurons beau avoir les meilleures relations du monde comme nous nous le sommes dit lors du passage de l'honorable et désormais roi Zola, il peut toujours y avoir un revirement. Même si les circonstances exceptionnelles plaident pour nous.

— J'ai déjà effectivement pensé à tout ça, grand frère. Mais si l'on revient à la souveraine de Sunda, de quoi s'agit-il ?

— Je pense qu'elle veut tout simplement faire tomber Ewomé du trône. Ils n'ont jamais vraiment digéré son attaque meurtrière. Et malgré le dédommagement qui leur avait été proposé, les blessures sont encore très vives. Ce n'est pas étonnant avec tout ce sang qui avait coulé. Le sang réclame toujours justice.

— Ewomé étant actuellement affaibli, elle en profite. Je vois. Elle n'intervient pas directement mais elle influence le jeu.

— Exactement. Nous aurons l'occasion de lui en toucher un mot lorsque nous nous verrons à la réunion. Elle a plus de chances d'obtenir gain de cause auprès du roi Mako. Je doute qu'il lui refuse cette exigence alors qu'il en aura à n'en pas douter compris la manœuvre.

— Tout ceci devrait donc se régler bien plus tard, mais sans une goutte de sang supplémentaire.

— Logiquement c'est ce qui devrait arriver. Mais comme tu le sais, les ancêtres des uns et des autres peuvent avoir leur mot à dire et changer les choses de manière imprévisible.

— Que pouvons-nous faire de notre côté ?

— Rien, petit frère. Surtout ne rien faire d'autre qu'observer. Nous n'avons, que je sache, aucun intérêt dans cette affaire. Sauf à faire comprendre à la reine que nous sommes plutôt sur sa ligne.

Ils étaient assis à l'extérieur du palais sous le grand flamboyant, sirotant un vin de palme frais. Le jeune roi fumait la pipe tandis que son frère mâchouillait une racine. C'est alors qu'arriva un groupe de femmes, précédées d'un garde.

— Majesté, dit ce dernier, ces femmes ont quelque chose à te dire. Je pense que c'est insensé, mais je me suis dit que tu es le mieux à même d'en juger.

Les femmes semblaient nerveuses et hésitantes. Elles n'osaient pas s'approcher trop près de leur souverain. Ce dernier les encouragea à approcher.

— Je ne vais pas vous manger, plaisanta-t-il, approchez donc.

Elles se regardèrent avant d'approcher un peu plus vers lui. Chacune semblait craindre de prendre la parole.

— Alors qu'y a-t-il ? Qu'avez-vous à me dire ?

Sans surprise, ce fut celle qui était la plus âgée qui prit la parole.

— Majesté, c'est que… Bon il y a que… Enfin, je ne sais pas trop comment…

Elle se tut. Samburu sembla s'irriter.

— Eh bien, est-ce si difficile à dire ? s'exclama-t-il.

— C'est que… Ce que nous avons vu n'est pas normal. Enfin, disons que celui que nous avons vu ne devrait pas être visible. Etant donné que lorsque l'on n'est plus là l'on n'est plus là.

— Mais qu'est-ce que tu racontes ?

La plus jeune s'exprima alors.

— Majesté, nous avons vu le roi Kana. Enfin, l'ancien roi Kana, pardonne-moi.

Puis elle se tut et baissa la tête, comme ses compagnes.

Les deux frères restèrent figés quelques instants. Le roi se leva alors. Il s'exprima d'une voix froide et menaçante.

— Vous allez repartir d'où vous venez et ne jamais revenir raconter des bêtises pareilles ! Sinon c'est moi que vous verrez à tout moment et partout !! Est-ce clair ? Disparaissez !!

— Mais c'est…. tenta de protester l'une d'elles.

— N'as-tu pas compris ? intervint alors Samburu. Disparaissez d'ici ! Vas-tu désobéir à ton roi ?!

Il avait les yeux exorbités par la colère. Mais un regard avisé y aurait également décelé la peur. Ce n'était pas étonnant de les voir ainsi, lui et son frère. Leurs pires craintes semblaient se manifester. Les paroles du vieux Mpassi résonnaient encore dans leurs têtes. Leur réaction était plus due à la peur qu'à la colère et encore moins au bon sens. Ils savaient les capacités qu'avait leur frère à user de forces occultes pour arriver à ses fins. Ils savaient également que s'il s'attaquait à eux, ils n'auraient que peu de chances d'en réchapper. Qu'avaient-ils à lui opposer ? Un sorcier assez puissant ? En aucune manière ils ne pourraient en trouver. D'ailleurs, celui de Loughémo avait également échoué alors qu'il s'était tout de même fait une solide réputation après ses soins prodigués au roi Mako. Pourtant au début, Kana lui-même avait tout fait pour le faire passer pour un incompétent, mais la suite avait montré qu'il avait au contraire de très grandes connaissances. Alors, qui pouvait faire face à une telle créature ? En outre, ils ignoraient ses capacités à se métamorphoser et à pouvoir ainsi se glisser discrètement dans des recoins insoupçonnés. S'ils l'avaient su, ils n'auraient certainement jamais osé revenir prétendre au trône. Aussi légitimes soient-ils. Mais le sort en était jeté et il fallait maintenant assumer leur retour quoi qu'il arrive.

Peu de temps après, les deux hommes se retrouvèrent dans le palais en comité restreint face aux meilleurs éléments de leur équipe dirigeante. Le jeune roi prit la parole.

— Mes chers amis, les ancêtres disaient que celui qui aime les chiens doit aussi aimer les puces. Alors nous voilà face à un élément auquel nous allons devoir faire face parce que nous sommes responsables de cette contrée. Nous ne pourrons pas échapper à nos responsabilités face à ce fléau qu'est Kana.

Comme nous vous l'avions déjà dit, le vieux Mpassi avait prévu que tout n'était pas terminé avec lui. Eh bien, nous y sommes. Je ne sais pas ce que ces femmes ont vu ou pas vu, mais je pense qu'il faut nous comporter comme si Kana était de retour. Et s'il est de retour, c'est qu'il veut reprendre cette place qui est la mienne, mais surtout recommencer à semer le malheur autour de lui. Vous savez dans quel état nous avons trouvé le royaume à notre retour. Les nôtres étaient dans la souffrance à cause de ses agissements despotiques. Je ne veux plus voir cela. Aucun de nous ne veux plus voir cela. Nous avons réussi à rétablir leur confiance en leur souverain et il ne faut plus qu'ils la perdent. Si nous les abandonnons à nouveau, ce serait une trahison de notre part. Nous devrons donc tout faire pour empêcher le retour de cet homme…cette chose…ou je ne sais plus ce qu'il est ! Il est censé être mort, tout de même !!

Il s'arrêta de parler, comme pour se calmer. Puis il embrassa l'assistance d'un regard à nouveau apaisé.

— Alors je vous écoute. Si vous avez une idée, une stratégie quelconque, si vous connaissez quelqu'un qui peut nous aider à combattre, alors j'attends vos propositions.

Un silence s'installa. Chacun était visiblement conscient de la gravité de la situation. Puis, un à un, chacun évoqua des possibilités d'action. Le principe était qu'il fallait combattre un être occulte. Les idées émises allaient donc dans une perspective de lutte contre des forces occultes. Il fallait donc chercher à fédérer tous les spécialistes de l'occulte. De tous les royaumes. Une tâche que chacun reconnaissait comme étant très difficile. Il fallait aussi chercher à entrer en contact avec les ancêtres afin de s'attirer leurs faveurs. La principale proposition consistait en l'union du plus grand nombre de royaumes possible. En effet, les conséquences des agissements de Kana ne concerneraient pas le seul royaume d'Abamé. Tous en seraient victimes. Une action diplomatique serait donc mise en œuvre pour convaincre chacun des homologues du roi Moni. La réunion prévue par le roi Mako serait une bonne occasion de l'entamer. Il suffirait d'en parler à ce dernier avant.

Mais au-delà de cet aspect paranormal, il fallait également prendre des dispositions pour éviter la panique dans la population. Comment faire pour maîtriser les effets de cette fameuse apparition de Kana. Peut-être y en aurait-il d'autres ? Ils avaient beau avoir réagi violemment envers le témoignage du groupe de femmes, les deux frères savaient qu'elles n'avaient pas forcément tort. Et si c'était le cas, il y avait de fortes chances pour que d'autres témoignages affluent, avec les conséquences que l'on pouvait imaginer. Mais il ne sortit aucune solution convaincante contre une telle situation. Sauf à imposer des mesures d'interdiction ridicules, qui feraient verser le roi dans ce despotisme dont il avait eu tant de mal à effacer les effets sur son peuple.

A un coin de la vaste table en bois à laquelle les membres de l'équipe dirigeante étaient assis, il y avait un des hommes qui n'avait pas prononcé un seul mot. Cela n'avait pas échappé au roi. Après que les discussions se soient un peu calmées, il s'adressa à lui.

— Dis-moi Landu, nous ne t'avons pas entendu. Que se passe-t-il ? D'habitude tu participes activement aux débats. Mais cette fois, nous n'avons pas entendu ta voix ?

Landu leva les yeux au ciel puis regarda chacun de ses confrères avant de poser son regard sur le roi.

— Je pense que quoi que nous fassions, ce sera inutile.

— Que veux-tu dire ? demanda Samburu, intrigué.

— Moi aussi je l'ai vu.

Un nouveau silence emplit la salle. Puis des murmures commencèrent à s'élever avant de se terminer en question plus réprobatrices qu'interrogatives.

— Mais pourquoi n'as-tu rien dit ?

— Comment as-tu pu garder le silence ?

— Mais ce n'est pas possible ! C'est tellement important !

— Qu'as-tu vu exactement ?

Plus personne n'écoutait personne. Chacun y allait de sa remarque indignée, alors que l'homme ne disait rien et les écoutait patiemment. Le moment d'effervescence passé, il prit la parole calmement.

— Pourquoi je n'ai rien dit ? Qu'ai-je vu exactement ?

Il soupira.

— Si je n'ai rien dit, c'est peut-être justement parce que je ne suis pas sûr moi-même de ce que j'ai vu. Qu'auriez-vous dit si je m'étais présenté devant vous en disant : j'ai vu quelque chose, je ne sais pas ce que c'était, mais je l'ai vu.

Il ricana devant la passivité qu'avait induite sa question.

— Eh oui, mes amis. Pardonne-moi, Majesté, mais j'ai réfléchi à tout ceci avant de vous en parler. Rappelle-toi de ta réaction face au témoignage de ces femmes. Mais à présent, je le fais parce que nous y sommes tous plus réceptifs.

Il se tut de nouveau. Il se rendit compte que chacun l'écoutait attentivement. Ils attendaient visiblement qu'il leur dise ce qu'il avait vu exactement.

— Quand je dis que je ne suis pas sûr de ce que j'ai vu, je ne dis pas totalement la vérité. Je sais ce que j'ai vu. Ce que je veux dire, c'est que je ne sais pas ce que c'était.

— Tu veux bien être plus clair, s'il te plaît ? demanda Samburu.

— Oui… J'ai vu un homme que j'ai identifié comme étant Kana dans une zone sombre de nos sous-bois lors d'un de mes déplacements dans le royaume. Le temps que je cligne des yeux, l'homme avait disparu. Mais en lieu et place de cet homme, j'ai vu un animal que j'ai identifié comme étant une panthère s'éloigner de l'endroit où j'avais aperçu l'homme.

Il fit une pause.

— La question est donc celle-ci, reprit-il. Ai-je vu un homme, puis un animal ? Ou bien ai-je vu un homme puis l'animal en lequel il s'était métamorphosé ? Si j'ai vu un homme, puis un animal… où est donc passé l'homme ? Et si j'ai vu un animal qui était ce même homme peu avant, je ne veux même pas me prononcer sur un tel phénomène. Je vous avoue que je n'en sais rien. Tout ceci s'est déroulé sans bruit aucun à une cinquantaine de pas du chemin que je suivais, dans une contrée qui n'est pas réputée pour abriter des félins. Alors je ne sais pas ce que c'était, mais ce n'était visiblement pas humain.

Il se tut et attendit la réaction de son auditoire. Le roi prit la parole.

— Tout d'abord, Landu, je voudrais au nom de tous qui sommes ici présents te demander que tu nous pardonnes notre réaction lorsque tu nous as annoncé que tu avais vu Kana. Il est vrai que nous sommes dans une situation singulière et que nous devrions faire preuve de plus d'ouverture d'esprit.

Il regarda son frère.

— Nous aurions d'ailleurs dû déjà en faire preuve avec les déclarations de ces femmes. Mais bon, quand la calebasse s'est renversée...

Il se leva.

— Je crois que nous savons ce à quoi nous avons à faire. Nous savons que Kana et nous avons la même mère, mais son père n'est pas de ce monde. Ce que tu as vu vient confirmer la rumeur sur les derniers instants de la mort de cette créature qu'est Kana. Mais nous sommes en droit de nous demander aujourd'hui s'il est vraiment mort. Qu'as-tu donc vraiment vu ? Qu'ont donc vraiment vu ces femmes ? Un esprit ? Ou bien Kana n'est-il pas vraiment mort ? En tous les cas, il a des capacités que de simples mortels comme nous n'avons pas. Et nous ne pourrons pas le combattre comme de simples mortels. Une personne l'a déjà vaincu. A l'époque Kana avait une armée à son service. Mais il a quand même été vaincu. Aujourd'hui il est seul ! Il ne pourra tout de même pas arriver à ses fins ! Donc c'est de cette personne qui l'a vaincu que nous devrons nous rapprocher encore plus que nous ne l'avons fait jusqu'ici. Et c'est exactement ce que nous allons faire !

Ce que le roi Moni et son équipe dirigeante ignoraient c'est que tout près, silencieuse et discrète, une créature les écoutait. Il faisait pourtant encore jour. Comment avait-elle pu arriver si près sans être repérée ? Depuis combien de temps était-elle là à les écouter ? Si le roi Moni et son frère l'avaient su, s'ils avaient même tout simplement su qu'elle était ne fut-ce que présente, ils n'auraient plus jamais cherché à passer un seul instant de plus dans ce palais.

*

Après avoir eu l'information de la part des messagers du roi Mako que sa présence n'était plus requise à la réunion qu'il avait convoquée, Ewomé se sentit vexé. Il se sentit même très vexé. Pourtant, son homologue de Lwémo avait bien pris soin d'arrondir les angles en lui expliquant qu'une audience serait réservée à sa seule intention, mais rien n'y faisait.

Ewomé était peut-être fourbe, il était peut-être proche de la folie, mais il lui restait tout de même un brin de lucidité et il était loin d'être un idiot. Il n'y avait pas de raison précise évoquée pour ce changement d'attitude du roi Mako. Mais il y en avait bien entendu une. Si elle n'avait pas été révélée, c'est qu'elle n'était forcément pas à son avantage. Il avait appris, depuis qu'il avait accédé au trône, que toutes les vérités n'étaient pas bonnes à divulguer, surtout à des homologues. Les susceptibilités étaient souvent à fleur de peau et certains pouvaient être très prompts à réagir à ce qu'ils pouvaient considérer comme une offense. Alors de quoi s'agissait-il ? Il s'imaginait à juste titre qu'une des délégations invitées ne voulait pas de sa présence sur les lieux des discussions. Il avait une idée très précise de qui cela pouvait être. Seulement, il savait aussi que s'il y avait un tel rassemblement de délégations c'est que des choses importantes y seraient évoquées. Il ne voulait pourtant manquer cela en aucun cas. Il ne voulait pas être mis à l'écart. Il ne voulait pas être en retard sur les évènements par rapport aux autres. Comment pouvait-il donc faire pour se faire accepter au milieu des autres souverains alors qu'il n'était pas convié ? Demander au roi Mako ne servirait pas à grand-chose. S'il lui avait fait signifier qu'il n'était plus convié il ne changerait certainement pas à nouveau d'avis. Ewomé était pris au piège.

17

Le royaume de Lwémo paraissait bien plus flamboyant que lorsque Zola s'y était rendu pour la dernière fois. Cela avait été à l'époque où il avait accompagné Wazaaba pour soigner le roi Mako de son coma. La luxuriante végétation avait repris ses droits et la faune était de retour en abondance. En voyant les paysages qui constituaient les lieux, il ne put s'empêcher de penser à celui de la gorge de Dieu. Ils étaient touffus et mystérieux, d'une beauté irrésistible. Quel contraste avec la période de sécheresse.

Le jeune roi de Loughémo s'était laissé convaincre par son homologue d'Abamé que bien que n'étant pas convié au prime abord à ce rassemblement de souverains demandé par le roi Mako, il pourrait toutefois y avoir sa place car les sujets qui seraient évoqués concerneraient très certainement son royaume. Le souverain des lieux avait donc été informé de la présence de Zola. Il n'en avait pas pris ombrage, bien au contraire. Zola serait le bienvenu et accueilli avec tous les égards dus à son rang. Les deux délégations avaient fait route ensemble après s'être retrouvées quelques temps avant de rejoindre leur destination commune. Les deux souverains avaient donc eu du temps pour échanger et se connaître un peu mieux. Moni avait quelques années de plus que Zola. Mais cet écart ne se ressentait aucunement dans leurs conversations. Tout au long du trajet, ils avaient échangé leurs vues sur différents sujets de la société. Sur certains ils étaient d'accord, mais divergeaient sur d'autres. Cela était normal. Il relèverait d'un phénomène vraiment inattendu que deux personnes différentes soient d'accord sur tous les sujets. Mais cela ne les empêchait pas d'être courtois et sincère l'un envers l'autre. Signe d'une amitié naissante. Ils n'avaient toutefois pas discuté de sujet inhérent à la situation qu'ils vivaient. Ils se découvrirent une attirance commune pour la pêche. L'un et l'autre s'avouèrent ne plus pouvoir l'exercer aussi souvent qu'ils le voudraient. Ils en rirent, prisonniers qu'ils étaient chacun de leurs fonctions.

Le roi Mako les accueillit en fin de journée avec beaucoup d'enthousiasme. Il était heureux de revoir Zola, mais aussi de rencontrer le nouveau souverain d'Abamé pour la toute première fois. Chacune des délégations fut conduite à son lieu de résidence. Toutes les parties conviées étaient déjà présentes sur les lieux, mais la réunion ne se déroulerait que le lendemain dès le début de l'après-midi. En attendant ce moment, chaque délégation était traitée avec tous les égards dus au souverain qui en était le principal membre. Quelques temps plus tôt, Zola aurait été flâner dans les ruelles de Lwemo, mais son statut ne l'y autorisait plus, à moins d'être accompagné du souverain du royaume lui-même. Ce dernier avait certainement à ce moment-là d'autres occupations autrement plus importantes que de déambuler dans les ruelles de sa petite agglomération. Il devait plutôt préparer sa journée du lendemain afin de ne pas décevoir ses hôtes.

*

— Un tel honneur me rend fier à un point que vous ne pouvez pas imaginer ! Merci à vous tous de votre présence !

Il y avait parmi les royaumes présents Abamé, Loughémo, Sunda, ainsi que deux autres royaumes : Fouta et Tanawa. Le roi Mako les avait convoqués après avoir appris que dans ces derniers également il y avait eu une personnalité qui avait rêvé d'éléphants blancs. Ces deux royaumes étaient pourtant plutôt éloignés des autres, mais il devait forcément y avoir un lien avec ceux-ci.

— Je me suis permis de vous convier car nous avons tous un élément en commun. Tous sauf l'un d'entre nous, mais nous y reviendrons. Merci plus particulièrement aux souverains de Fouta et de Tanawa d'avoir répondu si promptement à cette invitation car ma demande vous est parvenue très tard. Mais devant l'importance de ce qui nous réunit et dont nous avons tous senti un sens indéniablement caché, vous avez tenu à être présents. Je pense que je peux au nom de tous ici vous remercier.

Il parcourut l'assistance d'un regard circulaire pour constater que ses homologues hochaient la tête en signe d'approbation.

Il s'était levé de son siège en signe de respect envers ses hôtes et s'adressait à une audience qui était positionnée en cercle sous un très grand arbre placé dans l'enceinte du palais. Les réunions de cette importance se déroulaient toujours sous un arbre, symbole de la sagesse. Il attendit quelques instants avant qu'une femme ne lui apporte une coupe d'or qu'elle lui tendit. Accompagnant la femme, il y avait un homme qui portait une sorte de jarre en terre cuite dont il versa le contenu dans la coupe que lui tendait le roi. Une fois que ce fut fait, l'homme et la femme se retirèrent. Parallèlement, d'autres femmes et d'autres hommes avaient servi aux autres souverains le même breuvage dans une coupe similaire. Lorsque tous furent prêts à lever leur coupe, il reprit la parole.

— Avec votre assentiment, cher amis, nous allons demander aux ancêtres de placer cette assemblée sous leur bénédiction et leur protection. Levons donc nos coupes en leur honneur et versons un peu de cet élixir au sol afin qu'ils puissent le partager avec nous.

Il joignit le geste à la parole et prononça les quelques paroles qu'exigeait l'instant.

— A vous les ancêtres, depuis les origines, à vous nos anciens qui êtes déjà partis de l'autre côté, nous vous présentons cette assemblée afin que vous la bénissiez et la protégiez et que vous nous guidiez dans nos échanges. Recevez cette simple et modeste boisson en offrande de notre part comme gage de notre respect et de notre reconnaissance. Ainsi soit-il au nom de Dieu tout-puissant.

Il avait parlé doucement et avec un respect manifeste pour ceux à qui il s'adressait. Ayant terminé, il porta la coupe à la bouche et en bu une longue gorgée. Ses homologues firent de même. Puis chacun posa sa coupe devant lui tandis que celle du roi Mako fut récupérée par l'homme qui l'avait servi. Ce dernier en avait profité pour lui remettre un bâton royal. Le roi Mako le frappa trois fois au sol. C'était le signal qui ouvrait définitivement les discussions.

— Il est vrai que nous sommes sur mes terres, continua-t-il, mais cela ne change pas le fait qu'il y a parmi nous un aîné. J'ai donc déjà discuté avec lui du sujet de notre présence ici. Je pense que vous vous en doutez tous également. Mais trêves de bavardages. Je laisse donc la parole à notre aîné ici présent, j'ai nommé le doyen Mimpanzu du royaume de Tanawa.

Il alla se rassoir. Son siège était identique à celui des autres souverains. Il n'avait pas voulu avoir l'impression de dominer les autres avec son trône, mais plutôt que tous soient au même pied d'égalité. Il ne s'agissait ni d'un contentieux, ni d'une négociation en vue d'un gain substantiel ou de toute autre situation qui aurait nécessité d'avoir un ascendant, fut-ce-t-il symbolique, sur ses interlocuteurs.

Le vieux Mimpanzu prit alors la parole.

— Famille, m'entendez-vous ?

— Oui, nous t'entendons, l'aîné !

— Famille, m'entendez-vous ?

— Oui, nous t'entendons, l'aîné !

Ayant ainsi attiré l'attention de son auditoire, il prit une profonde inspiration avant de commencer à parler.

— Dans la nature, il existe des règles intangibles. Nous en connaissons certaines, car nos ancêtres ont étudié le monde dans lequel ils ont vécu ; ce monde qu'ils nous ont légué. Ils ont appris et compris ce monde pour mieux y vivre et le respecter et nous ont transmis ces connaissances afin qu'à notre tour nous puissions perpétuer les règles qu'ils ont eux aussi établies. Ces règles ont été établies de manière à respecter celles de la nature. Nous nous devons de vivre en harmonie avec celle-ci pour qu'elle aussi nous respecte et nous préserve. Car la nature nous rend toujours ce que nous lui donnons.

Il marqua une pause alors que l'audience acquiesçait d'un hochement de la tête ou d'un grognement discret.

— Mais il existe aussi des règles plus subtiles, plus complexes que nul ne peut prétendre avoir cernées. Et pourtant, ces règles-là sont peut-être encore plus importantes que celles que nous connaissons et que nous vivons tous les jours. Je ne vous apprends rien, ces règles régissent notre quotidien bien malgré nous. Il faut donc, je pense, être encore plus attentif et respectueux de ces règles que nous ne connaissons et ne maîtrisons pas. Ce sont ces règles qui nous réunissent aujourd'hui. Et je félicite notre frère Mako d'avoir pris cette initiative de nous réunir ainsi.

De nouveaux signes d'acquiescement se firent entendre.

— Un rêve n'est jamais anodin. C'est un message qui peut être plus ou moins important. C'est à nous d'y faire attention. Dans le cas présent, nous avons des rêves qui se sont manifestés à plusieurs reprises. Et avec les mêmes éléments…

Il couvrit son audience d'un regard grave.

— …à plusieurs personnes…dans des lieux bien distincts ! Si cela n'est pas un message, alors je ne sais pas ce que c'est.

Il avait ponctué sa phrase en se tapant bruyamment la cuisse du plat de la main pour marquer l'importance de ce qu'il venait de dire. Les acquiescements se firent plus manifestes. Une vague de murmures s'ensuivit. Puis le calme revint progressivement.

— Aussi, vais-je laisser la place aux initiés, eux qui ont cette mission de nous expliquer les messages qui peuvent nous être transmis dans nos rêves.

Un homme s'avança alors et se plaça au lieu de la partie ouverte du cercle formé par les participants à la réunion. Cela le situait juste devant le tronc de l'arbre sous lequel ils étaient tous assis. Il était le premier des initiés qui allaient parler devant l'assistance. Les initiés étaient tous ceux qui étaient considérés comme travaillant en adéquation avec les forces occultes. On y trouvait indifféremment les guérisseurs, les sorciers ou encore les prêtres. L'écart entre les uns et les autres était souvent difficile à distinguer.

— Je salue avec déférence et humilité toutes les majestés ici présentes. C'est un honneur rare que de pouvoir ainsi m'exprimer devant vous tous. Je salue également tous mes confrères ainsi que le reste de l'assemblée.

Il ne paraissait pas très âgé, mais il en imposait par sa taille et sa corpulence. Il avait plus l'air d'un lutteur que d'un connaisseur des secrets de la nature. Mais la connaissance de l'occulte était parfois une vocation qui se manifestait très tôt dans la vie. Cela avait été son cas. Il était tellement doué qu'il avait supplanté les anciens initiés dans son royaume. Cela avait bien entendu suscité des jalousies. Au point de pousser certains d'entre eux à s'en prendre à lui en tentant de lui jeter des sorts ou de lui envoyer un animal travaillé mystiquement pour lui faire du mal. En vain. Certains avaient même fait les frais de leurs propres mauvaises intentions. En effet, quand un animal ne parvient pas à atteindre ou ne trouve pas sa cible, il peut se retourner contre son commanditaire afin de se libérer du fardeau qui lui a été imposé bien malgré lui. Il y avait ainsi eu deux morts, sans qu'il ait à faire quoi que ce soit. Ce qui le protégeait était la valeur qu'il donnait à son rôle et la confiance qu'il avait dans les forces qui protègent les hommes. Il estimait qu'il était à cette place pour servir d'intermédiaire à ces forces pour le bien des humains. Jamais il n'avait vacillé devant une quelconque menace.

— Je m'appelle Tchiapi, de Fouta. Mon intervention ne sera pas très longue, dans la mesure où le plus important sera dit par notre doyen à la fin de nos interventions.

Il expliqua le rêve qu'avait fait la fille du frère du roi de Fouta. Il s'engagea dans une courte description de chacun des personnages et des entités qui y étaient évoquées. Il en donna sa compréhension des faits et leur signification. Il finit par une analyse plus générale par rapport aux rêves que d'autres avaient fait. Puis il se retira en saluant à nouveau l'auditoire, laissant la place à son successeur.

Chacun des initiés de chaque royaume se présenta à son tour et fit la démonstration du bien-fondé de ce qu'il concluait des rêves qui lui avaient été évoqués. Les exposés furent passionnants de paraboles et de symboles. Les orateurs ne parlaient jamais de manière directe pour exprimer leur pensée. Aussi l'auditoire devait-il parfois faire un effort pour suivre le cheminement de ce qu'ils voulaient exprimer. Mais au final tout devenait compréhensible.

L'initié d'Abamé fut le plus long à s'exprimer. Il détailla et interpréta les rêves qu'avait faits le frère de son souverain. Il fit ensuite le lien entre les rêves et la réalité en parlant de ce que certaines personnes avaient témoigné avoir vu Kana. C'était bien la preuve qu'il y avait une menace à venir. Comment pouvait-il en être autrement puisque ce dernier était mort ? Si un mort ne craignait même plus de se montrer en plein jour, c'est qu'il y avait quelque chose de vraiment anormal. Les esprits ne se montrent jamais tant que le soleil ne s'est pas couché. Il n'alla toutefois pas jusqu'à évoquer le fait que cet esprit se transformait aussi en un animal. Son souverain ne lui avait pas autorisé à le faire. Ils en avaient longuement discuté. Parler de l'existence de l'esprit de Kana était bien suffisant pour faire comprendre à tout le monde que l'instant était grave. Parler du reste aurait fini de semer une panique dont ils ne pouvaient imaginer les conséquences.

*

Le vieux Nganga avait fait le voyage avec son roi Zola. Ce dernier avait insisté pour qu'il soit présent. Son intervention n'était pas prévue puisqu'aucun des sujets de Loughémo n'avait fait de rêve récurrent. Il écoutait donc avec attention ce que ses homologues disaient. Il approuvait certains dires, mais en considérait d'autres comme excessifs ou farfelus. Il se concentra plus précisément lorsque le grand maître d'Abamé s'exprima sur Kana. Il se dit alors qu'il fallait bien qu'il leur fasse savoir que ce que ces témoignages affirmaient avoir vu n'était pas un esprit, mais bien le véritable Kana. Mais comment leur expliquer ? L'ancien roi d'Abamé était mort. Des témoins l'avaient vu mort. Tout le monde le savait. Comment expliquer alors qu'il ne soit finalement pas mort ? Dire qu'il avait été arraché de la mort par son père ? Comment expliquer qui était son père et rester crédible ? Non, ce n'était pas une bonne idée. Il valait mieux ne rien dire et garder cette information pour les souverains ainsi que pour ses homologues.

*

Le dernier homme à intervenir était très âgé. Il parlait d'une voix rauque et si basse qu'il fallait tendre l'oreille pour l'entendre. Il portait une toge noire très usée qui restait tout de même présentable. Mais l'on sentait que le personnage n'attachait aucune importance à son apparence physique. Ses centres d'intérêt étaient bien éloignés de cette futilité. Il était frêle, mais il en imposait par son apparence ténébreuse. En outre, quiconque savait qu'il était l'un des plus puissants sorciers des royaumes environnants était tout naturellement impressionné et intimidé. Il se disait qu'il valait mieux ne jamais croiser le regard d'un tel être car il aurait la capacité à capter l'âme de celui qui s'y risquait.

— Je me présente : je suis Ghanda, du royaume de Tanawa. C'est tout simplement mon âge qui me donne le privilège de clore nos interventions au nom de mes confrères initiés. Nous avons eu l'occasion de beaucoup échanger depuis que nous sommes arrivés ici hier. Nous avons eu quelques divergences d'interprétation, mais il y a un élément essentiel qui revenait régulièrement dans nos réflexions individuelles.

Il s'interrompit et se racla bruyamment la gorge.

— Il est clair qu'une menace pèse sur nos contrées. Nous ne savons pas définir laquelle, mais il est certain qu'elle pèse déjà sur nous.

Il s'engagea alors dans une explication de la situation qui était présentée dans le rêve de l'épouse du roi de Tanawa. Il le raconta avec force détail et, point par point, démontra la signification de chaque élément. Il mit en évidence les similitudes et les croisements entre les différents rêves avant d'arriver à la conclusion sur laquelle ils s'étaient tous finalement mis d'accord malgré les dissensions.

— Ainsi, comme vous l'aurez certainement compris, ce qui ressort de ces interventions, mais surtout de nos analyses et de nos concertations c'est le mot « unité ». Nous devons donc faire l'effort de nous unir car une menace pèse sur nos vies à tous. C'est le message que nos ancêtres nous envoient. Mais en ce qui nous concerne, mes homologues et moi, notre travail s'arrête ici. Ainsi ai-je parlé.

Il se retira. Il y eut un léger flottement. Puis des discussions s'engagèrent çà et là parmi les souverains ainsi que dans l'assistance. La confusion devint telle que plus personne ne faisait attention à personne. Une silhouette en profita pour se présenter devant l'arbre, à la place même que venait de quitter le sorcier Ghanda. Elle s'immobilisa, semblant attendre que l'excitation se calme. Peu à peu, l'attention de chacun se porta sur elle. Le calme se fit alors de lui-même progressivement, jusqu'à ce qu'un silence étrange enveloppe les lieux.

Zola observa la silhouette attentivement. Il voyait un homme dont la tête était couverte d'une capuche de la peau d'un animal qu'il n'arriva pas à identifier. La capuche se terminait en une longue cape qui descendait jusqu'au sol. Il était visible que l'homme portait cet attirail afin de dissimuler son apparence. Son visage était grimé de poudre blanche et toute son apparence faisait penser à un vulgaire vagabond. Mais étrangement, la silhouette semblait plutôt familière à Zola. Il n'eut pas à attendre longtemps pour que son impression soit confirmée. L'homme venait de retirer sa capuche pour exposer aux yeux de tous sa tête et son visage. Il s'empressa de le nettoyer avec un bout de tissu humide qu'il avait visiblement préparé pour la circonstance. Lorsque son visage fut enfin identifiable, un murmure monta de l'assistance. Il pouvait en tous cas se vanter d'avoir fait de l'effet. Mais ceux qui le reconnurent et étaient au fait de son histoire récente finirent de le classer définitivement dans la catégorie de ceux qui avaient perdu l'esprit.

Comment en effet pouvait-il se présenter ainsi, alors qu'il n'était pas convié dans le royaume ? Il pouvait même être considéré comme indésirable. Son acte pouvait provoquer un incident grave. Il pouvait se mettre à dos le souverain dont il avait outrepassé les souhaits, mais aussi tous les autres par le fait de venir perturber une telle séance. Et que dire de celle qui avait exigé qu'il ne soit pas présent ? Mais Ewomé avait-il encore la lucidité indispensable pour se comporter comme un souverain ?

— Unité, n'est-ce pas ? s'exclama-t-il. Il n'y en a que pour ce mot, ici ! Alors pourquoi n'ai-je pas été convié ? J'ai ma place parmi vous ! Moi aussi j'ai à dire car j'ai aussi fait ces rêves !

La situation était délicate. Ewomé était un roi, il était donc délicat de l'évacuer de force. D'un autre côté, le laisser parler ainsi équivalait à accepter sa présence et à contrevenir à l'engagement pris par Mako auprès de Dienaba sur sa non présence sur les lieux. Le souverain de Lwémo devait donc faire un choix au plus vite. Se mettre à dos un roi affaibli ? Ou alors s'aliéner une reine puissante qui pouvait s'avérer être une alliée ? Cette dernière aida, involontairement ou non, le roi Mako à prendre sa décision en un claquement de doigts. Elle avait commencé à rassembler ses troupes pour quitter l'assemblée. Mais déjà, les gardes de Lwemo s'emparaient d'Ewomé pour le bouter hors des lieux. Il allait même être bouté hors du royaume. Mais cela ne l'empêchait pas de continuer à vociférer alors même que les gardes l'emmenaient.

— Tout ceci n'est qu'hypocrisie !! Vous n'arriverez jamais à vous entendre ! La preuve ? Vous vous espionnez les uns les autres ! Comment pensez-vous que chacun a su qui avait rêvé la même chose ? Mais croyez-moi ! Kana est plus fort que ça ! Il a fait alliance avec une force occulte dont vous n'avez pas idée ! Je le sais ! J'ai coopéré avec cette créature et elle a des pouvoirs que vous n'imaginez même pas ! Et toi, Dienaba ! Tu crois que tu vas t'en tirer comme cela ? Je sais que c'est toi qui n'as pas voulu de moi ici ! Mais dis-toi bien...

Enfin, il fut mieux maîtrisé et éloigné. Il venait de menacer ouvertement la souveraine d'un royaume voisin. Cela ne resterait pas sans conséquences. Par ailleurs, il venait de se mettre le roi Mako à dos. Non seulement il s'était présenté sur ses terres alors qu'il n'y était pas le bienvenu, mais c'est sur ces mêmes terres qu'il venait de proférer des menaces à l'encontre de l'une de ses invités. Et cela était sans compter l'impression qu'il avait faite sur les autres souverains. Son attitude venait de l'isoler et aurait certainement des conséquences sur la suite de son règne.

Mais il n'était plus là, et il s'agissait à présent pour Mako de tenter d'estomper l'effet dévastateur qu'avait eu cette incursion d'Ewomé et surtout calmer la reine Dienaba qui était visiblement hors d'elle. Dans un premier temps, il fit distribuer une collation dont il était lui-même très friand. Il s'agissait d'un élixir à base de jus d'oseille, non alcoolisé. Le moment n'était certainement pas à échauffer les esprits avec de telles substances. Au contraire, c'était une boisson douce et apaisante. Il attendit que chacun ait bu quelques gorgées avant de se lever et de s'exprimer.

— Chers amis et frères, veuillez me pardonner pour cette incartade de notre homologue le roi Ewomé. Il est vrai que je ne l'avais pas convié, mais malgré cela il est apparu parmi nous. Peut-être est-ce ma faute ? Je n'ai peut-être pas été assez clair avec lui et je vous demande de ne pas m'en tenir rigueur.

Il se tourna délibérément vers la souveraine de Sunda.

— Je m'adresse particulièrement à toi, ma sœur Dienaba. Nous savons tous ici le contentieux qui reste vif entre vos deux contrées et qui en est aussi le responsable. Le temps n'a pas estompé le ressentiment que peuvent avoir les tiens et je peux le comprendre. Mais tâchons de nous ressaisir et de privilégier l'avenir, car il se présente sous un bien sombre aspect.

La reine n'attendit pas avant de se lever et de lui répondre.

— C'est certainement facile pour toi de parler ainsi.

Elle était grande et fine. Son teint mat lui donnait un âge indéfinissable. Ses cheveux n'étaient pas tressés. Ils étaient rassemblés sur le haut de la tête et maintenus par une série d'anneaux en or de tailles dégressives qui formaient un cône. Une touffe de cheveux apparaissait tout en haut du cône et formait une boule très régulière de la taille d'un poing. Cela donnait une idée de la quantité et de la qualité de ses cheveux. Nul doute qu'une équipe assez fournie de coiffeuses se chargeait de les entretenir régulièrement. Sa tenue était d'un bleu azur époustouflant. C'était une robe longue par-dessus laquelle une sorte de châle d'un bleu tout aussi époustouflant était posé. Les bordures de ces habits présentaient des broderies d'or multiples. Le collier et les bracelets qu'elle portait finissaient de donner une idée très nette des possibilités du royaume de Sunda. Même les sandales qu'elle portait présentaient des décorations en or. Le bâton royal qu'elle avait en main était paradoxalement très sobre. C'était du simple bois précieux sculpté. Il présentait à son extrémité supérieure une tête d'aigle. Un oiseau très répandu dans le royaume. Le reste de la sculpture symbolisait les plumes du rapace et s'estompait le long du reste du bâton qui était lisse dans sa partie inférieure. Pourtant, pour un simple bâton de bois, il paraissait plutôt lourd à porter.

— Mais je me dois en tant que souveraine de comprendre le fond de ta pensée. Aussi vais-je faire comme s'il ne s'était rien passé et privilégier le sujet qui nous préoccupe tous aujourd'hui. Alors mettons-nous au travail et discutons de ce qui pourrait faire que nous soyons tous unis face à l'adversité qui s'annonce.

Une sorte de soulagement parcouru l'assistance. Le roi Mako en profita aussitôt.

— Alors levons nos coupes, rendons à nouveau hommage à nos ancêtres et buvons à notre union prochaine qui se devra d'être inébranlable. Que nos ancêtres nous guident dans la sagesse vers cette union salvatrice !

— C'est ainsi que nous le voulons ! répondirent ses homologues en guise d'acceptation.

*

Le vieux Nganga était inquiet. Qu'allait-il advenir du roi Ewomé ? A supposer que le Kana qu'il avait revu peu avant ne soit pas si sincère qu'il avait bien voulut lui faire croire, il aurait en Ewomé un appui pour arriver à ses fins. Il pourrait le convaincre en lui proposant de lui rendre des services pour réparer sa trahison passée. Il ne fallait donc pas abandonner Ewomé à son sort. Il faudrait au contraire le ramener dans le giron des souverains et l'assurer de leur soutien. Mais au vu de ce qui venait de se passer, il doutait que cela fut possible. A tout hasard il en parlerait à son souverain, par acquis de conscience.

Il se remit à penser aux propos du sorcier Ghanda qui avait clos les interventions des initiés. L'unité. Une si belle notion, qui n'avait d'égal que la difficulté à l'appliquer. Cette conclusion était en effet la bonne. En cela il félicitait les initiés qui étaient arrivés à cette conclusion. Maintenant, il fallait prévoir une stratégie pour faire en sorte que cela deviennent une réalité. Qui savait les antagonismes cachés qu'il pouvait y avoir et qui ressurgiraient au plus mauvais moment ? Au moins, en ce qui concernait Ewomé la situation était claire. Mais pour les autres ? Les royaumes ont parfois des secrets qu'ils ne peuvent avouer, mais qui les empêchent d'agir dans le sens le plus logique.

Pendant qu'il réfléchissait, des conciliabules se mettaient en place. Chacune des délégations se retirait pour faire le point et revenir avec des propositions. Il remarqua qu'un des gardes qui avaient accompagné sa délégation essayait d'attirer son attention pour qu'il les rejoigne. En outre de Zola, il y avait Buana, Wamba, ainsi que quelques conseillers adjoints. Ils ne pouvaient bien entendu pas discuter de sujets engageant le royaume sans lui demander conseil. Il les rejoignit rapidement. Il savait exactement ce qu'il aurait à dire. L'unité supposait qu'il n'y ait aucun faux-semblant, aucun secret, aucune suspicion ni animosité entre les différentes parties concernées. Mais cela n'était que de la théorie. Il savait bien que tout ceci n'était pas possible.

*

Toutes les délégations avaient repris leur place. Une à une, elles se présentèrent pour exposer leur vision de la situation.

Certaines proposèrent un fonctionnement en commun des services de renseignements. D'autres pensèrent à unir les forces de défense. Il y eut même une proposition quasi utopique qui consistait à faire travailler tous les initiés ensemble pour prévenir la menace. Elles s'exprimèrent par le biais du personnage le plus important après le souverain. Mais pour Loughémo, ce fut Nganga qui prit la parole.

— Je suis Nganga, et je parle donc pour mon roi, Zola et les miens. Je suis moi-même également un initié. Si je ne me suis pas exprimé plus tôt, c'est que comme l'avait déjà dit ici sa majesté le roi Mako, nous n'avons eu personne qui a fait un rêve similaire à ceux qui ont été évoqué. Mais vous allez voir que la raison pour laquelle nous sommes tout de même présents a un lien direct avec la situation.

Il marqua une courte pause.

— Chers frères et sœurs, j'aimerais toutefois commencer par vous parler de ce que nous avons vécu il y a plusieurs lunes. Cela est encore présent dans nos mémoires car ce fut une situation dramatique. Il y a à l'époque eu beaucoup de morts car des affrontements très violents nous avaient opposé. Le royaume d'Abamé était alors conduit par le roi Kana, qui avait un objectif des plus inavouables. Heureusement, nous avions alors déjà su nous unir sans aucune concertation préalable, je tiens à le souligner. Mais je vais laisser l'homme qui l'a vaincu vous parler lui-même des moments qu'il a dû affronter. J'ai nommé sa majesté le roi Zola.

Il recula de quelques pas légèrement sur le côté tandis que Zola prenait sa place.

— Famille, m'entendez-vous ?

— Oui, nous t'entendons, frère !

Zola attendit que le calme revienne.

— Je suis Zola, fils de Gao et roi de Loughémo depuis peu. Je n'ai donc pas la longue expérience d'un souverain comme le vieux Mimpanzu, mais s'il y a une chose que je sais, c'est que les paroles qu'a proférées notre homologue le roi Ewomé doivent être considérées avec beaucoup d'attention. Qu'a-t-il donc dit avant de nous quitter ?

Il parcourut l'assistance du regard pour attirer encore plus l'attention.

— Il nous a parlé d'hypocrisie, c'est vrai. Mais ce sur quoi j'aimerais attirer votre attention, c'est plutôt ce que vous avez dû prendre pour des élucubrations. Malheureusement, je peux vous dire que le roi Ewomé n'a pas perdu toute sa tête. Il était dans le vrai quand il a dit que Kana avait fait une alliance avec une force occulte. Mais cela va encore plus loin, car ce n'est pas seulement une force, mais un être occulte. Et s'il y en a un, c'est qu'il peut y en avoir d'autres. Mon point de vue est que celui-ci est un éclaireur pour d'autres. C'est notre monde qu'ils veulent s'accaparer.

Un murmure parcourut l'assistance. Il était évident que personne n'était prêt à entendre ce que disait Zola. Les gens croient en des phénomènes, mais lorsque ceux-ci s'avèrent réels…ils n'y croient plus. C'était vraiment déroutant. Zola voyait bien le scepticisme dans les yeux de l'auditoire. Cela allait être très difficile de convaincre tout ce monde de la réelle gravité de ce qui se tramait. Mais heureusement, il avait en la personne du roi Mako un allié autrement plus crédible que tout ce qu'aurait pu avancer Ewomé. Ce dernier s'était levé et avait rejoint Zola.

— Famille, m'entendez-vous ?

– Oui, nous t'entendons, frère.

La réponse avait été quelque peu timide. Beaucoup en étaient encore à discuter de ce qu'ils venaient d'entendre. Mako insista.

– Famille, m'entendez-vous ?

–Oui, nous t'entendons, frère !

Le calme revint.

– Merci de m'écouter. Je tiens à intervenir pour appuyer ce que dit notre jeune garçon ici. J'ai combattu à ses côtés contre les forces de Kana. Vous pouvez ne pas croire ce que vous entendez aujourd'hui. Mais un jour viendra où vous vous rendrez à l'évidence que certains…évènements nous dépassent. Cela a été le cas pour moi. Une situation que vous vivrez, quelque chose que vous verrez…et tout sera à jamais différent.

Il fit signe à Zola de reprendre la parole.

– Je n'ai pas grand-chose à rajouter, si ce n'est que c'est l'unité qui nous avait permis de triompher. Moi seul, ou Loughémo tout seul n'aurait jamais réussi.

Il s'écarta et laissa à nouveau la place à son hôte.

– Comme de coutume, je pense que nous allons chacun aller en conciliabule et considérer les propositions de chacun et nous conclurons cet échange ensuite. Merci et à tout de suite.

Quelques instants plus tard, chacune des délégations reprit sa place. Chaque porte-parole exposa la position de son royaume. Dans les grandes lignes, ils furent tous d'accord pour faire les efforts nécessaires en temps utile. Tout le monde afficha sa bonne volonté. Il semblait donc que tous avaient compris où était l'intérêt de chacun mais surtout de tous.

L'ouverture de la réunion était revenue à l'aîné des souverains, Mimpanzu. La conclusion lui revenait également. L'assemblée attendait de lui une conclusion qui viendrait accentuer ce qui s'était déjà dit et pourquoi pas convaincre les derniers sceptiques non déclarés.

— Famille, m'entendez-vous ?

— Nous t'entendons, doyen !

— Comme l'on dit nos aînés : c'est ensemble que les tisons brûlent, séparés… ils s'éteignent ! Nous pouvons tous avoir des antagonismes. Il est peut-être dans l'ordre des choses d'avoir des conflits avec son voisin ou avec son frère ; il est même possible d'avoir des problèmes avec un ami, j'en sais quelque chose ; c'est vous dire ! Mais il y a une chose que j'aimerais vous dire à tous ici. Nous sommes tous comme une famille ! Nous sommes une famille !

Il toisa l'assistance d'un regard vif et profond.

— Alors, lorsque le danger menace la famille, tous ses membres ont un seul devoir : mettre leurs états d'âmes de côté ! Ils doivent oublier leurs conflits et leurs antagonismes ! Ils doivent alors marcher la main dans la main pour combattre le danger. Quitte à eux de revenir à leurs problèmes une fois la menace écartée. Voilà leur devoir ! Donner la priorité à la famille, à la communauté !

Il s'était laissé légèrement emporter. Il laissa passer un moment alors que tous les regards étaient toujours posés sur lui. Il croisa celui de quelques-uns d'entre eux et il vit l'attente qui était la leur. Il vit qu'ils avaient besoin d'un guide. Tout souverain qu'ils étaient, ils ne savaient pas forcément à quoi s'attendre. Mais savait-il seulement lui-même à quoi ils devaient s'attendre ? Non, lui-même ne le savait pas et il en était conscient. Il aurait donc des difficultés à endosser un tel rôle. Dans la situation présente, son âge et son expérience de la vie n'étaient d'aucun secours. Mais le roi Mimpanzu était un roi sage. Il savait qu'il lui fallait orienter les attentes vers quelqu'un d'autre.

— Famille, m'entendez-vous ?

— Oui, nous t'entendons, doyen !

— C'est l'œil du vieillard qui a fait mûrir le haricot. Il vaut donc mieux que concernant cette situation, nous nous en remettions à notre homologue le frère Mako, mais surtout au frère Zola qui furent au centre de cette affaire il y a peu. Je recommande à chacun de ne pas hésiter à les contacter dès que vous penserez faire face à une situation inhabituelle. Ainsi ai-je parlé.

La séance fut levée. Avec le temps, plusieurs éléments de coopération seraient discutés. Certains le seraient déjà dès le soir même car les délégations ne quitteraient les lieux que le lendemain. L'occasion était à exploiter au maximum pour faire avancer la cause. Au milieu de ce monde, Zola faisait figure de novice en tant que souverain, mais il bénéficiait d'une considération particulière de par son vécu. Il sentit que ses homologues étaient tout de même impressionnés car ils avaient quand même entendu parler de ses exploits passés. Lui-même en profita pour demander humblement des conseils pour différentes situations qu'il pourrait rencontrer comme souverain, notamment au roi Mimpanzu, le plus expérimenté de tous. Il eut d'ailleurs l'impression que ce dernier le prenait plus ou moins sous son aile. Il apprit qu'il avait eu l'occasion de rencontrer son père dans sa jeunesse et qu'il se rappelait d'un homme plein de vigueur et de volonté, dévoué à son roi et à son royaume. Cela lui fit plaisir d'entendre ainsi parler de son père. Mais en était-il vraiment surpris ?

Ce soir-là, le roi Mako pris soin de ses invités comme leur rang l'exigeait : royalement. Ils partiraient tous tôt dès le lendemain, certains ne sachant pas quelle situation ils auraient à traiter à leur retour. Ainsi allait la vie d'un souverain, le plus souvent, pour ne pas dire continuellement, il fallait faire face à et régler des problèmes.

18

Il était miraculeusement revenu à la vie. Miraculeusement bien sûr pour les profanes, mais rien que d'ordinaire pour qui l'avait ramené. Kana avait lui- même été déboussolé pendant de longs moments dans la pénombre de la grotte après s'être extrait de la fosse dans laquelle il avait été enseveli. Il s'était examiné le corps, cherchant la blessure que lui avait infligée la flèche qui l'avait frappé en pleine poitrine. Il se rappelait très bien ses derniers instants de… vie ; de sa course effrénée à travers les arbres, les fourrés et les différents combattants pour s'échapper. Jusqu'à ce choc à la poitrine qui l'avait fauché alors qu'il croyait être enfin à l'abri. Il ne trouva aucune trace de traumatisme. Curieusement, il arrivait à voir dans l'obscurité comme s'il était en pleine lumière. Encore un phénomène étrange. Il ne s'était pourtant pas métamorphosé en panthère. Il aurait au moins compris puisque lorsqu'il prenait cette apparence, ses sens étaient bien plus aiguisés que lorsqu'il était sous sa forme ordinaire. Il avait donc vainement cherché à comprendre ce qui se passait et pourquoi il lui semblait être en vie alors qu'il devait être mort. Il n'avait pas eu à chercher longtemps. L'explication lui avait été très vite fournie.

— Je t'avais dit, lors de l'une de nos brèves entrevues, que tu avais encore beaucoup à apprendre sur toi-même et sur tes origines. Tu n'es pas de ce monde. En tous cas pas complètement. Tu as une mission à accomplir pour les tiens. Tu as échoué par deux fois. Mais il te reste une nouvelle possibilité pour arriver à… nos fins.

Il s'était retourné lentement, calmement. Curieusement, il n'avait ressenti aucune appréhension. Savait-il qu'il ne risquait rien ? Etait-ce instinctif ? En tous les cas, il s'était senti prêt à affronter quiconque ou quoi que ce fut qui le menacerait. Mais il n'avait pas à affronter quoi que ce soit ni qui que ce soit. L'homme qu'il dévisageait était assis sur une protubérance du mur qui formait comme un banc. Il avait les cheveux moins crépus que d'ordinaire et une peau également plus claire. Il avait un bâton à la main qu'il triturait tout aussi calmement qu'il le regardait. Ils s'étaient défié du regard pendant un instant qui avait semblé durer une éternité. Kana ne savait pas à qui il avait affaire mais il savait déjà que la relation avec cet être ne lui plairait pas. Il ne l'aimait déjà pas. Il le haïssait parce qu'il savait instinctivement qu'il lui devait d'être encore vivant. Or, il avait horreur des dettes. Par-dessus toutes, de celles qui sont inestimables. Il savait par avance que ce personnage lui demanderait un ou des services.

— Si tu dois me demander quoi que ce soit, alors j'exige de savoir qui tu es, quel lien existe entre nous et pourquoi je suis encore là, avait-il lancé.

Kana avait décidé de prendre les devants pour montrer qu'il ne comptait en aucun cas jouer les simples serviteurs. Il voulait garder la main. Il n'était pas question de subir. L'homme s'était levé lentement et s'était dirigé vers lui jusqu'à s'arrêter à moins d'un pas de lui en le regardant fixement. Ses yeux étaient étrangement immobiles et semblaient sans vie. Mais Kana ne s'était pas laissé intimider. Une erreur.

Il avait soudain senti une sensation de chaleur descendre dans la poitrine. Elle l'avait pris progressivement au bas du cou puis au niveau des poumons. Il s'était mis à suffoquer et avait porté la main à la gorge pour essayer de soulager la douleur qu'il ressentait alors, tout en fixant le regard de son protagoniste. Mais il avait enfin compris que ce n'était pas dans son intérêt. Il avait baissé les yeux alors que ses jambes se dérobaient sous lui. Il s'était écroulé contre les jambes de l'homme pour se retrouver au sol. La douleur avait tout doucement commencé à s'estomper. Il s'était redressé progressivement alors que l'homme était allé se rassoir. Il était encore à genoux lorsque l'homme s'adressa à lui.

— Tu exiges ? Tu as déjà causé assez de dégâts par ton arrogance. A chaque fois que nous nous sommes vus tu as été arrogant. Alors ne t'avise plus jamais de parler ainsi à ton père.

Kana avait brièvement eu la vue brouillée. Il avait froncé les sourcils, puis son visage avait affiché un calme retrouvé. Sa gorge s'était nouée et il n'avait pu prononcer un seul mot.

— Tu es encore là parce que ta mission n'est pas terminée et que tu dois finir ton travail. Dans nos coutumes, une mission ne s'arrête pas tant que l'objectif n'est pas atteint. Quelles qu'en soient les conséquences ! C'est ainsi que nous sommes !

Kana s'était relevé.

— Et qui est nous, exactement ?

Il y avait une trace de défi dans sa voix. Il ne comptait pas baisser les armes si facilement. Si cet être devant lui, son père, était capable de prouesses comme celle qu'il venait de subir, alors lui-même devait en avoir quelques capacités. Cela le motivait. Il fallait donc qu'il en arrive à se les faire révéler. Comme pour sa métamorphose. Mais il lui semblait que s'il montrait une quelconque faiblesse, alors il serait méprisé. Il se dit qu'il était préférable d'être châtié pour son arrogance que méprisé pour une faiblesse affichée.

— Voilà la question la plus importante et la plus intéressante que tu as posée. Nous venons d'un autre monde que celui-ci, mais nous nous sommes adaptés. Ce n'est pas facile. Il y a des conditions car nous sommes vulnérables à certaines vibrations. Pour y échapper il nous faut pénétrer ce monde à une époque précise, la tienne. Celle où je t'ai conçu. Celle où je suis arrivé dans ce monde après un conflit avec mes semblables. J'étais alors un indésirable. Mais la situation a changé, depuis. Notre monde est menacé et la solution se trouve ici. Nous nous sommes réconciliés pour arriver à nos fins. A l'échelle de ce monde, cela ne fait que quelques générations que j'ère entre les âges. Dans le temps, pour nous cela aurait équivalut à quelques mois. Mais voilà, quelque chose s'est déréglé dans la durée du temps chez nous et désormais le temps passe bien plus vite ici que chez nous.

— Que s'est-il passé exactement ? Pourquoi ce dérèglement ?

L'homme s'était tut quelques instants.

— Disons que nous n'avons pas su respecter l'espace dans lequel nous vivions, avait-il dit laconiquement.

Il s'était levé et avait posé sa main sur Kana.

— Mon fils, l'avenir de ton peuple dépend de toi.

Le jeune roi déchu avait eu un mouvement de recul.

— Tu sembles oublier un aspect de ma situation.

— Je t'écoute.

— Une fois que j'aurais réussi, que se passera-t-il pour mon autre peuple ?

Le regard s'était à nouveau fait plus intense et le transperçait littéralement.

— Tu n'as pas d'autre peuple ! Et c'est le seul dont tu dois te soucier.

Assis au fin fond d'un sous-bois, Kana passait et repassait sans cesse ces instants dans son esprit. Lui qui avait toujours donné plus d'importance à sa mère se retrouvait pris dans un piège qui condamnait le monde de cette dernière. Il avait toujours eu une sorte de distance avec son père. Etait-ce instinctif ? En tous cas aujourd'hui il comprenait pourquoi. Parfois, les gênes se manifestent à l'insu de l'individu. Mais que lui réservait le monde que lui promettait celui qui s'était présenté comme étant son père ? Quelle garantie avait-il ? Certes ce serait dans le monde où il se trouvait actuellement, mais comment serait-il une fois qu'il serait envahi pas d'autres êtres ? Ces derniers n'avaient pas su respecter le monde qui leur avait donné la vie. Leur monde. Pourquoi respecteraient-ils celui-ci ? Peut-être que la solution pour sauver leur monde se trouvait dans celui-ci ? Une fois leur méfait accompli n'allaient-ils pas en repartir en le laissant dans le même état de désolation derrière eux ?

Comme c'était étrange. Il était au beau milieu de la nature à se poser des questions sur l'avenir de ce monde et de leurs habitants. Avait-il seulement eu ce genre de réflexion depuis qu'il était né ? Pourtant, il semblait aujourd'hui s'inquiéter de l'avenir de tous ces gens qu'il était prêt à sacrifier il y avait encore si peu. Mais s'il n'obéissait pas à son commanditaire de père, que lui arriverait-il à lui ? Lui laisserait-il la vie sauve ou lui ferait-il payer sa résistance en la lui retirant ? N'avait-il pas lui-même de comptes à rendre ? Comment le savoir ? Il avait eu un aperçu de ses capacités avec ce qu'il lui avait brièvement fait endurer. Oui, un aperçu car Kana était persuadé que l'être

– il n'arrivait pas à penser à lui en tant qu'homme – devait certainement pouvoir faire plus de mal.

Kana secoua la tête, comme pour se débarrasser de toutes ses réflexions. Il avait bien le temps d'y réfléchir encore. Pour l'heure il avait une visite à rendre à quelqu'un. Il s'enfonça dans les fourrés à l'abri d'éventuels regards indiscrets. Il en ressortit en bondissant d'un fourré à l'autre. Sous cette forme il se déplacerait bien plus vite. Le chemin à parcourir était long.

*

Quelques jours après la réunion des souverains, Zola et sa délégation étaient arrivés sans encombre à Loughémo. Mais une surprise désagréable y attendait le jeune roi. Elikya était mal en point. Sa grossesse semblait très mal se dérouler. Elle avait eu une suite de malaises qui s'étaient manifestés par des vertiges. A plusieurs reprises elle avait dû rester alitée pour se sentir mieux. Elle avait tenté de supporter son état afin de vaquer à ses occupations habituelles, mais sa mère lui avait conseillé de penser au bébé et de ne pas insister. Malgré cela, son état semblait empirer. Qu'avait-elle donc ? Petit à petit, les malaises se transformèrent en douleur à l'abdomen. De violentes douleurs qui la faisaient gémir doucement.

Dès son retour, le vieux Nganga prit la relève des guérisseurs de Loughémo qui avaient tenté d'endiguer le mal. Il comprit très vite ce dont il retournait. Mais pouvait-il le dire à la jeune femme et son époux ? Le pire se préparait et il fallait très vite faire un choix. Il décida d'en parler discrètement à la reine mère.

— Majesté mère, je ne puis te cacher ce qui se passe. Je t'avais déjà dit que la guerre était déclarée.

La vieille femme l'observait avec une inquiétude non feinte. Elle redoutait le pire. Comme souvent pour une mère, elle avait senti venir la catastrophe. Mais elle était encore loin de la sinistre vérité qui allait sortir de la bouche du vieil homme.

— Il s'agit d'une attaque. L'enfant n'est plus à nous et si nous ne décidons pas vite, nous perdrons les deux. Je ne veux pas dire qu'il est mort, mais je pense que tu m'as compris. Toutefois, il fait encore jour. Je vais revenir après la tombée de la nuit. Je vais voir s'il n'y a pas quelque chose que je peux faire. Veuille attendre mon retour avant de leur en parler.

Il partit après avoir à nouveau examiné la jeune reine. Il fallait qu'il tente quelque chose. Il se disait qu'il y avait certainement une possibilité d'éviter le pire en discutant avec un intermédiaire. Il devait contacter cet intermédiaire au plus tôt afin de parler de la situation. Il ne savait pas vraiment où le trouver, mais il avait la sensation qu'il viendrait de lui-même. Il savait forcément ce qui se passait. C'était indéniable. Il arriva à sa petite bâtisse et s'y engouffra pour s'assoir sur le lit et attendre. Sa réflexion était juste car il n'eut pas à patienter longtemps.

— Tu as l'air bien embêté, l'ancien.

Comme la fois précédente, Kana était apparu sans bruit, comme s'il avait toujours été là.

— Tu dois en connaître la raison bien mieux que moi, lui répondit le vieil homme.

— Qu'est-ce qui te fait penser une chose pareille ? Il ne faut pas me donner plus d'importance ni de pouvoir que je n'en ai. Il est des phénomènes qui m'échappent.

— Alors dis-moi au moins ce qui se passe ! Tu m'avais affirmé vouloir nous aider !

— Oui, bien sûr.

Le vieil homme observa le roi déchu. Il semblait être en meilleur état que la première fois où il l'avait vu. Il semblait s'adapter à sa nouvelle situation. Comment faisait-il donc pour survivre ? Visiblement il faisait mieux que cela.

— Comment as-tu pu réussir une telle prouesse ? demanda soudain le jeune homme.

— Pardon ?

— Oui, tu es mort, mais tu es de nouveau là dans une autre enveloppe charnelle. L'enveloppe charnelle de ton père m'as-tu dit. Mais lui aussi est mort depuis bien longtemps. Alors comment est-ce possible ? Et comment se fait-il que ceux qui l'ont connu, comme la reine mère ou même le père de Zola n'ont pas réagi ? J'aimerais savoir comment c'est possible. Après tout, nous sommes à peu de choses près dans la même situation toi et moi.

Nganga fronça les sourcils et lui répondit sans perdre son sang-froid.

— Je ne pense pas que nous soyons exactement dans la même situation, mon garçon. Je sais, de mon côté, ce que je suis, qui je suis, d'où je viens et où je vais. Si je suis dans ma situation actuelle, c'est un choix délibéré. J'ai décidé ce que j'ai à faire. Ce n'est pas ton cas. J'espère que tu ne penses tout de même pas que je vais te révéler mes pratiques secrètes ? Si cela peut te rassurer, cela n'a pas dépendu entièrement de moi seul. Alors ne me donne pas, toi non plus, plus d'importance ni de pouvoir que je n'en ai. Pour le reste, tu sais bien que les gens ne voient que ce qu'ils pensent. Comme pour eux mon père est mort, alors ils ne le voient pas.

Un éclair de contrariété traversa le visage de Kana. Il resta silencieux un instant. Puis, devant le regard interrogateur de Nganga il soupira.

— Je ne sais rien de ce qui se passe. Et d'ailleurs, pourquoi aiderai-je quelqu'un qui m'a trahi ?

— Que veux-tu donc dire ?

— Cette grossesse date de la période où je devais épouser Elikya n'est-ce pas ? Alors elle m'aurait peut-être épousé en portant l'enfant d'un autre ?

— Rend-toi donc à l'évidence qu'elle n'a jamais voulu devenir ton épouse, Kana ! Elle était dans une situation de contrainte. Elle n'aurait jamais été heureuse. Elle a sûrement voulu partager ne fut-ce qu'un instant de bonheur avec celui qu'elle aimait. Il se trouve que c'était Zola. C'est ainsi.

Kana ricana, le regard dans le vide.

— Oui, c'était Zola. Comme tu dis, c'était Zola. Il aura beaucoup croisé ma route, Zola. Qui sait ce qui serait arrivé s'il n'avait pas été là.

Le vieil homme tenta une nouvelle fois de demander des explications à Kana.

— Tout cela c'est le passé, pense plutôt à ce qui se passe maintenant. Pense au moins à celle que tu prétends avoir aimé ! Pense à Elikya ! Elle a besoin d'aide ! Si ce n'est toi qui es responsable de ce qui lui arrive, au moins peux-tu intervenir auprès de celui qui en est responsable !

— Je ne sais pas si cela servira à quelque chose. D'ailleurs, je n'aime pas demander des services, vieux Wazaaba. Je ne pense pas que je pourrais t'aider.

Et sans plus de considération pour son interlocuteur, il tourna les talons et disparut dans la nuit tombante. Le vieux Nganga resta un moment immobile. Puis il se résigna à retourner au palais.

*

Zola accusa le coup avec courage et dignité. Il prit le temps de parler avec son épouse pour lui faire comprendre la situation et la convaincre de l'accepter. La reine mère ne fut pas non plus en reste. La fidèle Fatou était inconsolable. Elle avait tellement déjà rêvé de cet enfant qu'elle considérait par avance comme le sien. Mais la décision que le jeune roi avait eu à prendre était la seule possible. Elle était douloureuse, très douloureuse, mais c'était la plus responsable.

— Il faut que ce soit fait au plus vite, il n'y a pas de risques à prendre. Je ne veux pas les perdre tous les deux.

Toutes les personnalités du royaume étaient présentes dans la grande salle du palais. Une réunion de crise s'était naturellement constituée et pour Zola, il s'agissait d'accélérer le processus de défense voire de combat contre la force qui les menaçait. Le seul problème, qui devenait de plus en plus évident, était qu'ils ne savaient pas trop comment y faire face. L'ennemi semblait avoir porté un premier coup terrible en s'attaquant au fils de Zola. Etait-ce pour se venger de lui pour avoir fait échouer ses plans par deux fois ? Etait-ce une simple coïncidence ? Zola préférait ne pas se faire d'illusions et considérait que c'était une agression à considérer comme le premier coup porté.

Mais au-delà de la situation qui prévalait avec l'état de la reine et de son bébé, le vieux Nganga avait fini par annoncer à son roi sa rencontre avec Kana. Après lui avoir réservé la primeur de la nouvelle, il comptait informer tous les conseillers du rebondissement incroyable qui s'était produit. La situation exigeait que chacun sache ce qu'il en était de Kana. Cela permettrait d'avoir une idée un peu plus précise de l'ennemi, même si la riposte adéquate resterait encore à déterminer. Car être unis et prier les ancêtres ne serait peut-être pas suffisant. Il fallait bâtir une stratégie, mais par où commencer ?

Le vieil homme narra sa première rencontre surprise avec l'ancien roi d'Abamé. Il apprit à son audience la filiation de ce dernier avec l'être dont ils savaient qu'ils devraient le combattre. Il parla de la proposition d'aide du roi déchu. En expliquant l'avantage que ce dernier espérait obtenir en échange. Il voulait accéder à la paix. Il expliqua que dans sa situation la paix revenait tout simplement à mourir. Pour cela il avait besoin de sortir de cette situation hybride dans laquelle il se trouvait. Pour ce faire, il avait besoin de l'intervention d'un initié assez puissant qui serait capable d'intercéder pour lui auprès des esprits des anciens. Ces derniers interviendraient pour le libérer de son état. Il évoqua l'existence d'un autre vecteur de passage dans leur monde du peuple qui les menaçait, malgré la destruction des sphères.

L'audience était ébahie par cette nouvelle situation. Ils écoutaient avec une attention profonde, se posant des questions pour lesquelles ils n'auraient sans doute jamais de réponse. Le fait d'apprendre que la légende des deux frères n'était pas complètement de l'imagination fit passer un frisson dans le dos de chacun d'entre eux. Comme quoi il ne fallait pas ignorer ce que disent les légendes. Il y a toujours un fond de vérité. Les légendes font souvent partie d'un instantané de l'histoire d'un peuple. Avec le temps et les déformations, le récit se romance et au final perd de son sens mémoriel. Mais la réalité peut brutalement se rappeler à la mémoire des sceptiques. Le royaume de Loughémo se trouvait exactement dans ce cas d'espèce.

Lorsqu'il eut finit son récit, le vieux Nganga se mit de côté. Il y eut un long moment de silence avant que le Premier conseiller Buana ne prenne la parole.

— Et comment une telle chose a-t-elle pu arriver ? Je veux dire…

— Nous savons ce que tu veux dire, Buana, intervint Zola.

Il regarda le vieux devin.

— Une rumeur a toujours couru disant que Kana n'était pas le fils du roi Bangou, déclara ce dernier. Mais personne n'avait jamais vraiment pris cela au sérieux. On dit que plusieurs lunes avant la naissance de Kana, le roi Bangou avait hébergé un roi de passage qui avait séjourné dans le palais même. Un roi qui avait entrepris un long voyage qu'il avait continué par la suite. Après son départ plus personne n'eut de ses nouvelles. Ce que je sais à ce jour, des propres dires de Kana, c'est que cette…créature est capable de prendre forme humaine et de se fondre parmi nous. Or…

Il s'interrompit brusquement.

— Dieu tout-puissant !! s'exclama-t-il.

— Qu'y a-t-il donc ? demanda Zola.

— Je crois que les ancêtres ont bien faits les choses ! Merci à eux !

Il leva les bras au ciel en hommage.

— Mais de quoi parles-tu donc ?!

— Majesté, je crois pouvoir dire que le prétendu roi Fila n'était personne d'autre que cette créature dont nous parlons. S'il a refusé d'être hébergé dans Loughémo, c'est qu'il n'y avait plus aucun intérêt puisque notre reine allait déjà avoir un enfant. Il était là pour réitérer son méfait d'Abamé ! Sinon pourquoi serait-il parti comme un voleur ?

Un silence s'installa dans la salle. Chacun semblait mesurer combien ils avaient frôlé la catastrophe. Que de curiosités depuis quelques temps ! Le roi de passage, l'apparition de vieux Nganga, les envoyés fictifs pour récupérer la petite Binta – qui restait d'ailleurs encore une interrogation – la disparition du roi de passage, la réapparition de Kana, l'interruption de la grossesse de la reine. Qu'est-ce qui allait encore arriver à ce petit royaume ?

— En tout cas, déclara Gadji, s'il y a une chose que nous savons, c'est qu'il existe pour ces créatures un moyen d'arriver à leurs fins. Il va falloir le trouver. Voilà une base de travail.

— Tu as raison, répondit Buana. As-tu une idée de ce que cela peut être, vieux Nganga ? Kana t'a-t-il dit de quoi il s'agissait ?

— Non, je n'en sais pas plus que vous, si ce n'est qu'il m'a affirmé avoir failli contribuer à mettre ce moyen en place à son insu. Il sait donc de quoi il s'agit. Il va falloir l'amener à nous dire ce qu'il en est exactement.

Le silence se fit lorsque Zola leva la main pour le solliciter. Il s'adressa directement au devin.

— Je veux le rencontrer. Je veux discuter avec lui au plus tôt pour éclaircir sa situation à lui au mieux. Ensuite, puisqu'il dit vouloir nous aider, je vais lui parler directement pour lui faire prendre ses responsabilités. Si je comprends bien, il appartient donc à deux peuples qui s'opposent. L'un des deux voulant anéantir l'autre, il va falloir qu'il fasse son choix ! Il ne peut pas servir l'un et l'autre. Quant à nous, nous ne pouvons pas continuer à vivre dans l'incertitude et l'expectative. Nous devons prendre les devants d'une manière ou d'une autre. Aussi, vieux Wazaab...

Il s'interrompit en se prenant la tête entre les mains.

— Pardonne-moi, vieux Nganga, c'est tout simplement un souvenir qui est encore très présent dans mon esprit, se justifia-t-il. Ce que je voudrais te demander, c'est de prendre l'initiative d'une grande réunion entre tous les initiés de tous les royaumes afin, ensemble, de trouver le moyen de faire face à des forces qui sont vraisemblablement occultes. Je sais que la solution n'est peut-être pas forcément ici chez nous. Et elle ne dépend pas forcément non plus que de nous seuls. Chacun doit y prendre sa part. Il faudra également tout mettre en œuvre pour découvrir quel est ce vecteur de passage afin de le neutraliser. Nous ne pouvons nous permettre de tout miser sur Kana.

Il se leva, signifiant ainsi la fin de la réunion.

*

— Je suis vraiment désolé, mon fils. Cela est très difficile pour elle. Il vaut mieux ne pas la voir maintenant. Elle a besoin d'être seule. Tu es la dernière personne qu'elle voudra voir car elle a l'impression d'avoir échoué dans sa volonté de te donner ce garçon.

La reine mère s'exprimait machinalement. Elle avait l'air absente, mais Zola comprenait bien ce qu'elle voulait lui dire.

— Mais nous savons bien qu'il n'en est pas ainsi, n'est-ce pas, mère ? dit-il en lui prenant les mains.

Elle leva les yeux vers lui. Des larmes se mirent à en couler.

— Tu es un garçon tellement bien, Zola. Je suis si heureux que tu sois à ses côtés. Je sais que tu lui redonneras le goût de vivre. Elle est très affectée. Toi seul peux lui faire comprendre que ce n'est pas de sa faute, qu'elle n'y est pour rien. Je te fais confiance.

Zola ne répondit pas. Le regard qu'ils échangèrent fut suffisant pour lui témoigner sa gratitude. Il la quitta et se dirigea doucement vers la chambre où son épouse était toujours allongée après l'accouchement provoqué. Il fit apparaître son athlétique silhouette à la porte. Il vit Fatou assise prostrée à côté du lit. Instinctivement, elle releva la tête et vit le roi. Elle fit mine de se lever pour quitter les lieux, mais il lui fit signe de n'en rien faire. Elikya avait certainement besoin d'elle à ses côtés. Cette dernière était assoupie, le visage tourné à l'opposée. C'était mieux ainsi. Il reviendrait plus tard, lorsqu'elle aurait un peu digéré sa déception. Il repartit donc tout aussi discrètement qu'il était venu.

Il n'avait pas sommeil. Qu'allait-il faire ? Il avait besoin lui aussi de se changer les idées. Il décida de sortir discrètement du palais et alla s'assoir au bord de la falaise qui surplombait la vallée. Elle était dans l'obscurité totale. Seules quelques étoiles perçaient la noirceur du ciel. Il laissa courir quelques instants son regard sur l'immensité sombre qui s'étendait devant lui. Il vit soudain une étoile filante dans le lointain. Il se demanda si ce n'était pas son fils qui s'en retournait d'où il serait venu. Il scruta encore le ciel, comme s'il attendait un signe. Mais il ne se passa rien. Avait-il eu tort de contrecarrer les plans de Loki ? Ce dernier le lui faisait-il payer ? Qui lui prendrait-il encore ? Il n'osait y penser. Il se mit soudain à culpabiliser. Il se prit la tête entre les mains et fixa le sol. Des larmes abondantes se mirent soudain à couler de ses yeux. Le jeune roi pleura alors amèrement son enfant qui ne naîtrait jamais.

*

Cette même nuit, la petite Binta était entrée en transe. Seule la reine mère se rendit compte de son état lors qu'elle revint quelques instants dans ses appartements. La situation étant déjà difficile, elle décida de n'en rien dire ni à sa fille, ni à son beau-fils. Elle aurait aimé en parler à Nganga, mais ce dernier avait disparu dans la nuit depuis longtemps déjà. Elle savait ce que cela signifiait. Binta allait avoir un message à transmettre de la part des ancêtres. Quel allait-il être ? Une bonne ou une mauvaise information ? Il serait bien assez tôt le lendemain pour le savoir. Il réconforta la petite fille une fois que ses convulsions furent terminées et lui intima de dormir. Elle sembla vouloir se lever, mais elle insista. Elle retourna alors auprès de sa fille.

Mais elle n'y alla pas directement. Elle chercha d'abord où se trouvait le roi. Elle comprit après quelques instants de recherche qu'il n'était pas dans le palais. Elle alla alors à l'extérieur. Elle passa devant les deux gardes postés à l'entrée. Elle scruta les ténèbres de part et d'autre et tomba enfin sur la silhouette prostrée du jeune homme. Elle se rapprocha discrètement et comprit en voyant le corps secoué de soubresauts qu'il pleurait. Elle recula alors de quelques pas, puis émit du bruit délibérément pour lui faire savoir sa présence. Il tourna la tête et, la voyant, se leva. Elle vint doucement vers lui. Elle lui prit les mains et lui chuchota sévèrement.

— Mon enfant, je sais que c'est difficile pour toi aussi. Tu as bien besoin de te libérer de cette tension émotive qui t'envahit, mais ne le montre à personne. Tu es le roi !! Nul ne doit voir tes larmes ! Jamais ! Tu m'entends ?

— Oui mère, j'ai compris. Je m'en rappellerai.

— Courage ! Courage ! Dis-toi bien que des déceptions, en tant que roi et en tant qu'homme, tu en auras encore ! Un roi ne voit jamais le diable !

Il lui serra les mains et repartit après lui avoir fait un sourire chargé d'amour maternel. Zola la regarda partir en se disant qu'il retrouvait en cette femme la mère qu'il avait perdue depuis si longtemps. Comme la vie était étrange. Avoir perdu son père et retrouver une mère.

Il se tourna à nouveau vers le vaste espace. Il ressentait toujours ce besoin de se changer les idées. Il décida d'aller marcher dans la petite agglomération. Il marcha dans les rues quasiment vides. Il croisa quelques rares personnes qui le saluèrent respectueusement. Sans s'en apercevoir, il se retrouva devant le sanctuaire des ancêtres. Il comprit ce dont il avait besoin. Dans la pénombre qui couvrait maintenant complètement l'environnement autour de lui, il s'avança vers les deux battants de la porte. Il les tira délicatement vers lui. Il dût s'employer car ils étaient plus lourds qu'il ne le pensait. Il fut surpris de la lumière qui émanait de l'intérieur. Puis il se rappela que les torches qui ornaient le mur circulaire ne s'éteignaient jamais. Même lorsque le lieu avait été négligé elles avaient toujours brûlé. Ce détail lui fit définitivement prendre conscience de l'importance et de la puissance du lieu. Il fallait que le lien qui liait chacun des sujets de son royaume et les pensionnaires du sanctuaire ne se rompe plus jamais.

Il s'agenouilla devant l'autel et ferma les yeux.

— A vous les ancêtres, depuis les origines, j'adresse mes plus humbles salutations. Je vous demande de me donner le courage et la lucidité nécessaires pour faire face à cette douleur qui me ronge.

Il rouvrit les yeux et les posa sur les effigies qui se trouvaient devant lui.

— A vous les ancêtres, depuis les origines, c'est par vous et grâce à vous que j'ai vu le jour. Vous me connaissez mieux que je ne me connais moi-même. Je vous demande donc de ne laisser aucun sentiment de vengeance m'envahir.

Des larmes se mirent à nouveau à couler sur ses joues.

— Ai-je fais quelque chose de mal ? Est-ce une punition qui m'est infligée ? Si cela est le cas, alors je vous demande pardon, mais faites-moi savoir où j'ai commis une faute. Je vous demande de me guider dans le droit chemin. Montrez-moi les solutions pour que je guide les nôtres au mieux en ces jours sombres et que je les mène à la lumière. Aidez-moi à faire en sorte que nous nous réapproprions, que nous appliquions et que nous respections vos enseignements. Ceux-là même qui vous ont permis de prospérer en votre temps. Faites qu'il en soit de même pour nous ainsi que pour les générations futures. Entendez-moi, au nom de Dieu tout-puissant.

Il baissa la tête et resta immobile pendant un instant. Puis il se releva lentement. Il sortit du sanctuaire et referma délicatement les battants de la porte. Il leva les yeux au ciel et vit qu'il y avait plus d'étoiles visibles qu'il n'y en avait lorsqu'il avait quitté le palais. Il se sentait aussi bien mieux. Il ne s'était pas rendu compte qu'il avait en fait besoin de parler aux ancêtres. Maintenant qu'il l'avait fait il lui semblait être en paix avec lui-même, bien qu'il ait toujours cette douleur au fond de lui. Une douleur qui ne le quitterait sans doute jamais.

Il s'engagea sur le chemin du retour. Il eut un instant la pensée d'aller rendre une visite impromptue au vieux Nganga-Wazaaba comme au bon vieux temps mais se ravisa. Il était tard. Pourtant il aurait bien voulu discuter avec lui de sa nouvelle condition. Qu'il lui explique comment cela était possible qu'il soit de nouveau là avec une nouvelle enveloppe charnelle. Il ne lui répondrait certainement pas, mais il pensait que la question valait la peine de lui être posée. Un jour il la lui poserait. Il espérait en avoir le temps une fois que tout serait réglé. Quelque chose lui disait qu'une fois sa mission accomplie, le vieil homme irait là où il aurait dû être : avec les ancêtres. Car Zola était persuadé que si Wazaaba était encore là, ce n'était que pour leur venir en aide et rien d'autre. Cette pensée lui redonna du courage et il hâta machinalement le pas avant de s'arrêter net un peu après. Il était à peine à l'orée des premières habitations. Tout était calme. Il n'y avait pas une seule personne visible. Pas une seule. Sauf Kana.

— Bonsoir à toi, Zola.

Le roi déchu était à quelques pas devant lui. Il paraissait fatigué, mais en bonne santé. Dans la pénombre il paraissait tout de même bien étrange. Peut-être était-ce le fait de savoir que lui aussi était passé pour mort alors qu'il était à nouveau là. Mais ce n'était certainement pas pour les mêmes raisons que le vieux Wazaaba. Zola fit un effort dont il se croyait incapable pour lui rendre ses salutations.

— Bonsoir à toi, Kana.

Le roi déchu eut un sourire narquois.

— Je t'avais dit que je reviendrais.

— Ce ne sera que pour mieux repartir.

Kana ricana puis se calma.

— Un ami commun m'a dit que tu voulais me voir.

— C'est exact. Mais je ne pensais pas que ce serait dans ces conditions et si vite.

— C'est qu'il n'y a pas de temps à perdre.

Zola ne releva pas la remarque. Un silence s'installa qu'il rompit.

— Que veux-tu exactement, Kana ? Pourquoi es-tu ici ?

— Je ne vais pas y aller par quatre chemins avec toi, Zola. Je pense que nous nous sommes assez affronté pour recommencer inutilement.

Ils se dirigèrent prudemment vers une zone où ils seraient moins visibles.

— Je sais que notre ami commun t'a déjà dit beaucoup de choses sur moi...

— Il ne me paraîtrait pas inutile que je puisse les entendre de ta propre bouche.

Dans l'obscurité de l'orée de la gorge de Dieu, ils se défièrent du regard.

— Je comprends que tu sois méfiant. Mais je t'assure que tu devrais être plus ouvert envers moi.

— Si je n'étais que méfiant, je pourrais sans doute être plus réceptif. Mais cela va plus loin que cela. Je n'ai aucune confiance en toi. Je ne crois pas une seule seconde que tu veuilles nous aider à vaincre les tiens.

— Mais vous êtes les miens !!

— Il n'y a pas si longtemps tu étais prêt à nous sacrifier pour tes ambitions personnelles. Pourquoi est-ce que cela aurait changé ? Qui sait ce que ton père t'a promis une fois que lui et son peuple auront envahi notre monde ?

— Je n'ai rien à attendre d'eux. Je ne suis pas tout à fait comme eux. Ils me mépriseront à un moment ou à un autre. Je n'ai pas envie de vivre cela.

— Encore une fois tu ramènes tout à ta personne. Tu ne changeras jamais !

Kana parut désarçonné. Il baissa la tête, puis fixa à nouveau son interlocuteur.

— Tu as raison, Zola. Mais c'est la stricte vérité. Je n'ai aucune envie de vivre une humiliation de la part de personnes que je ne connais pas. Pour autant...

— Es-tu certain que ce sont des personnes ? En tous cas des humains ? Avec tout le mal qu'ils sont capables de faire, à commencer par la destruction de leur propre monde, sont-ils dotés du simple bon sens ? Quand je vois ce que tu as été capable de faire à des gens au milieu desquels tu as grandi et que tu connaissais, j'en doute très fortement. Non, Kana ! Tu ne me berneras pas comme tu l'as fait pour le vieux Wazaaba.

Il tourna les talons, laissant Kana sur place.

— A propos de ton fils !

Zola s'arrêta et se retourna vers l'ancien roi, le visage tendu.

— Tout ce que je peux te dire c'est que mon père et les siens n'y sont pour rien. Le responsable est plutôt à chercher de votre côté.

— Que veux-tu dire ?

Kana ne répondit pas. Il disparut dans la nuit, laissant Zola sur place avec une nouvelle interrogation.

19

La jeune reine se redressa difficilement sur le lit. Elle vit Fatou qui était assoupie contre le mur. Instinctivement, sa fidèle dame de compagnie se réveilla et se redressa. Elle se leva et s'approcha du lit.

— Bonjour à toi, Majesté. Puis-je te demander comment tu te sens ?

La jeune reine s'allongea de nouveau.

— Je ne sais pas.

Elle regarda Fatou avec un regard chargé de tristesse.

— Qu'a-t-on fait de mon enfant ?

La jeune femme hésita.

— Tu peux me le dire. Ce ne peut être pire que ce qui a déjà été fait. Je suis prête à l'entendre.

Fatou hésita encore avant de lui répondre avec des sanglots dans la voix.

— Le petit prince a été incinéré !

Elikya accusa le coup. Puis elle porta les mains à son visage et ne put retenir ses larmes. Son corps fut secoué de soubresauts à mesure qu'elle pleurait son enfant perdu. Elle n'était en fait pas prête. Elle ne s'attendait pas à cela. Quel malheur ! Incinéré ! Elle n'aurait même pas la consolation de le savoir avec les ancêtres. Incinéré voulait dire plus d'esprit ! Et donc jamais elle ne pourrait même communiquer avec lui !

Mais elle se ressaisit très vite. Elle se mit à réfléchir à la raison d'une telle décision qui n'était pas dans leurs mœurs. Elle se rappela de la situation engendrée par le corps de Kana. Il avait été révélé plus tard qu'il aurait également dû être brûlé. Il avait donc été jugé que son enfant aurait pu être un danger pour le royaume. Ce ne pouvait être que la seule décision à prendre.

Elle sentit des bras se poser sur elle et elle ouvrit les yeux. C'était sa mère. La vieille femme posa son front sur le sien pendant un long moment avant de se redresser. Elle observa sa fille.

— Tu viens simplement de l'apprendre ? Comme c'est triste. Mais tu devras faire face, ma fille. Je sais que tu le feras. De ce point de vue, tu tiens de ton père. Il se remettait de tout.

Elle termina par un sourire.

— Ne t'en fais pas. Tu auras des enfants. Je ne te l'ai jamais dit, mais ce que tu viens de vivre, même si ce n'était pas pour les mêmes raisons, même si ce n'était pas le même contexte, je l'ai aussi vécu. Alors, je sais très bien ce que tu ressens. Courage, ma fille !

— Merci, maman. Merci d'être là.

Elle lui serra les mains.

— Il y a quelqu'un qui essaie de te voir depuis deux jours…

— Je suis là depuis deux jours ?

— Oui, ma fille. Tu étais tellement choquée qu'il a fallu te faire boire quelques préparations du vieux Nganga. Cela t'a aussi permis de récupérer bien plus vite. Quoi qu'il en soit, cet homme me semble au moins aussi efficace que le vieux Wazaaba.

Elle se releva.

— Il attend dehors, lui dit-elle.

Sa fille lui répondit d'un hochement de tête. La vieille reine sortit, suivie de Fatou. En quittant la pièce, elle fit signe de la tête à Zola qu'il pouvait entrer. Il entra alors d'un pas hésitant. De son côté, Elikya avait le regard fuyant. Si bien qu'il arriva jusqu'au lit sans que leurs regards ne se soient croisés une seule fois. Il s'assit et l'observa. Il attendit qu'elle daigne enfin tourner son regard vers lui. Il était inondé de larmes. Il la serra contre elle alors qu'elle pleurait en silence.

— Je suis désolée, dit-elle, je suis tellement désolée.

— Tu n'as pas à l'être, lui répliqua-t-il en lui prenant le visage entre les mains. Tu n'es responsable de rien. Tu n'as pas à te rendre responsable de quoi que ce soit. Tout ceci aura certainement tôt ou tard une explication. Mais je ne veux pas que tu te mettes en tête que je t'en veux d'une quelconque manière. Surtout pas.

— C'est si difficile, Zola. Je sais bien, mais c'est tellement difficile.

Il lui déposa un baiser sur le front.

— Merci de comprendre cela. Tu es vraiment très courageuse.

— Je suis reine, ne l'oublie tout de même pas.

Zola ne savait pas s'il devait en rire. Il lui sourit.

— Et toi ? lui demanda-t-elle. Comment tu vas ?

Il soupira et la regarda droit dans les yeux.

— Il y a tellement de choses qui se sont produites en si peu de temps. Je ne sais pas si tu es prête à tout entendre.

— Cela m'occupera l'esprit. Je suis prête à tout entendre.

Il hésita, puis il se dit qu'elle avait certainement raison. Alors il lui dévoila d'abord tout ce que le vieux Nganga avait dit. Il poursuivit avec sa propre rencontre avec Kana, sans toutefois lui parler des déclarations de ce dernier sur la responsabilité supposée de la mort du bébé qui serait à chercher de leur propre côté.

— Mais qu'est-il exactement ? s'exclama-t-elle. Fils d'un mauvais génie, il n'est pas un humain !

— Il ne serait pas du tout de ton avis. Il se considère comme un humain. En tous les cas, il ne s'identifie pas à ceux de son père.

— Qu'espère-t-il donc ? Qu'il va être accepté par des gens pour lesquels il a fait si peu de cas il n'y a pas si longtemps ? Et dire que nous subissons encore les effets de ses actes à ce jour !

Une colère sourde émanait de ses propos. Elle se tourna vers lui.

— Comment as-tu pu garder ton calme devant lui ? Comment as-tu pu !?

Zola la regarda sans broncher. Il la comprenait. Il avait eu la même réaction de colère lorsqu'il s'était retrouvé face à Kana. Cela lui avait beaucoup coûté de garder son calme. Lorsqu'il était rentré cette nuit-là, il avait souffert de violents maux de tête. Il savait que c'était dû à cet incroyable effort psychologique qu'il avait dû faire pour parvenir à se maîtriser. Mais qu'aurait-il pu faire par ailleurs ? Kana n'était pas un être ordinaire. Ils le savaient tous maintenant. Et personne ne pouvait rien contre lui. Lui-même le savait. L'ancien roi était conscient de l'ascendant psychologique qu'il avait sur chacun de ses interlocuteurs, à part le vieux Nganga. Le vieil homme ne le craignait en rien, et pour cause...

Zola attendit que sa jeune épouse se calme.

— Qu'aurais-tu voulu que je fasse ? lui demanda-t-il calmement. Tu sais bien que nous ne sommes vraiment pas sortis d'affaire. Alors il serait malvenu d'envenimer inutilement la situation.

Elle ferma les yeux et inspira profondément.

— Oui, je sais, pardonne-moi. Y a-t-il autre chose que je devrais savoir ?

— Oui, je ne t'ai pas encore parlé de mon séjour à Lwémo.

Il lui fit alors un résumé de la réunion des souverains. A la fin de son récit, elle se tut. Elle semblait s'approprier les conclusions à tirer de la situation.

— Chacun semble afficher sa bonne volonté. Nous verrons bien ce qu'il en adviendra lorsqu'il faudra faire face à l'imprévu. Lorsqu'il faudra peut-être risquer son royaume ou sa vie pour sauver les uns ou les autres.

— Tu es bien sceptique.

— Zola, tu connais la nature humaine. Quand tout va bien, il y a toujours de la bonne volonté. Quand il s'agit de promesses, il y a toujours du monde. Mais dès qu'il faut faire face, alors là ce sont des cris et des pleurs. Sans oublier qu'il peut bien y avoir un traitre à nouveau. Souviens-toi de Mongo.

Zola ne dit rien. Il savait qu'elle avait raison car il y avait aussi pensé lui-même. Mais comment savoir qui pourrait trahir ? Pour quelle raison ? Etait-ce possible de dissuader toute personne tentée par une telle attitude ? Pour cela il faudrait qu'elle ait plus à y perdre qu'à y gagner. Cette fois-ci le traitre, si traitre il devait y avoir, pouvait se trouver ailleurs qu'à Loughémo étant donné que d'autres étaient concernés. Ewomé avait bien déjà cédé à cette tentation. Ewomé ! En voilà un qui pourrait être à nouveau tenté. Sa situation était telle qu'il pourrait bien chercher à négocier le pardon de Kana pour l'avoir trahi lors de leur collaboration.

— Je partage ton avis, mais il est difficile de débusquer un traitre avant qu'il ne commette l'irréparable.

Elle ne répondit rien. Elle semblait être dans des pensées lointaines.

— Tu te rends compte que c'est moi qui aurais dû y être ? le taquina-t-elle soudain. Je me demande comment je m'en serais sortie.

— Il n'y avait rien de bien compliqué, tu t'en serais très bien sortie.

— Ah oui ? Et toi ? Comment t'en es-tu sorti ?

Il prit un air des plus sérieux.

— Quel poids ce titre de roi ! Dès que tu seras rétablie il faudra que je pense à te remettre tous tes pouvoirs.

— Tu ferais ça ? Tu sais, ce n'est pas moi qui te les ai donné. Ce sont les ancêtres. Tu refuserais un don des ancêtres ? Il n'y a qu'eux qui ont la capacité d'autoriser une telle possibilité.

Puis elle l'observa plus intensivement.

— Mais es-tu vraiment sérieux ?

Il lui fit un sourire en coin en se levant.

— D'après toi ?

— D'après moi, tu n'as de toute façon pas tous les pouvoirs. Je suis là et bien là.

Il lui fit un large sourire avant de sortir.

— Repose-toi. A plus tard.

La jeune femme secoua la tête et fit mine de se lever.

— Il faut que je sorte, j'ai besoin de voir le soleil.

Elle ne parvint même pas à s'assoir sur le bord du lit. Elle lâcha un soupir de douleur. Zola se précipita.

— Ne soit pas obstinée, je t'en prie ! Tu vois bien que tu n'es pas encore d'attaque. Tu ne le seras pas avant quelques jours.

Elle se rallongea non sans faire la moue. Son soupir avait toutefois alerté sa mère qui était non loin. Elle arriva, le visage inquiet, suivie de la fidèle Fatou.

— Bon, je vais vous laisser, je ne pense pas que tu aies encore besoin de moi.

Zola s'éclipsa alors, laissant Elikya aux mains des deux femmes.

*

Un grand coup de massue allait s'abattre sur Zola. Quelques jours à peine après son retour de Lwémo, une délégation arriva d'Abamé. C'était un groupe conséquent de représentants qui étaient venus du royaume du roi Moni. Ils étaient plus de trois dizaines. Un nombre qui dénotait de l'importance donnée à leur mission, mais aussi d'un certain mécontentement de la part de leur mandataire. Il connut très vite la raison d'un tel déploiement de force. En fait d'explication, il y en avait plusieurs. Le roi Moni voulait en effet marquer son mécontentement, mais ce qu'ils étaient venu chercher valait au moins une telle escorte. En tous les cas, si l'on considérait l'importance que le roi d'Abamé y accordait.

— Mon souverain, le roi Moni, demande donc la restitution complète du reste de l'ensemble constituant les éléphants d'ivoire, à savoir le socle et le fruit de baobab en or.

L'homme inclina la tête et attendit la réponse du roi Zola. Buana intervint.

— Daignez vous retirer quelques instants, je vous prie. Le roi va très vite vous annoncer sa réponse.

L'homme et ses quelques compagnons qui étaient entrés avec lui dans la grande salle du palais quittèrent les lieux sans mot dire. Le Premier conseiller Buana se tourna alors vers son souverain, le regard interrogateur. Zola était dans le même état d'esprit.

— Comment ont-ils pu savoir ? grommela-t-il.

— Je pense que nous nous posons tous la même question, fit Wamba en écho à son roi. Je donnerais cher pour savoir qui a fait une chose pareille.

— En effet, répliqua Gadji, parmi les personnes informées, qui avait intérêt à le divulguer ? D'ailleurs, qui sont ceux qui savaient, à part nous ici présents ?

— Ecoutez ! intervint Zola. La vérité ne meurt jamais. Alors ne perdons pas notre temps aujourd'hui. Nous saurons bien un jour qui est le responsable. Pour l'instant, j'aimerais que vous me proposiez une stratégie pour ne pas trop perdre la face et pour atténuer la colère de mon homologue. Nous ne pouvons pas nous permettre d'avoir un conflit, même larvé, avec Abamé. Je prends toute la responsabilité de cette situation, mais j'ai besoin de vos lumières.

— Majesté, tu n'es pas seul responsable ! s'exclama Buana. Nous étions tous d'accord pour ne restituer que les statuettes car les autres pièces ne faisaient plus partie des trésors royaux d'Abamé.

— Oui, rétorqua le jeune roi, mais la décision finale me revenait.

Un silence s'installa pendant un instant.

— Je ne suis pas d'avis à remettre ces pièces, dit Gadji.

— Explique-toi, lui demanda Buana.

— Eh bien, pour les mêmes raisons que nous ne les avions pas restituées jadis, nous pouvons aujourd'hui arguer du fait que nous avons toute légitimité pour les garder. Ces objets n'appartenaient plus au trésor royal d'Abamé, tu viens de le dire.

Un nouveau silence s'ensuivit avant que Zola ne reprenne la parole.

— Ce que tu dis est bien vrai, mais s'il avait fallu bien faire, j'aurais évoqué la présence de ces objets, sachant que tous formaient un ensemble unique. Alors, je préfère vous dire que ma décision est prise. Ce que je voudrais c'est comment je dois m'y prendre pour les remettre. Dois-je y aller moi-même pour essayer d'apaiser cette tension qui monte ? Dois-je envoyer quelqu'un ?

— Il n'est pas question que tu y ailles ! Ni toi, ni qui que ce soit !

Nganga venait d'apparaître. Le Premier conseiller avait eu la bonne idée de le convier car l'heure était grave.

— Il ne faut pas risquer d'envenimer la situation en se présentant là-bas. Cela pourrait être mal compris. Il faut plutôt faire profil bas. Comme il est évident qu'ils savent que nous sommes en possession de ces objets, alors il ne sert à rien de nier. Il faut accepter leur demande. Mais nous n'allons pas leur remettre les objets dans l'immédiat. Il n'est pas question d'avoir l'air de céder à une injonction. Nous reconnaissons avoir les objets, mais nous décidons quand les restituer. Par ailleurs, il est vrai que ces objets ne nous sont pas parvenus de manière illicite. Si nous décidons de les restituer, ce n'est que par considération pour l'importance qui leur est visiblement donnée par le souverain d'Abamé. Je ne pense pas, et personne ici non plus, que ce soit pour leur valeur matérielle, au-delà du fait que ce royaume est riche au point de pouvoir se passer de ce genre d'objets. En tous les cas, il faudra faire intervenir un médiateur.

Zola avait très attentivement écouté le vieil homme.

— Très bien. Il ne reste donc plus qu'à annoncer cette décision aux émissaires d'Abamé. J'espère qu'ils comprendront notre réflexion. Je dois avouer que tel que je les ai perçus, j'en doute. Il va falloir être vraiment persuasif.

— Ne t'en fais pas, rétorqua le devin, ils finiront par accepter.

En effet, lorsque les représentants revinrent dans la salle, il fallut s'employer pour leur faire comprendre que la volonté de leur souverain, qui était de les voir rentrer avec les objets, ne serait pas satisfaite. Les arguments selon lesquels les objets n'étaient pas en la possession de Loughémo de manière illicite semblèrent finalement porter leurs fruits. Le porte-parole parut progressivement moins vindicatif. Il finit par comprendre qu'il n'obtiendrait pas gain de cause et se résolut à repartir bredouille, non sans avoir fait part de sa frustration à son auditoire. Par soucis diplomatique, Zola les fit raccompagner par ses gardes royaux jusqu'à bien au-delà des limites de Loughémo. Une attention qui fut malgré tout appréciée par leurs visiteurs.

*

Comme tous les jours, le roi Ewomé s'était allongé pour récupérer de ses longues nuits de veille qu'il passait à attendre l'instant qu'il redoutait : se retrouver face à l'esprit vengeur de

Kana. Il était rentré furieux dans son fief de Saboua. On le serait à moins, mais n'était-il pas lui-même responsable de la situation par son entêtement ? Il n'avait pas du tout apprécié la manière dont il avait été traité à Lwémo. Il ruminait une vengeance, mais il ne savait pas comment, ni où, ni ce qu'il ferait. Mais le sort ne lui permettrait pas de se venger de qui que ce soit.

— Alors, qu'est-ce que cela t'a rapporté de m'avoir trahi ?

Ewomé se réveilla brusquement. L'effroi était visible sur son visage. Le roi de Saboua sembla chercher autour de lui du regard. Il était sûr d'avoir entendu une voix. Mais, par-dessus tout, il était certain de l'avoir reconnue. Dans la pénombre il ne distingua rien. Il fit mine d'appeler, mais aucun son ne sortit de sa gorge. Il se redressa et s'assit sur le bord de sa couche. La pièce était plutôt spacieuse. Elle devait bien faire une petite dizaine de pas de côté. Il y avait plus loin à côté du lit une table sur laquelle il y avait un ensemble de statuettes devant lesquelles le vieux roi se prosternait régulièrement pour demander leur protection. Autour de la table il y avait des portions de troncs d'arbre sculptés qui servaient d'assise. De chaque côté de l'entrée de la pièce il y avait de grands tam-tams hauts comme un homme et aussi larges. Leurs corps était couvert de graphiques savamment découpés dans le bois. Ces dessins semblaient anodins. Mais en regardant plus attentivement, il était possible de remarquer qu'ils représentaient les constellations que des générations entières de Saboua avaient observées dans le ciel. Tous les peuples connaissaient la constitution des astres, mais seuls ceux de Saboua les avaient immortalisés sur du bois. A l'origine, ces tam-tams ornaient le salon royal, mais le roi avait décidé unilatéralement qu'ils étaient mieux dans sa pièce personelle.

Ewomé transpirait. Il était torse nu mais il avait chaud. Pourtant, la construction du palais était telle que la chaleur ne pouvait s'y accumuler. Il se prit la tête dans les mains puis se frotta le visage. C'est lorsqu'il eut fini de se frotter le visage qu'il vit l'un des tam-tams bouger. Puis il l'entendit parler.

— Qu'est-ce que cela t'a rapporté de m'avoir trahi ?

Ewomé était complètement désarçonné. Qui avait-il face à lui ? Qu'était-ce ? Etait-ce cela un esprit ? Les esprits ressemblaient-ils donc tant que cela aux tam-tams ?

— Sais-tu que si j'en suis là où je suis aujourd'hui c'est aussi par ta faute ?

Finalement ce n'était pas un tam-tam. C'était un homme qu'il y avait en face à lui. Si jamais c'était bien un homme ! Et ce n'était pas n'importe qui. Comme le lui avait laissé penser cette phrase qu'il avait bel et bien entendue. Ce moment tant redouté était arrivé ! Lui qui avait toujours pensé qu'il arriverait en pleine nuit était abasourdi de voir Kana en pleine journée. Qu'allait-il lui infliger ? Pourquoi était-il là ? Allait-il l'emmener avec lui au royaume des morts ?

— Alors, as-tu perdu ta langue ? Tu m'avais paru bien plus volubile lorsqu'il s'était agi de demander la main de la fille du roi Bidié ! Ou encore pour renflouer tes granges vides et sauver ton trône ! Tout ça pour te retourner contre moi ensuite. Est-ce cela que tu appelles de la reconnaissance ?! Sais-tu ce que tu mérites pour cela ?!

Une colère à peine contenue suintait de la voix du roi déchu. Le vieil homme était complètement effrayé. Il s'agenouilla honteusement.

– Par pitié ! Ne me fais pas de mal ! Je regrette, je ferai tout ce que tu veux ! Pardonne-moi ! Ne me tue pas !

– Et pourquoi devrais-je te faire confiance à nouveau ? demanda Kana calmement.

– Tu verras ! Demande-moi ce que tu veux et je le ferai ! Ewomé semblait un peu plus rassuré par le calme soudain de Kana.

– Mais c'est que je n'ai plus besoin de toi, vieillard. A quoi pourrais-tu bien m'être utile ? Kana avait une voix de plus en plus douce dont la colère semblait avoir disparu.

– Détrompe-toi, on a toujours besoin d'un plus petit que soi ! Tu ne le sais pas aujourd'hui, mais peut-être que demain je serai celui qui te rendra le plus grand des services ! Réfléchis bien, Kana ! Réfléchis bien !

Le jeune homme sembla hésiter.

– Tu es fort, roi Ewomé. Tu arrives à me faire douter de moi-même. Car j'étais venu ici avec la ferme intention de te faire payer ta forfaiture. Mais tu me fais hésiter. Alors je vais prendre le temps de la réflexion.

Il s'éclipsa aussi mystérieusement qu'il était apparu. Le vieil homme se retrouva soudain à nouveau seul, non sans une angoisse qui lui tailladait le ventre. Il se laissa retomber sur le lit, les yeux collés au plafond. Qu'allait encore lui réserver Kana ? Combien de temps de répit lui laisserait-il ? Il n'eut pas à attendre longtemps pour le savoir. Il entendit un feulement. Il se redressa alors brusquement. Il n'eut même pas le temps de comprendre ce qu'il avait face à lui. La frayeur intense qu'il ressentit lui provoqua un tel choc que son vieux cœur ne la supporta pas. Il s'écroula en arrière en portant la main à la poitrine dans un geste désespéré pour tenter de soulager la vive douleur. Il s'éteignit alors que l'ombre menaçante se rapprochait encore plus de lui. La bête le renifla quelques instants, comme pour s'assurer de la mort du pauvre homme. Puis elle redescendit du lit et disparut comme elle était apparue. Kana était venu en animal furtif, il repartirait en animal furtif.

*

Le roi Moni n'avait pas du tout apprécié que sa délégation rentre bredouille de son périple à Loughémo. Mais s'il y en avait un qui en avait été encore plus irrité, c'était bien son jeune frère, le prince Samburu. Il s'en était pris au pauvre porte-parole du groupe qui venait à peine de rentrer. Il avait alors fallu que le roi le calme. Mais ils avaient tout de même été bien embêtés pour la suite à donner à cette situation. Aussi, lorsque le messager envoyé par le roi Mako se présenta à eux pour leur proposer sa médiation, ils sautèrent sur l'occasion sans trop hésiter. Voulant régler le problème au plus tôt, et surtout sous l'impulsion de Samburu, ils imposèrent une date très proche pour récupérer les objets.

Les deux parties se retrouvèrent donc quelques jours plus tard pour la remise des objets de la discorde. En arrivant vers Lwémo, Zola s'arrêta quelques instants au bord d'un cours d'eau avec son escorte. Il s'en rappelait pour y être venu bien des lunes auparavant pour accomplir une mission que le vieux Wazaaba lui avait confiée. Il se rappela la sensation étrange qu'il avait alors ressentie. Mais les lieux semblaient bien différents de ce qu'ils étaient à l'époque. Le paysage de désolation dû à la sécheresse avait laissé la place à une végétation luxuriante. Le lit à sec du cours d'eau était inondé d'une eau boueuse et tumultueuse. Le jeune roi tenta de reconnaître les lieux. Il distingua quelques rochers qui lui permirent de situer le lieu approximatif où la paroi s'était ouverte en deux. Celle-ci se trouvait sous l'eau. Il ne voyait pas comment il pourrait y accéder en l'état actuel du cours d'eau. Le vieux Nganga était du voyage et leurs regards se croisèrent l'espace d'un éclair. Mais ce fut suffisant pour qu'ils ressentent chacun cette sensation de complicité indéfinissable.

La conciliation qui allait avoir lieu ne devait pas durer très longtemps. Mais dans ce genre de situation, il pouvait arriver un imprévu dû à une parole ou à une attitude mal interprétée. Sur les conseils de son devin, Zola avait contacté le roi Mako pour lui exposer la situation et ce dernier avait accepté de jouer ce rôle sans aucune hésitation. C'était pour lui un devoir d'apaiser toute tension qui pouvait naître entre deux peuples qu'il considérait comme frères. D'autant que la conjoncture d'une menace commune était toujours de mise.

La délégation d'Abamé était déjà sur place lorsque Zola et sa suite arrivèrent. Le prince Samburu voulait que tout soit réglé au plus vite afin de pouvoir repartir. Mais son roi de frère était bien plus calme et le réfrénait dans ses velléités. Il n'y avait pas de raison d'aggraver la situation ou d'alimenter un début de querelle qui n'était somme toute peut-être qu'un malentendu. D'autant qu'il considérait qu'ils avaient le beau rôle. Ce serait plutôt à ceux de Loughémo d'être nerveux. Il comptait bien les humilier pour cette attitude qu'il considérait indigne. Pour quelle raison avaient-ils pensé que ces objets n'étaient plus du trésor royal d'Abamé ? Tout ce qui appartenait à Abamé serait toujours à Abamé. Rien ne pouvait justifier que le trésor du royaume soit dispersé. Zola avait demandé à ce que l'audience se déroule à huis clos. Mais il avait refusé, sur l'insistance de Samburu. Qu'avait-il donc à cacher pour vouloir régler ce différend en comité restreint ?

L'explication aurait lieu au même emplacement que celui qui avait accueilli la réunion des souverains. Une table basse avait été placée sous le grand arbre, entre ce dernier et le roi Mako. De part et d'autre de cette table, les délégations de Loughémo et d'Abamé se faisaient face. Elles étaient arrivées sans se croiser, sans se saluer. Peu de temps avant, les deux souverains avaient échangé les meilleures des intentions et aujourd'hui ils se faisaient face pour régler un différend. Comme la vie peut-être capricieuse.

Un homme avança et frappa dans les mains plusieurs fois pour demande l'attention et le silence des auditeurs. Au même moment, une jeune femme avança avec dans les mains un plateau en bois sur lequel il y avait une toile sombre qui recouvrait des objets. Une fois qu'elle les eut posés sur la table, elle se retira. L'homme avança alors et retira la toile. Un murmure d'admiration parcouru l'assistance. Les deux objets brillaient d'un éclat impressionnant, quand bien même qu'ils étaient à l'ombre. L'homme leva les bras et le silence revint progressivement.

— Chers amis, chers visiteurs ! commença-t-il. Nous sommes ici présents pour une affaire qui semble très grave, car elle oppose deux royaumes, mais soyons sûrs qu'une solution sera trouvée car nous sommes entre gens intelligents.

Le porte-parole de Lwémo avait reçu des consignes bien précises de la part de son souverain : dédramatiser la situation dès le début pour tenter de détendre l'atmosphère.

— S'il est vrai que chacun de nous n'apprécie certainement pas d'être victime d'une situation aussi délicate, il est également vrai que chacun de nous rechigne également à mettre son prochain dans cette même situation délicate ! Nous sommes donc ici pour comprendre ce qui a pu se passer et ainsi arriver à un apaisement entre nos frères ! J'ai ainsi parlé !

Il se retira, laissant la place à son homologue d'Abamé. Ce dernier avança au centre de la place. Il toisa la délégation de Loughémo d'un regard sévère avant de se tourner vers le roi Mako. Il avait le crâne rasé et il était coiffé d'un toque en peau de fauve, guépard ou léopard, il était difficile de distinguer. Le reste de son habillement était constitué d'un tissu qui lui recouvrait une épaule et redescendait vers une sorte de jupe à plis de couleur fauve qui arrivait à mi mollets. Une tenue traditionnelle d'Abamé. Il inclina la tête devant le souverain hôte.

— Salutations à toi, Majesté ! Tout d'abord j'aimerais te présenter de la part de mon roi, les plus sincères remerciements pour t'impliquer ainsi dans cette situation. Tu es un être d'un grand cœur et cela t'honore.

Puis il se tourna à nouveau vers la délégation de Loughémo.

— Mon prédécesseur a dit que nous étions entre gens intelligents. Je souhaite que la suite lui donne raison. Nous allons donc entendre vos explications afin de savoir comment des éléments d'un trésor royal se sont retrouvés entre vos mains. J'ai ainsi parlé.

Le porte-parole de Loughémo s'avança alors doucement pour se retrouver au même emplacement. Il se tourna vers le roi Mako et inclina la tête.

— Salutations à toi, Majesté. A mon tour je te présente les remerciements de mon roi pour avoir organisé cette réconciliation. Car je n'ai aucun doute qu'il y aura réconciliation. Cela est en tous les cas notre sincère et profonde volonté.

Il se tourna vers la délégation d'Abamé. Il avait noté que l'homme qui l'avait précédé ne s'était pas incliné devant Zola. Mais ce dernier lui avait fait remarqué de ne pas en tenir compte. C'était un piège pour mettre leur bonne volonté à l'épreuve. Il inclina donc la tête devant le roi Moni.

— Salutations à toi, Majesté. Merci à toi aussi d'accepter d'entendre les explications de mon roi car il n'a jamais voulu offenser en quoi que ce soit ni toi ni ton royaume.

— Le résultat est pourtant là !

Le porte-parole fut surpris par l'intervention brutale de Samburu. L'audience était soudain tendue. Il réussit toutefois à garder son calme et continua à s'adresser au roi Moni.

— Aussi, mon roi est-il prêt à donner par ma personne les raisons qui ont mené à ce regrettable malentendu.

— Nous t'écoutons, lança le porte-parole.

L'homme expliqua qu'il tenait les objets des mains du vieux Mpassi, qui les avait remis à Zola en remerciement d'avoir accepté de s'occuper de la petite Binta. Il finit en disant qu'il ne savait pas d'où le vieil homme tenait les objets. En aucun cas ils n'avaient pu imaginer d'où ils venaient.

— Très bien, avança Samburu. Mais lorsque vous avez vu que ces objets s'accordaient parfaitement avec les éléphants d'ivoire, pourquoi ne pas avoir considéré que c'était un ensemble et nous avoir tout rendu ? Comment allez-vous expliquer cela ? Vous n'avez aucune excuse de ne pas l'avoir fait.

Il avait le regard méprisant. Il était bien visible qu'il ne voulait pas leur rendre la tâche facile.

— Puisque tu sembles insister, je vais te dire ce qu'il en est vraiment. Mais je ne suis pas certain que tu veuilles entendre cette vérité.

Samburu sembla surpris. Le roi Zola venait en effet de se lever pour répondre personnellement à ses objections et il ne s'y attendait pas. Il pensait qu'il n'aurait à faire qu'au seul porte-parole. En entrant ainsi en scène, Zola prenait le risque d'un affrontement direct avec le frère du souverain d'Abamé ou encore du souverain lui-même. Mais il n'aurait pas supporté de voir son porte-parole subir les attaques d'un homme dont il était persuadé qu'il n'avait aucune intention d'arrondir les angles. Ce qui ne semblait pas être le cas du souverain lui-même.

— Alors, encore une fois, je demande au souverain Moni de me permettre de parler du plus important entre souverains afin de préserver la mémoire de votre royaume.

— Tes subterfuges ne te feront pas échapper à des explications, roi Zola ! s'exclama Samburu qui n'avait rien perdu de sa virulence.

— Du calme, petit frère ! intervint le roi Moni.

Il se leva et fit face à son homologue.

— Quelle est donc cette mémoire que tu veux voir préservée ? demanda-t-il, intrigué.

— Mon ami, dit Zola, accepte donc ma demande de pardon pour cette situation que j'ai bien involontairement créée. Accepte de récupérer ces beaux objets sans autre forme de procès afin qu'ils réintègrent la place qui est la leur auprès du reste de vos joyaux !

Le roi d'Abamé n'eut même pas le temps de réfléchir à ce que Zola venait de lui dire.

— Il n'en est pas question ! En aucun cas ces objets ne retourneront au palais d'Abamé ! Car cela voudrait dire que je n'ai jamais existé !

Tous les regards se tournèrent alors vers la jeune femme qui venait de surgir au beau milieu des débats. Adia avait plus que jamais l'air déterminé. Elle s'avança tête haute vers Zola en gardant le regard sur son roi de frère. Zola se mit à reculer pour laisser complètement la place à la jeune femme. Il sentait que cela allait se régler en famille. Ce n'était plus à lui de parler. Il avait essayé d'éviter le déballage qui allait visiblement avoir lieu, mais ce n'était plus de son ressort.

— Après tout ce que j'ai enduré ! insista Adia. Après tout ce que ma mère a enduré ! Oh, non ! Ces objets sont à moi ! Et si jamais ils ne doivent plus être à Loughémo où ils ont été offerts, par mon oncle et par moi-même, alors c'est à moi de les récupérer !

Elle se tut, attendant la réaction de l'un de ses frères. Elle savait qu'ils étaient ses frères, mais de leur côté ils l'ignoraient. Elle vit l'interrogation, l'hésitation et la confusion dans leur regard. Qui était donc véritablement cette fille ? Disait-elle la vérité ? Comment fallait-il se comporter dans cette situation devant cette audience ? Encore une fois, ce fut Samburu qui intervint avant son aîné.

— Explique-toi donc !

— En es-tu bien sûr ? Je ne suis pas certain que notre regretté roi Bangou aurait aimé nous voir nous affronter ainsi.

Je vous conseille à toi et à notre roi de suivre la demande de sa majesté Zola et d'en discuter calmement entre nous.

Alors que les deux frères se regardaient encore, le roi Mako avait déjà pris la décision de faire récupérer les objets par son porte-parole. Ce geste finit de décider les deux frères qui hochèrent la tête en signe d'accord.

— Très bien, dit le roi Moni. Je ne sais pas vraiment ce que tout cela cache, mais je vais suivre vos conseils car j'estime que vous savez de quoi vous parlez.

— Il ne faut pas se laisser tromper ! aboya à nouveau Samburu. Et si… !

— Cela suffit, Samburu ! s'emporta Moni. C'est encore moi qui décide !

Puis il se calma et s'adressa à Zola.

— Au vu de ce que j'observe, je vois que ta bonne foi est confirmée. Mais sache que je ne t'accorde pas mon pardon car tu n'as pas à le demander. Tu n'as visiblement rien à te reprocher.

Puis, se tournant vers Adia.

— Nous avons visiblement des choses à apprendre.

Il s'adressa finalement au roi Mako.

— Mon cher ami, je pense que nous n'allons pas prolonger cette séance plus longtemps, mais je te laisse reprendre en main le cours de cette réunion. Ainsi ai-je parlé.

*

Les deux frères semblaient abasourdis. Le récit qui venait de leur être fait par la jeune femme, corroboré par Zola et dans une moindre mesure pas le roi Mako les avait laissés bouche bée. Ils venaient d'apprendre l'infidélité de leur père faite à leur mère. Ils venaient d'apprendre qu'Adia était en fait leur sœur. Ainsi, les objets en or étaient sortis du patrimoine royal par la volonté de leur propre père. Un cadeau fait à la mère d'Adia pour sa relation avec lui ! Y en avait-il d'autres ? Combien d'amantes leur père avait-il pu avoir, et surtout y avait-il d'autres enfants perdus dans la population ? Sans doute ne le sauraient-ils jamais. En tous les cas, en ce qui concernait leur toute nouvelle sœur, les preuves étaient bien là. Elles étaient difficilement contestables.

Il y eut un long silence pendant lequel Zola et Adia échangèrent un regard. Le jeune roi semblait remercier la jeune femme pour lui avoir évité de dévoiler la situation. Finalement, c'est elle-même qui en avait pris la responsabilité. C'était mieux ainsi. Zola savait que s'il en était arrivé à tout dévoiler devant toute l'audience, les deux frères lui en auraient voulu, et ce malgré ses mises en garde.

— Mon dieu, quelle histoire ! s'exclama enfin Moni. Quelle histoire ! Je pense que c'est à moi de te demander ton pardon, ma sœur. Au nom de notre père. Tu as vécu une vie autre que celle à laquelle tu aurais pu aspirer. Il t'a tout simplement abandonné !

— Ma mère a pu tout de même nous donner à Binta et à moi-même ce dont nous avions besoin pour vivre, répondit fièrement la jeune femme. Cela a été possible grâce à la générosité du roi Bangou. Nous ne sommes donc pas complètement à plaindre.

Le roi Moni sourit.

— Ton indulgence envers ton père t'honore. Tu le défends. Tu ne lui en veux donc pas de son attitude ?

— J'ai vu ce qu'il en a coûté à ma mère de lui en vouloir. Alors je ne veux pas m'embarrasser d'un tel fardeau. Cela ne changerait rien de toute façon. A quoi bon ? Pourquoi conserver de la haine en soi ? Qu'il repose en paix.

Un lourd silence s'installa. Zola était impressionné par les derniers mots de la jeune femme. Quel contraste avec cette même jeune femme dont il savait qu'elle n'avait pas hésité à planter une flèche dans la poitrine d'un animal dont elle connaissait la véritable nature. Visiblement, elle pouvait quand même avoir la rancune tenace. Mais n'était-ce pas compréhensible après ce qu'il lui avait fait subir ? Il se demanda si elle savait que Kana était encore vivant. Comment réagirait-elle ?

— Mes chers amis, dit soudain le roi Mako, nous en avons eu pour notre lot d'émotion aujourd'hui, mais il va falloir tout de même arriver à une solution. Que faisons-nous donc de ces objets ?

Cette fois, le roi Moni n'hésita pas.

— A la vue de cette situation, je laisse le choix à ma cadette ici présente de décider ce qu'elle veut faire de ces objets.

— Pour moi c'est clair, répliqua presqu'aussitôt la jeune femme. Comme je l'ai dit plus tôt, ces objets avaient été offerts au royaume de Loughémo. Ils lui reviennent donc de droit. A mes yeux, rien ne justifie de délester quelqu'un d'un présent, aussi symbolique soit-il pour ses anciens propriétaires.

Un nouveau silence encore plus pesant envahit la salle. Ce que venait de dire Adia était très explicite. Elle mettait son roi dans l'embarras. Allait-il se désavouer en renonçant aussi facilement à tout ce pourquoi tout le monde était réuni à Lwémo ? Allait-il montrer sa fermeté et engager un bras de fer avec sa jeune sœur ? Un remue-ménage à l'entrée de la salle attira l'attention de tous. Un homme se présenta et se dirigea prestement vers le roi Mako. Le porte-parole de Lwémo s'adressa discrètement et brièvement à son souverain. Ce dernier hocha la tête en faisant un signe qui signifiait que l'on pouvait introduire une personne dans la salle. Le porte-parole transmis la demande au garde qui était resté à l'entrée.

Un homme s'introduisit alors. Il était couvert de poussière et la fatigue se lisait sur son visage. Il avait visiblement fait un long voyage au pas de course. Mais il se présenta aussi dignement qu'il put devant les trois souverains.

— Que la paix des ancêtres soit sur vous, majestés, au nom de notre Dieu tout puissant.

Puis il s'adressa particulièrement au roi Mako.

— Majesté, je suis envoyé ici dans votre contrée porteur d'une très mauvaise nouvelle que le roi Ekassa, le nouveau roi de Saboua, a tenu à vous faire parvenir au plus tôt. La présence de vos homologues de Loughémo et d'Abamé m'évitera le voyage jusqu'à leurs royaumes.

Il lança un regard circulaire sur l'assistance.

— Le roi Ewomé n'est plus des nôtres. Il a été découvert gisant sur sa couche il y a de cela quelques jours.

Un murmure de surprise parcouru la salle.

— Mais que s'est-il donc passé ? demanda Mako. Que lui est-il donc arrivé ?

L'homme soupira, leva légèrement les bras et les laissa retomber en signe d'ignorance.

— C'est une mort très mystérieuse, dit-il. D'aucuns disent qu'il aurait vu le diable et c'est ce qui l'a tué. Mais personne ne sait trop rien de ce qui s'est vraiment passé. Les guérisseurs prétendent que c'est la fatigue due à son rythme de vie incohérent de ces dernières lunes.

— La dernière fois que nous l'avons vu, déclara Mako, c'était ici même. Et nul ne pouvait s'imaginer...

Il secoua la tête.

— Nous avons souvent l'impression que nous serons là éternellement, mais quand le sort décide...

— Que les ancêtres l'accueillent avec bienveillance, déclara Zola, pensif.

En le regardant, le roi Mako s'imagina ce qui pouvait passer par la tête du jeune roi. Avec Ewomé, c'était une nouvelle page de l'extraordinaire aventure vécue il y avait maintenant presqu'une saison de pluie qui disparaissait. Ainsi allait la vie. Il se leva.

— Merci à toi d'être venu de si loin pour nous informer. Prends le temps de te ressourcer avant de rentrer dans ta contrée. Tu es notre invité.

Il fit signe au porte-parole de se charger de lui. L'homme s'inclina trois fois, une fois devant chaque souverain et s'éclipsa. Chacun prit un petit moment avant de retrouver ses esprits. Finalement, le roi Moni brisa le silence.

— Que cette mauvaise nouvelle ne nous fasse toutefois pas oublier la raison de notre présence ici. J'ai réfléchi à ce que les uns et les autres ont dit. Surtout à ce que tu as dit, petite sœur. Je te donne raison. Aucun objet ne vaut de mettre en porte à faux une relation longue de plusieurs générations. Aussi symbolique soit-il. Aussi, je consens à remettre ces objets au royaume de Loughémo car ils lui ont été offerts.

Avant qu'il ait pu continuer, son jeune frère s'approcha de lui et lui chuchota quelques mots à l'oreille avant de reculer.

Moni sembla réfléchir avant de s'exprimer à nouveau après avoir hoché la tête.

— Je vais aller au-delà. Ces objets font partie d'un ensemble dont les autres éléments lui appartiennent également.

Il s'adressa à Zola.

— Je me ferai fort de te les faire parvenir dans les plus brefs délais. Veuille pardonner cet égarement de notre part. L'exercice du pouvoir est un art difficile et délicat. Je pense que j'ai commis un faux pas que je me dois de rectifier de cette seule manière possible.

20

— Ainsi, elle est en fait venue à ton secours. C'est tout de même surprenant.

— Qu'est-ce qui est surprenant ?

— Qu'elle privilégie ainsi les sentiments plutôt que de reconstituer le patrimoine de son royaume.

— Elle n'a pas privilégié les sentiments. En rejoignant sa position, le roi Moni a également montré que ce n'était que du bon sens. Il était difficile de revenir sur des décisions qui avaient été prise sans aucune contrainte. Il l'a bien compris. Il a bien compris également que nous avions été plutôt conciliants en accédant ainsi à ses demandes.

— Tu as certainement raison, finit par admettre Elikya. Cela veut dire qu'elle a plus l'étoffe d'une souveraine que l'on ne pourrait l'imaginer. Arriver ainsi à modifier la position d'un souverain n'est pas chose aisée.

— Je pense que la fibre sentimentale du roi Moni s'est exprimée ce jour-là. Il paraissait évident qu'il était heureux d'apprendre qu'il avait une sœur.

Il se tut un instant. Il paraissait tellement pensif qu'Elikya lui demanda sans ambages.

— Tu penses à elle ?

— Ne soit pas idiote, ria-t-il. Je pense plutôt au prince Samburu.

Il se tut et la regarda un bref instant.

— Lui par contre, murmura-t-il, je n'ai pas senti une quelconque émotion de sa part. Comme si cela lui était égal qu'Adia soit sa sœur. Etonnant, non ? Voilà une personne qu'il a eu l'occasion de côtoyer depuis quelques temps sans qu'il ne puisse se douter de qui elle est vraiment. Lorsqu'il apprend qu'elle est en fait de son sang, il n'exprime aucune réaction particulière. Etait-ce dû au fait que son frère l'avait rabroué plus tôt ? Ou peut-être voit-il en elle une rivale pour la proximité avec son frère ? Car au vu de la réaction de ce dernier, il est prévisible qu'il fera à cette jeune femme la place qui aurait toujours dû être la sienne auprès d'eux.

*

La mère d'Elikya était plutôt embarrassée. Elle ne s'attendait pas à un tel dénouement. Elle avait été prise de court par le retour de Zola qui était finalement rentré de son périple à Lwémo en passant par Abamé afin de récupérer le complément de l'ensemble que formaient le fruit de baobab en or et le socle. Il était donc rentré après s'être solennellement fait remettre les sculptures d'ivoire. Son homologue d'Abamé avait insisté pour régler cette affaire afin « qu'elle appartienne au passé au plus vite » selon ses propres dires. Ayant été le seul témoin de la dernière transe de Binta, elle avait aussi été la seule confidente des révélations de la petite fille. Cette dernière lui avait tout naturellement révélé, peu après le départ du roi Zola, que ce dernier reviendrait avec l'ensemble complet des statuettes et des objets d'or. La tendance, à ce moment-là, était plutôt que ces objets retourneraient à leur lieu d'origine, à savoir à Abamé. La reine mère avait donc mis les propos de Binta sur le compte d'une affabulation ou le besoin pour la petite de se rendre intéressante. Elle n'en fit donc pas cas. Elle négligea même ses propos selon lesquels ce ne serait pas une bonne chose que ces objets reviennent à Loughémo. Les ancêtres auraient même insisté sur ce point en particulier.

Aujourd'hui elle regrettait de n'avoir pas considéré ces propos avec plus de prudence. Si elle en avait parlé avant, ne fut-ce qu'à sa fille, certainement qu'elle aurait eu la bonne idée d'envoyer des messagers afin d'en informer son époux. Elle avait commis une faute. Elle le savait. Mais elle ne voyait pas comment elle allait s'en sortir. Heureusement pour elle, il y avait à Loughémo un homme qui savait voir des choses.

Le vieux Nganga vint la voir et la rassura en lui disant que de toutes manières, même si elle avait révélé cette information en temps et en heure, cela n'aurait rien changé. Ces objets étaient de toutes les manières destinés à revenir à Loughémo. Il lui recommanda donc de n'en rien dire étant donné que cela n'aurait eu aucune incidence. Au contraire, cela aurait soulevé des interrogations et des inquiétudes. Comment expliquer qu'une mise en garde venant des ancêtres aurait été inutile ? Ces derniers n'étaient-ils donc pas capable de les protéger ? Il aurait fallu expliquer qu'une guerre comporte des batailles et qu'il n'est pas possible de toutes les gagner. L'important était de gagner la guerre. Bien que soulagée, la reine mère était tout de même intriguée par ces propos du vieux devin.

— Qu'est-ce que cela veut dire ? demanda-t-elle. Pourquoi devaient-ils de toutes les manières revenir chez nous ? Cela cache-t-il quelque chose ?

Le vieil homme hésita.

— Majesté mère, je n'en suis pas certain. Est-ce que cela est simplement dû au fait que ces objets sont arrivés ici légitimement, ou bien y a-t-il une raison cachée ? A ce sujet, je dois avouer que les astres ne m'ont pas montré plus que ce que je viens de te dire. Il va falloir patienter encore un peu pour que j'en découvre plus.

Il soupira.

— Encore une fois, nous faisons face à une forte adversité et nous devons nous attendre à tout.

— Ce n'est pas une simple adversité, renchérit la vieille femme, c'est un redoutable ennemi. Il faut utiliser les mots qui correspondent à la situation. Il suffit de penser à ce que nous avons vécu, à tous ceux que nous avons perdu et cela devient encore plus évident. Il s'agit de notre survie.

— Tu as raison, majesté mère, tu as bien raison.

*

— Grande sœur !!

Elle courut dans les bras de son aînée et la serra très fort pendant un long moment, tandis qu'Adia se penchait sur elle et collait sa tête contre la sienne. Elles relâchèrent leur étreinte. La jeune femme prit le temps de regarder sa cadette. Elles avaient toutes les deux les larmes aux yeux.

— Qu'est-ce que tu as grandi, petite ! Et qu'est-ce que tu m'as manqué !

— Toi aussi tu m'as manqué, mais par contre tu n'as pas grandi, toi !

Des rires éclatèrent autour d'eux. Adia serra à nouveau sa sœur dans ses bras avant de la relâcher et de se tourner vers Elikya.

— Mes remerciements, reine Elikya. Vous vous êtes très bien occupé d'elle. Elle a très bonne mine.

— Je n'ai aucun mérite, princesse Adia. répondit calmement la jeune reine. Binta est une fille tranquille et sans histoire. Par ailleurs, c'est plus ma mère qui a passé du temps avec elle que moi-même.

— Alors mes remerciements également à la reine mère, dit la princesse.

Sa petite sœur lui tira alors la manche de la large robe pourpre qu'elle portait.

— Où étais-tu passée pendant tout ce temps, hein dis ?!

Une ombre sembla traverser le visage de la jeune femme. Elle regarda gravement sa cadette.

— C'est une longue histoire. Je te la raconterai peut-être un jour.

Intelligente et vive comme elle l'avait toujours été, la petite fille comprit qu'il valait mieux ne pas insister. De son côté, Elikya avait noté la réaction ombrageuse de la jeune femme. Elle sentit qu'un sentiment dormait au fond d'elle. Un sentiment qui lui sembla assez douloureux. Elle s'imagina alors que ce que la jeune femme avait pu endurer avait certainement été très difficile. Elle se demanda comment elle avait pu surmonter cette épreuve. Elle devait avoir un sacré caractère. Un caractère qui l'avait menée jusqu'à occuper aujourd'hui une place qui était plus légitime pour elle car elle était tout de même la fille d'un roi. Elle était reçue à Loughémo avec les honneurs dus à une princesse, et à cet effet, il y avait un repas prévu un peu plus tard.

Sa venue avait été préparée de longue date. La jeune reine avait fait le nécessaire pour que la jeune princesse se sente à l'aise, mais surtout pour que cette dernière ne la soupçonne en aucun cas de vouloir la considérer comme une rivale. Même si au fond d'elle elle se posait des questions. Surtout depuis qu'elle avait noté les regards furtifs qu'elle portait à Zola. La jeune princesse n'arrivait pas à fixer le regard du jeune roi plus de quelques instants. Elle détournait très vite le regard lorsqu'elle croisait le sien. Etait-ce par rapport à ce qu'elle avait vécu ? Ou bien un sentiment inavouable la troublait-elle ? Peut-être les deux. Même si cela la gênait, la jeune reine comprenait que son bien-aimé ait pu être séduit par la jeune femme. Elle était en effet très attirante, avec un charme indéniable dans le regard. Mais elle décida de ne pas en faire une affaire personnelle. Après tout, peut-être se faisait-elle des idées.

La raison de la visite était bien entendu la petite sœur d'Adia. Le retour en force de sa sœur à Abamé avait changé la donne. Au-delà du fait qu'elle tenait beaucoup à sa cadette, il était évident qu'étant sa seule famille elle était la plus légitime pour s'occuper d'elle. Dans son plaidoyer auprès de son frère de roi pour la récupérer, Adia avait fait valoir le fait que Binta n'était pas une simple petit fille et que sa véritable place était chez elle. Elle pouvait y être d'une aide précieuse pour la gestion des affaires par ses dons hérités de son oncle maternel. Cet aspect avait fini par convaincre le roi Moni qui rechignait à faire une nouvelle demande à son homologue de Loughémo. Pourtant, pour cette fois il ne s'agissait aucunement d'objets mais d'une personne humaine, d'un enfant. Le bon sens avait finalement prit le dessus et il avait fait la demande lui-même par messager interposé. Il avait accordé une escorte royale à sa sœur. Cela était autant pour lui montrer combien il était heureux de participer à son bonheur de retrouver sa sœur que pour signifier à son homologue Zola la reconnaissance qu'il avait envers lui de lui faciliter la résolution de la situation. Finalement, à y regarder de plus près, l'épisode des éléphants d'ivoire avait plus rapproché les deux hommes qu'il ne les avait séparé.

Tout le monde manifestait sa joie de voir un tel évènement se produire. Tout le monde sauf un petit garçon. En effet, Nsuka avait compris qu'il allait devoir se passer de sa petite camarade de jeu. Ils étaient devenus très complices. Même lorsque Binta avait été logée au palais suite à l'épisode des deux inconnus, ils n'avaient pas été séparés car il y avait déjà ses entrées. Il était toujours le petit chouchou de la reine depuis le premier grand voyage à Abamé. Puis il y avait eu le moment où elle était entrée en transe quasiment devant tout le monde. Il avait hardiment défendu la petite fille contre d'autres enfants qui l'avaient inévitablement traitée de sorcière. Il était donc triste de la voir partir, même s'il s'efforçait de ne pas le montrer. Mais son aîné avait bien remarqué qu'il était un peu en retrait des activités.

— Ne t'en fais pas, tu auras certainement l'occasion de la revoir. Soit lorsque nous irons à Abamé, soit quand elle viendra nous rendre visite.

Il avait ainsi tenté de le rassurer. Le petit garçon avait à peine sourit en hochant la tête. Ce jour-là, pour adoucir le sentiment de tristesse aussi bien pour l'un que pour l'autre, les deux jeunes enfants avaient été placés côte à côte. Car la petite Binta était aussi triste de quitter son meilleur ami. Mais l'appel du pays était le plus fort. Leur complicité faisait plaisir à voir. Ils se chuchotaient presque sans arrêt l'un à l'oreille de l'autre avant de rire tout de suite après. Pourtant ils ne dérangeaient en rien les personnes qui mangeaient et conversaient autour d'eux. Il y avait, en sus du couple royal, la reine mère et tous les conseillers. Parmi les personnages en vue du royaume, seul le vieux Nganga était absent. Il était en voyage hors du royaume.

— La question qui reste en suspens, c'est comment tes frères ont eu vent de la présence des objets en or ici à Loughémo.

Sans hésiter et assez sèchement, Adia répondit à l'interrogation de Zola. Une colère froide transpirait de sa voix.

— Ce serait Kana que cela ne me surprendrait pas. Son objectif est visiblement de semer la discorde entre nous. Mais pour cette fois, je crois plutôt qu'il a obtenu l'effet contraire.

Zola ne put réprimer sa surprise.

— Tu sais donc qu'il est encore en vie. L'as-tu vu ? demanda-t-il.

— Non, je pense simplement qu'il s'est arrangé pour que mes frères le sachent. Et je n'ai pas besoin de le voir pour savoir quel est son but ou quel genre d'homme il est.

Zola insista.

— Si tu ne l'as pas vu, comment peux-tu être sûr que c'est lui ou encore de ce qu'il a derrière la tête ?

Elle le fixa brièvement, puis détourna son regard. Elle n'arrivait toujours pas à soutenir le sien. Mais il eut le temps de noter l'interrogation dans son regard. Il posa la coupe qu'il avait en main sur la table.

— Si je me permets de te poser ces questions avec tant d'insistance, c'est parce que notre initié, le vieux Nganga l'a rencontré. Je l'ai également moi-même rencontré. Les discussions que nous avons chacun eues avec lui ont fait ressortir qu'il est en quête de rédemption. Il a alors affirmé qu'il était prêt à nous aider pour sortir de sa situation. Je sais bien que rien ne nous oblige à prendre sa parole comme forcément sincère, mais quel intérêt aurait-il à avoir ce double langage ?

— Je ne sais pas, répondit froidement la jeune femme. Mais ce que je sais, c'est que je ne peux avoir confiance en un être pareil.

— Ne penses-tu pas qu'il pourrait avoir droit à une chance de se racheter ? demanda Elikya.

— De quoi peut-il se racheter ? répondit Adia. Tout le mal qu'il a fait autour de lui ne pourra jamais s'estomper. Des gens sont morts, des vies ont été brisées. Comment pourrait-il se racheter ?

— Certes, concéda Zola, aucune action de sa part ne pourra réparer les morts qu'il a commises.

Il se tut un court instant avant de reprendre.

— Mais je pense qu'en nous aidant à sauver notre monde il accomplirait un acte inestimable pour nous.

La princesse Adia était toujours aussi sceptique.

— Libre à toi de penser une telle chose.

Un court silence s'installa, que Buana rompit.

— En tous cas, pour le moment nous avons plus de questions que de réponses à son sujet. Rien ne nous dit qu'il n'agit pas pour le compte de son père et des siens. Et en effet la grande question est : pouvons-nous lui faire confiance ?

*

Le lieu était connu de tous les initiés des royaumes environnants et leurs voisins immédiats. Il était apprécié pour sa discrétion, sa quiétude et surtout son aspect mystérieux qui dissuadait souvent toute intrusion spontanée. L'herbe et toute végétation qui y poussait semblait ne jamais changer d'aspect. Tous ceux qui y entraient les trouvaient toujours à la même hauteur de pousse. Il se situait aux confins des royaumes de Sounda, de Saboua et de Tanawa. C'était un lieu qui était rarement visité. Il servait de point de retrouvailles pour les initiés lorsqu'il y avait un évènement qui menaçait la quiétude des royaumes environnants. De mémoire d'initié, il n'avait servi qu'une fois lors des dernières générations. Un conflit impliquant des royaumes éloignés planait et les conséquences qui pouvaient en découler s'annonçaient catastrophiques. A l'époque, un puissant devin avait convié tous ses homologues à une grande réunion pour agir ensemble et éviter le pire. Le plus difficile était de les convaincre tous de participer à ces retrouvailles. Ceux qui le faisaient étaient acquis à la cause qui leur était exposée. Personne ne se déplaçait en vain. Ceux qui le faisaient savaient qu'ils venaient pour une raison bien précise. Il y avait bien entendu la survie des leurs, mais surtout une raison plus inavouable : la conservation de leurs prérogatives occultes. S'ils les perdaient, ils n'étaient plus rien. Ils ne pouvaient pas s'imaginer dans un monde où ils ne seraient plus rien. Le vieux Nganga leur avait bien fait comprendre cet aspect de la menace qui pesait sur leur monde. Ses homologues avaient donc naturellement adhéré à sa proposition. Tous étaient présents. C'était une belle récompense pour tous ses efforts déployés à travers les contrées pour voir les uns et les autres.

Le lieu était une sorte de cirque rocheux assez large pour contenir quelques dizaines de personnes confortablement. Les parois qui le formaient étaient bordées de plusieurs rochers sur lesquels les différents protagonistes pouvaient s'assoir face au passage, large comme deux hommes à peine, qui y donnait accès. Ils étaient au total une bonne douzaine d'hommes, Nganga inclus. Quelques-uns des initiés étaient présents avec leur apprenti. C'était une occasion pour eux de rencontrer des références dans le rôle qu'ils avaient choisi. Une belle expérience en perspective et qui pouvait leur faire gagner du temps dans leur apprentissage. A quelques pas de l'accès, il y avait une sorte de plateforme, rocheuse également, qui servait d'estrade pour l'orateur. Ce dernier se retrouvant alors dos à l'entrée. Le sol était couvert d'une herbe éparse au milieu d'une multitude de cailloux de la taille de la moitié d'un poing. En levant le regard, on pouvait voir la cime des arbres qui entouraient le creux rocheux.

Nganga n'alla pas se placer sur la petite plate-forme. Il resta assis sur son rocher comme les autres. Il signifiait ainsi qu'il ne se considérait pas au-dessus des autres. Un moyen de ne pas réveiller des susceptibilités qui étaient à fleur de peau.

— Bonjour à vous, chers amis et merci d'être là.

Ils répondirent à l'unisson.

— Merci à toi de nous avoir conviés.

Il resta silencieux pendant un instant au cours duquel il croisa intentionnellement le regard de chacune des personnes présentes. IL y avait bien entendu les représentants des royaumes les plus proches de Loughémo, Abamé, Lwémo, Saboua ou Sounda, mais également de royaumes plus éloignés tels que Tanawa ou Fouta et quelques autres que Nganga avait pris soin de faire contacter afin de s'éviter un périple trop important. Il avait voulu associer le plus de ses homologues possible.

— Nos ancêtres disaient : quand il pleut sur le toit d'une demeure, c'est sur tout le village qu'il pleut.

— En effet ! répondit l'audience.

— C'est pour cela que nous sommes ici. Certes, il ne pleut pas en ce moment sur nos demeures, mais il a plu il n'y pas très longtemps de cela sur l'une d'elles. Et il va de nouveau pleuvoir. Et cette fois, nous pouvons être sûrs que ce sera une tempête rude et dévastatrice. Certains d'entre vous l'ont vécue de près. Quant à moi, les plus lucides d'entre vous savent ce qu'il en est. Il est inutile de se poser à nouveau la question de ce qui pourrait arriver car nous le savons tous. La question pour laquelle nous sommes ici est la suivante : que pouvons-nous faire pour éviter cette catastrophe annoncée ? La parole est ouverte.

Il se tut, laissant à qui le voulait le soin de poursuivre le débat.

— Savons-nous à quelle force nous avons à faire ? demanda un des participants.

— Autant que je me souvienne, releva Sumbu le grand maître de Tanawa, les échos que j'en ai eus parlaient d'un être capable de prendre forme humaine. Mais il ne serait pas de ce monde. Ce serait plus une créature proche des esprits auxquels nous croyons nous-mêmes...

— Comment peux-tu dire « croyons », frère Sumbu ?! l'interrompit un des interlocuteurs. Nous ne croyons pas à ces esprits ! Ils ont été, sont et seront toujours, tout comme nous le serons un jour ! Ces esprits sont ! Nous n'avons pas à y croire ou non, ils sont !

— Tu as raison. Tu as raison. Je me suis mal exprimé. D'autant que je suis bien placé pour savoir qu'ils sont, comme tu le dis. Cette créature est donc capable, comme les esprits, de se mouvoir dans le temps. Leur temps n'est d'ailleurs pas identique au nôtre. Il semblerait qu'il soit bien plus…comment dire, allongé. En tous les cas il ne serait pas faux de dire que leur temps passe plus lentement que le nôtre. Ce qui revient à dire que si nous attendons, eux peuvent attendre encore plus longtemps. Et donc, si j'ai une proposition à faire dans un premier temps, ce serait que nous prenions les devants et que nous agissions. Ainsi ai-je parlé.

Un autre interlocuteur reprit aussitôt la parole.

— Je ne suis pas certain d'avoir bien compris la menace à laquelle nous devons faire face. Est-ce que c'est un esprit ? Ou avons-nous à faire à un humain ? Moi, quand j'entends : un esprit qui peut prendre forme humaine, alors je pense à un être humain. Suis-je le seul ?

Nganga reprit la parole.

— Il faut effectivement être clair. C'est un être qui peut non seulement prendre forme humaine, mais qui peut également se faire passer pour un être humain en se comportant exactement comme tel. Vous savez tous maintenant que cet être est le géniteur de Kana, le tristement célèbre ancien roi d'Abamé. Alors nous pouvons effectivement penser à des êtres humains. En tous cas il semble qu'ils doivent prendre cette forme pour évoluer dans notre monde. Même si lorsque l'on livre bataille, l'on est jamais plus efficace que lorsque l'on est soi-même. Toutefois, s'il est vrai que leur temps passe plus lentement que le nôtre, il leur est compté. Nous avons donc cet avantage sur eux en ceci qu'ils doivent tout de même agir vite.

La discussion continua. Chacun cherchait des précisions sur les ennemis à affronter. Nganga s'efforça de dissiper les interrogations du mieux qu'il put. Il s'avéra difficile de parler d'un adversaire ou plutôt d'un ennemi dont on ne savait rien ou presque. Une nouvelle question légitime fut posée.

— Si nous devons aller au-devant d'eux au lieu de les attendre, comment procèderons-nous ?

—Ta question en soulève une autre, répondit Nganga. Nous savons simplement qu'ils ont un vecteur d'entrée dans notre monde. Nous ne savons malheureusement pas lequel ni où. Si jamais il existe encore des sphères, nous ne le savons pas. Si jamais il faut des conditions spécifiques comme la dernière fois où Kana devait être le souverain de Loughémo, nous ne le savons pas. Force est de constater, il est vrai, que nous ne savons pas grand-chose. Mais nous devons tout de même trouver le moyen de les faire réagir. Nous devons trouver par quel moyen ils comptent nous envahir et le détruire.

— Oui, mais par où commencer ?

— C'est ici que nos compétences interviennent, argumenta Nganga. Nous devons tous entrer en contact, chacun avec ses moyens, avec les esprits afin qu'ils nous guident. En nous unissant nous aurons plus de force et nous serons mieux entendus. Comme je vous l'ai dit, cette petite fille qui est capable d'entrer en contact avec eux avait reçu un message d'unité. Si nous ne sommes pas unis, nous ne nous en sortirons pas.

— Franchement, mon ami ! Une petite fille ! Quel crédit pouvons-nous apporter à un tel témoignage ? N'est-ce pas être un peu naïf que de croire une telle soi-disant vision ? Pardonne-moi, frère Nganga, mais j'ai du mal à croire à cela.

Nganga ne se laissa pas désarçonner.

— Vous savez tous ce qu'il en est des statuettes d'ivoire et de leurs compléments en or et ce qui s'est passé autour de ces objets. Eh bien sachez que bien avant que tout soit réglé, à un moment où tout semblait aller vers un antagonisme grave entre nos deux royaumes, mon cher Sumbu, elle avait déjà prédit que ces objets reviendraient à Loughémo sans encombre. Elle en avait fait la confidence à la reine mère qui m'en avait elle-même fait part.

Il prit un air très grave.

— Mais au-delà de la crédibilité de cette enfant, dis-moi frère Habana, le message ne te plaît-il pas ? Ne le trouves-tu pas crédible ou utile en lui-même ? Peut-être vas-tu également te mettre à douter de la véracité de la menace qui pèse sur notre monde ? Je ne comprends pas bien ta réticence. Est-ce parce que cette petite fille est...une fille ?

Habana parut gêné.

— Loin de moi cette idée, frère Nganga. Cette fille sera un jour une mère et nos mères, nos femmes, nos sœurs sont l'atelier de Dieu. Non, mon problème est son âge. Tu sais bien que les enfants sont capables de beaucoup de choses pour se rendre intéressants.

— Laisse-moi t'assurer que tu peux avoir confiance en mon jugement. Elle a beau être une enfant, ce n'est pas une enfant comme les autres.

— Alors je m'en contenterai, conclut Habana.

La discussion reprit avec entrain. Nganga en arriva à la proposition la plus délicate.

— Il faudrait donc que nous mettions nos connaissances en commun. Cela afin que chacun puisse aller au-delà de ses capacités propres grâce à l'apport des autres. Ce sera une force. Et qui sait si la combinaison de nos connaissances ne nous permettra pas de surmonter cette situation.

Un silence s'abattit sur l'assistance, chargé d'hésitation et de défiance.

— Nous devons nous révéler les uns aux autres. Dire ce dont nous sommes chacun capable afin que nous puissions exploiter au mieux nos compétences en nous aidant les uns les autres.

Le silence perdura, entrecoupé de quelques toussotements et raclements de gorge légers, mais révélateurs. Nganga savait qu'il avait abordé le point crucial de son entreprise. Amener chacun à dévoiler ses compétences aux autres. Un sujet délicat. Un initié, qu'il soit devin sorcier, guérisseur ou encore tout cela à la fois était très jaloux de son savoir. Il fallait des circonstances vraiment particulières pour les amener à se dévoiler à qui que ce soit. Même à des homologues. Surtout à des homologues, car ce sont des concurrents, voire des adversaires potentiels. Il avait compris et décidé depuis longtemps qu'il lui faudrait les impressionner pour dissiper leurs réticences.

— Nos aînés disaient : là où est le cœur, les pieds n'hésitent pas à aller.

— En effet !!

Il se leva, l'air grave et se dirigea vers la petite plate-forme. Il les dévisagea tous l'un après l'autre.

— Tout ce que vous allez voir à partir de cet instant, tout comme ce que je verrai moi-même, ne devra en aucun cas traverser les limites de ce sanctuaire.

Tous avaient les yeux rivés sur lui. Ils se demandaient bien ce qui allait se passer. Le vieux Nganga portait une sorte de cape à peau de panthère. Il y avait une capuche qu'il ramena sur la tête, si bien que personne ne voyait plus son visage. Il se mit à s'accroupir. Sa taille commença à se réduire alors que curieusement il grossissait. Lorsqu'il fut complètement accroupi, il avait la largeur de deux hommes. Il se mit à se redresser. Il commença tout doucement à retrouver sa stature normale, tout en conservant la largeur qu'il avait acquise. Au même moment une légère brise descendit lentement des parois et l'enveloppa avant de s'estomper. Certains des initiés présents comprirent ce que c'était. Mais ils n'étaient pas au bout de leur surprise. Finalement Nganga fut à nouveau debout. Son visage n'était toujours pas visible sous la cape qui était devenue anormalement large. Puis, sans avoir trop bien compris comment cela s'était passé, l'assistance eut soudain devant elle deux silhouettes dans deux capes identiques. Enfin, chaque personnage releva la tête et chacun put distinguer les visages sous les capes. De nouveaux visages ! Non pas celui de Nganga, auquel ils s'attendaient, mais deux nouveaux. Tous en reconnurent un, mis à part les apprentis, mais seuls les plus anciens purent identifier le second. Ils se mirent spontanément à genoux.

— Salutations à vous ! Salutations à toi, maître Walonga ! Salutations à toi, maître Wazaaba. Que sommes-nous donc, qui sommes-nous donc pour que vous nous fassiez un tel honneur !

Les jeunes apprentis, surpris, se mirent également à genoux. Ils comprirent qu'ils avaient le privilège d'assister à un moment unique de leur existence. Peut-être ne se reproduirait-il plus jamais.

— Nous voyons dans le cœur de chacun de vous. Nous savons que vous voulez tous survivre. Mais nous voyons également ce qui vous empêche de le faire. Qu'avez-vous donc à ne penser qu'à vous et à vos petits acquis ? Vous n'êtes rien, ni vous, ni ces acquis. Si vous n'avez pas compris cela, alors vous n'avez pas compris votre rôle. Votre rôle est de tout faire pour assurer la perpétuation des vôtres. Vous devez œuvrer dans ce sens ! Quelle que soit la situation, quelles que soient les conditions. Vous êtes des privilégiés qui peuvent nous contacter à tout moment. Mais vous vous éparpillez tellement dans des futilités que vous ne le réussissez que trop rarement et trop difficilement. Et cela parce que vous n'orientez vos efforts pour le bien-être de tous qu'avec parcimonie. Vous devez vous mettre en retrait et laisser ceux que vous êtes appelés à protéger prendre toute leur place. Même en vous. Surtout en vous. Vous nous semblez les reléguer aux confins de votre propre existence.

Le vieux Walonga parlait avec douceur. Sa voix était naturelle et ne semblait pas venir de l'au-delà. Le père de Wazaaba avait un air bienveillant. Il semblait parler à ses enfants. A ses côtés, son fils semblait également boire ses paroles. Et pourtant il avait aussi vécu une longue vie remplie d'expérience, mais son père serait toujours son père et il savait qu'il allait encore avoir besoin de ses conseils pour la tâche qui l'attendait. Fut-il Wazaaba ou Nganga. De se présenter ainsi devant ses homologues en esprit lui donnerait une autorité naturelle incontestable. Il était le seul à pouvoir le faire parmi eux, il le savait. Quand aux autres, ils savaient ce à quoi ils assistaient possible, mais ils n'imaginaient pas, tout initiés qu'ils étaient, qu'ils auraient eu un jour l'occasion ne d'y assister.

— ...que pourront espérer les générations futures si vous n'agissez pas en pensant à elles ? Bien entendu, vos souverains ont leur rôle et ils vous ont d'ailleurs devancé en mettant en place, disons, un projet de coopération. Mais de votre côté, vous avez le pouvoir d'orienter les vôtres en agissant sur leur esprit, leur mentalité. Vous avez le devoir de les orienter de manière à faire perdurer, de manière à faire fructifier l'héritage que nous vous avons légué. Vous l'avez tellement négligé ces derniers temps cet héritage ! Malheur à vous s'il disparaît ! Vous en serez comptables car vous êtes les gardiens de notre avenir ! Oui, nous sommes encore membre d'un même peuple, même si nous ne sommes plus dans le même monde ! Vous êtes les guides ! Alors soyez des guides ! Vous êtes la mémoire et le savoir ! Transmettez-les !

Il avait à peine haussé le ton vers la fin de son monologue, mais cela avait porté ses fruits. Chacun de ceux qui l'écoutaient avait pris ces mots à cœur. Mais par quel miracle d'inconscience quiconque aurait-il pu douter après avoir vu ce qu'il avait vu ? Une telle apparition, un tel discours ne pouvaient laisser indifférent. Ils avaient bu les paroles du plus réputé des initiés depuis des générations. Cela avait été un privilège et il n'était aucunement question de passer outre, au-delà du fait qu'il leur avait adressé une mise en garde et qu'il ne faut jamais décevoir les ancêtres. Or, Walonga représentait et parlait au nom des ancêtres.

L'instant d'après, un corps était affalé sur la plateforme. Il semblait inconscient. Ses homologues reconnurent finalement

Nganga et intervinrent pour le réanimer. Il reprit ses esprits petit à petit. Il finit par regarder autour de lui avec des yeux hagards avant de s'exclamer.

— Oh, mes amis ! Oh, ça je ne vais pas le refaire souvent ! Qu'est-ce cela pompe comme énergie !!

— Oui, mais qu'est-ce que cela en valait la peine ! lui répondit Sumbu avec conviction. Jamais il n'y aura meilleure porteur de message.

Il se tourna vers les jeunes apprentis.

— Les jeunes ! J'espère que vous avez bien profité de ce moment, car c'était un moment unique ! Unique !

Puis il se tourna à nouveau vers Nganga.

— Tu es très convaincant, mon frère. Je ne sais pas comment tu as fait cela, mais tu as tout mon respect. Mais cependant, une question me vient à l'esprit : si tu n'es ni Wazaaba, que j'ai également reconnu, ni son père qui nous a parlé, alors qui es-tu ?

— Peu importe qui il est, s'agaça Habana, du moment qu'il nous permet de rester nous-mêmes ! Ce dont je suis sûr, c'est qu'il est des nôtres. Il a commencé à se dévoiler, chacun de nous doit en faire autant.

— En effet !!

Chacun retourna alors à sa place. Un à un, ils allaient passer l'exercice auquel s'était adonné le vieux Nganga. Faire preuve d'une prouesse sur laquelle ils pourraient compter au moment opportun. Le premier s'avança vers la plateforme. Il fit bouger les parois. En tous les cas, il en donna l'illusion en les regardant avec intensité. Elles se penchèrent vers l'intérieur jusqu'à plonger toute l'assistance quasiment dans l'obscurité totale. Ils crurent même qu'elles allaient se refermer sur eux. Le tour du suivant arriva. Il se mit non pas sur la plateforme, mais à côté sur l'herbe. Il leva les mains et les joignit au-dessus de la tête. Il se mit à souffler vers le sol de manière régulière. Il ne se passa rien pendant un long moment qui sema le doute chez ses homologues. Puis le résultat apparut progressivement. L'herbe se mettait à vivre. Au point de se diriger vers lui et de sembler se planter dans sa peau. Il devenait la terre qu'elle venait de quitter. En quelques instants, il disparut sous la verdure envahissante. Il s'accroupit jusqu'à ressembler à une motter de terre couverte d'herbe. Il se mit alors à se déplacer. C'était une démonstration impressionnante. Finalement il revint à son point de départ et reprit son apparence normale.

Arriva le tour de Habana. Il se leva lentement. Il se dirigea tout aussi lentement vers l'entrée du cirque naturel. Il s'arrêta à quelques pas du passage, tournant le dos à ses homologues. Il se mit à remuer la tête d'avant en arrière. Le mouvement fut d'abord lent avant de s'accélérer progressivement puis de s'arrêter brusquement. Il lança alors ses bras en avant vers l'entrée naturelle, comme si il y projetait une force. Le résultat ne se fit pas attendre. Les parois se mirent alors à s'estomper progressivement, laissant place à un passage encore plus grand. Il grandit jusqu'à devenir quatre à cinq fois plus large qu'il ne l'était en réalité. En fait, Habana avait comme déployé un miroir qui distordait la réalité visuelle. Il était ainsi capable de rendre invisible un élément existant ou de faire croire à la présence d'un élément qui pouvait se trouver en réalité à un emplacement différent de celui où il était visible. Finalement il rendit aux lieux leur aspect original. Le retour à sa place s'accompagna lui aussi des battements de mains de ses homologues en signe d'appréciation.

Enfin le dernier protagoniste, Sumbu, se leva. Il alla se placer sur la plateforme. Il scruta un court instant le ciel, comme s'il voulait s'assurer que le temps était favorable à sa démonstration. Il commença par imiter le son d'un vol de criquets. Puis il imita le cri d'un corbeau avant de mimer le bourdonnement d'une guêpe et enfin celui d'une abeille. Puis il s'assit en tailleur sur la plateforme et se mit à attendre. Tous se mirent à attendre. Il s'écoula un moment plus ou moins long, selon l'impatience des uns et des autres.

D'abord ce fut le croassement d'un corbeau qui attira l'attention de tous, sauf celle de Sumbu. Il ne bougeait toujours pas. Le corbeau vint se poser sur la plateforme. Peu après, chacun se rendit compte de la présence de criquets dans l'herbe. Ils se dirigeaient tous vers la plateforme. Il y en avait tellement que certains se demandèrent comment ils avaient fait pour ne pas les remarquer, avant de remettre la situation en contexte. Instinctivement, ils levèrent tous les yeux vers le haut des parois avant même d'entendre l'arrivée des insectes. Ils avaient compris que Sumbu les avait « conviés ». Ce dernier restait immobile alors qu'au-dessus de sa tête se formait un impressionnant essaim d'abeilles tandis qu'au-dessus du corbeau des guêpes de plus en plus nombreuses tournoyaient.

Enfin, Sumbu se leva comme si de rien n'était. Sa tête disparut dans l'essaim d'abeilles. Juste à côté, les guêpes formaient à présent un autre essaim tout aussi impressionnant. Elles semblaient menacer le corbeau, qui s'apprêtait lui-même à s'en prendre aux criquets. L'oiseau ne semblait pas avoir noté la présence des dangereux insectes tout près de lui. Tout à préparer son approche vers les criquets, il n'avait aucunement conscience de sa situation de cible. Au moment où l'inévitable semblait près de se produire à savoir, le corbeau s'attaquant aux criquets, les guêpes passèrent à l'action.

Les guêpes attaquent toujours le point le plus vulnérable. Et le corbeau n'avait qu'un point faible : ses yeux. Les guêpes fondirent sur lui à la vitesse de l'éclair et dans un bourdonnement effrayant. Mais à une vitesse encore plus foudroyante les abeilles se placèrent autour de la tête du pauvre oiseau qui n'osa plus bouger. Les guêpes semblèrent surprises et reculèrent pour se regrouper à nouveau et lancer une nouvelle attaque, cette fois vers les abeilles. Il se produisit alors une chose impensable. Les abeilles attaquèrent en premier. Elles fondirent sur les guêpes qui s'éparpillèrent partout autour de la plateforme. Les abeilles paraissaient déchaînées, mais étaient-elles vraiment ordinaires ? Les criquets disparurent brusquement. Le corbeau sembla alors retrouver ses esprits et pris de panique s'envola soudain, laissant les insectes s'expliquer entre eux. D'explication, il n'y en eut quasiment guère. En un clin d'œil, les guêpes furent décimées. Les abeilles s'envolèrent vers le haut des parois pour disparaître, laissant leurs victimes en morceaux jonchant le sol. Les battements de main retentirent à l'unisson devant la démonstration de Sumbu, grand maître du royaume de Tanawa.

— Quelle maîtrise ! s'exclama Nganga. Des abeilles, symbole de la vie, qui mettent en déroute des guêpes, symbole de la mort. Quel beau message ! J'ose le prendre comme une prédiction pour notre avenir. Mes chers amis, si nous unissons toutes ces compétences, je ne vois pas pourquoi nous ne devrions pas repousser nos agresseurs.

— En effet, lui répondit Habana. Mais ce que nous devons d'abord faire, c'est de savoir comment ils comptent arriver dans notre monde.

Le vieux Nganga leva la main.

— Cela est mon affaire. Je vais le savoir d'ici peu. Je vous propose que nous nous retrouvions ici dans deux lunes afin d'affiner notre stratégie car nous en saurons alors certainement plus qu'aujourd'hui.

Kana était désorienté. D'un côté, il avait le peuple de sa mère et de l'autre celui de son père. Pendant un moment, quand il avait appris ses véritables origines, il avait catégoriquement rejeté, par effet de colère, l'idée même de se rapprocher de son père. De se savoir inférieur en capacités physiques et pouvoirs par rapport aux semblables de ce dernier le rebutait de se rapprocher d'eux. Il avait donc décidé de choisir son côté maternel, celui qu'il connaissait. Il se disait qu'il y serait mieux. Mais l'accueil que lui avaient réservé les quelques personnes qu'il avait croisées lui avait donné à réfléchir. Il s'était remémoré toute sa vie avant les fameux évènements qu'il avait provoqués. Il avait fait un bilan qui paraissait, même à ses yeux, catastrophique. Mensonges, manipulations, meurtres, séquestrations, viols, chantage, trahisons... Trahisons ! Il pensa au seul personnage qui lui avait sincèrement dévoué sa vie. Et comment l'avait-il remercié ? En le tuant de sang froid ! Quelle récompense il avait réservé à Opokou ! Ce dernier avait pourtant cru en lui jusqu'à la fin.

Maintenant qu'il était seul, il se rendait compte de l'absurdité de ce qu'il avait fait et de ce qu'il avait fait vivre autour de lui. Sa réputation n'était donc pas usurpée. Toute rumeur a un fond de vérité. Il se rendait compte qu'il aurait d'énormes difficultés à se refaire une place digne dans ce monde. Mais le voulait-il encore ? Réussirait-il seulement à se comporter convenablement, sachant ce pouvoir qu'il avait ? Il pensa à sa dernière œuvre. La mort d'Ewomé. Est-ce que cela avait été vraiment indispensable ? Certes, ce dernier l'avait trahi, mais cette trahison n'était-elle pas tout simplement le refus d'une manipulation qu'il avait lui-même mise en place ? Etait-il légitime d'en avoir voulu à Ewomé alors que c'était lui-même qui avait été malhonnête le premier? Pourquoi avait-il donc cette propension à faire le mal dès qu'il en avait la possibilité ?

Pourtant, lorsqu'il avait dit au vieux Nganga sa volonté de les aider à se débarrasser de Loki et des siens, il avait été sincère. Mais ce dernier veillait et faisait tout pour qu'il ne soit pas récupéré par son côté maternel. Il le maintenait donc dans un état de dépendance en le privant de certaines facultés auxquelles Kana tenait beaucoup. Il arrivait parfois à l'ancien roi d'être incapable de se transformer ou encore de ne pas pouvoir user de certains sens qu'il avait développés. Il pouvait en effet écouter et sentir très finement sans avoir à se transformer. Cela faisait partie de son héritage paternel. Mais il en était de temps en temps privé afin qu'il se rende compte de ce que serait sa vie si jamais il choisissait le mauvais côté, selon son père. Et effectivement, se retrouver simple humain ne lui semblait pas être la meilleure perspective. Il l'avait déjà été. Il avait goûté à un meilleur statut et redevenir ce qu'il avait été avant lui demanderait trop d'efforts psychologiques. Pourtant, il ne s'imaginait toujours pas adhérer au projet de son père. Alors que faire ? Il avait un atout dont il pourrait user. Il savait quel était le moyen par lequel son père et les siens projetaient d'envahir Loughémo et tout son monde. Il lui suffirait de dire à qui il fallait ce qu'il en était et tout serait terminé pour eux en détruisant ce moyen d'accès. Mais en aurait-il le temps ? Loki était très puissant et était capable d'anticiper certains de ses agissements. C'était comme s'il pouvait lire en lui. Etait-ce le cas, ou bien y avait-il quelque chose qui lui permettait de parfois savoir ce qu'il envisageait ? En tous les cas, tant que la situation serait ainsi, il ne pourrait pas aller à l'encontre de sa volonté. Il valait donc mieux obéir et attendre le moment opportun. Par ailleurs, Loki ne lui avait pas encore vraiment expliqué comment il comptait procéder pour arriver à ses fins. La patience était donc plus que jamais de mise.

Pour l'heure, il lui avait d'ailleurs demandé de se rendre aux alentours d'Abamé pour une raison qu'il lui indiquerait au moment opportun. Il redécouvrait donc ces lieux où il avait passé tant de temps depuis son enfance. Il n'avait pas pris la peine plus tôt de revenir sur les lieux de ses divers exploits en tous genres, louables et moins louables. Il s'arrangea pour ne pas être repéré de qui que ce soit comme son père le lui avait demandé. L'obscurité naissante avait été pour cela d'un grand secours. Il passa sur un léger plateau duquel on apercevait au loin quelques sommets des habitations de son ancien fief. Mais elles étaient encore très loin. Il n'aurait pas à aller jusque-là. Loki lui avait bien signifié que sa destination était proche d'Abamé, mais n'était pas Abamé. Il lui avait même curieusement fait comprendre qu'il serait souhaitable qu'il ne s'y rende plus jamais, quelle qu'en soit la raison. Voulait-il lui cacher quelque chose ? Il lui obéirait pour le moment.

Il nota soudain qu'il se trouvait à l'endroit qui lui avait été indiqué. C'était un lieu qu'il connaissait pour y avoir déjà mis les pieds. C'était le lieu où un vieil ermite lui était une fois apparut alors qu'il était en pleine partie de chasse. Qu'avait donc cet endroit de si particulier ? Il s'immobilisa et commença à observer les lieux avec attention. Il y avait un petit espace au milieu des nombreux arbres qui formaient un sous-bois plutôt dense. Au milieu des herbes, quelques arbustes complétaient ce décor qui semblait irréel. Il se retourna et continua à chercher quelque chose qui sorte de l'ordinaire. Il ne vit rien, mais il savait que cette minuscule clairière au beau milieu des sous-bois n'était pas un hasard. Il réfléchit soudain, se disant que si jamais il découvrait quoi que ce soit, son père ne devrait pas s'en rendre compte. Il lui faudrait garder l'avantage qu'une information que l'on détient en secret peu procurer. Il continua donc de scruter les lieux et lorsqu'il vit enfin, il ne laissa paraître aucune émotion. Il fit comme s'il ne faisait qu'admirer la végétation. Son stratagème fonctionnerait-il ?

— Bonsoir, fils.

Kana se retourna. Encore une fois, il avait été pris par surprise.

— Bonsoir, père.

— Ah, tu fais des efforts !

Kana ne répondit pas. Il attendait ce que son géniteur avait à lui dire. Ce dernier l'observa un moment.

— Je t'ai trouvé bien intéressé par ces lieux. Je dirais même captivé. Que leurs trouves-tu ?

— Des souvenirs, répondit le jeune homme sans se départir de son calme.

— Ah oui, les souvenirs...

Il se tut un moment sans le quitter des yeux.

— Je pense que tu sais comment nous comptons activer le passage dans ce monde ?

— Non ! Je sais quel est le passage, mais je ne sais pas comment il sera activé.

— Quand et comment as-tu compris quel est le passage ?

— Ce n'était pas bien difficile de le comprendre. Ces sculptures sont revenues un peu trop facilement à Loughémo. Cela m'a intrigué et j'ai donc été les voir de plus près.

Il se tut. Il sentit l'impatience de son interlocuteur et il continua.

— Ce que tous prennent pour de l'ivoire n'en est pas. Je ne sais pas ce que c'est, mais ce n'est pas que de l'ivoire. On ne voit que cela, j'en sais quelque chose, mais il y a autre chose. Il en est de même pour l'or qui y est incrusté. Je ne sais pas ce qu'il y a en plus, mais il y a quelque chose d'autre. Je n'avais jamais eu l'occasion d'avoir l'ensemble entier sous les yeux mais dès que je les ai vus, j'ai su.

— Tu me surprends, Kana. Tu me surprends.

— Pourquoi es-tu surpris ? Ne suis-je pas ton fils ?

Loki le regarda avant de répondre. Kana nota comme un accent de tristesse dans sa voix.

— Bien sûr que tu es mon fils. Et cela n'en est que plus dommage.

Kana n'eut pas le temps de comprendre. En un éclair Loki fut sur lui. Il lui prit la tête dans une main soudain devenue énorme et serra brièvement, comme pour lui retirer la vie qu'il lui avait rallongée. Kana s'écroula.

— Tu ne mens pas bien, mon fils. Je ne peux me permettre un nouvel échec par ta faute. Tu sais trop de choses et tu es près de la trahison envers les tiens. De toute manière, je n'ai plus besoin de toi.

Il le regarda un moment. Puis il se pencha sur lui, le couvrant totalement de la toge qu'il portait. Lorsqu'il la retira, Kana avait disparu. Kana qui n'irait pas au bout de sa rédemption. Il n'aurait jamais le temps de tenter d'atténuer la haine qu'il avait attisée contre lui. Il resterait pour tous un être vil et infréquentable. Il resterait comptable devant ses semblables de son côté maternel d'un nombre conséquent de morts, sans compter ceux qui avaient succombé à la guerre qu'il avait provoquée. Il laisserait à jamais une trace peu glorieuse. Mais, déchiré qu'il était entre deux mondes, peut-être était-ce mieux ainsi.

Loki se redressa et disparut dans le passage qu'il soupçonnait son pauvre fils d'avoir remarqué. Car ce dernier en avait bien été capable. C'était un arbre assez particulier, qui avait un tronc étrangement large par rapport à sa hauteur. Il donnait la sensation d'avoir été gonflé artificiellement. Mais le plus curieux était que les racines ne s'enfonçaient pas dans le sol. Mais étant dans un lieu très discret, personne ne pourrait s'en rendre compte. C'était pourtant un lieu hautement stratégique pour Loki et les siens.

*

Au même moment, Zola posait les sculptures dans la grande salle du palais. Il avait décidé qu'elles seraient mieux sur un support de pierre, visibles de tous, comme symbole de l'amitié entre les deux royaumes de Loughémo et d'Abamé. Il recula une nouvelle fois pour admirer l'œuvre. Il avait fait tailler pour l'occasion un rocher haut comme la moitié d'un homme et l'avait finalement fait placer contre le mur dans le fond de la pièce. Le regard de quiconque entrait dans cette pièce se posait immanquablement dessus.

— Alors, es-tu fier de ton travail ? lui demanda Elikya.

Il se retourna vers elle avec un sourire. Ils étaient seuls.

— Oui, assez. Je pense que c'est le meilleur emplacement pour mettre une amitié en valeur. Comment les trouves-tu ?

La jeune reine regarda l'ensemble un moment avant de répondre.

— Je ne sais pas. Je veux dire que certes ils sont beaux, mais ils sont tellement parfait qu'ils en ont quelque chose d'inquiétant. Je me dis parfois qu'il aurait mieux valu les rendre à leur royaume.

— Tu plaisantes ? Je les ai bien mérités, non ?!

— Oui, et cette fille qui surgit du néant pour prendre part pour toi !

— Ooh, tu ne vas pas recommencer avec ça ? Et ce n'était pas pour moi c'était pour le royaume.

— Je ne recommence pas, je constate. Tout simplement.

— Bien sûr…, fit-il en plongeant ses yeux dans les siens.

Il la prit fermement par la main et l'entraîna vers leurs appartements. Alors qu'ils sortaient de la grande salle, les éléphants d'ivoire semblaient les observer de leurs yeux d'or, d'un éclat qui envahissait déjà les lieux.

*

Dès son retour de son périple avec ses homologues, le vieux Nganga avait essayé d'attirer l'attention de Kana pour le faire apparaître. Cela faisait déjà plusieurs jours, mais il n'apparaissait toujours pas. Il commençait d'ailleurs à s'inquiéter. S'il voulait vraiment les aider, il devait leur dire comment faire pour empêcher Loki et les siens d'arriver dans leur monde. Il comptait donc sur lui pour lui dévoiler de quelle manière ils allaient s'y prendre. Aussi était-il inquiet de ne pas le voir apparaître. Que se passait-il donc ? Lui était-il arrivé quelque chose ? Ou alors était-il trop occupé ailleurs ? Il lui faudrait trouver un moyen de savoir où il était et pourquoi il ne réagissait pas à ses sollicitations.

Il était assis dans sa demeure et s'occupait de choses et d'autres lorsqu'il ressentit une présence. Une présence non humaine. Il se leva et regarda autour de lui, dans chaque recoin de la petite bâtisse. Il ne vit rien. La sensation était toujours aussi vivace. Peut-être même un peu plus forte. Il décida de sortir dans la nuit tombante. Une silhouette immobile l'observait calmement à moins de dix pas de l'entrée. Il décida également de l'observer tout aussi calmement. Il n'avait rien à craindre de qui que ce soit ni de quoi que ce soit. Il était entre deux mondes et n'était plus aussi vulnérable que lorsqu'il était simplement Wazaaba. A ce jour, il était aussi bien Wazaaba, que son propre père Walonga. Il avait été obligé de déranger ce dernier dans son repos éternel, mais il lui avait fait comprendre que cela serait indispensable pour la survie des siens. Ce dernier avait accepté après consultation de tous les ancêtres. La situation était exceptionnelle et justifiait cet accord. Il était donc armé de toute la puissance spirituelle de ces derniers et se sentait invulnérable. Il était quelqu'un d'autre tout en étant lui-même, sans être exactement ce qu'il était avant.

— Il ne viendra plus jamais ! Tu ne pourras pas compter sur lui !

La voix était rocailleuse, très grave et se voulait menaçante. Nganga garda tout son calme.

— Je sais, bluffa-t-il. Je n'ai jamais compté sur lui.

La silhouette s'avança légèrement. Une grande capuche couvrait la tête de l'homme qui se trouvait en face de Nganga. Il avait un bâton à la main, tout comme lui. Ses mains étaient fines, tout comme ses pieds nus, mais il dégageait malgré tout une puissance indéniable. Il s'arrêta et enleva sa capuche. Nganga reconnu alors le roi Fila. Il ne l'avait jamais vu, mais la description qui en avait été faite depuis sa disparition ne laissait place à aucun doute.

— Je savais bien que tu n'étais pas un roi ordinaire. Que tu sois Fila ou Loki, je savais bien que tu finirais par réapparaître après les échecs répétés de ton fils ; qui sont aussi les tiens. Car tu as voulu réitérer tes méfaits accomplis jadis à Abamé, mais ce n'était plus possible ici. Nos ancêtres ont fait ce qu'il fallait pour que tu ne puisses pas spolier notre reine. Je sais aussi qu'ils ont intervenu pour mettre fin à ton autre ruse en arrêtant la vie de cet enfant dans le ventre de sa mère. Tout compte fait, c'est un cuisant échec pour toi, et le pire est à venir.

Nganga voulait tester les limites de son interlocuteur. Savait-il se maîtriser ? Peut-être était-il encore plus colérique que sa progéniture ? L'étaient-ils tous ? En tous les cas, sa déclaration fit mouche. Loki s'élança avec le bâton en avant. Il le leva au-dessus de la tête et tenta de le rabattre sur celle de Nganga. Ce dernier plaça le sien en opposition horizontalement au-dessus de la sienne, en le tenant des deux mains. Le choc fut impressionnant. Mais l'agresseur ne s'arrêta pas à cette première tentative. Il fit un rapide arc de cercle avec son arme improvisée pour frapper le vieux devin au flanc droit. La parade vint encore plus promptement. Nganga plaça son bâton verticalement sur le côté. Dans la fraction de seconde qui suivit, il surprit Loki en se projetant vers lui, le bâton en avant et le frappa violemment en pleine poitrine. L'agresseur fut projeté en arrière et dû s'employer pour ne pas mordre la poussière. Il s'arrêta et observa son adversaire. Il semblait surpris. Il avait en effet porté son attaque avec une rapidité foudroyante, mais elle n'avait pas abouti. Le vieil homme qu'il avait face à lui avait été encore plus rapide. Il ne s'y attendait pas et se demandait comment un si vieil homme pouvait être aussi prompt et aussi efficace physiquement.

Ils se défièrent du regard.

— Vous avez peut-être vos problèmes, dit Nganga, mais est-ce une raison pour vouloir nous anéantir ? Nous pouvons vous accueillir et je suis sûr que nous pouvons vous aider.

Loki secoua la tête.

— Il ne saurait être question de partager quoi que ce soit, siffla-t-il. Ce monde nous appartiendra. Nous allons le conquérir et vous serez nos esclaves !

Nganga ne se laissa pas démonter.

— Quel bellicisme ! Alors attendez-vous à une grosse désillusion !

— Insignifiants comme vous êtes, tu crois vraiment que vous pourrez nous arrêter ?

— Nous l'avons bien fait deux fois déjà ! Cette troisième fois sera la dernière !

Loki accusa le coup. Comment cet homme pouvait-il savoir qu'il y avait déjà eu deux échecs ? Comment un simple mortel pouvait-il savoir ce qui s'était passé dans une autre dimension de l'existence ? Qui était-il vraiment ? Il semblait plus difficile à maîtriser que son prédécesseur. Pour la première fois, un doute l'envahit. Il croyait tout savoir des habitants de ce monde et il se retrouvait avec une interrogation inattendue. Nganga l'avait remarqué. Il l'avait bien senti hésiter. Cela avait été très bref, mais il l'avait remarqué.

— Nous nous reverrons, mon ami ! lança Loki avant de s'estomper dans la nuit. Nous nous reverrons !

Le vieux devin le regarda s'évanouir progressivement dans la pénombre. Il resta immobile jusqu'à ce que la sensation qu'il ressentait se dissipe. Il rentra alors dans sa demeure, curieusement serein. Il avait appris quelque chose ce soir : l'ennemi n'était pas infaillible. Il pouvait lui aussi douter. C'était un message à transmettre aux autres. Un message qui fortifierait leur mental. Une bataille commence toujours pas le mental. Mais une interrogation le rongeait. Pourquoi cet être était-il venu le défier ? Etait-il à ce point aux abois ? Il aurait très bien pu rester discret jusqu'à mettre en œuvre sa machination. Quel intérêt avait-il à se montrer ainsi à découvert ? Cela était-il simplement pour voir à qui il avait à faire ? Etait-il venu le mettre à l'épreuve ? Il estima que c'était le cas. Il avait voulu savoir qui avait pris la place de Wazaaba. Mais il ne savait visiblement pas les possibilités occultes qui faisaient que c'était toujours Wazaaba qui était là, mais encore plus puissant. Ce qui était intéressant, c'est qu'il avait déclaré que Kana ne viendrait plus. Cela voulait-il dire qu'il avait éliminé l'ancien roi d'Abamé ? Il était pourtant celui qui aurait pu l'informer sur la nature exacte de son être. Si Loki l'ignorait, c'est que rien ne lui avait été révélé. Kana était donc certainement allé au bout de sa logique et l'aurait payé de sa vie. Tué par son propre père ! Quelle triste vie et surtout quelle triste fin il aurait vécu.

Mais dans l'immédiat, Nganga avait autre chose dont il devait s'occuper. Ne pouvant plus compter sur Kana – en apprenant cette information, il ferait un gain de temps considérable – il se devait de se tourner vers d'autres possibilités de savoir comment Loki et les siens comptaient les envahir. Avant de se tourner vers la solution suprême, il avait un point d'investigation à vérifier. Pour cela, il devait se rendre au palais au milieu de la nuit, sans que quiconque ne s'en rende compte, et aller dans la grande salle. Il le ferait cette nuit. La légende disait que Loki était un mauvais génie, mais il était bien plus que cela. Un génie n'a pas tout un peuple avec lui à sauver.

L'autre point à vérifier était de s'assurer de la raison de la disparition de Kana. Il ne devait plus venir, soit. Mais pour quelle raison ? Etait-il mort ou y avait-il une astuce ? Mais cette réponse, il ne pouvait pas l'avoir seule. Il aurait besoin d'aide.

*

– Je ne l'aime pas ! Il est méchant !

– Mais pourquoi dis-tu cela ? Il ne t'a rien fait, que je sache ?

– Il est méchant, je le sais !

Adia regarda sa cadette, quelque peu troublée. A plusieurs reprises elle avait remarqué à quel point la petite était mal à l'aise en présence du prince Samburu. Pourtant, ce dernier avait toujours été prévenant et attentionné envers elle. La situation était devenue telle qu'elle évitait maintenant de se retrouver en sa présence. Toutefois, il y avait un aspect qu'Adia avait noté. A chaque fois que sa sœur cadette s'était retrouvée aux côtés de Samburu, elle avait ensuite souffert de légères fièvres. C'était étrange. Mais elle mettait cela sur le compte du malaise qu'il générait en elle. Elle avait décidé d'évoquer ce point avec le concerné afin de protéger la santé de Binta. Comment le prendrait-il ? Et d'ailleurs comment le lui dire ?

— A chaque fois que je le vois, je suis malade après. Il est méchant !

Adia eut de la peine pour la petite fille. Elle avait donc elle aussi fait ce rapprochement. Il faisait déjà nuit, mais la jeune femme décida tout de même d'aller voir son frère pour évoquer la situation avec lui. Elle traversa la cour qui séparait sa nouvelle demeure de celle de Samburu. Son frère aîné lui avait en effet mis à disposition un des nombreux bâtiments qui formaient le domaine royal. Il contenait une demi-douzaine de pièces et était complètement indépendant des autres. De par son nouveau statut, elle avait quitté la maison de son enfance. Binta l'avait tout naturellement rejoint. Elle n'avait toutefois pas abandonné son commerce. Elle y était aussi régulièrement qu'avant. Son titre de princesse avait augmenté le nombre de ses clients. Souvent, des visiteurs de passage dans le royaume demandaient expressément son étal pour faire des achats. Les nouvelles allaient vite.

— Samburu ! demanda-t-elle une fois arrivée devant l'entrée de son frère. Es-tu là ?

Une femme d'un certain âge qui se trouvait non loin lui répondit.

— Oui, il est là. Je lui ai apporté son repas il y a peu. Il doit être en train de manger.

Elle avait à peine fini de parler que la voix du jeune prince retentit.

— Mais entre donc, ma sœur ! As-tu déjà mangé, ce soir ?

Elle entra, parcourut un court couloir avant de se trouver dans la pièce principale. Samburu était effectivement attablé et dégustait un bouillon de gibier dont l'odeur alléchante arriva aux narines d'Adia.

— Je vais dire que je n'ai pas encore mangé.

Samburu rit de bon cœur. Il se leva et se déplaça vers un pan de tissu qui cachait une série d'étagères d'où il ramena une écuelle et des couverts en bois. Il l'invita à s'assoir et posa les ustensiles devant elle.

— Sers-toi donc. Ce sera encore meilleur en mangeant à deux.

La jeune femme s'assit sur la lourde chaise en bois qu'il lui présentait et regarda les plats qu'il y avait sur la superbe table. Il y avait également du poisson salé, qui avait tout simplement été bouilli avant d'être légèrement revenu dans un peu d'huile. Elle s'orienta d'abord vers le bouillon de gibier, puis prit un peu de poisson salé. Elle compléta le tout en ajoutant quelques morceaux de bananes plantains frites et de manioc. Elle rajouta un peu des légumes bouillis qui formaient le reste du menu du soir. Un peu de piment vint compléter l'ensemble. Elle commença alors à manger pendant que son frère la regardait en souriant. Après quelques bouchées, elle releva la tête et lui rendit son sourire.

— Qui est-ce qui te prépare tout ça ? demanda-t-elle.

— Je crois que tu l'as vue. C'est la femme qui t'a répondu tout à l'heure avant que tu n'entres.

— J'irai la voir. D'abord pour la féliciter pour sa main. Ensuite je lui demanderai si elle veut bien me dévoiler quelques-uns de ses secrets de cuisine. C'est tout simplement excellent !

— Mais il m'arrive également de faire ma propre cuisine.

— Vraiment ? lança-elle d'un air soupçonneux.

— Bien sûr, répondit-il, à peine offensé.

Elle éclata de rire. Un rire franc et sincère. Il devint contagieux et celui de Samburu se mit également à résonner dans la pièce.

— Tu me diras quand tu auras préparé quelque chose, je viendrai y goûter volontiers.

— Avec plaisir, je vous accueillerai avec plaisir Binta et toi !

Le rire d'Adia s'estompa alors.

— Justement, c'est à propos d'elle que je suis venue te voir.

— Ah, qu'y a-t-il donc ?

Elle le regarda brièvement dans les yeux avant de se pencher à nouveau sur son assiette et de prendre une bouchée.

— N'as-tu rien remarqué à son sujet ?

Samburu s'arrêta de manger et son regard dégagea une petite interrogation.

— Je ne vois pas à quoi tu veux faire allusion, dit-il innocemment.

— Eh bien, il s'avère qu'elle tombe malade après s'être trouvée près de toi. C'est systématique. Je ne sais pas ce qui lui fait peur en toi, alors que je vois bien que tu es gentille avec elle. Je ne comprends vraiment pas ce qui l'impacte à ce point.

Elle avait bien pris soin d'atténuer ses propos afin de lui éviter une impression d'une quelconque accusation. Mais cela ne servit à rien.

— Que veux-tu dire ? commença-t-il à s'emporter.

— Rien, protesta la jeune femme. Je voudrais juste que nous en discutions pour essayer de trouver une solution.

— Mais tu viens de dire que j'ai une influence négative sur ta sœur ! s'emporta-t-il. Peut-être penses-tu que je lui jette un sort à chaque fois que j'en ai l'occasion ?!

— Mais pourquoi t'emportes-tu ainsi ? Je viens te voir pour trouver une solution et tu me réponds de la sorte. Et je te signale que même si vous n'avez pas le même sang, ma sœur est aussi la tienne !

Le jeune homme fit un effort pour se calmer.

— Pardonne-moi. Tu as raison. J'ai très mal réagi et il faut vraiment que je change. Je m'emporte souvent pour un rien.

— Ah ça oui, il faut vraiment que tu changes ! appuya la jeune femme.

Il s'était calmé. Il la regarda en suçant un os du gibier qu'il mangeait.

— Que proposes-tu ? Je n'y connais rien moi à ces histoires. Il faudrait voir avec quelqu'un qui s'y connait.

— Alors tu me demandes de proposer et en même temps tu proposes ? sourit-elle. C'est bien. Cela va nous faire avancer plus vite.

Elle l'observa. Il était plutôt joli garçon, avec la tête sur un cou qui semblait interminable. Il avait un port presque féminin. Mais malgré cela, une impression de puissance physique émanait de sa personne contrairement à leur aîné Moni. En y regardant bien, ils avaient quelques traits physiques communs.

Au fond d'elle, elle était heureuse d'avoir un petit frère. Il l'était de quelques lunes seulement, mais elle était bien son aînée.

— Tu sais que tu devrais m'appeler « grande sœur » ?

— Quoi ?! Jamais de la vie, qu'est-ce que cette histoire ? C'est moi l'aîné entre nous !

— Certainement pas, petit frère !

Ils se mirent à rire. Quand ils se furent calmés, Adia demanda plus sérieusement.

— Qui penses-tu que l'on pourrait consulter ? Si mon oncle avait été encore en vie, la question ne se serait même pas posée. Mais aujourd'hui…avec tous les charlatans qu'il peut y avoir…

Samburu sembla réfléchir un moment.

— J'ai dans l'idée de consulter quelqu'un qui, je pense, sera capable de dénouer ce qui se passe entre la petite et moi. Mais tu es bien sûre que c'est à chaque fois que je suis en sa présence ?

— Oui, et inversement ! Alors à qui penses-tu ?

— Je pense au vieux Nganga, l'initié de Loughémo. Il me semble être un homme très efficace.

Il se tut et la regarda.

— Tu penses que c'est grave au point de devoir aller voir ailleurs ? demanda sa sœur. C'est quand même délicat de consulter un initié étranger.

— Est-il encore vraiment un étranger ? Loughémo partage des liens privilégiés avec nous. Voilà une occasion de les valoriser.

— Je pense qu'il faudra l'avis de notre frère le roi. Lui seul peut autoriser une telle démarche, même si Loughémo a des liens privilégiés avec nous.

Ils continuèrent de manger après avoir décidé de parler de la situation au roi Moni. Il faudrait le convaincre d'adhérer à leur projet. Cela ne poserait à priori aucun obstacle car le roi appréciait également beaucoup la petite fille. Il ne pourrait que se joindre à cette démarche pour son bien-être.

*

Il faisait nuit noire lorsqu'il était arrivé aux abords du palais. Il pouvait tout simplement passer par l'entrée principale pour y pénétrer. Aujourd'hui, l'ancien devin Wazaaba, devenu Nganga après avoir demandé l'aide de son père et de tous ses ascendants, avait des capacités bien au-dessus d'un initié ordinaire. Son état faisait que seul un autre être constitué comme lui pouvait le voir ou le percevoir s'il avait décidé de ne pas l'être pendant une période donnée. Cela lui coûtait beaucoup d'énergie, mais il ne le faisait que lorsque cela était nécessaire.

Les deux gardes postés symboliquement à l'entrée du palais s'ennuyaient à regarder les feuilles des arbres et l'horizon obscur au-delà de la falaise qui bordait la cour du palais. Ils ne surent jamais qu'un être venait de passer tout à côté d'eux pour pénétrer dans les lieux qu'ils étaient censé surveiller. Ils se dirent que ce n'était que le vent qui avait soudain soufflé autour d'eux. Nganga se sentit un peu coupable d'user de ses pouvoirs face à leur faiblesse de simple mortel. Il arriva dans la grande salle, ferma les deux battants et repris son apparence visible. Il fixa les statues qui luisaient dans la lueur des torches. Il se rapprocha et se mit à scruter l'ensemble de plus près. Il avait déjà eu l'occasion de les regarder, mais assez rapidement. Ce qu'il voulait vérifier lui permettrait de confirmer ce qu'il soupçonnait depuis que les objets étaient revenus à Loughémo. Mais il ne pouvait pas le faire au vu de tous de peur de créer une certaine panique.

Il plongea la main dans sa tunique et en ressortit une substance poudreuse qu'il se versa dans la main. Il souffla sur la poudre qui s'éparpilla sur les objets. Il la laissa se dissiper puis attendit. Enfin il se pencha et regarda les yeux en or, puis les défenses. Il posa ensuite les yeux sur le socle et le fruit de baobab. S'il avait été un être normal, il n'aurait vu que des défenses qui portaient le fruit de baobab. Il n'aurait également vu qu'un fruit de baobab. Mais Nganga n'était pas un simple mortel. Il put donc voir autre chose que les autres. Il vit quelque chose qui lui fit esquisser un mouvement de recul instinctif, bien qu'il ne risqua rien. Ce que les autres ne voyaient pas et ne pouvaient pas voir, c'était qu'en fait de fruit de baobab, la petite merveille de sculpture contenait une sphère constituée d'un fluide indéfinissable, qui diffusait lentement mais sûrement à travers les défenses une sorte de courant qui lui parut être une procession de particules vivantes. Ces dernières allaient se loger dans le ventre des éléphants, qui semblaient être des couveuses. Oui, des couveuses ! Loki avait réussi un tour de force en introduisant ces objets discrètement jusque–là pour que ces embryons - car c'était bien des embryons - se développent tranquillement. Sous leurs yeux !

Il y en avait déjà un nombre considérable. Il ne pouvait pas les compter. Depuis quand ce processus avait-il commencé ? Uniquement depuis le retour des objets ? Dans ce cas, il y avait urgence car il était très rapide. Trop rapide. Cela voulait dire aussi que pendant tout le temps où les objets avaient été séparés, le processus s'était arrêté. Il suffirait donc de les séparer de nouveau et un grand pas serait fait vers la résolution de leur problème. Il était en effet évident qu'une fois constitués, ces embryons deviendraient autre chose de bien plus dangereux. Zola comprendrait certainement la situation et n'y verrait aucun inconvénient à se débarrasser de l'ensemble. Il resterait tout de même qu'il faudrait les détruire ou du moins libérer ces objets de l'emprise sous laquelle ils étaient. Il pensa au roi Moni. Qu'en penserait-il ? Détruire les présents qu'il avait offerts au royaume ! Encore un qu'il faudrait convaincre. Mais la situation étant ce qu'elle était, il fallait bien privilégier le bien-être et l'avenir de la population.

Le processus continuait même en sa présence. Cela voulait-il dire qu'il n'avait pas été repéré ou bien cela n'était-ce d'aucune importance qu'il ait tout découvert ? Peu importait, il fallait détruire ces créatures. Il quitta alors les lieux tout aussi discrètement qu'il était arrivé.

22

— Non, il n'en est pas question ! s'exclama le roi Moni. Comment pourrions-nous aller consulter un guérisseur d'ailleurs alors que nous en avons, aussi faibles soient-ils ? Nous devons d'abord essayer de résoudre nos problèmes entre nous avant d'aller demander de l'aide. Et nous devrions pouvoir résoudre nos problèmes sans l'aide des autres. Je ne peux que vous répondre cela. Ce n'est que la base de la fierté de soi.

Il s'était progressivement calmé lors de son monologue. Il avait même terminé sur une voix douce très séduisante, et convaincante.

— Très bien, concéda Adia. Nous ferons comme tu le souhaites, grand-frère. Je te fais confiance.

Samburu ne semblait par contre pas de cet avis. Il semblait déçu de voir son frère refuser cette proposition de consulter Nganga.

— Mais tu sais bien que ce sera une perte de temps ! Pourquoi fais-tu cela ? Nous devons aller de suite à Loughémo pour voir ce qui fait réagir la petite ainsi !

— Pour commencer, calme-toi ! lui ordonna le roi. Et pour finir, je suis le roi et nous ferons comme je l'ai dit.

— Voilà autre chose qui m'énerve ! Juste parce que tu es le roi, nous devons t'obéir les yeux fermés ! Et si tu avais tort ?!

— Je dois réfléchir autrement que ne le ferait toute autre personne que moi. J'ai une grande responsabilité sur moi. Alors tu fais comme je te dis !

Le jeune homme tourna les talons et parti en coup de vent, laissant ses deux interlocuteurs ébahis.

— Qu'est-ce qui lui prend, demanda Adia. Ce n'est pas grave à ce point, tout de même ?

Moni soupira. Il alla s'assoir sur un siège en osier.

— Je suis inquiet au sujet de notre frère. N'as-tu rien remarqué ?

— Remarqué quoi ?

— Eh bien, il semble que Samburu fait tout de qui est en son possible pour se rapprocher des sculptures d'ivoire. C'est sous sa suggestion et son insistance que j'avais décidé de demander la restitution de ces objets au royaume de Loughémo. Lorsque j'avais décidé de les leur laisser suite à ton intervention, il avait encore essayé de me faire changer d'avis. Et maintenant il veut à tout prix se rendre à Loughémo. Je ne crois pas que ce soit un hasard.

Il se tut et regarda gravement la jeune femme dans les yeux.

— Je pense que ton petit frère nous cache quelque chose. Pourquoi veut-il absolument se rapprocher de ces objets ? Quel intérêt y a-t-il ? Reconnaitrait-il à ces objets une valeur que j'ignore ? Que nous ignorons ?

Il se leva et marcha à travers la pièce en réfléchissant. Puis il s'arrêta, semblant avoir trouvé une réponse à ses réflexions.

— Je me demande si je ne devrais pas céder à sa demande, histoire de voir ce que cela peut nous apprendre. Oui, je pense que c'est ce qu'il convient de faire. Aussi, je voudrais que tu prennes la tête de cette délégation qui se rendra en terre de Loughémo pour résoudre ce phénomène.

— Mais… ne prendra-t-il pas ombrage du fait que je sois chargée de cette délégation ?

— Pas du tout ! Pour plusieurs raisons. D'abord, tu es son aînée et cela est suffisant. Ensuite, il est le problème ; ne l'oublions pas. Par ailleurs, vous ne voyagerez certainement pas ensemble puisqu'il ne peut rester près de la petite. Il arrivera peu après vous, avec une escorte réduite.

*

Le même jour, le vieux Nganga avait convié son roi Zola, ainsi que les principaux conseillers à l'accompagner vérifier sa seconde réflexion. La reine avait décliné la proposition. Elle ne se voyait pas participer à un tel périple.

Le groupe arriva donc comme la toute première fois aux abords de la crypte dans laquelle le corps de Kana avait été placé des mois plus tôt. Quasiment tous furent impressionnés par la manière dont la nature avait une nouvelle fois repris ses droits. C'était comme si personne n'y était venu récemment. Le vieux devin invoqua à nouveau les esprits en leur demandant une nouvelle fois pardon de profaner une sépulture, fût-elle celle d'un être indigne. La végétation fût une fois encore déblayée pour libérer les roches et accéder à l'entrée de la grotte naturelle.

Enfin l'ouverture apparut, toujours aussi impressionnante. Le vieil homme entra en premier avec une torche à la main, suivi de près par Zola, puis Buana et Gadji. Certains gardes avaient prudemment – ou craintivement - choisi de rester à l'extérieur dès lors qu'ils avaient compris que leur présence n'était pas requise à l'intérieur, en laissant d'autres suivre le roi et ses compagnons.

— Nous espérons tout de même vous retrouver ici à notre sortie ! leur avait lancé le Premier conseiller Buana avec un léger sourire, les sentant mal à l'aise d'être sur ces lieux.

Ils arrivèrent au lieu d'inhumation du roi déchu et ce que le vieux devin pensait se confirmait. Loki lui avait dit que Kana ne reviendrait pas. Il avait pensé que cela voulait dire que Kana était mort, mais ne pouvant pas mourir une seconde fois, l'ordre des choses voulait que son corps revienne là où il avait été enseveli. Il avait voulu le vérifier et, visiblement, cette fois la sépulture semblait intacte.

Mais une guerre était en cours, dans laquelle rien ne devait être laissé au hasard. Il demanda donc aux gardes présents d'exhumer le corps. Les trois hommes se mirent à creuser délicatement. Le sol était friable et ils arrivèrent assez rapidement au linceul qui recouvrait les restes de Kana. Délicatement, il fut dégagé alors qu'une nouvelle surprise se dessinait. Etait-ce parce qu'il y avait été restitué tout récemment par l'action de Loki ? En tous les cas, le linceul semblait présenter un corps intact.

— C'est incroyable ! s'exclama Zola. Que va-t-il encore nous réserver ?

— Il ne va rien nous réserver du tout ! déclara fermement Nganga. Sortez-le de là !

Les trois gardes s'employèrent à sortir le corps et le posèrent à côté de la fosse fraîchement rouverte.

— Pardonne-nous, Kana, mais je pense que tu comprendras notre démarche. Et je suis sûr qu'au vu de nos dernières conversations, ceci va te rendre service.

Le vieux devin sortit alors une fiole de sa tunique et en aspergea le corps avant d'avancer la torche qu'il tenait dans la main et d'enflammer le liquide qu'il venait de verser. Progressivement, le linceul s'enflamma et ne fut bientôt plus qu'une immense torche dont les émanations commencèrent à saisir les personnes présentes à la gorge.

— Etait-ce vraiment nécessaire ? demanda Gadji dans une quinte de toux difficilement contenue.

— C'était indispensable. Le fait est que d'avoir pu redonner vie à Kana a certainement permis à Loki de procéder à d'autres actions en vue de ses objectifs. J'en suis persuadé. Alors en faisant ce que nous aurions dû faire depuis le début, nous retirons un atout à notre ennemi. Qui sait s'il n'aurait pas pu à nouveau faire appel à lui ?

Nganga avait parlé fort car il s'était couvert la bouche et le nez avec un pan de sa tunique pour se protéger des fumées qui se dégageaient du corps qui se consumait à une vitesse étonnante. Après encore quelques instants passés à observer les restes de Kana se transformer en cendres, il s'adressa au groupe qui était venu avec lui.

— Selon les croyances de nos ancêtres, lorsque l'un des nôtres meurt, il ne disparaît pas vraiment. Il va simplement se reposer. C'est pour qu'il ait accès à ce repos que nous nous refusons de brûler nos morts. Lorsque nous en brûlons un, nous lui ôtons toute possibilité d'existence au-delà de notre monde. C'est ce que nous venons de faire avec Kana. Ainsi nul ne peut plus user de son existence où que ce soit. Nous pouvons maintenant nous retirer. L'essentiel est accompli.

Ils quittèrent les lieux, retrouvant à l'extérieur les gardes qui n'avaient finalement pas quitté leur poste. L'entrée de la crypte fut rigoureusement refermée. Le vieux devin espérait qu'avec cet acte, il allait porter un coup fatal aux ambitions de

Loki. Il était persuadé que simplement mort Kana avait encore un rôle à jouer. En brûlant ainsi sa dépouille il espérait contrecarrer sérieusement les plans de l'envahisseur et faire basculer le combat en faveur de son monde. Il sentait que les évènements risquaient fort de s'accélérer après ce jour. Il fallait que, de son côté, il s'assure que le rythme de la riposte soit à la hauteur de celui de l'attaque.

*

Zola était éberlué. Pourtant, il aurait dû s'en douter. Ces objets avaient une histoire quelque peu tourmentée pour n'être que de simples statuettes ou sculptures. Il les regardait maintenant d'un œil totalement différent. Après les avoir considérés avec admiration et envie, il les regardait maintenant avec toujours autant d'admiration, sinon plus car l'ensemble paraissait encore plus beau que jamais – la beauté du mal -, mais avec beaucoup, beaucoup moins d'envie. C'était de la méfiance qui s'exprimait maintenant en lui, mais aussi de la colère et, paradoxalement, également de la répulsion. Il avait laissé l'envahisseur s'approcher très près de lui. Jusqu'à le loger dans ses propres appartements! Dans quelle mesure cet état des faits n'était-il pas responsable de la naissance avortée de son fils ? En était-il donc lui-même indirectement responsable ?

– Je sais ce que tu ressens.

La voix du vieil homme le tira de ses réflexions. Il était debout à ses côtés. Derrière eux se trouvaient les conseillers du royaume. Tous avaient été informés par le vieux Nganga de la nature véritable des sculptures. L'horreur et la stupéfaction avaient gagné le regard de la plupart d'entre eux. Aucune voix ne s'était pourtant exprimée pour signifier sa surprise. Celle-ci était en effet trop grande pour les laisser réagir. Une seule des personnes l'avait fait.

— Je m'en doutais ! Je m'en doutais ! Ces objets étaient trop beaux, trop parfaits pour ne pas avoir un côté maléfique !

Après avoir prononcé ces mots, la jeune reine avait tourné les talons pour retourner dans ses appartements, non sans avoir lâché quelques sanglots. La reine mère, qui était aussi présente, l'avait suivie afin de ne pas la laisser seule dans une situation où son équilibre psychologique était des plus précaires. Bien sûr, en regardant les objets, personne ne voyait ce qui s'y passait vraiment. Mais les propos du vieux Nganga ne prêtaient à aucune contestation.

— Tu dois te dire que tu aurais pu être plus prudent, continua le vieux devin. Mais cela n'aurait pas été possible. Comment aurais-tu pu te douter d'une telle chose quand les principaux détenteurs de ces objets ignoraient eux-mêmes leur nature véritable ? Il est évident que ni Kana, ni le roi Moni ou bien Samburu n'ont une quelconque idée de ce que ces objets représentent. Encore moins la pauvre mère d'Adia ou bien Adia elle-même. Peut-être cela a-t-il été nécessaire pour laisser ce processus suivre son cours discrètement à chaque fois que cet ensemble était reconstitué.

Il s'adressait maintenant à tous ceux qui étaient présents.

— Rendez-vous compte que le fait que le roi Bangou ait été forcé par son épouse de se séparer de certains de ces objets pendant si longtemps a peut-être fait que notre monde existe encore !

— Alors il faut à nouveau les séparer ! s'exclama Buana.

— C'est bien ce que nous allons faire, dit Zola avec une détermination palpable dans la voix.

Il s'avança vers les sculptures et tendit une main pour commencer par retirer le sublime fruit de baobab. Il s'y employa par deux fois avant de se tourner vers le vieux devin.

— Qu'y a-t-il, majesté ? lui demanda ce dernier.

Le visage de Zola exprimait une très forte contrariété.

— Rien ne bouge ! On croirait que tout est solidaire et figé au sol. Je n'arrive même pas à retirer le fruit de baobab !

Le vieux Nganga s'avança. Il tendit la main et tenta de reproduire le geste que Zola venait de tenter. Il essaya de s'emparer de l'un des éléphants, sans plus de succès. Il fit alors mine de bousculer sans trop de conviction le support sur lequel l'ensemble se trouvait. Tout restait immobile, visiblement désormais inamovible.

— Que l'on fasse venir un homme fort et qu'il amène une masse avec lui ! s'exclama Gadji.

Mais le vieux devin intervint aussitôt.

— Ce n'est pas la peine. Il faudra autre chose que de la force pour venir à bout de ce phénomène.

Il se tourna alors vers le jeune roi.

— Majesté, je crois que c'est à partir de maintenant que nous allons pouvoir mettre à l'épreuve cette unité à laquelle tout le monde semble avoir si facilement adhéré. Je vais en effet devoir faire appel à mes confrères, avec l'assentiment de leurs souverains respectifs.

Il s'éloigna à reculons des statuettes.

— Je crois que cette fois nous y sommes vraiment et je suis au regret de devoir dire qu'une nouvelle fois, nous sommes en retard sur nos ennemis.

*

Samburu avait en effet mal pris le fait de ne pas être à la tête de la délégation qui devait se rendre à Loughémo. En cela, sa sœur aînée avait vu juste. Mais le fait de ne pas voyager avec elle avait quelque peu atténué ses sentiments. Voyager seul lui donnait tout de même un peu d'autorité sur sa petite escorte. Il était le chef de sa petite délégation. Il avait tout de même pas mal ronchonné avant d'accepter de se rendre à Loughémo. Il avait même fallu que son roi de frère s'emporte pour qu'il finisse par prendre la route, une journée après sa sœur. Quel caractère insupportable ! Il avait pourtant ce qu'il souhaitait : aller à Loughémo chercher une solution au problème qui faisait que la petite Binta ne pouvait demeurer à ses côtés sans se trouver mal.

Il avait quitté Abamé presque au milieu de la matinée, traînant encore les pieds, alors que lors d'un tel périple, il est toujours plus indiqué de profiter des heures fraîches du matin. Il aurait donc déjà dû se trouver bien loin de là où il était encore avec sa petite escorte d'une demi-douzaine d'hommes. Ils se trouvaient non loin du petit bois dans lequel Kana était venu voir sa vie se terminer une seconde fois.

— Vous avez vu ? demanda un des hommes avec une pointe de surprise dans la voix.

— Que devons-nous voir ? demanda un autre.

Le premier sembla hésiter.

— Je ne sais pas. Il me semblait avoir vu une lueur au milieu des arbres.

Le reste de la troupe ricana.

— Une lueur ? En plein jour ? Tu en as de bonnes, toi ! Tu n'as pas bien dormi cette nuit ?

Ils continuèrent à avancer assez rapidement et ils étaient près de dépasser les sous-bois lorsqu'un autre des gardes posa exactement la même question que son camarade.

— Vous avez vu ? Je viens aussi de voir une lueur !

Intrigué, le prince Samburu intervint.

— Qu'est-ce que c'est que cette histoire ? Où est-ce que vous avez vu cette lueur ?

Les deux hommes indiquèrent la même direction.

— Très bien, alors allons-y ! Allons voir cela de plus près tous les trois ! Ainsi nous en aurons le cœur net. Nous allons ainsi ôter tout doute de votre esprit.

Il s'adressa ensuite à deux autres gardes avec un grand sourire. Il riait presque.

— Vous deux, vous venez comme témoins !

Ils se rapprochèrent du petit bois. Arrivés à la lisière de ce dernier, ils descendirent de leurs montures et pénétrèrent tous les cinq dans les bosquets. Deux hommes restèrent à garder les bêtes.

Au début, la végétation était tantôt dense, tantôt clairsemée. Puis elle devint de plus en plus dense. Ils avançaient avec détermination et curiosité, ne sachant pas trop ce qu'ils pouvaient découvrir. Cela était surtout le cas pour le jeune prince et les deux gardes qu'il avait désigné comme témoins. Pour les deux qui avaient dit avoir aperçu une lueur, une inquiétude diffuse était de mise. Ils ouvraient la marche, allant droit vers l'endroit qu'ils estimaient comme étant le lieu de l'apparition lumineuse. En s'approchant, ils finirent par apercevoir entre les arbres comme un groupe d'une petite dizaine de personnes dans un petit dégagement au milieu des arbres. Ils étaient tous tournés dans la même direction et semblaient attendre quelque chose.

Instinctivement, Samburu fit signe à ses hommes de faire silence. Ils continuèrent à se rapprocher avec précaution. Arrivés à une quinzaine de pas de la clairière, il leur fit signe de s'arrêter et de rester dissimulés. Chacun d'entre eux observa la scène et les protagonistes. Aucun d'entre eux ne semblait être du royaume. En tous les cas, ils n'en reconnaissaient aucun. Au moment où Samburu se décida à se rendre visible pour aller en avoir le cœur net et leur demander ce qu'ils faisaient sur les lieux, une lueur jaillit de l'un des arbres. Instinctivement, il se dissimula à nouveau. Les autres à ses côtés n'en menaient pas plus large. A quoi assistaient-ils donc ? L'arbre s'ouvrait pour laisser apparaître une forme qui semblait humaine. Deux des hommes qui attendaient se précipitèrent et aidèrent l'arrivant à sortir du tronc. Ils l'aidèrent pendant quelques instants à tenir debout. Puis ils le relâchèrent. Il commença par tituber quelque peu avant de tenir enfin debout sans difficulté. Puis il vint se positionner aux côtés des autres et porta son regard sur l'arbre qui venait de se refermer. Visiblement, il se mettait lui aussi à attendre le prochain arrivant.

Samburu comprit aussitôt la gravité de la situation. Il fit signe à ses compagnons de faire machine arrière discrètement. Il lisait l'effroi qu'il y avait dans leurs yeux. Il faisait lui-même un gros effort pour maîtriser ses émotions. Il fallait à tout prix courir au palais et prévenir son frère de ce dont ils avaient été témoins. Les envahisseurs étaient déjà là ! Depuis quand avaient-ils commencé à arriver ? Combien étaient-ils déjà parmi eux ? Ils semblaient tout à fait humains. Même si le jeune prince était persuadé que ce n'était qu'une apparence qu'ils prenaient pour mieux se fondre dans la population. Après avoir reculé de plusieurs pas, ils se retournèrent pour s'éloigner au plus vite.

Aucun n'eut le temps de réagir. Les coups plurent sur chacune de leur tête jusqu'à ce qu'ils s'écroulent. Samburu eut juste le temps de remarquer l'aspect vestimentaire et physique de l'un des protagonistes qui mettait fin à ses jours. Il correspondait à l'un des signalements qui identifiaient les faux émissaires qui avaient essayé de s'emparer de la petite Binta à Loughémo. Il comprit en mourant qu'elle était peut-être la clé de la survie de leur monde.

*

— Normalement il aurait déjà dû être là. Il aura quitté Abamé à peine plus d'une demi-journée après nous. Je pensais même qu'il nous aurait rattrapés avec son escorte. Je sais qu'il aime voyager plutôt vite.

— Eh bien, patientons encore un peu. Il ne doit en effet pas être bien loin. Nos guetteurs ne vont pas tarder à nous annoncer son arrivée.

Buana se voulait rassurant. Il lui avait semblé déceler comme une petite inquiétude dans la voix de la jeune princesse d'Abamé. Il n'y avait somme toute aucune raison pour qu'il n'arrive pas à bon port. Ils étaient dans la cour du palais, protégés du soleil par des tentures flamboyantes. Adia était arrivée la veille avec sa cadette et leur escorte d'une trentaine de gardes. Bien plus imposante que celle de son frère. Mais le roi avait estimé qu'elles avaient plus besoin de protection que lui. Leur périple s'était déroulé sans encombre et ils étaient ainsi arrivés tranquillement après avoir été annoncés deux jours plus tôt par des messagers.

Sitôt arrivée, Binta avait couru voir la sœur de Zola qui l'avait hébergée lors de son séjour à Loughémo. Les retrouvailles avaient été chaleureuses, y compris avec son petit camarade de jeu, Nsuka. Elle n'était revenue au palais qu'une fois que l'on avait fait appeler le vieux Nganga afin de lui parler de ce qui lui arrivait. Mais après l'avoir entendue ce dernier avait naturellement déclaré qu'il fallait attendre l'arrivée de Samburu afin de reproduire, ne fut-ce qu'une fois, le phénomène.

Mais, de Samburu il n'en arriva point. Au lieu du jeune prince d'Abamé, ce fut un soldat de sa garde qui arriva, escorté par des guetteurs de Loughémo. Un regard hirsute et à l'aspect toujours affolé malgré les quelques jours qui s'étaient déjà écoulés depuis ce qu'il avait vu. Il avait échappé miraculeusement à la mort après avoir reçu à la tête un coup qui l'avait laissé pour mort non loin de la clairière où les créatures venues d'ailleurs apparaissaient. En se réveillant il avait vu les corps sans vie de ses compagnons. Y compris celui du prince Samburu.

— Mais pourquoi n'es-tu pas rentré directement à Abamé prévenir ton roi ? demanda Zola avec une incompréhension manifeste dans la voix.

— Les traces que ces êtres ont laissées se dirigeaient justement vers Abamé. Je n'ai pas eu le courage de risquer de les rencontrer. J'ai préféré venir directement ici, car je sais que vous avez la capacité de répondre à cette situation.

Un silence lourd s'installa dans la grande salle du palais. Instinctivement, les regards se tournèrent vers les effigies d'éléphants. Le vieux Nganga s'en approcha et refit le petit rituel qu'il avait exécuté peu de temps avant pour découvrir la nature véritable des statuettes. Pendant que la poudre envahissait l'atmosphère, il vit que le processus battait son plein comme si de rien n'était.

— Qu'est-ce que c'est que cela ? Ils ont l'air vivant.

La voix fluette avait retentit tout près de lui. Il vit que c'était la petite Binta.

— Tu arrives à voir ce que je vois ? lui demanda-t-il.

— Bien sûr, dit-elle innocemment. Pourquoi ne devrais-je rien voir ?

Le vieux devin se tourna vers le reste de l'assistance avec un sourire amusé, malgré les circonstances. Puis il se tourna à nouveau vers Binta.

— Tu veux bien prendre le fruit de baobab qui est là, au milieu ? lui demanda-t-il.

— Bien sûr, dit-elle s'exécutant.

Elle retira sa main en tenant le fruit fermement, alors que l'incrédulité se lisait sur le visage du vieil homme. Le processus venait bien évidemment de s'arrêter. Il s'empressa de prendre un des éléphants, qui n'opposa plus aucune résistance. Puis il s'empara du second. Il en tendit un à Zola.

—C'est insensé ! s'exclama Buana.

—Qu'y a-t-il d'insensé à prendre ces objets ? dit le survivant. Cela a toujours été fait.

Tous se tournèrent vers lui. Bien sûr qu'il ne pouvait pas savoir. Buana lui expliqua l'extraordinaire de la situation. L'homme eut soudain comme une illumination.

— Voilà pourquoi ils voulaient l'enlever. Elle a les capacités de s'opposer à leurs plans !

— Comment cela ? demanda le vieux Nganga.

Le soldat s'expliqua.

— Parmi les êtres qui nous ont agressés, j'en ai reconnu un de ceux qui étaient décrits après qu'ils se soient fait passer pour des envoyés d'Abamé. Je suis formel. C'était bien l'un d'eux. Et je comprends leur démarche à présent.

— D'où la disparition de leur traces lorsqu'ils ont été pistés, dit Buana. Ils peuvent certainement se fondre dans la nature et même parmi nous. Cela me rassure sur les compétences de nos limiers. Ils ne pouvaient pas deviner une telle possibilité.

Un court silence s'installa, que le vieux Nganga rompit.

— Il faut séparer ces objets. C'est le moment ou jamais.

— Je pense même que c'est le moment ou jamais de les détruire, dit le jeune roi. Il faut les détruire à jamais. Mais comment être sûr que le résultat sera irréversible ?

— Nous procèderons à leur destruction devant le sanctuaire des ancêtres, en leur demandant de sceller cet acte afin qu'il soit définitif. Le plus tôt sera le mieux. Je vais me charger de faire les préparatifs. On ne sollicite pas les ancêtres sans quelques offrandes.

— De notre côté, dit Zola en s'adressant à ses conseillers, nous allons devoir envoyer une escouade à Abamé afin de tenir le roi Moni informé de la situation. Je doute qu'il soit au courant de cette évolution des faits. Il croit son cadet ici, parmi nous.

— Il va falloir une escouade conséquente, Majesté, s'exclama le garde d'Abamé. Nul ne sait ce qui nous y attendra.

En tous les cas, je suis prêt à guider discrètement ces hommes jusqu'au palais.

La princesse Adia s'exprima alors, en s'adressant directement à la reine Elikya.

— Si cela ne te gêne pas, Majesté, je préfère rester ici à Loughémo. Je me sens plus en sécurité ici que lorsque je suis chez moi. Ici j'ai la sensation d'être dans un sanctuaire. Je comprends que mon oncle ait voulu que Binta vienne se réfugier ici. Et je comprends aujourd'hui que je n'aurais jamais dû l'en éloigner. Dieu sait ce qui lui serait arrivé si elle avait encore été là-bas. Peut-être que nous sommes partis à temps. Que Dieu soit loué.

— Je pense que nous pouvons même dire ce qui était en train de lui arriver, renchérit le vieux devin. Le phénomène qui la perturbait était certainement lié à cette situation.

— Mais le prince Samburu était concerné par ce phénomène ! objecta Zola. Or, il a été victime de ces créatures !

— Toute la question est là : quelle signification donner à ce phénomène ?

Sur ces dernières paroles, le vieux Nganga quitta les lieux.

23

Les évènements se déroulèrent très vite après la mort de Samburu. La première décision que Nganga prit fut de faire prévenir ses homologues de la situation nouvelle et de leur demander de converger au plus tôt vers Abamé. Ensuite, aussitôt que tout fut mis en place pour détruire les éléphants d'ivoire ainsi que les objets en or qui les complétaient, il procéda à la cérémonie. Ce n'était pas une simple destruction. C'était aussi une invocation des esprits des ancêtres pour qu'ils intercèdent auprès de Dieu tout-puissant afin que leurs agresseurs soient définitivement anéantis ou, à tout le moins, mis hors d'état de leur vouloir du mal à nouveau. C'était aussi une demande de purification.

Il y avait beaucoup de monde devant le sanctuaire des ancêtres pour assister au processus de destruction. Le vieil initié avait fait placer un assez volumineux rocher presque cubique, qui avait été savamment acheminé sur des rondins de bois. Les objets à détruire avaient été placés dessus. Juste sous la partie supérieure, le rocher contenait une cavité dans laquelle un feu avait été allumé avec du charbon que Nganga avait préalablement « travaillé ». Le feu qui s'en dégageait était d'un rouge si intense que l'on ne pouvait le regarder sans se mettre à méchamment cligner des yeux.

— Regardez, chers anciens ! Regardez ce feu qui n'attend que votre intervention salutaire pour accomplir ce pourquoi il a été allumé !...

Nganga était à quelques pas devant le rocher. Les bras et les yeux levés vers le ciel, il invoquait les ancêtres.

– Que notre Dieu tout-puissant vous accorde d'intervenir pour notre salut ! Qu'il vous accorde d'anéantir cette menace funeste et qu'elle soit neutralisée à jamais !

Le feu commença à grandir dans la cavité. Son intensité était maintenant telle que le vieux devin dû reculer de quelques pas supplémentaires.

– Oui ! Oui ! Je sens que vous êtes là avec nous ! lança-t-il les yeux fermés. Je sens votre présence et votre fluide qui commence à agir ! Merci, Dieu tout-puissant de nous accorder ton aide. Merci de nous accorder cette faveur !

Les yeux fermés, il ne pouvait voir ce qui se passait sur le rocher, mais il sentait qu'il se passait quelque chose. En effet, un murmure s'élevait de la foule, qui s'était mise à reculer craintivement. Les statuettes s'étaient mises à s'émietter progressivement alors que les objets d'or commençaient à fondre. La chaleur continuait à s'intensifier. La poussière des statuettes était absorbée peu à peu par l'or qui avait lui-même déjà fondu et s'était mis à bouillir dans une sorte de crépitement indéfinissable. Mais l'on pouvait également distinguer une sorte de fluide brunâtre qui semblait s'échapper des formes qui s'émiettaient. Après un moment, l'ivoire qui formait les statuettes avait complètement disparu, mais leur forme persistait, représentées à présent par le fluide brunâtre.

Le vieil homme avait à nouveau ouvert les yeux et regardaient le spectacle offert. Il comprit ce qu'était le fluide qui avait pris la forme des éléphants d'ivoire. Les créatures qu'il avait observées peu de temps auparavant y étaient encore prisonnières. Elles n'avaient pas eu le temps d'en sortir. Elles n'en sortiraient jamais. Elles étaient en train de périr dans la fournaise. Il leur avait manqué quelque chose pour que leur processus de création aille à son terme. Quelque chose qui devait émerger d'Abamé. Le sacrifice du prince Samburu n'aurait pas été vain.

Impassible à côté de la reine, Zola suivait le phénomène avec grande attention. Tout comme l'ensemble des autres d'ailleurs. Personne ne manquait une miette de ce qui se passait, comme si c'était le seul moyen d'exorciser une peur qui avait peu à peu envahi chacun depuis les évènements. Des responsables du royaume jusqu'au dernier membre de la communauté, tous observaient ce qui était censé être la fin de la menace contre leur peuple. Les deux jeunes souverains échangèrent un regard. Beaucoup de sentiments s'y trouvaient. De la tristesse, de la tendresse, du soulagement, mais surtout de l'espoir. L'espoir de connaître enfin une vie de quiétude.

Non loin d'eux, Adia était aussi absorbée par ce spectacle. Mais ses pensées à elle allaient vers son frère cadet dont elle avait appris la mort brutale. Elles se portaient également vers son aîné qui était à Abamé et qui avait certainement aussi appris cette même nouvelle. Sa place n'était-elle pas à ses côtés ? Ne devaient-ils pas être ensemble afin de faire face à cette cruelle épreuve ? Elle décida brusquement de quitter les lieux, entraînant sa sœur avec elle. Elle se fraya un chemin parmi les badauds, suivie de son escorte au moment même où un chant commençait à monter de la foule. Elle ne s'arrêta pas pour autant. Elle fut vite au-delà de la gorge de dieu et continua de s'éloigner à vive allure. Elle avait hâte de retrouver son environnement familier et sa plus proche famille. Le chant commença à s'estomper au loin. Il finit par ne plus être audible. Au lieu de cela, ce fut un grondement qui sembla les poursuivre avant de les dépasser sous la forme d'un tourbillon de poussière noirâtre non loin d'eux. Entourée de son escorte, elle regarda ce phénomène passer avec stupéfaction, crainte et angoisse. Tout n'était-il donc pas terminé ? Que signifiait cette manifestation soudaine ?

*

En entendant le chant monter des gorges des siens, Zola comprit que l'espoir qu'il ressentait était aussi présent tout autour de lui. Il distingua la voix de sa bien-aimée s'élever à ses côtés. Il n'eut d'autre choix que de faire de même. Mais était-ce vraiment un choix, ou une envie irrépressible de se sentir à l'unisson avec tous les autres ? Le simple fait de profiter et de partager un moment de communion unique pour célébrer la fin d'une période sombre et incertaine ? En tant que roi, il devait également montrer qu'il partageait cette émotion avec tout le monde. Sa voix se joignit donc à celles des autres pour chanter ces moments d'espoir et de liberté psychologique retrouvés. Le chant louait bien entendu les ancêtres, mais remerciait par-dessus tout le tout-puissant sans lequel rien ne serait possible. Il louait le courage de ceux qui avaient fait face à l'adversité pour aboutir à ce résultat si bénéfique pour tous. L'ambiance aidant, chacun se mettait à chanter de plus en plus fort et progressivement à esquisser des pas de danse. Cela était inévitable. On finissait toujours par danser. C'était une manière tellement naturelle d'exprimer son bien-être.

Le grondement surgit de la gorge de Dieu alors que l'excitation due à la disparition totale des éléphants d'ivoire et de ses créatures maléfiques dans l'or fondu était à son paroxysme. Il monta et monta tellement qu'il couvrit toutes les voix. Celles-ci se turent net. Chacun comprit immédiatement que c'était une colère qui s'exprimait. Elle s'exprimait d'une manière violente, mais désespérée. C'était une voix menaçante, mais qui avait une difficulté évidente à masquer son impuissance face à ce qui provoquait son courroux. Malgré cela, un vent de panique commença à s'emparer de la foule.

En reine qu'elle était, Elikya intervint pour calmer les siens. Elle dût toutefois s'employer au début pour se faire entendre.

— Peuple de Loughémo, ne craignez rien ! hurla-t-elle. Ceci n'est qu'une réaction de désespoir venant de celui qui nous a déjà fait tant de mal ! Il ne peut plus rien contre nous ! Dieu vient de nous exaucer par les esprits de nos ancêtres ! Nous les avons honorés et nous en sommes récompensés ! Alors nous n'avons plus rien à craindre !

Au grondement qui montait, une nuée sombre était venue s'associer. Comme une ombre malfaisante, elle se mit à flotter en l'air non loin de la foule, comme si elle voulait se rapprocher.

— Nous avons fait face et nous ferons toujours face ! Fils et filles de Loughémo, ne nous laissons pas intimider par cette apparition qui n'est plus que dépit et confusion !

— Oh tout-puissant, toi qui viens de nous accorder la paix, emmène cet être malfaisant loin d'ici ! Débarrasse nous de ce fléau infâme et fasse qu'il disparaisse à jamais de la surface de notre monde ! Ce monde que tu nous as donné ! Sinon, pourquoi l'avoir fait ? Pourquoi l'avoir créé si c'est pour que nous y souffrions ? Oh, tout puissant que tu es, par nos ancêtres, entends-nous !

La voix du vieux Nganga avait résonné de manière impressionnante. Et comme par voie de conséquence, l'ombre s'était transformée en tourbillon de vent hurlant. Il se mit brusquement à s'éloigner en direction du nord-est. Vers Abamé.

Alors qu'un silence s'était soudain installé, la voix de Zola retentit.

— Mes amis, ce n'est pas encore totalement terminé ! Nous avons encore un dernier combat à mener ! Le vieux Nganga ici présent a prédit que la bataille finale se tiendrait dans les alentours d'Abamé ! Il ne faut donc pas baisser la garde. Nous devons poursuivre cet être vil et les siens et les empêcher à jamais de nous nuire ! Que tous les gardes, que tous les hommes valides se joignent à notre expédition pour achever ce qui est commencé. Peut-être que vous n'aurez pas tous à combattre, mais ce sera une manière de soutenir les autres.

Il se tut brièvement et lança un regard aussi bienveillant que déterminé sur l'audience.

— Il faut réagir très vite et Abamé est à plusieurs jours de marche. Nous ne prendrons que le strict nécessaire, mais nous partirons dès que nous serons prêts, aujourd'hui même. Sachez qu'une fois sur place, nous ne serons pas seuls à faire face à l'ennemi. D'autres royaumes nous y rejoindrons. Ils sont déjà informés et sont prêts à en découdre car c'est aussi leur avenir qui est en question. Alors il n'y a pas de temps à perdre ! Allons-y !

Joignant le geste à la parole, il se dirigea vers le palais pour se préparer alors que plusieurs dizaines de ses sujets le suivirent pour faire de même. Un nouveau chant fut entonné dans le mouvement général qui se dessinait. Celui-ci était un chant d'encouragement pour ceux qui allaient partir. Il était chanté aussi bien par ceux qui partiraient que par ceux qui resteraient.

Petit à petit, le sanctuaire des ancêtres retrouva l'essentiel de la quiétude qui le caractérisait. Progressivement, les badauds qui subsistaient quittaient les lieux. Ils avaient du mal à ôter leur regard du brasier qui subsistait encore dans le rocher cubique. L'or qui y avait fondu et enfermé leur cauchemar n'y était plus. Le vieux devin l'avait récupéré sous leurs yeux. Il le garderait désormais jusqu'à la fin. Mais ils avaient encore du mal à croire que tout ceci était terminé. Ils auraient du mal tant que leurs héros ne seraient pas revenus d'Abamé avec la confirmation de la victoire totale et définitive.

*

Tout se passait très vite. C'était comme si, voyant son projet largement compromis, Loki jetait toutes ses forces dans la bataille. C'est qu'il avait des comptes à rendre. Il avait entraîné tous les siens dans cette aventure, en leur assurant que l'affaire serait vite et facilement conclue. Il ne pouvait donc se permettre un troisième échec. Non seulement il avait engagé son honneur, mais il avait aussi fait engager des frais considérables pour que ses associés et particulièrement son frère, puissent convaincre assez des leurs de les suivre dans cette entreprise.

Certes, leur monde était mal en point. Certes, il fallait trouver un moyen de pouvoir assurer leur avenir à tous. Mais comme dans tous les conflits liés au mode de vie dans toute société, deux courants s'affrontaient dans son monde. Il y avait ceux qui militaient pour qu'ils changent leur mode de vie, qui était basé sur l'affrontement, la conquête et la destruction permanente et ceux qui estimaient que s'ils ne se comportaient pas ainsi, alors d'autres viendraient les anéantir. Loki était de ces derniers. Il ne pouvait se résoudre à penser qu'un pouvoir ne puisse être utilisé qu'à servir les autres. Un pouvoir était fait pour s'accaparer et posséder. Peut importaient les conséquences, tant que lui et les siens n'étaient pas impactés.

Mais ce mode de fonctionnement avait des conséquences insidieuses qui, si elles ne l'avaient pas impacté directement, avait impacté tout leur environnement, qui se mourrait à petit feu, mais de manière bien visible. Et au final, il était lui aussi impacté. Ainsi, au lieu de se rendre à l'évidence et de se ranger à une opinion certes différente de la sienne, mais qui n'était que le bon sens, il avait préféré une fuite en avant qui l'avait poussé dans cette situation sans retour, dans laquelle il jouait sa survie personnelle. Il avait promis un monde meilleur et par-dessus tout un monde d'une richesse naturelle incroyable. Une richesse largement suffisante pour les faire vivre tous pendant des générations et des générations.

Mais les habitants des lieux ?

« Quantité négligeable avait-il assuré. Ils n'opposeront pas une grande résistance. Ils ne sont pas habitués à ce type d'agression et ne sont donc pas outillés pour se défendre. Leur mentalité n'y est pas préparée. Si quelques-uns peuvent effectivement se rebiffer, il faudra faire quelques exemples et les autres rentreront vite dans le rang. »

Ce qu'il n'avait pas anticipé, c'était la capacité de ce peuple à s'unir si vite. Contre un adversaire uni, il est très difficile de manœuvrer. Voire impossible. A moins d'avoir des infiltrés dans la place qui trahiraient les leurs. Mais cette stratégie avait été éventée et il devait maintenant agir à visage découvert. Ce qui était beaucoup plus difficile. D'autant qu'il semblait que ses bottes secrètes avaient aussi été révélées au grand jour. Il n'avait donc plus beaucoup de temps pour faire arriver plus de renforts et avoir le plus de chance possible d'arriver à ses fins. Toute l'avance qu'il avait accumulée grâce à l'effet de surprise s'était estompée. Cette fois il devait agir vite. Il avait déjà perdu les éléphants d'ivoire sans avoir pu faire quoi que ce soit car il n'avait pu faire maîtriser cette petite fille. Cela lui coûtait un grand nombre de troupes qui lui auraient été bien utiles. Il lui fallait maintenant protéger le passage dans la forêt près d'Abamé. Mais y arriverait-il ? Ses équipes avaient malencontreusement laissé un survivant derrière eux. Ce dernier avait dévoilé ce pot aux roses et tout homme sensé, comme l'était le roi Zola, commencerait par ce lieu qu'il était évident de devoir mettre hors d'état d'utilisation. En outre, Loki savait que ses ennemis feraient maintenant appel à leurs ancêtres. Il savait que faire appel à ses ancêtres donnait une confiance à toute épreuve car on avait la sensation d'une protection indéfectible. On croyait tellement à un soutien tel de ses anciens, que l'on était alors capable de réaliser l'impossible.

*

A marche forcée, il ne fallut que quelques jours pour Zola et les siens pour arriver aux abords d'Abamé. Ils avaient attendu quelques jours supplémentaires pour que les ressortissants d'autres royaumes les rejoignent. Ils avaient alors encerclé la zone que le survivant avait indiquée comme étant le lieu d'où il avait vu arriver les hommes de Loki. Mais aucun n'osait tenter quoi que ce soit. Chacun attendait les directives de Zola. Non seulement parce qu'il était à l'origine de cette action, mais surtout parce qu'il était celui qui semblait le mieux connaître ceux qu'ils devraient affronter.

Mais Zola lui-même était tributaire des initiés. Il ne pouvait se permettre d'aller bille en tête affronter de tels ennemis. Pas après ce qui s'était déjà passé et surtout tout ce qu'il savait. Il attendait donc le retour de Nganga.

*

De son côté, Nganga s'employait à rassembler tous ses confrères. Toutefois, il semblait que certains faisaient défection et il fallait donc à nouveau les convaincre. Mais Nganga avait prévu ce qui se passait. Il lui fallait donc utiliser les grands moyens pour arriver à l'objectif voulu. Un objectif qui servirait à la survie de tous. Alors il n'hésiterait pas à sacrifier l'un d'eux si besoin pour faire un exemple. Cela était parfois nécessaire pour la survie de tous et la situation pouvait l'exiger. Il s'agissait des royaumes de Sabua et de Sunda, qui s'opposaient encore une fois sur fond des conflits passés. Le représentant de Sunda reprochant à celui de Sabua de n'avoir pas été assez présent pour s'opposer aux velléités de conquêtes de son défunt roi, Ewomé. De son côté, le devin de Sabua réagit en protestation de ces accusations et déclara ne plus vouloir faire partie de cette aventure qu'il jugeait de toute manière perdue d'avance car l'ennemi étant bien trop fort. L'accusation venant de Sunda n'était donc qu'un prétexte.

Nganga l'avait bien compris. Il avait également compris que le royaume de Sabua était prêt à coopérer avec l'ennemi si jamais ce dernier venait à sortir vainqueur. Mais il valait mieux d'abord convaincre le royaume de Sunda d'accepter de travailler main dans la main avec tout le monde, quels que soient les différends antérieurs. Quitte ensuite à régler leurs antagonismes. Quel intérêt y aurait-il à se combattre alors qu'ils ne seraient même plus maîtres de leurs destinées ?

Il avait demandé une audience à la reine Dienaba. Il serait plus judicieux de passer par la souveraine pour convaincre son sujet, fut-il un homme de l'occulte, que de s'adresser directement au concerné. De toute manière, s'il se refusait à prendre part aux évènements, elle devait bien en avoir une part de responsabilité. Devant son insistance à présenter la situation avec gravité, elle accéda à sa demande immédiatement en le recevant en tête à tête. Il lui avait affirmé qu'il aurait à lui adresser des propos qui ne devraient être entendus que d'elle seule. Nganga ne tergiversa pas une seconde dès qu'il fut devant elle.

— C'est toi qui auras la responsabilité de l'asservissement, sinon la disparition de tous nos peuples !

Il s'était adressé à elle sans ambages, en la regardant fixement, ignorant son statut de souveraine. La réaction de cette dernière fut sans surprise.

— Pour qui te prends-tu ? Qu'est-ce que te permet de me parler ainsi ? Je suis la reine de Sunda ! Et je suis en droit de te… !!

Elle s'arrêta de parler brusquement, comme si sa gorge s'était soudain nouée. Devant elle, celui qu'elle recevait en tête à tête pointait son index vers elle. Un devin qui pointe son doigt vers un souverain ne le fait pas sans une raison grave et sérieuse.

— Et toi ?! Qui es-tu, simple mortelle pour ainsi hypothéquer la vie de tant de personnes innocentes ?! Simplement par votre égo déplacé et votre égoïsme sans pareils, toi et les tiens !!

Il s'avança vers elle. Il émanait de lui une très perceptible fureur froide. Elle semblait comme tétanisée. Il leva son doigt vers le haut.

— Je ne suis pas ici par hasard. Je devrais être à la cité des ancêtres à jouir d'un repos bien mérité. Mais si nos proches, nos ancêtres, les tien et les miens, m'ont demandé d'accepter de revenir pour remplir cette mission, ce n'est pas pour échouer à cause de quelques égoïstes qui ne pensent qu'à eux seuls, sans se soucier des conséquences de leurs actes!

Il se tut et la regarda d'un air ironique.

— Des conséquences qui, d'ailleurs, finiront par vous affecter tôt ou tard. Car si tu penses que ce qui concerne votre entourage ne vous impacte en rien, alors tu verras que lorsque ces derniers seront tombés la prochaine victime ce sera toi. Pourquoi l'ennemi s'arrêterait-il en si bon chemin, lui qui se sent supérieur à toi ? Tu as des richesses qu'il finira par convoiter. Et rien ne pourra l'empêcher de te les extorquer comme il l'aura fait pour les autres. Alors tu regretteras, mais il sera trop tard !

— Tu as dit que… tu devrais être à…la cité des ancêtres, balbutia-t-elle. Que veux-tu dire ?

— Je veux dire que l'on n'insulte pas les ancêtres ! Souviens-toi de leur message à travers les éléphants blancs ! Un message que tu avais dit avoir compris et accepté. Aujourd'hui tu sembles renier ta parole ! Car je ne peux pas croire que ton initié refuse de se joindre à nous sans tu ne sois impliquée !

En prononçant ses derniers mots, Nganga avait imperceptiblement changé de visage, avant de reprendre celui qui lui était dévolu. Mais cela avait été assez perceptible pour semer un doute dans l'esprit de la reine. Elle se demanda si elle avait eu une vision et ressentit une soudaine angoisse.

— Je vais faire le nécessaire, s'empressa-t-elle de répondre. Nos troupes seront là où il le faudra et quand il le faudra. Je vais aussi ordonner à mon devin de respecter notre engagement envers la communauté que nous sommes.

Calmement, Nganga recula sans la quitter des yeux. Il remit sa capuche.

— Je n'en attendais pas moins de ta part, dit-il avant de s'éclipser prestement.

Il lui fallait maintenant aller du côté de Sabua pour régler la seconde partie de ce litige qui semblait destiné à être sans fin.

*

Il fallut attendre encore quelques jours avant que tous soient rassemblés de manière à encercler le lieu fatidique de la forêt près d'Abamé. Les guérisseurs, devins et autres sorciers s'étaient tous finalement réconciliés pour faire face à l'ennemi commun. Les éventuelles animosités étaient passées au second plan. Pour le moment. Il serait toujours temps de régler ses comptes une fois que ce problème majeur serait définitivement surmonté.

Zola avait naturellement prit la tête des troupes armées. Il avait donné ses consignes à tous ceux qui se retrouvaient à la tête d'un bataillon d'hommes. Chacun savait ce qu'il aurait à faire selon les circonstances. De son côté, Nganga dirigeait ses confrères avec une fermeté inébranlable, renforcé qu'il était par son état de rassembleur et surtout de son statut de sommité du métier. Il y avait un nombre très important d'hommes, qui s'étendait tout autour de la relativement petite zone boisée. Mais paradoxalement le silence était impressionnant. Chacun était conscient de la gravité du moment, et semblait ne pas oser le perturber. Il n'y avait même pas l'once d'un murmure qui émanait de cette foule étonnamment disciplinée, alors qu'elle était aussi composée de simples civils et pas simplement de soldats.

Il commençait à faire nuit. Une discussion avait eu lieu plus tôt entre les souverains et les initiés pour savoir s'il fallait donner l'assaut de suite, au risque de se retrouver face à cet ennemi plutôt inconnu en pleine nuit, ou s'il fallait attendre le lendemain à l'aube. Il fut décidé qu'il vaudrait mieux ne pas prendre de risques et attendre le lendemain lorsque tout le monde serait frais et concentré. Chacun se préparait donc à passer la nuit sur place en espérant que cela n'irait pas plus loin sinon, à terme, la logistique poserait problème. Particulièrement côté stomacal.

*

Elle arriva alors que chacun s'était déjà fait à l'idée de passer la nuit sur place. Elle était essoufflée et apeurée. Elle était escortée par une bonne demi-douzaine d'hommes qui semblaient savoir où la mener. En effet, elle avait exigé de ne parler qu'à une seule personne. Une seule.

— Roi Zola ! appela l'un des hommes qui escortaient la petite fille.

De la tente en toile de lin qui lui avait été dressée et dans laquelle il s'entretenait avec quelques dignitaires, Zola sortit. Quelle ne fut pas sa surprise de voir Binta devant lui.

— Elle vient droit d'Abamé, continua l'homme. Elle a insisté pour venir ne parler qu'à toi.

Zola s'avança et mis un genou au sol en la prenant par les épaules. Il la regarda avec tendresse.

— Binta ? s'exclama-t-il doucement. Mais que fais-tu ici seule à cette heure-ci ?

Le soleil avait en effet presque disparu derrière les collines qui entouraient au loin la vaste région.

— Et pourquoi es-tu essoufflée ? As-tu couru ?

— Il faut agir cette nuit. Il ne faut pas attendre demain. Demain il sera trop tard.

Zola se redressa brusquement tandis que la petite fille gardait ses yeux dans les siens.

— Fais-moi venir le vieux Nganga ! dit-il à un soldat qui se trouvait à ses côtés.

Ils n'attendirent pas longtemps avant que le vieil homme ne les rejoigne.

— Répète ce que tu viens de me dire.

Nganga écouta la petite fille sans sourciller. Pour lui, il n'y avait aucun doute. Il fallait écouter et se soumettre à ce qu'avait dit Binta. Mais une décision avait déjà été prise de façon collégiale et il s'agissait de l'invalider sur les dires d'une enfant. Il tourna la tête vers Zola et lui fit signe de le rejoindre sous la tente. Ils y attendirent les homologues de chacun, en présence de la petite fille. Ils lui firent alors répéter une troisième fois ce qu'elle leur avait dit.

Les autres souverains et initiés, mis à part ceux d'Abamé et de Lwémo qui connaissaient déjà les prouesses de la petite sœur d'Adia présentaient un air incrédule et interrogatif.

— Et alors ? demanda Dienaba, la reine de Sunda. Parce que cette gamine le dit, nous devons envoyer nos hommes dans l'inconnu en pleine nuit ?

— En effet ! fit une autre voix.

S'ensuivit alors un long murmure pendant lequel chacun y alla de sa protestation tandis que Zola et Nganga les observaient. Tout doucement, le calme revint. Malicieusement, Zola posa son regard sur le vieux Nganga. Tous l'imitèrent. Le vieux devin prit la parole.

— Si nous sommes tous ici, avec encore l'espoir de mener un combat pour une victoire vitale, c'est grâce à cette gamine, comme tu le dis, reine Dienaba. Cette gamine a été la seule capable de stopper le processus de reproduction de ces créatures. Tout porte à croire que si cela n'avait pas été le cas, alors tout serait déjà joué.

— Vous perdez du temps ! lança la fillette. Le prince Samburu m'a dit qu'il n'y a pas une minute à perdre. Chaque instant qui passe rendra votre tâche encore plus difficile.

— Vous voyez bien qu'elle dit n'importe quoi, s'empressa de répliquer un des souverains. Le prince Samburu est mort !

La petite fille ne se démonta pas.

— Tu crois qu'il est mort ! Vous croyez qu'il est mort ! Mais il est encore parmi nous.

Le roi Moni, qui était parmi les protagonistes, se fit alors entendre.

— Binta ! Que veux-tu dire par « parmi nous » ?

— Ce qui est en haut est comme ce qui est en bas. Il a cru qu'en coopérant avec eux il aurait pu leur faire entendre raison pour que nous puissions vivre en bonne intelligence, mais il s'est aperçu qu'il s'est trompé. Il m'a dit que nous n'avons vraiment pas la même culture. La leur est destructrice et glorifie la préemption du bien d'autrui. Au besoin, ils n'hésiteront pas à décimer un peuple ou à le soumettre, ce que nous abhorrons. Leur intention serait de nous imposer leur mode de vie et de nous faire oublier nos valeurs pour adopter les leurs. Mais cela voudrait dire que nous ne serions plus nous-mêmes et à terme nous n'aurions plus d'existence propre, plus d'identité. Nous serions transparents. Et cela ne ferait que renforcer envers nous un mépris déjà latent aujourd'hui de leur part.

— Je ne m'étais donc pas trompé… chuchota Moni. Il avait bien un lien avec cette affaire. Mais il s'est visiblement fourvoyé…

— Oui, et grâce à lui, nous savons que l'heure est à l'action et non plus aux tergiversations. Alors mettons-nous en ordre de bataille !

Zola avait levé le ton. Il sentait qu'il y avait un flottement dans l'air, une hésitation et il fallait vite remobiliser tout le monde.

— Que chacun se mette en place ! ordonna-t-il. L'heure est venue de défendre notre existence !

Il se tourna alors vers les initiés.

— Nous comptons sur vous pour que tout ceci puisse se régler sans plus faire couler le sang des nôtres. Trop de malheurs ont déjà eu lieu. Alors allons-y !

Sa détermination ne laissait place à aucune contestation possible. Chacun se leva donc, prêt à jouer le rôle pour lequel il avait été pressenti. Mais au fond de lui chaque souverain savait que l'heure était à l'unité et l'engagement collectif. Toute velléité de se démarquer ne servirait non seulement à rien, mais ne ferait que l'isoler vis-à-vis de ses homologues. D'ailleurs, que voudrait le peuple ? Que dirait-il s'il était consulté ? Ne choisirait-il pas la défense de sa liberté, même au péril de sa vie ? Sa présence sur place n'était-il pas un élément de réponse ?

24

La remobilisation fut plutôt aisée. L'enthousiasme initial des uns et des autres était encore quelque peu présent. Mais au fur et à mesure que le temps passait, les interrogations s'immisçaient dans les esprits. Qui allaient-ils affronter ? Qu'allaient-ils affronter ?

La nuit était complètement tombée. Des torches avaient été allumées. Dans les zones où la lumière n'arrivait pas, il était impossible d'y voir à plus de quelques pas. Au-delà des limites des troupes, personne ne pouvait donc distinguer quoi que ce soit. Pas plus qu'à l'intérieur du large cercle qui avait été formé autour de la petite forêt. Il n'était donc possible de ne distinguer que les quelques arbres qui se trouvaient en lisière. Les torches qui guidaient les hommes de l'occulte n'étaient même plus visibles. Elles avaient disparu au milieu de la densité des arbres parmi lesquels ils s'étaient doucement enfoncés.

*

Le survivant unique de l'attaque de l'escorte de Samburu tentait de guider les siens parmi les arbres. Mais dans l'obscurité il avait du mal à se diriger. A plusieurs reprises il avait dû se réorienter. Certains des hommes qu'il menait avaient même commencé à s'en agacer. Mais le calme et l'angoisse revinrent lorsqu'ils tombèrent presque par hasard sur les corps de ceux qui avaient succombé à l'attaque. Il y avait également celui de Samburu. Ils étaient tous brusquement ramenés à la brutale réalité de la raison pour laquelle ils se trouvaient en ces lieux qui leur parurent soudain si hostiles et tellement lugubres.

— Mais… ils ne sont même pas en décomposition ! s'exclama doucement l'un des hommes dans un silence si impressionnant qu'il sursauta lui-même de s'être entendu parler.

— Ce n'est pas de cela que nous aurons le plus à nous inquiéter, répondit Nganga, nullement impressionné ni même perturbé par la situation.

En le regardant, ses homologues comprirent qu'il n'était pas étranger à cette incongruité. A partir de là, le garde rescapé put indiquer l'arbre. Pendant que tous le scrutaient, il s'éclipsa discrètement avant d'accélérer le pas vers les troupes. Il savait qu'il n'avait rien à faire avec ces hommes. Il n'était pas du même monde qu'eux. Il était soldat et non devin, encore moins un sorcier.

Alors qu'ils se demandaient ce qu'il conviendrait de faire, Nganga se rendit compte du ridicule de la situation. Ils venaient d'arriver sur un lieu où ils pensaient livrer bataille en espérant surprendre leurs adversaires, mais ils y étaient arrivés avec des torches en pleine nuit. Il n'y aurait donc certainement aucune surprise.

Les lieux étaient sous surveillance. Il le savait. Il le sentait. Il n'était pas le seul à s'en être rendu compte. Tous avaient senti cette sensation d'une présence peu ordinaire sur les lieux. Il n'y avait aucune activité visible. Il fallait toutefois faire quelque chose. Mais que faire ?

*

Il avait été décidé que Zola resterait à l'écart de ce que ferait Nganga et ses homologues. Il était donc resté en faction à la tête de ses troupes à l'orée des arbres. Mais il était impatient. Il devait attendre un signal pour agir, mais il ne s'en sentait pas la patience. Une étrange sensation lui chuchotait de prendre les devants et de ne pas plus attendre.

Il désigna une dizaine de ses meilleurs éléments, auquel il ajouta le garde de Samburu qui venait à peine de revenir et leur fit signe de le suivre. Ils s'enfoncèrent dans les sous-bois. Une seule torche était allumée. Dès qu'ils virent les lueurs des torches de Nganga et ses homologues, ils l'éteignirent afin de ne pas les perturber et se rapprochèrent silencieusement.

Ils se rendirent compte que ce qu'ils avaient pris pour des torches n'en étaient en fait pas. A mesure qu'ils se rapprochaient, Zola voyait comme des troncs d'arbre en flammes. Mais ce n'était pas des troncs d'arbres en flammes comme lors d'un incendie de forêt. Ils se consumaient comme si la flamme était contrôlée de manière à ne pas dépasser une trop forte intensité. Il se mit à chercher où se trouvaient Nganga et le reste de ses compagnons. Il ne les vit pas. Nulle part il n'y avait trace de ces derniers. Qu'étaient-ils donc devenus ? Peut-être n'étaient-ils pas du bon côté de la scène qui se déroulait devant eux ? Il fit signe à ses compagnons de se déployer et de chercher tout autour, deux par deux, sans se quitter des yeux. Mieux, il leur dit de ne se déplacer qu'en se tenant par la main.

Quelques instants plus tard, ils avaient parcouru tout le périmètre, sans aucune trace des leurs. Il n'y avait que les corps qui étaient toujours intacts. Zola regarda attentivement les troncs d'arbres qui continuaient à se consumer lentement.

Il était inquiet. Très inquiet. Que leur était-il donc arrivé ? Aucune trace des vieux Nganga, Tchiapi, Ghanda et tous les autres ! Instinctivement, il compta le nombre d'arbres qui flambaient dans la nuit noire. Il y en avait autant qu'il y avait de membre dans l'équipe qu'avait menée le vieux Nganga ! S'étaient-ils faits surprendre ? Par qui, par quoi ?

— Battons en retraite ! ordonna-t-il sans plus attendre. Allez, replions-nous !

Les gardes ne se firent pas prier. Tous prirent leurs jambes à leur coup et se dirigèrent vers le reste des troupes sans se retourner. Quelques-uns arrivèrent avec des bosses récoltées contre quelques arbres lors de ce peu glorieux épisode.

Mais en battant en retraite, Zola avait une idée en tête, contrairement à ses hommes qui ne pensaient qu'à s'éloigner du lugubre lieu. Il rassembla tous les souverains et responsables de troupes.

— Nous sommes désormais seuls, commença-t-il. Nous ne pouvons plus compter que sur nous-mêmes.

Il raconta ce qu'ils avaient vu lors de leur périple et fit part de sa conclusion. Il y eut un long silence.

— Je propose que nous engagions une action de destruction de la zone ! Immédiatement !

— Et comment allons-nous procéder ? interrogea Moni. Nous ne savons même pas à qui nous avons à faire !

— Ni comment les nôtres ont disparu, renchérit Mako.

— Nous allons utiliser le feu, dit Zola, très sûr de lui. Rien ne résiste au feu !

— Quoi que tu fasses, s'exclama Dienaba, je suis à tes côtés ! Il faut lutter jusqu'au bout ! Ne fut-ce que pour notre dignité !

Les autres souverains se regardèrent.

— Elle a raison, dit le souverain de Tanawa. Il n'est pas question de se rendre !

— Je suis aussi des vôtres !

Tous se déclarèrent prêt à en découdre. Tous sauf un qui semblait hésiter. Le tout nouveau roi de Sabua. Il restait silencieux. Une appréhension se lisait sur son visage.

— Vous semblez tous si sûr de vous, chuchota-t-il. Et si nous perdons ? Vous ne pensez pas qu'il faudrait essayer encore de négocier avec eux pour nous entendre et collaborer ?

Un lourd silence résonna. Le roi Mako s'approcha lentement de lui.

— Que te faut-il pour comprendre que ces êtres ne sont pas dignes de confiance ? A la lumière des évènements passés tu n'as toujours pas compris ? Ils sont prêts à tout pour arriver à leurs fins. Même à tuer les leurs ! Quand un père est capable de tuer son fils froidement, pourquoi s'arrêterait-il en si bon chemin ? Quand un être est capable d'investir l'esprit de l'un des nôtres à notre insu et à le guider comme il l'entend sans que nous ne nous en apercevions, pourquoi voudrait-il traiter d'égal à égal avec nous ? Ces êtres ont une convoitise et ont semé la mort pour la satisfaire. Et tu penses encore pouvoir traiter en bonne intelligence avec eux ?

Il se tut et se rapprocha encore de lui.

— Je vais te dire. Pour leur faire entendre raison, il faut leur montrer que nous sommes capables de nous défendre et bien plus encore. Nous devons les bouter hors de notre monde, quoi qu'il nous en coûte ! Même notre vie ! Car la liberté a toujours un prix ! Un prix inestimable.

Il se recula brusquement.

— Mais peut-être que tu préfères être un supplétif de ces êtres ? Peut-être as-tu déjà traité avec eux pour essayer de nous dissuader d'agir contre eux ? Peut-être nous as-tu d'ores et déjà trahis ? Voilà pourquoi tu ne voulais pas venir combattre en prétextant la présence de la reine Dienaba et les siens, alors que votre différend était déjà plus ou moins réglé ? Dis-nous la vérité !

Le jeune homme se mit à balbutier.

— Non !... Je n'ai trahi personne... Je ne suis pas un traître... Je ne veux juste pas mourir...

— Mais qui donc a fait de toi un roi ! Si tu as peur de mourir pour ton peuple, alors tu n'en es pas digne !

— Allons, calmons-nous ! intervint Zola. Nous avons plus urgent à faire pour le moment. Que ceux qui sont prêt à se battre se mettent en position. Quand à ceux qui ne se joignent pas à nous, nous verrons plus tard ce qu'il doit advenir d'eux.

*

Tous étaient en position autour de la petite clairière. De nombreuses torches avaient été allumées et du combustible avait été acheminé pour ce qui devait être la destruction finale du lieu de passage des semblables de Loki. Du combustible qui avait été fourni à Zola par Nganga et qu'il devait utiliser en dernier recours. Le moment était venu.

Les troncs d'arbre dans la clairière avaient cessé de brûler. Cela posait question à Zola. Que devait-il comprendre ? Il n'y avait plus de temps à perdre. Ce pouvait tout aussi bien être une ruse de leur ennemi.

— On y va ! hurla-t-il. Droit sur le tronc au centre !

Ils chargèrent vers le tronc que le rescapé avait désigné comme étant celui d'où il avait vu apparaître des êtres des jours plus tôt. En un éclair, il fut aspergé de combustible puis des torches y furent jetées. L'épaisse graisse végétale ne mit que peu de temps à imprégner le bois et à l'embraser.

— Rajoutez-en ! ordonna Zola.

Un récipient fut amené et déversé sur le bûcher improvisé. La flamme s'intensifia et monta encore plus haut dans le ciel. Puis elle se mit à se réduire comme si elle était absorbée par le bois qui se consumait.

— Encore ! hurla à nouveau Zola.

De nouveau, des hommes se précipitèrent et déversèrent plusieurs récipients qui ravivèrent la flamme avant de la voir de nouveau être progressivement absorbée par le tronc d'arbre. De nouveau Zola ordonna que l'on verse tout ce qui restait de combustible. Ce qui fut fait prestement pour un résultat équivalent. La flamme fut absorbée complètement. Puis ce fut le tronc qui s'affaissa sur lui-même dans un craquement somme toute évident pour du bois. Mais il y eut aussi un hurlement qui sembla être de colère et dont personne ne sut d'où il venait. Il semblait émaner de partout en même temps.

Puis ce fut soudain le calme. Un calme qui ne rassura personne. A la place du tronc il n'y avait plus que de la cendre. Une odeur âcre en émanait.

Zola s'approcha pour regarder de près. Il brava son appréhension pour fouler les restes de l'arbre du pied, cherchant à vérifier s'il ne dissimulait pas d'anfractuosité. Il n'y en avait pas. Mais est-ce que cela signifiait quoi que ce soit ? Est-ce que cela voulait dire que c'était terminé ? Le jeune roi ne voulait pas y croire. Le passé trottait encore dans sa tête.

Mais n'ayant plus personne, ni quoi que ce soit face à eux, que pouvaient-ils encore faire ? La confrontation tournait court. Il n'y avait plus qu'à rentrer, en laissant peut-être des volontaires pour surveiller les parages pendant une période donnée. Combien de temps ? Il faudrait certainement établir des rotations.

Il venait de rassembler les souverains qui étaient venus les retrouver pour en discuter lorsque quelques-uns des troncs d'arbre qu'ils avaient vu se consumer à leur arrivée se mirent à se consumer de nouveau. La lumière des flammes était intense. Il y en avait trois sur la dizaine qui se consumaient au départ.

Zola hésita. Fallait-il y verser le surplus de combustible qu'il avait fait rapporter ? Fallait-il observer ce qui allait se passer ? Il n'avait pas encore terminé sa réflexion que le craquement du bois sous les flammes s'arrêta net, ainsi que les flammes qui disparurent brusquement. A la place des troncs ne figuraient plus que de volumineux tas de cendre. Tous étaient interloqués, intrigués, ne sachant que faire.

C'est alors qu'un premier tas de cendre se souleva avec un hurlement de désespoir, libérant une créature qu'ils eurent du mal à identifier. Ils reconnurent finalement un homme qui n'était autre que le vieux Ghanda, le puissant sorcier du royaume de Tanawa. Il s'agita comme s'il cherchait à se débarrasser d'un essaim d'abeilles. Il donna des coups de bâton dans tous les sens avant de tomber à la renverse. Ils allaient se précipiter vers lui pour le relever lorsqu'il se passa la même chose pour les deux autres troncs. Réapparurent ainsi deux autres initiés dans le même état d'esprit affolé que le premier. Ils se retrouvèrent tous les trois au sol, essoufflés et le regard complètement hagard.

Quelques longs moments plus tard, ils étaient calmés et avaient retrouvé leur lucidité. Le vieux Ghanda leva les yeux et les parcourut tous du regard.

— Merci à vous tous ! dit-il.

— Merci pour quoi ? demanda le roi Mako.

Ghanda repris sa respiration.

— Merci d'avoir pris cette initiative de brûler cet arbre. Cela nous a grandement aidé pour gagner ce combat.

Il y eut un silence.

— Mais où étiez-vous ? demanda Zola.

Ghanda tourna la tête vers l'un de ses homologues, le visage las, comme pour lui demander de prendre le relais.

— Nous étions dans le monde de ces êtres. Ils nous y ont entraînés en espérant nous neutraliser. Mal leur en a pris. Nous avons livré bataille chez eux et nous avons vaincu. Grandement grâce à Nganga ou Wazaaba ou je ne sais plus. Il était tout cela à la fois.

— Où est-il ? demanda Zola avec une pointe d'inquiétude. Où sont tous les autres ?

— Cela a été un affrontement rude et sans pitié, roi Zola. En y allant, nous sentions tous que ce serait sans retour pour certains, voire pour tous, mais nous y sommes allés avec conviction et détermination. Tous les autres se sont sacrifiés pour assurer notre victoire et notre retour. C'est un choix délibéré qui s'est décidé dans le feu de l'action. Cela aurait pu être moi ou l'un de nous ici présents. C'est ainsi. Nous avons perdu des compagnons, mais nous avons gagné notre liberté.

Ils ne pourront plus jamais passer ; nous avons fait le nécessaire pour cela.

Malgré la joie légitime de cette victoire annoncée, un lourd silence s'installa. Le prix avait été relativement élevé à payer. L'aube commençait à poindre. Zola se rendait seulement compte maintenant que cela avait duré toute la nuit. Une nuit qu'il n'oublierait jamais. Une nuit qui mettait un terme définitif à ce cauchemar, mais durant laquelle il avait aussi vu partir pour de bon cette fois, il en était sûr, son confident et ami Wazaaba.

Il entreprit de relever le vieux Ghanda. D'autres en firent de même pour les deux autres rescapés de l'affrontement occulte. Doucement, cérémonieusement, ils entreprirent de sortir des sous-bois, non sans avoir remarqué que les corps des victimes de l'attaque quelques semaines plus tôt avaient brusquement séché. Comme un signe supplémentaire que tout était vraiment terminé.

*

Quelques lunes étaient passées depuis l'affrontement. Petit à petit, chacun avait repris ses habitudes. Chaque souverain avait retrouvé son royaume. Chaque initié avait retrouvé ses fioles et ses potions secrètes.

Des décisions avaient été prises entre les différents royaumes pour l'avenir. Il avait été décidé que des concertations régulières auraient lieu entre eux pour prévenir le futur. Des conventions furent mises en place pour l'entraide et des échanges aussi bien sécuritaire que sur des points comme la santé. Cela revenait à mettre en collaboration les

404

différents initiés de chaque royaume. En somme, cette épreuve avait servi de leçon à tous et ne devait jamais être oubliée. Il fut décidé que tous les enfants de chacun des royaumes sauraient ce qui s'était passé et ce ne serait pas une simple allusion à une vague légende.

De son côté, Zola avait décidé de rendre le tombeau naturel de Kana accessible afin qu'il ne soit pas un lieu de mystère. Il voulait le banaliser afin qu'il n'y ait pas de spéculation à son sujet. Les mystères entretiennent les peurs. Et les peurs empêchent la plupart des gens de réfléchir correctement. Il voulait aussi garder son souvenir vivace dans la mémoire de chacun pour aider à ce que les évènements dramatiques qu'ils avaient vécu ne tombent pas dans l'oubli. Oublier les drames que l'on a vécus dans le passé est le meilleur moyen de les revivre.

Mais il restait tout de même un problème à résoudre car il était resté quelques semblables de Loki qui avaient pris forme humaine et qui n'avaient pu rejoindre le passage avant sa destruction. Ils étaient de ceux qui avaient attaqué le cortège du prince Samburu. Certains avaient été identifiés grâce aux dons de la petite Binta qui les avait débusqués, apeurés, dans une grotte non loin d'Abamé. Coupés des leurs et sans aucun recours occulte possible, ils ne présentaient, semble-t-il, plus aucun danger et il fut décidé de les laisser vivre. Toutefois, il fut instauré une étroite surveillance sur eux pour ne prendre aucun risque. Qu'en était-il de ceux qui avaient échappé à la vigilance de tous et qui évoluaient librement dans une contrée quelconque ? Une veille permanente fut instaurée pour détecter tout comportement et surtout tout évènement qui tendrait à mettre en danger l'intégrité et la quiétude de l'existence des différents royaumes.

*

En tant que souverain, Zola avait demandé au conseil des sages du royaume de créer un monument à la mémoire des initiés qui avaient donné leur vie pour l'avenir de tous. L'ayant fait accepter à Loughémo, il demanda à ce que la même chose soit faite dans les autres royaumes. Ce qui fut accepté. C'était un sujet de commémoration commun à tous. Une manière de tisser les liens entre tous les royaumes.

*

— Tu penses que c'est un garçon ? demanda Elikya en se passant la main sur son ventre légèrement bombé.

Zola se pencha et y déposa un baiser. Avant de lui sourire avec un pincement au cœur.

— Je préfère ne rien dire. Je laisse faire les ancêtres et notre dieu tout-puissant. Je prendrai l'enfant qu'ils nous accorderons.

Ils s'enlacèrent tendrement. Ils espéraient qu'ils auraient maintenant une vie exempte de mauvaises surprises. « Pour être un digne héritier, fais fructifier ton héritage » disait l'adage. Celui que leur avait laissé le roi Bidié n'était pas négligeable. L'avenir leur appartenait et ils voulaient utiliser ce temps pour réussir un règne comme celui que le père d'Elikya avait réussi avant que tout ne bascule. Ils auraient très certainement fort à faire. Mais contrairement au vieux roi, eux étaient prévenus.

****

Décembre 2018